AF307849

Saskia Louis lernte durch ihre älteren Brüder bereits früh, dass es sich gegen körperlich Stärkere meistens nur lohnt, mit Worten zu kämpfen. Auch wenn eine gut gesetzte Faust hier und da nicht zu unterschätzen ist ... Seit der vierten Klasse nutzt sie jedoch ihre Bücher, um sich Freiräume zu schaffen, Tagträumen nachzuhängen und den Alltag einfach mal zu vergessen.

SASKIA LOUIS

DER Teufel TRÄGT Charme

Überarbeitete Neuausgabe März 2024

Copyright © 2024 dp Verlag, ein Imprint der
dp DIGITAL PUBLISHERS GmbH
Made in Stuttgart with ♥
Alle Rechte vorbehalten

Der Teufel trägt Charme

ISBN 978-3-98998-101-0
E-Book-ISBN 978-3-98998-090-7
Hörbuch-ISBN 978-3-98998-094-5

Copyright © 2019, dp Verlag, ein Imprint der
dp DIGITAL PUBLISHERS GmbH
Dies ist eine überarbeitete Neuausgabe des bereits 2019 bei
dp Verlag, ein Imprint der dp DIGITAL PUBLISHERS GmbH erschie-
nenen Titels Liebe und andere Schlagzeilen
(ISBN: 978-3-96087-859-9).

Covergestaltung: Anne Gebhardt
Umschlaggestaltung: ARTC.ore Design
Unter Verwendung von Abbildungen von
shutterstock.com: © Phatthanit, © EB Adventure Photography
stock.adobe.com: © violetkaipa, © Viorel Sima
Lektorat: Janina Klinck
Satz: dp DIGITAL PUBLISHERS GmbH
Druck und Bindung: Books on Demand GmbH, Norderstedt

Das Werk darf – auch teilweise – nur mit
Genehmigung des Verlages wiedergegeben werden.

Sämtliche Personen und Ereignisse dieses Werks sind frei erfunden. Etwaige Ähnlichkeiten mit real existierenden Personen, ob le-
bend oder tot, wären rein zufällig.

Vorwort

Mich hat mal eine Leserin gefragt, warum ich so selten über Einzelkinder schreiben würde und meine weiblichen Protagonistinnen oft gleich mehrere Geschwister hätten, sehr oft große Brüder.

Ich war ehrlich überrascht, denn mir war bis dahin nicht klar, dass ich ein Muster habe – doch eigentlich wundert es mich überhaupt nicht. Denn ich bin mit drei älteren Brüdern aufgewachsen und hab so viel Erfahrung in dem Bereich, dass es mir merkwürdig vorkäme, mein sorgfältig angehäuftes Wissen über das liebevolle (A-)Sozialverhalten zwischen Primaten ... äh, Geschwistern nicht zu teilen.

Jede zwischenmenschliche Beziehung ist anders – aber meiner persönlichen Meinung nach, herrscht unter Geschwistern eine eigene, wundervolle, sehr spezielle Dynamik. Denn niemanden kann ich so derartig erfolgreich ärgern und piesacken wie meine Brüder. Und bei niemandem bin ich mir so sicher, dass sie mich trotz allem in jeder harten Lebenslage unterstützen. Es ist ein ständiges Geben und Zurückschlagen ... aber mit sehr viel versteckter Liebe zwischen den Zeilen. Der Kampf gegen den gemeinsamen Gegner – die Eltern – schweißt einfach zusammen. Zumindest war es für mich immer so.

Als ich Baseball Love geschrieben und Cole Panther, den großen Bruder von Callie, als stoischen, etwas zu

ernsten und beschützerischen neuen Teaminhaber ins
Leben gerufen habe, war mir sofort klar: Es gibt nur ei-
nen Grund, warum er ist, wie er ist ... seine kleinen Ge-
schwister. Und weil diese mir derartig ans Herz ge-
wachsen sind, dachte ich, ich gönne ihnen eine eigene
Reihe. Also: Hier ist sie!
Ganz viel Spaß beim Lesen, Ärgern, Piesacken ... und
Füreinander da sein!
Eure Saskia

Kapitel 1

Es gab eine Menge Dinge, die Callie Panther verachtete.

Angefangen mit ihrem Vornamen: Calliope.

Was für eine Tortur es gewesen war, mit einem solch arrogant klingenden Namen aufzuwachsen! Ihrem Zwillingsbruder war es wenigstens vergönnt gewesen, den Namen des ersten Autos ihrer Mutter zu tragen. Cooper war ein schicker, schlichter Name. Über ihren Namen jedoch hatte ihr steifer, vornehmer und etwas aufgeblasener Vater entscheiden dürfen und so war sie nach der Muse der epischen Dichtung benannt worden. Eine klare Fehlentscheidung, wenn sie das bemerken durfte. Bis jetzt war sie nämlich nur Schöpferin von ein paar Wutanfällen und Inspiration für den Namen eines Sandwichs im Restaurant neben ihrer ehemaligen Wohnung gewesen.

Dann verachtete sie noch die Leute, die keinen Senf auf ihr Hotdog machten, sondern Mayonnaise. Die Menschen, die eine abfällige Bemerkung nach der anderen machten, aber in Tränen ausbrachen, sobald man sie kritisierte. Außerdem jeden Kommentar, der mit dem Ausdruck „Ich möchte ja nicht …, aber" anfing.

Ja, sie verachtete eine Menge, aber hassen tat sie nur weniges.

Eltern, die an ihrem Smartphone hingen, während ihr Kind nahe eines Bahnübergangs spielte, zum Beispiel. Braune Smarties, die einem vorspielten, gesünder als der Rest zu sein. Rassistische Polizisten.

Aber nichts, nichts hasste sie mehr als die Presse.

Die Blutsauger, die ihre Nase in fremde Angelegenheiten steckten, Geheimnisse auf Titelseiten breittraten und am laufenden Band Gerüchte verbreiteten. Gierige Fotografen, die ihre Privatsphäre verletzten, sich durch Hecken wühlten, auf Mauern kletterten, um mit einem dreckigen Schnappschuss die Welt am nächsten Skandal teilhaben zu lassen. Journalisten, Klatschreporter, Paparazzi. Gewissenlose Schleimscheißer, die mit nur ein paar verbogenen Wörtern und schäbigen Bildern Leben zerstörten – ohne Rücksicht auf Verluste.

Ihr Hass auf Menschen mit Diktiergerät und Schnappschusskamera hatte tiefe Wurzeln. Persönliche Wurzeln. Wurzeln, die einige Jahre lang ihr Leben bestimmt hatten. Doch darüber war sie hinweg. Damit hatte sie abgeschlossen. Sie war eine neue Person ... was nicht bedeutete, dass sie darauf verzichten würde, den nächsten Typen, der „Bitte lächeln, Calliope" schrie mit einer Harpune zu jagen und in die Marina zu werfen.

„Woher wissen sie, dass ich hier bin?", zischte sie, schob die Sonnenbrille höher die Nase hinauf und die Kappe tiefer in ihr Gesicht. Das Blitzlichtgewitter prasselte auf sie nieder, blendete sie und ließ ihre Nackenhaare zu Berge stehen. Das letzte Mal, dass sie eine solche mediale Aufmerksamkeit bekommen hatte, war zwölf Jahre her ... und das war keine Erinnerung, die sie gerne erneut durchleben wollte. „Woher zum Teufel wissen sie, dass ich heute lande? Ich habe es nur sechs Leuten verraten, verdammt!"

„Ich hab keine Ahnung", murmelte Coop verbissen und zog den Arm enger um ihre Schultern, um sie durch die Masse an Kameras und Reportern zu bugsieren. Sie dachte nicht an vielen Tagen über die Muskeln ihres Bruders nach, aber heute war sie dankbar dafür, dass er sich ausschließlich von Proteinshakes zu ernähren schien. „Ich schwöre dir, wenn noch einer seinen Finger in dein Gesicht hält ..."

Callie seufzte schwer. So wie sie ihn kannte, plante Coop bereits, wie er mit nur einem Faustschlag gleich drei Presseleute niederschlagen konnte. Er war ein Hitzkopf, seine Zündschnur in etwa so lang wie sein kleiner Finger. Aber Callie wollte nicht, dass er sich ihretwegen in Schwierigkeiten brachte. Das hatte er den Großteil seiner Jugend getan und sie würde dieses alte Muster nicht wieder aufleben lassen.

Die Fotografen schrien weiter durcheinander, verlangten allerhand Posen, Gesichtsausdrücke, Informationen von ihr, doch sie ignorierte sie alle.

„Ist schon gut", meinte sie und trat auf die Schiebetür zu, die sich automatisch öffnete. „Wir sind ja gleich beim Auto. Und mir war klar, dass die Presse die Rückkehr der verlorenen Tochter groß aufblasen würde."

Die kalte Oktoberluft wehte ihr entgegen, biss in ihre Haut und ließ sie frösteln. Aber vielleicht war das auch nur der Ort an sich. Philadelphia konnte nichts dafür, aber die Stadt symbolisierte Versagen und Hilflosigkeit für Callie und das waren zwei Gefühle, mit denen sie sich schon längst nicht mehr identifizierte. Zwei Zustände, über die sie hinweggekommen war ... und mit denen sie sich nie wieder hatte konfrontieren wollen. Und trotz allem war sie jetzt hier.

Shit, ihr Vater hatte ganze Arbeit geleistet. Typisch für ihn, dass er selbst aus fast 3000 Meilen Entfernung Kontrolle über ihr Leben ausüben konnte.

„Du warst nicht verloren", bemerkte Coop schnaubend. „Du warst ... im Urlaub."

Sie lachte leise. „Zwölf Jahre lang? Mann, mein Leben muss fantastisch sein."

„Das ist es", bestätigte er mit Nachdruck. „Du hast eine Familie, die dich liebt, ein Dach über dem Kopf und einen Traum, den du verwirklichst. Was fehlt dir noch?"

Callies Mundwinkel zuckten. Coops Optimismus war beneidenswert. „Du hast recht. Ich habe eine überbesorgte Familie, die aus einem herrischen Vater, drei Helikopter-Brüdern und einer abwesenden Mutter besteht. Ich habe *dein* Dach über dem Kopf und einen Traum, der mich wahrscheinlich emotional wie auch finanziell ruinieren wird."

„Das ist die positive Einstellung, für die ich dich liebe."

Sie lachte trocken auf. Ach ja ... manchmal wünschte sie sich, sie hätte das Geld aus ihrem Treuhandfond nicht komplett verschenkt. Ihr Leben wäre jetzt um einiges simpler gewesen, wenn sie die 50 Millionen Dollar, die sie mit fünfundzwanzig erhalten hatte, einfach behalten hätte.

„Du warst es, die es für klug hielt, kein finanzielles Polster zu haben, Callie", las Coop ihre Gedanken. „Ich hab dir gesagt, dass du diesen dummen Gedanken irgendwann bereuen wirst."

Sie stöhnte. „Ich weiß. Aber ich wollte hart arbeiten müssen! Mir selbst beweisen, dass ich auf eigenen Füßen stehen kann."

„Und das hast du getan. Herzlichen Glückwunsch. Wie hoch wirst du dich mit deinem Projekt noch gleich in die Schulden reiten?"

Sie biss auf ihre Unterlippe. „Mit einer Million Dollar?"

Coop lachte leise. „Und du dachtest, einhunderttausend Dollar für schlechte Zeiten würden reichen!"

Na, das hätten sie ja auch, wenn sie ihrer Existenz nicht mit einem Herzensprojekt einen Sinn hätte geben müssen!

Aber Callie fiel es schwer, sich deswegen schlecht zu fühlen. Das erste Mal in ihrem Leben war ihr etwas wichtig. Sie hatte das Gefühl, eine Aufgabe zu haben. Etwas bewegen zu können. Etwas verändern zu können. Das erste Mal seit zwölf Jahren hatte sie ein Ziel, das sie erfüllte und zufriedenstellte. Und wenn das bedeutete, dass sie ihren Vater um ein Darlehen bitten und für ein paar Monate zurück nach Philadelphia kommen musste – dann war das so.

„Callie, wie lang werden Sie bleiben?"

„Callie, was machen Sie überhaupt hier?"

„Callie, ist es wahr, dass Sie pleite sind?"

Liebe Güte, woher hatte die verdammte Presse ihre Informationen? Konnten sie jetzt auch noch auf ihre Bankdaten zugreifen, oder was?

„Wie verdammte Hunde, die um einen Knochen betteln", murmelte Coop düster, bevor sie zusammen die letzten Meter zu seinem Auto zurücklegten, das er widerrechtlich in der Ladezone vorm Flughafen geparkt hatte. Praktischerweise hatte der Nachname *Panther* eine abwehrende Wirkung auf Strafzettel oder Bußgelder jeglicher Art.

Coop nahm ihr den Koffer aus der Hand, öffnete ihr die Tür und schirmte sie mit seinem breiten Rücken vor den Reportern ab, während sie einstieg.

Ihr Herz zog sich schmerzhaft süß zusammen und sie drückte seine Hand, bevor sie sich auf den Beifahrersitz fallen ließ.

Coop beschützte sie. So wie mit sechs, als er ihrem Vater erzählt hatte, er wäre es gewesen, der das Schokoladeneis auf der weißen Couch gegessen habe. So wie mit zwölf, als er Timmy Robins niedergeschlagen hatte, weil er Callies Unterhose hatte sehen wollen. So wie mit vierzehn, als sie es das erste Mal auf die Titelseite einer Klatschzeitung gebracht hatte. Vollkommen besoffen mit dem Kopf in der Kloschüssel. Coop hatte jeden, der den Artikel auch nur erwähnt hatte, in den Boden gestampft.

Er hatte schon immer versucht, ihre Kämpfe für sie auszutragen. Er war schließlich ihr acht Minuten älterer Bruder, es war seine Aufgabe. Und sie wusste, wie es ihn noch immer auffraß, dass er vor zwölf Jahren, als sie ihn am meisten gebraucht hätte, nicht für sie da gewesen war. Doch es war nicht seine Schuld gewesen. Er hatte sich auf der anderen Seite des Landes aufgehalten und seine eigenen Erfahrungen gemacht. Es war ihr Leben, sie trug die volle Verantwortung dafür – und im Nachhinein war ihr klitzekleiner, totaler Zusammenbruch das Beste gewesen, das ihr je passiert war. Denn nach L. A. zu ziehen und ein neues Leben anzufangen, war genau das, was sie schon immer gebraucht hatte.

Es hatte sie zu der Person gemacht, die sie heute war. Einer Person, die nicht nur durch ihren Nachnamen definiert wurde.

Coop schlug die Tür hinter ihr zu, und im nächsten Moment waren die Schreie der Reporter nur noch ein dumpfes Rauschen.

Callie atmete tief durch und schloss die Augen. Sie versuchte sich einzureden, dass es die richtige Entscheidung gewesen war, herzukommen. Dass es klug gewesen war, ihr wunderschönes, gemütliches Leben in Los Angeles – ihr Zuhause, ihre Freunde und ihren Lieblingsitaliener – aufzugeben, um sich ihrer Vergangenheit zu stellen. Sie redete sich ein, dass die Presse sich schon beruhigen würde. Dass sie bald merken würde, wie uninteressant sie war. Ihr Selbstgespräch nahm atemberaubende Ausmaße an, während sie gleichzeitig einfach nur dankbar für die Erfindung von getönten Scheiben war.

Großartig – eine halbe Stunde in Philadelphia und schon musste sie ihre Schläfen massieren, um gegen den penetranten Kopfschmerz anzugehen, der sie hinterrücks überfallen hatte, als sie aus dem Flugzeug gestiegen war.

Es ist eine Stadt, Callie. Kein tickendes Krokodil, das dir auch noch die andere Hand abbeißen will.

Der Lärmpegel von draußen nahm wieder zu, als Coop die Fahrertür öffnete und sich hinters Steuer setzte, hielt jedoch nur ein paar Sekunden an. „Man sollte meinen, du bist die Queen, die angekündigt hat, eine Karriere als professionelle Trampolinspringerin anzustreben", bemerkte er griesgrämig und startete den Wagen. „Ich frag mich, ob die Presse immer noch so begeistert von dir wäre, wenn sie wüsste, dass du dir bis zum siebten Lebensjahr Gummibärchen in die Nase gesteckt hast."

„Hey, du warst es, der mir die Gummibärchen angereicht hat!", beschwerte sie sich.

Coop grinste sie an, bevor er vom Standstreifen fuhr. „Ich wollte sehen, ob du sie wirklich zwei Meter weit niesen kannst. Du kannst mir keinen Vorwurf dafür machen, dass ich ein so aufgeweckter, neugieriger Junge war, der unter deinem schlechten Einfluss gelitten hat."

Sie schnaubte, musste gleichzeitig jedoch lachen. Gott, sie hatte ihn vermisst. Über die letzten Jahre hinweg hatten sie sich zwar alle paar Monate gesehen – Coop war schließlich der einzige Bruder, dem Callie ihre Adresse gegeben hatte –, aber es war nicht dasselbe gewesen.

Sie hatte es immer albern gefunden, wenn Leute sie gefragt hatten, ob sie spüren könnte, wenn es Coop schlecht ging. Schließlich waren sie Zwillinge und mussten eine spezielle Verbindung haben.

Nein, sie blutete nicht, wenn ihr Bruder blutete. Nein, sie war noch nie nachts mit einer dunklen Vorahnung aufgewacht und hatte gewusst, dass Cooper gerade etwas Schreckliches zugestoßen war. Nein, sie konnten nicht telepathisch miteinander kommunizieren – und dennoch hatte es sich in L. A. an manchen Tagen angefühlt, als würde ihr ein Arm fehlen. Oder die zweite Hälfte ihres Gehirns.

Sie betrachtete Coop über die Mittelkonsole hinweg, während sie auf den Highway fuhren. Egal, wie sehr sie sich anstrengte, sie sah in ihm noch immer den kleinen, schlaksigen Jungen, der ihr mit zehn erklärt hatte, dass es cool war, einen Zwilling zu haben – weil man dann nie allein sein musste.

Auch wenn er heute beim besten Willen nicht mehr als klein oder schlaksig zu bezeichnen war. Sein Leben als Adrenalinjunkie, das aus Freeclimbing, Extremskifahren und anderem Blödsinn bestand, wirkte anscheinend Wunder für seinen Muskelaufbau. Einzig die kurz geschorenen schwarzen Haare und die stechend blauen Augen – ein Merkmal, das alle Panther-Geschwister miteinander teilten – waren noch dieselben.

Sie seufzte leise. „Hab ich dir schon mal gesagt, dass du mein Lieblingsmensch bist, Coop?"

Er lachte leise. „Bitte, das sagst du all deinen Brüdern."

„Ja, aber bei dir meine ich es ernst."

„Nein", sagte er und schüttelte den Kopf. „Du magst Callum von uns am liebsten."

Ihre Mundwinkel zuckten. Da war was Wahres dran. Callum war einfach etwas Besonderes. Er war definitiv das Panther-Familienmitglied mit dem größten und reinsten Herzen. „Aber nur, weil er mir von euch am wenigsten auf den Sack geht", stellte sie klar.

„Weil er zu beschäftigt damit ist, sein hyperaktives Gehirn zu beruhigen und die Welt zu retten, um sich auch noch um deinen Mist zu kümmern."

„Ja. Und du bist nun mal dumm genug, mir auf die Nerven zu gehen. Das ist deine Schuld."

Coop seufzte theatralisch auf. „Bedeutet es gar nichts, dass ich neun Monate lang ein Zimmer mit dir geteilt habe?"

„Mamas Uterus war kein Zimmer. Es war eine dreckige, schleimige Kaschemme. Außerdem hatte ich keine Wahl. Ich hätte das Zimmer gerne für mich allein gehabt, aber du hast dich dickköpfig an der Eizelle festgeklammert, bis ich nachgegeben habe. Du warst schon damals ein Kamikaze-Embryo."

„Und zweiunddreißig Jahre später teilen wir wieder ein Zuhause. So schließt sich der Kreis."

Sie zog eine Grimasse. Tatsache war, dass sie sich keine eigene Wohnung leisten konnte. All ihr Geld war für die Anzahlung des Grundstücks, das sie für ihre Zwecke gekauft hatte, draufgegangen. Coopers Gästezimmer war sicher nicht ihre erste Wahl gewesen.

„Also, wegen der Wohnsituation", sagte sie zögerlich. „Bist du sicher, dass du mich dahaben willst? Ich könnte auch zu Cal ziehen, er würde wahrscheinlich nicht einmal merken, dass ich da bin."

„Schwachsinn, du wohnst bei mir. Cal würde dich aus Versehen zusammen mit seinen Drohnen in die Luft jagen."

Durchaus im Bereich des Möglichen. „Schön ... aber bist du dir wirklich sicher, dass du das aushältst, Coop? Du wirst deinen Sexkonsum minimieren müssen."

Coop drückte vor einer Ampel abrupt auf die Bremse und sah sie entgeistert an. „Was? Warum?"

„Weil *ich* da bin!"

„Na und? Ich kann doch in ihre Wohnung gehen." Er winkte ab. „Du machst dir zu viele Gedanken. Ich bin pflegeleicht, schon vergessen? Das wird lustig."

Na, wenn er das sagte. Callie würde ohnehin eine Menge zu tun haben. Ihr erster Termin war morgen Nachmittag und am darauffolgenden Tag würde sie endlich das Haus ansehen, das sie sich für ihr Vorhaben ausgeguckt hatte. Sie hoffte, dass es nur halb so schlimm war, wie die Bilder hatten vermuten lassen.

„Es ist ja auch nicht für immer", sagte sie und stützte ihre Knie an der Armatur ab. „Ich werde wahrscheinlich ohnehin nur ein paar Monate in Philadelphia bleiben."

„Mhm", machte Coop abwesend, die Lippen zu einer dünnen Linie gepresst.

Callie verdrehte die Augen. „Ich habe euch von Anfang an gesagt, dass das hier nicht für die Ewigkeit sein wird, Coop!", sagte sie warnend. „Ich habe ein Leben in Los Angeles, und wenn alles glatt läuft, werde ich noch dutzende weitere Jugendzentren eröffnen. Das in Philly wird nur das erste sein. Danach werde ich zurückziehen."

Coop seufzte schwer und warf ihr einen düsteren Seitenblick zu. „Wenn du das sagst ... dann wird es wohl genauso passieren."

Misstrauisch verengte sie die Augen in seine Richtung. „Das wird es. Und egal, was Cole plant – es wird sich nichts ändern."

Ihr ältester Bruder hatte die schlechte Angewohnheit, mit allen Mitteln seinen Willen durchzusetzen. Als Anwalt und Besitzer der Delphies, der hiesigen Baseballmannschaft, war das wohl eine gute Eigenschaft. Als seine kleine Schwester, die sich nicht den Willen ihrer Familie aufzwingen lassen wollte, war das furchtbar.

„Jaja", sagte Coop unzufrieden, während die ersten Ansätze der Philadelphia Skyline am Horizont auftauchten. „Apropos Cole: Er wollte dir eine Willkommensparty schmeißen."

Schockiert sah sie ihn an. Das Familienessen morgen Abend war schon schlimm genug! „Du hast es ihm ausgeredet, oder?"

„Natürlich habe ich das ... sie warten trotzdem in meiner Wohnung auf dich."

Callie zog eine Grimasse. Sie liebte ihre Brüder sehr, es war nur ... „Gott, sie werden mich lauter unangenehme Dinge fragen. Zum Beispiel wie es mir geht oder warum ich mich die letzten zwölf Jahre so wenig bei ihnen gemeldet habe. Und Cal wird wissen wollen, was ich mit seiner blöden Drohne gemacht habe, die sie auf mich gehetzt haben!"

„Ach, Quatsch", meinte Coop kopfschüttelnd. „Sie werden einfach froh sein, dich zu sehen. Mehr nicht."

„Unglaublich, die verlorene Tochter ist zurück", bemerkte Cole zwanzig Minuten später kopfschüttelnd und zog sie fest in die Arme. „Wie geht es dir? Warum zum Teufel hast du dich nicht öfter besuchen lassen? Ich konnte dir nicht einmal eine Weihnachtskarte schicken, weil du ja niemandem deine Adresse geben wolltest!"

„Und was ist mit meiner Drohne passiert?", wollte Callum wissen, als er Cole in der Umarmung ablöste.

„Ihr habt mich damit ausspioniert! Die Drohne hat bekommen, was sie verdient."

Ungläubig sah Cal sie an. „Was? Weißt du, wie teuer das Teil war?"

„Teurer als meine Privatsphäre?", fragte sie gespielt neugierig.

„Meine Güte, hör auf mit deiner Drohne", meinte Cole schnaubend. „Sie war nicht dein Roboterkind. Lass Callie lieber erzählen, wie es ihr geht."

Vorwurfsvoll sah Callie zu Coop.

„Ups", formte der nur mit den Lippen und verschwand im nächsten Moment nach links in die Küche. Hoffentlich, um ihr Alkohol zu bringen.

Sie wusste, dass Cole und Cal es gut mit ihr meinten, doch über die Jahre hatte sich die höfliche Floskel „Wie geht es dir?" aus dem Mund ihrer Familie zu einem besorgten Kontrollzwang entwickelt.

„Mir geht es sehr gut", sagte sie und gab sich Mühe dabei, nicht allzu genervt zu klingen. „Tatsächlich ging es mir nie besser."

Es war die Wahrheit.

Cole und Cal wechselten einen skeptischen Blick, nickten jedoch. „Das ist ... gut zu hören", sagte Cole langsam und kratzte sich am Kopf.

„Ja, ist es", bestätigte sie. „Und was ist mit euch beiden? Geht es *euch* gut?"

Sie zog ihren Koffer rechts ins Wohnzimmer hinein und sah sich kurz um. Coop hielt nicht viel von Farbe. Sie lenkte die Frauen, die er herbrachte, zu sehr ab. Er setzte auf Schwarz und Grau, weil das seine Eroberungen zu weniger Gesprächen anregte.

Eine breite Ledercouch und der dazu passende Sessel dominierten den Raum, einige Schwarz-Weiß-Bilder, die verschiedene architektonisch beeindruckende Gebäude zeigten, hingen an den Wänden. Keines auch nur ansatzweise so groß wie der Flatscreen Fernseher an der gegenüberliegenden Wand. Ein Kickertisch besetzte die eine Ecke, eine Dartscheibe die andere. Callie fühlte sich, als wäre sie in einen Film mit dem Namen *Der Junggeselle* gestolpert. Gott sei Dank war sie jetzt hier und konnte Coop vor sich selbst retten.

„Ich komm klar", meinte Cal abwesend, den Blick auf sein Handy gerichtet.

„Ja, ich auch", bestätigte Cole.

„Wirklich?", fragte Callie neugierig, schnappte Cals Handy aus seiner Hand – ihm würde es wirklich guttun, mehr mit Menschen als mit Maschinen zu kommunizieren – und ließ sich auf die Couch fallen. „Hast du immer noch eine *Freundin*, Cole?"

Er zog eine Grimasse und setzte sich neben sie. „Sag das nicht so."

„Wie denn?"

„Als hätte ich eine Frau entführt, um sie dazu zu zwingen, mit mir zusammen zu sein."

Callie lachte. Alte Gewohnheit. „Sorry, ich formuliere es um: Wie geht es deiner Freundin?"

„Ebenfalls gut, danke der Nachfrage. Sie ist auf der Arbeit, freut sich aber, dich morgen Abend persönlich kennenzulernen", murmelte Cole. „Und es ist überhaupt gar nicht so merkwürdig, wie ihr immer behauptet, dass ich jetzt vergeben bin."

Doch, war es. Die Panther-Geschwister verbanden drei Eigenschaften: die blauen Augen, die schwarzen Haare und ihre Unfähigkeit, eine gesunde Beziehung zu führen.

Callie gab ihren Eltern die Schuld, die einen verdammt guten Job darin gemacht hatten, ihnen zu zeigen, wie eine Beziehung auf keinen Fall funktionierte, aber nie dazu gekommen waren, ihnen zu erklären, wie man sich normalerweise in einem intimen Verhältnis verhielt. Und dass gerade Cole, der König der Distanziertheit, jemanden gefunden hatte, mit dem er sein Leben verbringen wollte, war ... absurd. Aber gleichzeitig auch schön. Denn es bedeutete, dass noch Hoffnung für sie bestand.

„Er hat Savannah gefragt, ob sie bei ihm einziehen will", bemerkte Callum und lächelte breit. „Aber sie hat Nein gesagt. Es sei zu früh. Sie möchte nicht, dass er auf dumme Ideen kommt wie Heirat und Kinder. Denn dafür sei sie noch nicht bereit."

Ungläubig sah Cole ihn an. „Woher zum Teufel weißt du das?"

„Frauen reden mit mir, Cole", meinte er achselzuckend.

„Welche? Die aus Plastik?"

„Oh, reden wir über Coles Unfähigkeit, Savannah festzunageln?", stimmte Coop mit ein, der mit einem Sixpack Bier aus der Küche kam.

„Ich nagel sehr gut, danke", sagte Cole düster.

Callie verzog das Gesicht. „Eklig."

„Es war Coops Wortwahl!"

„Ja, er ist ja auch noch schlimmer als du. Der Einzige, der respektvoll mit Frauen umgehen kann, ist Callum."

„Weil er nie rausgeht und keine trifft", gab Coop zu bedenken.

„Ich treffe genug Frauen", sagte Cal gelassen. Es war äußerst schwer, ihn aus der Fassung zu bringen.

„Die von *World of Warcraft* zählen nicht", meinte Coop kopfschüttelnd und reichte Bierflaschen herum.

Cal schnaubte nur. „In welchem Zeitalter lebst du? Ich spiele *Fortnite*."

„Das ist ein Kinderspiel, Cal."

„Nein, den Tag damit zu verbringen, aus Flugzeugen zu springen und Wände hochzuklettern, so wie du es tust, ist ein Kinderspiel, Coop. Und nur, weil dein letztes vernünftiges Date drei Monate zurückliegt, musst du deine Frustration nicht an mir auslassen.“

„Was soll das heißen? Ich habe andauernd Dates!“

„Die Kellnerin deiner Lieblingsbar aufzureißen und mit ihr zwei Minuten über eine merkwürdige Wolkenformation am Himmel zu reden, bevor du sie mit zu dir nach Hause nimmst, ist kein Date. Google wird dir das bestätigen!“

Coop murmelte etwas, das sich sehr nach „Klugscheißer“ anhörte, bevor er einen Schluck von seinem Bier nahm.

Callies Mundwinkel zuckten und eine wohlige Wärme breitete sich in ihrem Magen aus. Ja, ihre Brüder waren Idioten. Aber es waren *ihre* Idioten. Und es war offensichtlich, dass sie einen positiven weiblichen Einfluss brauchten! Sie würde die Monate hier gut zu nutzen wissen.

„So, da wir den Small Talk jetzt hinter uns haben“, sagte Cole laut und öffnete seine Flasche, bevor er den Öffner an Callie weiterreichte. „Können wir dann bitte zu der Frage kommen, die wir uns alle die letzten Wochen über gestellt haben?“

Cals und Coops Blicke flogen automatisch zu Callie, bevor sie betreten auf ihre Füße sahen.

Oh nein. Sie ahnte Böses, und das warme Gefühl in ihrem Bauch wurde zu einem nervösen Flattern. „Was für eine Frage ist das?“, wollte sie zögerlich wissen. „Ob Schokolade besser ist als Chips?“

Cole schüttelte den Kopf. „Nein. Jeder weiß, dass Schokolade besser ist. Was wir wissen wollen ... warum hast du dir Geld von Dad geliehen, wenn du es ebenso gut von uns hättest haben können? Das wäre mit sehr viel weniger Stress für dich verbunden gewesen und wir hätten dir sicherlich keinen dummen Deal vorgeschlagen. Außerdem: Was zum Teufel ist mit deiner eigenen Kohle passiert?"

Callie seufzte schwer und versteckte sich einige Momente lang hinter ihrer Bierflasche. Coop war der Einzige, dem sie erzählt hatte, dass sie ihr Geld gespendet hatte ... und natürlich hatte Cole recht. Anders als jede Bank, die sie gefragt hatte, hätte jeder von ihnen ihr das Geld mit Freude gegeben. „Mein Geld ist ... weg. Und ich wollte unsere Beziehungen nicht belasten", erklärte sie und hob die Achseln. „Die Beziehung zu Dad kann gar nicht mehr schlimmer werden. Doch ihr ... Ich will nicht das Gefühl haben, euch etwas zu schulden, okay?"

Außerdem ging es nicht nur ums Geld. Ihr Deal umschloss nicht nur die eine Million Dollar – die sie ihm natürlich zurückzahlen würde! Wenn das Jugendzentrum auf lange Sicht funktionieren sollte, brauchte sie Investoren. Leute, die ihr jährlich Spenden bereitstellten. Und so leid es ihr tat ... dafür brauchte sie Medienpräsenz. Ihr Dad war Medienmogul, ihm gehörten ein Haufen TV-Sender, Zeitungen – es wäre dumm von ihr, das nicht auszunutzen. Auch wenn ihr Stolz es ihr eigentlich verbot.

„Okay", sagte Cole ungeduldig. „Ich verstehe. Aber ..." Er zögerte und strich über das Etikett seiner Flasche. „Callie, weißt du, was du da tust? Bist du sicher, dass du dir nicht zu viel auflädst? Das ganze Projekt wird verdammt anstrengend. Das werden eine Menge Zahlen sein, mit denen du dich beschäftigen musst."

„Ach, tatsächlich?", sagte sie trocken. „Wie gut, dass ich einen Master in Finance im Müll gefunden und ihn an meine Wand gehängt habe."

„Es geht nicht nur um die Arbeit an sich", meinte Coop. „Die Idee ist wunderbar und es ist toll, dass du dich für Jugendliche mit problematischem Hintergrund einsetzen willst. Aber die Presse wird jeden deiner Schritte verfolgen. Sie wird alte Kamellen auspacken und neu aufwärmen. Sie wartet seit zwölf Jahren darauf, dass du zurückkommst. Wir wollen nur nicht, dass du ... na ja ..." Er brach ab und blickte erwartungsvoll zu Callum.

Der zog die Augenbrauen zusammen, sodass sie unter dem Rand seiner Brille verschwanden. „... dich übernimmst?", bot er unsicher an.

Dankbar deutete Cooper mit dem Finger auf ihn. „Genau das."

Callie presste die Lippen aufeinander und ließ den Blick langsam von einem Gesicht zum nächsten schweifen. „Nur damit ich das richtig verstehe", sagte sie langsam. „Ihr haltet mich für einen zerbrechlichen Zweig, der unter dem Druck der Presse zusammenbrechen, erneut zu Drogen greifen, sich auf zweiundfünfzig Kilo hinunterhungern und letztendlich im Krankenhaus landen wird. Wie letztens noch. Vor beschissenen zwölf Jahren!"

„Ich habe dir gesagt, dass wir es nicht hätten ansprechen sollen", flüsterte Coop unzufrieden in Coles Richtung.

„Wir haben überhaupt nichts angesprochen", zischte er. „*Ich* habe es getan. Und wir waren uns einig, dass wir es zumindest erwähnen sollten."

„Ich sitze hier, Cole! Ich kann euch hören!“, fuhr Callie ihn wütend an. „Und denkt ihr allen Ernstes, dass mir nicht klar ist, auf was ich mich eingelassen habe?“ Herrgott, sie dachte seit einem halben Jahr an nichts anderes. Warum, glaubte er, hatte sie es immer wieder vor sich hergeschoben, diesen Flug zu buchen?

Ja, sie hatte Angst – nein, Panik! –, dass sie wieder in alte Muster zurückfallen würde. Diese ganze Stadt war eine einzige schlechte Erinnerung. Eine Essstörung verlor man nicht. Man lernte nur, mit ihr umzugehen. Und das tat sie jeden Tag aufs Neue. Was die Drogensache anging … sie war nie süchtig gewesen. Der Tag, an dem sie im Krankenhaus gelandet war, war das erste und letzte Mal gewesen, dass sie zu dem kleinen, weißen Helferlein gegriffen hatte. Auch wenn ihr das niemand glaubte. Der Auslöser, der zu dieser Fehlentscheidung geführt hatte, würde sich ohnehin nicht wiederholen können. Deswegen machte sie sich keine Gedanken. Vielmehr hatte sie Angst, was der Druck der Presse mit ihr anstellen würde.

Ja, sie war keine zwanzig mehr. Sie war stärker geworden. Sicherer in dem, wer sie war. Sie wusste, was sie konnte und was nicht. Aber ebenso wusste sie, dass sie drei Jahre Therapie gebraucht hatte, um dieses Selbstbewusstsein zu erlangen.

Dennoch: Sie würde ihr Leben nicht von diesem einen Vorfall bestimmen lassen. Sie konnte nicht vergessen, was passiert war, aber sie konnte versuchen, es zu verarbeiten. Und wenn sie Philadelphia in ein paar Monaten verließ, hatte sie hoffentlich Frieden mit der Stadt geschlossen.

„Ich weiß, dass es schwer wird", sagte sie gereizt und umklammerte ihre Bierflasche fester. „Ich weiß, dass es anstrengend wird. Ich weiß, dass es alte Wunden aufreißen wird und ich weiß, dass die Presse mir Stolpersteine in den Weg werfen wird. Aber das alles ist kein Grund, sich zu einem Ball einzurollen und weinend in der Ecke zu sitzen! Wisst ihr: Anstatt euch Sorgen um mich zu machen, könntet ihr mich einfach mal unterstützen. Ich bin erwachsen geworden. Ich bin kein Kind mehr, das sich die falschen Freunde gesucht hat und mit den Konsequenzen leben muss. Ein wenig Vertrauen wäre nett."

„Wir vertrauen dir!", sagte Cole hastig. „Wir wollen dir nur helfen. Wir wissen, dass du nicht mehr dieselbe bist. Wirklich."

„Nein, das tut ihr nicht! Ihr unterschätzt mich. Ihr schützt mich, wo ich nicht geschützt werden muss!", fuhr sie ihn an. Es war so typisch! Sie sahen immer noch das Mädchen vor sich, das so todunglücklich gewesen war, dass es aufgehört hatte, richtig zu funktionieren. Das Mädchen, das sie nicht hatten retten können, weil sie zu spät gemerkt hatten, was los war.

Cole schüttelte den Kopf. „Callie, du hast keine Ferien im Krankenhaus gemacht! Du lagst ein paar Stunden auf der Intensivstation, Herrgott!"

„Ich weiß, Cole!", sagte sie zornig. „Ich war dabei. Aber das ist eine Ewigkeit her! Ich bin zufrieden mit meinem Leben. Mit dem, was ich erreicht habe. Stolz sogar! Ich bin ein anderer Mensch." Und sie würde ihrer Familie verdammt noch mal beweisen, dass sie zu allem fähig war, was sie sich in den Kopf setzte.

Ihre Brüder starrten sie an, sagten jedoch nichts.

„Schön. Ich geh auspacken“, meinte sie ernüchtert und stand auf.

„Callie, komm schon“, sagte Coop seufzend und erhob sich ebenfalls. „Wir lieben dich, okay? Wir haben dich vermisst. Du hast dich zwölf Jahre lang auf der anderen Seite des Landes versteckt. Natürlich haben wir Fragen.“

„Ich habe mich nicht versteckt! Ich habe mir ein Leben aufgebaut“, sagte sie gereizt. „Ich habe Finanzmanagement studiert. Ich habe Soziale Arbeit studiert. Ich habe die letzten zehn Jahre ununterbrochen gelernt, damit ich Jugendlichen, die genauso verloren sind, wie ich es damals war, helfen kann. Ihnen ein Zuhause für den Tag geben kann! Das Jugendzentrum ist keine fixe Idee von mir. Es ist ein Ziel, auf das ich hart hingearbeitet habe. Und ich weiß, dass ihr denkt, ich sei zu schwach, um es allein zu schaffen. Aber ihr irrt euch!“

„Niemand von uns denkt das, Callie“, sagte Callum mit seiner ruhigen Stimme. „Wir wollen dich lediglich wissen lassen, dass wir für dich da sind. Egal, welches Problem sich dir die nächsten Monate in den Weg stellt.“

Callie schloss die Augen, nickte und atmete tief durch. „Jungs, ich weiß es zu schätzen, okay?“, sagte sie und zwang sich dazu, ihre Fäuste zu lösen. „Dass ich bei dir wohnen darf, Coop, dass ihr euch um mich sorgt. Dass ihr mich vermisst habt. Ich habe euch auch vermisst. Aber ich muss das hier allein machen!“ Sie streckte den Rücken durch. „Und ihr könnt euch schon einmal an einen Gedanken gewöhnen: Ihr wisst nicht, was das Beste für mich ist. Das weiß nur ich. Und jetzt gehe ich auspacken, bevor ich euch beim Kicker abziehen werde.“

Sie lächelte schwach, drückte Coop, der immer noch leidend aus der Wäsche guckte, kurz an sich und verschwand dann in den kleinen Flur, der vom Wohnzimmer abging und hinter dem sie das Gästezimmer vermutete.

Verborgen vor den Blicken ihrer Brüder blieb sie stehen und schloss die Augen. Einige Momente lang lauschte sie ihrem eigenen Herzschlag und ihrem eigenen Atem.

Es war die richtige Entscheidung gewesen, herzukommen. Coop hatte recht, sie hatte sich in Los Angeles versteckt. Doch damit war jetzt Schluss. Sie hatte schließlich gewusst, dass es nicht leicht werden würde!

Sie öffnete die Augen und verzog das Gesicht. Sie hatte nur ebenso gehofft, dass es nicht so schrecklich schwer werden würde ...

Kapitel 2

James Galway hatte in seinem Leben bereits eine Menge Spitznamen gehabt.

Pooky, Specknacken, Windelkönig, Drunken Sailor, Jamie, Big Shot, Rich-Bitch, Pantoffelheld und nicht zu vergessen: Wordmaster. Über die Jahre hinweg war da allerhand zusammengekommen. Zurzeit jedoch hatte sich seine Familie auf *Arschloch* versteift – und den Titel trug er leider bereits seit sieben Monaten.

Mochte er diesen Namen? Er war noch unentschlossen. Er kam wohl vor Windelkönig aber nach Wordmaster. Verdiente er den Spitznamen? Möglich. Wenn auch nicht unbedingt für das, was seine Familie ihm anlastete.

Als Journalist wurde er manchmal dazu gezwungen, Dinge zu tun, die im Lexikon hinter *moralisch verwerflich* eingeordnet werden konnten. Doch allgemein gab er sich Mühe, ein vernünftiger Kerl zu sein. Das gelang ihm nicht immer – er war nun einmal ein Mensch mit einer Menge Fantasie, einer Menge Möglichkeiten und einem großen Vokabular an Schimpfwörtern –, aber eigentlich hatte er bis vor ein paar Monaten geglaubt, dass er in den Himmel kommen würde.

Doch seit der „Jamie ist ein Arschloch"-Phase gelang es ihm immer weniger, sich an diesem Gedanken festzuhalten. Denn die Rolle, die ihm seine Familie neuerdings zugewiesen hatte, schränkte ihn in einigen Bereichen etwas ein …

„Ich bin bei Rusty und lerne, Mom!“, rief Thomas in den Telefonhörer hinein. „Und das sind keine Motorengeräusche, das ist der Computer, der ist sehr laut. Meine Güte, du wirst langsam echt paranoid.“

James warf seinem vierzehnjährigen Neffen einen skeptischen Seitenblick zu und musste zugeben, dass er besser lügen konnte, als er es ihm zugetraut hätte.

„Ja, gut. Ich werde hier essen, danke. Bis nachher.“ Thomas legte auf und grinste ihm zu. „Siehst du? Kinderspiel.“

James zog eine Grimasse. „Weißt du, jedes Mal, wenn ich dich ohne die Zustimmung deiner Mutter abhole, komme ich mir wie ein verdammter Kidnapper vor“, murmelte er kopfschüttelnd, während er vor einer Ampel hielt. Sein Navi sagte ihm, dass sie in drei Minuten da sein würden, und den großen, verdammt teuer aussehenden Häusern nach zu urteilen, die ihre Straße säumten, hatte es recht.

„Jaja, jetzt ist es plötzlich *meine* Mutter und nicht mehr *deine* Schwester“, sagte Thomas und verdrehte die Augen. „Und technisch gesehen kidnappst du mich ja auch. Mom hat dir verboten, mich zu sehen … und du wirfst mich trotzdem in deinen Kofferraum und schleppst mich mit.“

James schnaubte laut. „*Mitschleppen?* Du bettelst mich seit Tagen an, mit dir den bescheuerten Marvel-Film zu sehen.“

„Zu dem wir wahrscheinlich nicht rechtzeitig kommen werden, weil du schon wieder arbeiten musst.“

„Eine halbe Stunde, maximal", versprach er und bog in eine Einbahnstraße ein. „Dann fahren wir weiter und gucken diesem Ameisenmann dabei zu, wie er unlogische Dinge tut."

„Du sagst immer, dass es nur eine halbe Stunde dauert, und nie hältst du dein Wort", murrte Thomas.

Das mochte stimmen, aber diesen Termin hatte er unmöglich absagen können. Die Chance mit jemandem wie Calliope Panther zu arbeiten, tat sich nur einmal alle zehn Jahre auf, und er hatte nicht vor, sie zu vergeuden. Alle seine Kollegen und Konkurrenten rissen sich um einen Termin bei ihr – und er hatte ihn auch nur bekommen, weil er so viele Versprechungen gemacht und so verdammt hartnäckig gewesen war, sodass Ms Panther ihn mit einer einzeiligen E-Mail-Antwort gewürdigt hatte.

Fünf Minuten, Dienstag um vier.

Eine romantischere Nachricht hatte er noch nie bekommen.

„Wie geht es deiner Mom eigentlich?", wollte er wissen, während sein Navi piepte und ihm ankündigte, dass sich sein Ziel in dreihundert Metern zu seiner Rechten befand.

„Ganz okay", meinte Thomas vage und zuckte mit den Achseln. „Ich glaub, es tut ihr gut, dass sie zur Abwechslung mal auf dich und nicht auf Dad wütend sein kann."

Ja, sich über diesen Schwachkopf aufzuregen, war sicherlich anstrengend. „Schön, dass ich helfen kann", sagte er deswegen trocken.

Thomas grinste und klopfte ihm auf die Schulter. „Keine Angst. Ich glaube, ihn hasst sie immer noch mehr als dich."

Na, wunderbar. Dann waren alle seine Wünsche ja in Erfüllung gegangen. Und es war noch nicht einmal Weihnachten.

„Sie meinte letztens, dass sie sich von dir verraten fühlt. Und sie wolle mich deinem schlechten, betrügerischen Einfluss nicht länger aussetzen. Du müsstest noch mindestens ein Jahr leiden, bevor sie überlegen kann, dir zu verzeihen."

James seufzte schwer, bevor er mit etwas mehr Elan als notwendig die Bremse drückte und am Straßenrand parkte.

Er hatte es nicht anders erwartet. Seine Schwester war schon immer sehr nachtragend gewesen. Als sie sechs war, hatte sie drei Monate lang nicht mit ihm geredet, weil er ihrer Barbiepuppe einen Irokesen verpasst hatte. Und das, was er sich jetzt zu Schulden hatte kommen lassen, ging etwas über eine miese Barbiefrisur hinaus. Trotzdem: Seiner Meinung nach reagierte sie maßlos über. Schön, wenn sie sauer auf ihn sein wollte, aber den Kontakt zu ihrem Sohn zu verbieten? Dem einzigen Familienmitglied, das ihn zurzeit nicht hasste? Seinem beschissenen Patenkind? Nein, das ging zu weit. Also traf er sich seit Monaten heimlich mit Thomas. Romeo-und-Julia-Style. Nur dass Thomas keine Liebe, sondern Kinokarten, Gesellschaftsspiele und Ratschläge über Mädchen haben wollte. Als ob er da der verdammte Experte für wäre. Er war nur mit einer Frau zusammen gewesen – und das sieben Jahre lang. Über diese Frau wusste er eine Menge, über alle anderen jedoch? Nicht wirklich.

„Aber weißt du, ich bin auch sauer auf sie“, redete Thomas weiter und pulte an dem aufgedruckten Pac-Man-Bild auf seinem T-Shirt. Er war so schlaksig, dass selbst die Größe S an ihm hinabhing wie ein Bettlaken an einem Skelett. „Weil sie sauer auf dich ist. Und weil sie seit einem Jahr verspricht, mir diese neuen Turnschuhe zu kaufen, es aber nie tut. Ich schwöre, jeder meiner Mitschüler hat mehr Geld als ich. Jeder! Und ich weiß, dass Dad nicht zahlt, was er sollte, aber es kotzt mich an.“

„Hey, deine Mom tut ihr Bestes“, sagte James ernst. Man konnte Serena eine Menge Vorwürfe machen, aber nicht, dass sie nicht alles für ihren Sohn tat. „Also hör mit deinen blöden Turnschuhen auf. Wenn sie das Geld hätte, würde sie sie dir kaufen.“

„Ja, ich weiß“, murrte Thomas. „Es ist nur … als bräuchten die anderen noch einen weiteren Grund, sich über mich …“ Er brach ab, lief rot an und sah aus dem Fenster. „Ist auch egal.“

James’ Herz zog sich unangenehm zusammen. Er musste kein Genie sein, um zu wissen, dass Thomas nicht gerade unter die Definition *cool* fiel. Er war zu groß, zu dünn, verbrachte seine Zeit mit zu vielen Computerspielen und Superhelden und sein Lieblingsfilm war Pocahontas. Ja, er hatte es nicht leicht als Teenager. Aber darüber würden ihm ein paar neue Turnschuhe auch nicht hinweghelfen. Er musste die High-School aussitzen, danach würde alles besser werden.

„Warum gibst *du* mir nicht einfach das Geld?", meinte Thomas nachdenklich und sah ihn auffordernd an. „Du hast Kohle!"

Er hatte es versucht, aber seine Schwester hielt nicht viel von Almosen. Noch weniger als von ihm. Ihr würde es auffallen, wenn Thomas mit neuen Schuhen nach Hause kam – und er wollte nicht riskieren, seinen Neffen wirklich das nächste Jahr über nicht zu sehen. Manchmal hatte er nämlich das Gefühl, dass Thomas das Einzige in seinem Leben war, das seinen Bezug zur Wirklichkeit aufrechterhielt.

Mit ehrwürdigem Journalismus verdiente man nicht viel Geld. Mit Klatschpresse hingegen schon. James war nicht stolz darauf, aber das war der einzige Grund, warum er vor sieben Jahren in diese Sparte gewechselt war. Er war es leid gewesen, einer brotlosen Kunst hinterherzuhängen. Doch über die vermeintlichen Stars und Sternchen Amerikas zu schreiben, saugte einem langsam, aber sicher jegliches Leben und jeglichen Realitätsbezug aus dem Körper.

Weil er jedoch so verdammt gut in dem war, was er tat, weigerte sein Chef sich, ihm große Themen außerhalb dieses Bereichs zuzuspielen. Bis jetzt. Denn das alles würde sich mit Calliope Panther ändern.

„Ich hab dir das Pac-Man-Shirt gekauft. Wenn ich dich auch noch mit Turnschuhen verwöhne, erwartest du als Nächstes ein Auto von mir."

Thomas grinste. „Ein rotes, bitte."

„Ah, rote Autos werden statistisch gesehen öfter von der Polizei angehalten als andere", meinte er kopfschüttelnd und schaltete den Motor aus. „Das möchte ich dir nicht zumuten."

„Dein Auto ist rot."

Na ja, aber ihn hielt die Polizei ohnehin schon relativ oft an. Sie mochte keine kreativen Autofahrer.

„Werde du erst mal sechzehn", sagte er bestimmt, schnallte sich ab und öffnete die Tür. Thomas wollte es ihm nachtun, doch James schüttelte den Kopf. „Nichts da. Du bleibst im Auto."

Thomas schnaubte laut. „Alter, ich bin nicht dein Hund."

„Natürlich nicht", meinte er leichthin und stieg aus. „Ich lass dir ja auch kein Fenster auf."

Im nächsten Moment warf er die Tür zu und schloss seinen Neffen ein.

„Hey!", beschwerte sich Thomas gedämpft durch das Fenster. „Was soll das?"

James lächelte ihm nur zu und wandte sich dem Haus zu, vor dem er parkte. Das letzte Mal, als er Thomas zu einem seiner Aufträge mitgenommen hatte, war der Jugendliche ihm zehn Minuten später gefolgt und hatte eine eintausend Dollar teure Vase umgeschmissen. Calliope Panther würde ihn ohnehin nicht mit offenen Armen empfangen, da brauchte er nicht auch noch einen Vierzehnjährigen, der ihre Wohnung verwüstete. Er hoffte nur, dass Thomas heute länger brauchen würde, um zu bemerken, dass er das Auto von innen einfach öffnen konnte ...

Das viktorianische Gebäude bestand aus vier Apartmentblocks und war mit einem undurchsichtigen Metallzaun umgeben, in den nur ein einziges Tor eingelassen war. Klug von Ms Panther, es der Presse schwer zu machen, unerlaubte Schnappschüsse von ihr zu machen.

James sah auf seine Uhr – er war pünktlich, so wie immer – und drückte dann auf den Klingelknopf, neben dem der Name *Panther* stand.

Ms Panther war schnell, das musste man ihr lassen. War sie nicht erst gestern angekommen? Und schon stand ihr Name auf ihrem Klingelschild?

Ein Knistern ertönte, dicht gefolgt von einer Stimme. „Kommen Sie rein. Und wenn ich ein Diktiergerät bei Ihnen finde, das unerlaubt läuft, werden Sie sich wünschen, einen Anzug aus Styropor zu tragen." Das Knistern brach ab und im nächsten Moment ertönte ein Buzzer.

James lachte leise und trat durch das Tor. Charmant. Es war genau so, wie er gedacht hatte: Callie Panther hasste ihn, bevor sie ihn überhaupt kennengelernt hatte. Das war keine neue Erfahrung für ihn, jedoch gleichzeitig etwas ernüchternd. Es würde es sehr viel schwerer machen, sie davon zu überzeugen, mit ihm zusammenzuarbeiten.

Er lief über einen schmalen Kiesweg, eine Treppe hinauf und blieb vor einer blauen Tür stehen, die der prestigegeladene Name *Panther* zierte. Keine Sekunde später ging sie auf.

Er öffnete den Mund, um sich vorzustellen, stockte jedoch, als er die Frau sah, die vor ihm stand.

What the ...?

James hatte gewusst, wie Calliope Panther aussah. Jeder in Philadelphia tat das. Allerdings hatte er das viel zu dünne Mädchen im Kopf gehabt, das er vor so vielen Jahren, während seiner Anfänge als Journalist, abgelichtet hatte. Die Frau, die jetzt vor ihm stand, hatte bis auf die großen, blauen Augen nichts mit der Jugendlichen gemein, die er schon damals als sein Sprungbrett genutzt hatte.

Verdammt, Calliope Panther war erwachsen geworden! Und es stand ihr. Anfang dreißig tat ihr sehr viel besser als zwanzig. Sie war nicht mehr dürr, sie sah … gesund aus. Die richtigen Kurven an den richtigen Stellen. Ihre Haut war von der kalifornischen Sonne gebräunt, ihre schwarzen Haare kitzelten ihre Schultern und die Jeans, die sie trug, war an genau den richtigen Stellen eng. Nämlich an allen.

„Hey", sagte sie kühl und lächelte ihn steinern an. „Sie müssen der Virus sein, der mein Mailpostfach zum Einsturz gebracht hat."

Ja, vielleicht hatte er es mit seinen Nachrichten etwas übertrieben. Aber seine Hartnäckigkeit war es, die aus einem mittelmäßigen Journalisten einen großartigen gemacht hatte. Er ließ sich nicht von seinem Ziel abbringen. Er grub bis zum Erdkern, wenn er musste. James hatte sich in seinem Leben noch nie leicht zufriedengegeben. Das war der Punkt, in dem er sich grundlegend von seiner gesamten Familie unterschied. Der Punkt, den weder seine Eltern noch seine Geschwister je verstanden hatten.

Seine Familie brauchte einen Braten auf dem Tisch und eine Realitysoap im Fernsehen und schon war sie glücklich. Für sie war es okay, vierzig Jahre lang für dieselbe Baufirma zu arbeiten und das Leben in derselben Stadt, in derselben Nachbarstadt zu verbringen.

Lana war genauso gewesen. Ein Haus neben dem seiner Eltern, ein paar Kinder, ein ruhiges Leben mit weißem Gartenzaun und hier und da ein Urlaub in Maine – das war alles, was sie gewollt hatte.

Und das war in Ordnung. Ein ruhiges Leben mit den Dingen, die man kannte, zu bevorzugen, war kein Verbrechen – aber für ihn nie das Richtige gewesen.

Er hatte schon immer mehr gewollt. Mehr Wissen, mehr Veränderung, mehr Tiefgang, mehr Erfahrungen, mehr Herausforderungen ... einfach *mehr*. Er wollte in seinen Artikeln nicht an der verdammten Oberfläche kratzen, so wie es sein Chef von ihm verlangte. Er wollte *verstehen*, was er sah, über was er schrieb. Er wollte nicht den Vorhang, er wollte den verdammten Backstagebereich. Also bohrte er und bohrte, bis er auf Öl stieß.

„Hey", sagte er betont freundlich und reichte ihr die Hand. „Ich bevorzuge James Galway, aber wenn Sie bei Virus bleiben wollen, kein Problem. Ich bin Spitznamen gewohnt."

Calliope nahm seine Hand mit überraschend festem Griff entgegen, während sie ihn misstrauisch betrachtete. Ihr Blick glitt von seinen Füßen zu seinem Gesicht. Zentimeter für Zentimeter tastete sie ihn ab, als suche sie etwas.

„Soll ich mich vielleicht lieber ausziehen, damit Sie mich leichter auf illegale Gegenstände durchsuchen können?", fragte er unschuldig.

Calliopes Blick flog nach oben zu seinem Gesicht, bevor er zurück zu seiner Brust wanderte. Nachdenklich runzelte sie die Stirn. „Sie wollen so dringend mit mir sprechen, dass Sie bereit wären, vor der ganzen Nachbarschaft zu strippen?"

„Ich habe kein Problem mit meinem Körper", sagte er wahrheitsgemäß.

„Das erkenne ich an Ihrem sehr engen Hemd. Aber nein", sagte sie. „Sie dürfen Ihre Hosen anbehalten. Alles andere wäre womöglich unangebracht."

„So unangebracht, wie zu denken, dass ich nur hier bin, um Ihnen zu schaden?"

Sein Gegenüber seufzte schwer und verschränkte die Arme vor der Brust. „Nehmen Sie es nicht persönlich, Mr Galway, aber ich hasse Klatschreporter. Aus tiefstem Herzen. Und das nicht grundlos. Was unangebracht ist, entscheide ich also immer noch selbst."

„Ich bin hier, um Ihnen zu helfen", stellte er mit erhobenen Händen klar. „Nicht um Ihre dreckige Wäsche zu waschen."

Sie schnaubte laut. „Natürlich. Ihre Hintergründe sind ehrenwert. Mitgefühl, Menschlichkeit und das Streben nach einer reinen Seele haben Sie heute hierhergeführt." Ruckartig wandte sie sich um und ging nach links in die Küche.

James' Mundwinkel zuckten, bevor er über die Schwelle trat, die Tür hinter sich schloss und ihr folgte.

Die Küche schien direkt aus einem Schwarz-Weiß-Film entnommen worden zu sein. Granit traf Edelstahl und klare Kanten verbanden sich mit spitzen Ecken. Alles in allem wirkte die Küche etwas ... männlich. Und als Ms Panther drei verschiedene Schränke öffnen musste, um zwei Gläser zu finden, kam James der Gedanke, dass es vielleicht gar nicht ihre Wohnung war.

Möglicherweise galt das Klingelschild einem anderen Familienmitglied mit dem Namen Panther.

Calliope füllte die Gläser mit Wasser, stellte sie auf einen schwarzen Küchentisch in der Mitte des Raumes und deutete auf einen Stuhl, bevor sie sich auf den Platz gegenüber setzte.

„Also, Mr Galway", sagte sie, latente Ungeduld in ihrer Stimme. „Ich habe Ihnen fünf Minuten versprochen und ich gebe Ihnen fünf Minuten."

Er setzte sich ebenfalls. „Nennen Sie mich James."

„Schön", sagte sie knapp und verengte die Augen. „Auch wenn ich dann die ganze Zeit das Gefühl habe, ich würde meinen Butler rufen. Ich bin Callie. Warum die Höflichkeit bewahren, wenn Sie doch ohnehin gerade die erste Schlagzeile über mich formulieren."

Bitte, die erste Schlagzeile hatte er bereits seit einer Woche. Er war doch kein Anfänger.

„Dankeschön", sagte er und faltete die Hände auf dem Tisch. „Ich bin eigentlich nur hier, um ein wenig über Sie zu re–"

„Und da muss ich Sie direkt unterbrechen", schnitt sie ihm das Wort ab. „Ich will nicht über mich oder meine Vergangenheit sprechen. Das ist sicherlich nicht der Grund, warum ich mich auf dieses hirnrissige Treffen eingelassen habe. Es soll nicht um mich, sondern um mein Projekt gehen."

Nun, das könnte sich schwierig gestalten. Offenbar war sich Ms Panther der Tatsache nicht bewusst, dass sich niemand für ihre karitativen Ambitionen interessierte. Ein reiches Mädchen, das etwas Gutes tun wollte? Bitte! Die Geschichte war so alt, dass selbst die Bibel davon schrieb. Aber das konnte er ihr natürlich so nicht sagen, deswegen beschloss James, eine andere Schiene zu fahren.

„Sie wollen ein Jugendzentrum eröffnen“, sagte er sachlich.

Ihre Augenbrauen gingen nach oben. „Woher wissen Sie das?“

„Ich habe meine Hausaufgaben gemacht, Calliope.“

Sie verzog das Gesicht. „Callie, bitte. Niemand nennt mich Calliope, abgesehen von meinem Vater.“

Na, mit dem wollte er wirklich nicht in Verbindung gebracht werden. Weder als Journalist noch als Mann. „Schön. Callie. Sie wollen ein Jugendzentrum eröffnen und brauchen Investoren. Und um Investoren zu gewinnen, brauchen Sie mediale Aufmerksamkeit. Ich kann Ihnen diese Aufmerksamkeit geben.“

„Ja, so wie jeder andere Journalist der Stadt.“

Er schüttelte den Kopf. „Nein, niemand wird Ihnen anbieten, was ich Ihnen anbiete.“

„Ihren Körper und eine Packung Marshmallows?“

Seine Mundwinkel zuckten. „Ich mag den Gedankengang, aber nein. Sie wollen, dass die Presse von Ihrem Projekt berichtet ... dabei sind *Sie* das Projekt, Callie. Die Leute interessieren sich nicht dafür, dass Sie Jugendlichen helfen wollen. Wer möchte schon über arme Kinder lesen, die nichts im Leben haben? Das ist deprimierend.“

„Aber es ist die Wahrheit!“

„Ja, aber die Wahrheit verkauft sich nicht gut“, meinte er und winkte ab. „Das müssten Sie doch am besten wissen. Die Leute wollen etwas über *Sie* erfahren. Sie wollen mit *Ihnen* mitfühlen. Nicht mit namenlosen Jugendlichen, zu denen sie keine Verbindung spüren. Alles, was die Presse interessieren wird, sind Sie. Aber das ist nichts Schlechtes. Denn das können Sie ausnutzen."

„Indem ich einen Deal mit dem Teufel eingehe?"

„Ich würde die Presse nicht direkt als Teufel bezeichnen ..."

„Ich spreche nicht von der Presse, ich spreche von Ihnen", stellte sie klar und lehnte sich in ihrem Stuhl zurück, die blauen Augen zu Schlitzen verengt. „Denken Sie, Sie sind der Einzige, der seine Hausaufgaben gemacht hat? Ich habe Sie recherchiert, und Sie sind ein Piranha."

Er lächelte. „Vielen Dank."

„Das war kein Kompliment."

„Doch, aus meiner Sicht ist es eins", versicherte er ihr.

Sie schnaubte laut. „Sie haben Hugh Hefner solange tyrannisiert, bis er Sie in seine Grotte eingeladen hat."

„Ah, tyrannisiert ist so ein böses Wort. Ich habe ihn lediglich mehrfach höflich darum gebeten."

„Mhm. Und jetzt ist er tot."

Er lachte. „Na, die Lorbeeren kann ich nicht einheimsen."

„Zurzeit haben drei Leute eine einstweilige Verfügung gegen Sie in der Hand ..."

„Weil sie nicht zufrieden mit meiner Sicht auf ihr Leben waren."

„Sie sind aus der Collegezeitung von Princeton geflogen, weil Sie einen Enthüllungsbericht über den Chefredakteur verfasst haben, und die halbe Stadt hat Sie bereits mindestens einmal verklagt."

„Wenn man nach der Wahrheit sucht, macht man sich nun einmal auf kurz oder lang eine Menge Feinde."

„Die Farbe von Emma Stones Unterwäsche ist die *Wahrheit*?“

Na ja, keine interessante, aber dennoch … „Ich kenne meinen Lebenslauf, Callie“, sagte er schlicht.

Sie schnaubte. „Sie sind kein vertrauenswürdiger Mann, James.“

„Nein, natürlich nicht. Das habe ich nie behauptet. Ich bin ja auch kein Charakter aus der Sesamstraße. Aber ich bin Ihre beste Option. Denn all diese kleinen Zwischenfälle, die Sie so schön recherchiert haben, bringen ebenfalls zutage, dass ich verdammt gut in dem bin, was ich tue. Und Sie wissen das, sonst hätten Sie nie zugesagt, mich zu treffen.“

Sie zuckte die Schultern. „Ich war neugierig. Sie haben in Ihren Mails verzweifelt geklungen. Und auf den Satz: *Sie wissen es nicht, aber Sie brauchen mich*, springe ich immer gerne an. Also: Überraschen Sie mich doch mal. Was können Sie mir bieten, was niemand anderes kann? Was wollen Sie von mir?“

„Ich möchte eine Reihe Artikel über Sie veröffentlichen.“

„Ein Journalist, der etwas über mich schreiben möchte … innovativ.“

„Ich weiß. Und ich möchte die Exklusivrechte dazu bekommen. Sie werden mit keinem Journalisten außer mir sprechen.“

„Wieso hören Sie sich auf einmal wie ein eifersüchtiger Ehemann an?“, fragte sie interessiert.

Seine Mundwinkel verzogen sich zu einem breiten Lächeln. „Weil ich genau das sein werde. Der Ehemann, der Sie auf Schritt und Tritt begleitet. Ihren ganzen

Weg bis zur Eröffnung des Jugendzentrums beleuchtet."

Callie seufzte schwer und ihre Brüste hoben und senkten sich im Rhythmus ihrer langgezogenen Atemzüge. „Fassen wir zusammen: Sie wollen wie jeder andere irgendeine Story über mich schreiben."

„Natürlich will ich eine Story über Sie schreiben!", sagte er eindringlich und beugte sich vor. „Sie sind interessant, Callie. Sie haben Charisma. Sie haben eine Geschichte. Und haben Sie eine Ahnung, wie viel Kohle mir ein einziger exklusiver Artikel über Sie einbringen wird?"

Irritiert zog Callie die Augenbrauen ins Gesicht. „Sie sind wirklich schlecht darin, mich von Ihren guten Absichten zu überzeugen, hat Ihnen das schon mal jemand gesagt?"

„Sie sind gut – und sie werden uns beiden helfen. Denken Sie doch mal darüber nach: Irgendwer wird irgendetwas über Sie schreiben. Ob Sie wollen oder nicht. Der erste Artikel steht wahrscheinlich schon in der Zeitung. Sie haben keine Macht darüber, was dort steht ... aber ich gebe Ihnen die Chance, sie zu bekommen." Er klopfte mit dem Zeigefinger auf den Tisch. „Ich werde Sie überall hinbegleiten, ich werde jeden Schritt von Ihrem Projekt abdecken, ich werde dem Ganzen eine persönliche Note verleihen, die die Leute lesen wollen. Ich werde die Leser denken lassen, dass Sie ihre beste Freundin sind, der sie liebend gerne ein wenig Geld spenden – während Sie alles, was ich veröffentliche, kontrollieren dürfen. Sie entscheiden, was ich schreibe. Sie sagen mir, ob Ihnen eine Metapher nicht gefällt oder ob ein Artikel zu persönlich wird. Sie lesen jedes

Wort von mir vorab und haben ein Veto-Recht für jeden Artikel. Das halten wir schriftlich fest. Ich darf exklusiv über Sie schreiben – zu Ihren Bedingungen."

James bemerkte exakt den Moment, in dem sich ihre Abneigung in Interesse verwandelte. Es war der Augenblick, in dem sich die Spannung zwischen ihren Brauen löste, sie sich etwas aufrechter hinsetzte und die Lippen leicht öffnete.

Ja, sie wusste, dass es ein gutes Angebot war.

Einige Momente lang sagte sie gar nichts. Sie saß einfach nur da und studierte ihn aufmerksam. Vielleicht suchte sie nach dem Haken an der ganzen Sache ... Sein Handy klingelte und James zuckte zusammen.

Seufzend zog er es aus der Tasche und sah auf das Display. *Thomas.*

„Wollen Sie nicht rangehen?", fragte Callie, die Augenbrauen auffordernd gehoben.

James schüttelte den Kopf und lehnte den Anruf ab, bevor er das Handy zurück in seine Tasche schob. „Nein, das ist nur mein Neffe, den ich in mein Auto gesperrt habe."

„Charmant."

„Ach, Sie kennen ihn nicht. Er hat es verdient", versicherte James ihr.

„Schön." Sie räusperte sich. „Sie hatten Ihre fünf Minuten. Wenn das alles war ..."

„Nein, war es nicht", sagte er hastig. „Ich möchte auch ein Interview mit Ihnen. Ein Exklusiv-Interview, in dem Sie über Ihre Vergangenheit, Ihre Gegenwart und Ihre Zukunft sprechen."

Callie lachte laut. „Und danach vielleicht auch noch ein Einhorn und eine Emu-Farm?"

„Auf die Emu-Farm würde ich verzichten, aber das Einhorn hört sich gut an.“

Schnaubend schüttelte sie den Kopf. „Ich gebe keine Interviews. Ich habe noch nie eins gegeben.“

„Ich weiß, deswegen will ich es ja. Ein Interview hat Macht. Es könnte darüber entscheiden, ob Investoren Ihnen ihr Geld anvertrauen. Ob Sie sympathisch, hilflos, stark oder schwach wirken.“

Ihre Miene versteinerte und sie stand ruckartig auf. „Sie werden auf Ihr magisches Interview verzichten müssen, über den Rest werde ich … nachdenken.“

Scheiße. Wenn Leute anfingen, nachzudenken, kamen sie meistens zu dem Entschluss, dass ihm nicht zu trauen war. Doch er konnte sehen, dass sie sich jetzt nicht entscheiden würde. Sie musste die positiven und die negativen Seiten abwägen. Er musste einfach darauf bauen, dass ihr Interesse groß genug war.

Er atmete tief aus und erhob sich ebenfalls. „In Ordnung“, sagte er freundlich. „Danke, dass Sie sich die Zeit genommen haben, mich zu treffen.“ Er streckte die Hand aus und Callie ergriff sie pflichtbewusst. „Hier ist meine Karte, meine private Handynummer habe ich auf die Rückseite geschrieben.“

Er reichte ihr seine Visitenkarte und sie steckte sie in ihre Hosentasche.

„Gut, ich melde mich bei Ihnen“, sagte sie leichthin und brachte ihn zur Tür. „Das bedeutet, dass Sie mir keine weiteren Ihrer nervigen Mails schicken werden, ist das klar?“

Er lachte leise. „Sie können sagen, was Sie wollen. Sie haben funktioniert“, murmelte er, bevor er die Treppen hinunterging. Er konnte Callies Blick in seinem Rücken spüren und lächelte heimlich. Wenn sie zusagte, dann würde er nie wieder einen Auftrag von seinem Boss annehmen müssen. Er würde die freie Themenauswahl haben – denn das würde er als schriftliche Bedingung festlegen, dafür dass er die Artikel nicht an eine andere Zeitschrift verhökerte. Keine verdammten C-Promis mehr interviewen, keine lästigen Partys mehr besuchen. Er würde über das schreiben, was er wollte. Porträts wichtiger Menschen, die die Nation bewegten, verfassen. Sodass der Leser das Gefühl bekam, er würde sie kennen.

Er nahm die letzte Stufe und öffnete das Tor. Sie musste nur zusagen … und dann würde er bohren und bohren, bis er auf Öl stieß. Genau wie damals.

Kapitel 3

„Warum zum Teufel solltest du dich freiwillig mit einem Journalisten treffen?“, wollte Coop irritiert wissen und bog in die große Einfahrt, die zu ihrem Elternhaus führte. „Das ist, als würdest du zum Arzt gehen, um eine Darmspiegelung machen zu lassen, die du überhaupt nicht brauchst.“

„Nun, im Gegensatz zu der Darmspiegelung brauche ich die Journalisten aber“, sagte Callie seufzend. „Ich hasse die Medien, aber sie sind leider sehr wichtig auf der Welt, Coop. Vor allem, um auf soziale Missstände aufmerksam zu machen. Und James Galway ist fantastisch in seinem Job.“ Die Artikel, die sich nicht um die Farbe der Unterhose der aktuellen Oscarpreisträgerin gedreht hatten, waren außerdem verdammt gut recherchiert, nicht zu vergessen beeindruckend feinfühlig geschrieben worden. Callie hatte sich durch verschiedene Archive gewühlt und war auf ein Porträt irgendeiner Basketball-Legende gestoßen, das sie zu Tränen gerührt hatte. Und sie hasste Basketball! James hatte natürlich recht gehabt. Wenn sie nicht gewusst hätte, dass er gut war, hätte sie dem Treffen nie zugesagt. „Er hat sich einen Namen gemacht. Ich wollte zumindest hören, was er zu sagen hat.“

„Aha.“ Coop war noch immer nicht überzeugt. „Und was hat er zu sagen gehabt?“

„Eine Menge", erklärte sie vage. Sie wollte ihm keine Einzelheiten nennen, denn ihr war klar, dass keiner ihrer Brüder es gutheißen würde, wenn sie James Galways Deal zustimmte.

Coop schnaubte. „Du bist in etwa so informativ wie eine tote Kellerassel, Callie. James Galway ... hört sich nach einem betrunkenen Kobold an. Was ist das überhaupt für ein Typ?"

Callie runzelte die Stirn und neigte den Kopf zur Seite. Das war eine gute Frage. Was war James Galway für ein Typ?

„Ich bin mir nicht sicher", gab sie langsam zu.

„Vielversprechend bei einem Mann, dem du dein Leben anvertrauen willst."

Sie verdrehte die Augen. „Er will ein paar Artikel über mich schreiben, keine Gehirntransplantation durchführen, Coop. Ich habe fünf Minuten mit ihm geredet. Ich weiß nicht, was ich von ihm halten soll. Ich habe verdammt viele Journalisten kennengelernt, aber James Galway ... war anders."

„Inwiefern anders?"

„Na ja, zum einen war er *höflich*."

Coop hob angemessen beeindruckt die Augenbrauen. „Wirklich?"

„Ja. Und er hat sich nicht sonderlich viel Mühe gegeben, mir Honig ums Maul zu schmieren." Wenn sie genauer darüber nachdachte, dann hatte er ihr kein einziges Kompliment gemacht. Abgesehen davon vielleicht, dass sie interessant war. „Ich meine, er war charmant." Sein Charme war ehrlich gesagt das, was sie stutzig und misstrauisch gemacht hatte. James war einer dieser Männer, die wussten, was sie wollten, und es auch bekamen. Er würde sich wahrscheinlich gut mit Cole verstehen.

„Natürlich war er charmant. Er will mit dir einen Haufen Kohle machen, Callie!"

„Ich weiß. Und das hat er mir ins Gesicht gesagt. Er war ehrlich, Coop. Absurd ehrlich. Er hat mir seine Absichten genau aufgezeigt, ohne groß um den heißen Brei herumzureden." Und das war eine Eigenschaft, die sie zu schätzen wusste.

Ihr Bruder warf ihr einen skeptischen Seitenblick zu. „Das hört sich für mich fast so an, als hättest du ihn sympathisch gefunden."

Sie runzelte die Stirn. „Er war ... okay."

Das Einzige, was sie tatsächlich an ihm störte – abgesehen davon natürlich, dass er seine Seele an den Teufel der Presse verkauft hatte –, war, dass er zu gut aussah. James Galway war diese blond zerzauste, breitschultrige Sorte Mann, die Frauen dazu brachte, sich zu vergessen. Die Sorte Mann, der man nicht trauen konnte, weil sie zu charmant und höflich war, um zu bemerken, dass sie einem gerade drei Messer in den Rücken rammte.

Callie war in Los Angeles mit den verschiedensten Sorten von Männern ausgegangen. Schauspieler, Köche, Mechaniker, Immobilienmakler. Sie hatte sich ein breites Bild von dem machen wollen, was die Stadt zu bieten hatte. Aber am meisten hatte sie die Männer gemocht, die ganz süß, aber nicht wirklich sexy waren. Am besten auch noch die, die nicht allzu viele Muskeln besaßen. Sie bekämpfte bereits ihr ganzes Leben lang Probleme mit ihrem Körperbild, da brauchte sie keinen Kerl, der besessen von seinem Körperfettgehalt war und ihr Vorträge über ein Leben mit Quinoa und Quorn hielt. Einen Freund, der ihr eingeredet hatte, sie sei zu fett und Drogen cool, hatte sie schon gehabt. Den brauchte sie nicht noch einmal.

Sie war zufrieden mit ihrem Aussehen. Sie war nicht dünn, sie war nicht dick, sie war vollkommen okay. Aber dieser Zustand war fragil, deswegen ging sie gut aussehenden und oberflächlichen Männern, die ihr Selbstvertrauen ins Wanken bringen könnten, aus dem Weg.

Und James Galway ... James Galway zählte definitiv in diese Kategorie. Nicht dass sie vorhatte, ihn zu daten. Bei dem Gedanken musste sie beinahe laut auflachen. Sie würde sich definitiv nicht mit dem Feind verbünden. Aber als er angeboten hatte, sich auszuziehen, war sie kurz davor gewesen, einfach zu nicken.

„Ein Klatschreporter, der *okay* ist", sinnierte Coop kopfschüttelnd. „Dass ich das noch mal erleben darf."

Nachdenklich sah sie aus dem Fenster, hinter dem sich das große Herrenhaus auftat, in dem sie die ersten siebzehn Jahre ihres Lebens verbracht hatte. Weiße Fassade, klassischer viktorianischer Baustil, keine Persönlichkeit. So wie ihr Vater Häuser und Menschen am liebsten mochte. „Ich kann ihn noch nicht einschätzen", sagte sie wahrheitsgemäß. „Ach, wahrscheinlich werde ich eh nicht mit ihm zusammenarbeiten."

Mit dem Imperium ihres Vaters im Rücken würde sie genug mediale Aufmerksamkeit bekommen. „Wir können das Thema also beenden."

Sie schnallte sich ab und bemerkte erleichtert, dass Coles Wagen bereits vor ihnen in der Einfahrt stand. Cole war schon immer der Familienpuffer gewesen und sie brauchte ihn heute. Callums Auto war noch nirgendwo zu entdecken, aber er kam öfter gar nicht als nur zu spät, also …

„Sag mal, hast du heute schon in die Zeitung gesehen?“, fragte Coop beiläufig und löste ebenfalls seinen Sicherheitsgurt.

Misstrauisch sah sie zu ihm herüber. „Niemand guckt mehr in die Zeitung, Coop, also nein.“

„Und … im Internet warst du heute auch noch nicht?“

„Natürlich war ich schon im Internet! Ich bin weder ein Neandertaler noch ein Neugeborenes, also habe ich heute schon drei Stunden an meinem Handy verbracht. Du verhältst dich merkwürdig, Coop, was ist los?“

Er zog eine Grimasse und reichte ihr sein Telefon. „Da irgendwer es sowieso gleich ansprechen wird …“, bemerkte er seufzend.

Irritiert sah sie auf das Display, auf dem sie ihre eigene Gestalt erkennen konnte. Gleich zweimal. Eines der Bilder war gestern gemacht worden. Sie mit ihrem großen Pullover, die Kappe tief ins Gesicht gezogen. Das andere Bild jedoch war alt. Es zeigte ihr zwanzigjähriges, viel zu mageres Ich, das der Kamera den Mittelfinger zeigte. Ihrer Meinung nach noch immer die beste Pose, die man Paparazzi gegenüber einnehmen konnte.

Über den Bildern prangte eine hässliche, rote Überschrift.

Calliope Panther zurück in Philadelphia: dreißig Kilo schwerer, sichtbar älter und kränklich blass. Geht es ihr gut?

Großer Gott. War das ihr Ernst?

Natürlich war sie sichtbar älter. Zwölf Jahre waren eine verdammt lange Zeit. Sicher hatte sie auch blass ausgesehen! Sie hatte fast sechs Stunden lang im Flugzeug gesessen und zwei dutzend Blitzlichter waren auf sie gerichtet worden. Und offensichtlich war sie früher dünner gewesen! Magersucht und Drogen hielten nun einmal schlank.

Diese Arschlöcher!

Wütend presste sie die Zähne aufeinander, sodass ihr Kiefer laut knackte. Sie gab sich nicht die Mühe, weiter herunterzuscrollen. Alles, was die Presse über sie geschrieben hatte, würde sie nur noch zorniger machen, also reichte sie Coop kommentarlos das Handy zurück.

Sie verstand es nicht. Was interessierte es die Leute, wie sie aussah? Wieso war es der Presse wichtig, ob sie krank oder gesund war? Warum folgten sie ihr überhaupt noch, wenn sie am Ende doch ohnehin nur schrieben, was sie wollten!

Entweder sie war zu dick oder zu dünn. Zu gesund oder zu krank. Zu blond oder zu brünett. Alles, was sie tat, war falsch! Das war es, was die Presse ihr in jungen Jahren beigebracht hatte. Wenn sie bei McDonalds essen ging, war sie offensichtlich fresssüchtig. Wenn sie nur einen Salat bestellte, machte man sich Sorgen, dass sie zu sehr auf ihre Figur achtete.

In L. A. hatte sie sich darüber keine Gedanken machen müssen. In der Stadt der Engel war jeder Pizzaverkäufer berühmter gewesen als sie. Niemanden hatte es interessiert, was sie tat, was sie aß oder wie sie aussah.

Sie war ein viel zu kleiner Fisch im großen Haifischbecken gewesen. Hier jedoch ...

„Alles okay?", fragte Coop leise.

Sie atmete tief durch und nickte dann knapp. „Jap. Alles bestens. Ich finde es nur frustrierend, dass die Welt sich nicht ändert."

Ihr Bruder seufzte und drückte ihre Schulter. „Sie werden den Artikel von damals wieder auspacken, das weißt du, oder?"

„Jaja." Sie hoffte nur, diesen Moment so lang wie möglich hinauszögern zu können. Denn sie freute sich definitiv nicht darauf, erneut jeden ihrer charakterlichen Missstände aufgezeigt zu bekommen. Gott, dieser schreckliche Artikel, in dem jeder einzelne ihrer Fehltritte, von ihrer Magersucht bis zu ihrem drogenbedingten Aufenthalt im Krankenhaus, aufs Kleinste auseinandergenommen worden war. Der Artikel war innerhalb weniger Stunden viral gegangen, und die Lügen und Wahrheiten waren so gekonnt zu einem Netz gestrickt worden, dass jeder Mensch im Umkreis von fünfhundert Meilen ihm geglaubt hatte. Der katastrophale Zusammenbruch eines It-Girls-wider-Willen hatte einen hohen Unterhaltungswert.

„Was soll's", murmelte sie. „Es ist ewig her. Ich bin ein anderer Mensch. Das weiß ich, das wisst ihr ... der Rest kann mir egal sein." Sie räusperte sich und schluckte den Kloß in ihrem Hals hinunter. „Ist Mom eigentlich da?"

„Nein, sie kommt erst in ein paar Wochen aus den Hamptons zurück."

„Schön." Das war ihr ganz recht. Mit einem ihrer Elternteile zu kommunizieren, war anstrengend genug.

Beide im selben Raum zu haben, würde nur unnötige Erinnerungen lostreten. „Dann auf in die Höhle des Löwen", wisperte sie und öffnete die Autotür.

Callie hatte nur wenige glückliche Kindheitserinnerungen in ihrem Elternhaus gesammelt – und keine davon hatte im Esszimmer stattgefunden.

Das Esszimmer war nicht dafür gedacht gewesen, Spaß zu haben. Das Esszimmer existierte exklusiv, um zu essen, ernste Gespräche zu führen und geschäftliche Entscheidungen zu fällen.

Cole hatte damit nie Probleme gehabt. Seit er drei war, konnte er eine Stunde lang still sitzen und mit einer Hummergabel umgehen. Callum, der Jüngste, war schon damals so in seiner eigenen Welt versunken gewesen, dass er die Ermahnungen ihres Vaters nicht einmal wahrgenommen hatte. Coop und Callie jedoch waren öfter vom Esstisch geflogen als American Airlines von Philly nach New York City.

Aber das hatte sie nie gestört. Sie hatten mit Maria, dem Hausmädchen, in der Küche gegessen, herumgealbert und so laut lachen können, wie sie wollten. Zusammen waren sie unantastbar gewesen – was der Grund gewesen war, dass Clint Panther seine Zwillinge in der Middle School voneinander getrennt und auf unterschiedliche Schulen gesteckt hatte. Und Gott, hatte Callie ihren Vater dafür gehasst! Nicht so sehr wie Coop es getan hatte – vielleicht noch immer tat –, aber dennoch: Er hatte ihr ihren besten Freund gestohlen.

Die Beziehung zu ihrem Vater war noch nie gut gewesen, größtenteils, weil Clint Panther keine Ahnung gehabt hatte, wie er mit einer Tochter umzugehen hatte, und seine Ehefrau ihm von den Hamptons aus keine große Hilfe gewesen war.

Callie war zu laut, zu wild, zu sarkastisch gewesen. Alles Eigenschaften, die ihr Vater nur mit einer gehobenen Augenbraue taxiert hatte. Da war es egal, dass sie in der Middle School nur mit guten Noten nach Hause gekommen war ... seine Anerkennung hatte sie nie bekommen. Also hatte sie einfach aufgehört, sich Mühe zu geben.

Ihre Mutter war nur knapp vier Monate im Jahr in Philadelphia gewesen und insgeheim hatte Callie ihrem Vater immer die Schuld dafür gegeben. Und dann war da noch der Zwischenfall, der sie dazu verleitet hatte, Ja zu Drogen zu sagen ...

Zusammengefasst: Ihre Beziehung zu ihrem Dad war im besten Fall kompliziert, im schlechtesten unrettbar. Sie hasste ihren Vater nicht ... nicht mehr. Wenn ihre Therapie ihr eines gezeigt hatte, dann dass ihr Selbsthass viel zerstörerischer gewesen war, als jedes Gefühl, das sie ihrem Vater je entgegengebracht hatte. Trotzdem fiel es ihr bis heute schwer, ihm in die Augen zu sehen. Da half es auch nicht, dass sie ihn innerhalb der letzten zwölf Jahre nur sechs Mal gesehen hatte.

Dennoch stand sie jetzt vor ihm, in dem Zimmer, das nach teurem Staub und Enttäuschung roch, und versuchte das Bild aus ihrem Kopf zu drängen, das sie seit zwölf Jahren verfolgte. Sie blinzelte, atmete tief ein und hob das Kinn. „Hey, Dad", sagte sie lächelnd und reichte ihm die Hand. Clint Panther gab keine Umarmungen. Das wäre ja, als würde man jeden Tag Weihnachtsgeschenke verteilen.

Ihr Vater nickte ihr zu. „Schön, dich hier zu haben, Calliope." Sie lief rot an und wandte peinlich berührt den Blick ab. Das war ungewohnt nah an einer Liebeserklärung dran gewesen.

„Ihr seid die Letzten. Callum schafft es leider nicht", fuhr er fort und begrüßte Coop.

Der Feigling! Auch wenn Callie es verstand. Callum hasste Menschenmengen und die fingen bei vier Personen an. Außerdem hätte er es nie zugegeben, aber er war der Sensibelste von ihnen allen. Er hatte sich das heutige Drama wahrscheinlich nicht mitansehen wollen. Vielleicht war er doch kein Feigling. Vielleicht war er einfach nur klüger als sie alle.

Callie sah zum Tisch, von dem sich diverse Leute erhoben, um sie zu begrüßen.

Da waren Cole und eine große, schwarzhaarige Frau mit karamellfarbener Haut, die Callie als Savannah, die PR-Managerin von Coles Baseballmannschaft erkannte, doch zuerst erreichte sie ...

„Jacky-Boy", sagte sie grinsend und zog den jungen Baseballspieler in die Arme. „Was machst du denn hier?"

„Hey, du warst es, die immer gesagt hat, ich würde zur Familie gehören. Das schließt mich bei einem Familienessen wohl ein", murmelte er und tätschelte ihren Rücken.

Meine Güte war er groß geworden. Jake war fast sechs Jahre jünger und trotzdem zwanzig Zentimeter größer als sie. Er war für sie immer so etwas wie ein kleiner Adoptiv-Bruder gewesen, auf den sie oft aufgepasst hatte. Ihre Eltern waren gut befreundet und Jake hatte viel Zeit in ihrem Haus verbracht.

„Wie geht's dir?", fragte sie lächelnd und Wärme flutete ihre Brust. Das Telefon wurde einem persönlichen Treffen einfach nicht gerecht. „Gibt es irgendetwas Neues?"

Zu ihrer Überraschung kratzte sich Jake unbeholfen im Nacken und seine Ohren liefen rosa an. „Ich habe … ich habe jetzt eine feste Freundin", bemerkte er schließlich kleinlaut.

„Nein, hast du nicht!", sagte sie ungläubig und schlug ihm auf den Arm. Jakes Frauenverschleiß wurde nur noch von Coop überboten!

„Doch, doch. Ich hab sie schon kennengelernt", meinte besagter Bruder in diesem Moment grinsend. „Sehr coole Frau."

„Meine Güte, da ist man mal zwölf Jahre lang weg und schon steckt Jake in einer ernsten Beziehung?" Zweifelnd sah sie ihn an. „Ich weiß nicht, ob ich mit dieser krassen Art der Veränderung klarkomme."

„Rede ihm bloß nichts Falsches ein!", drang eine panische, weibliche Stimme an ihr Ohr. „Jakes Freundin ist das Beste, was mir je passiert ist!"

„Hallo?", sagte Cole ungläubig. „Was ist mit mir?"

„Du erleichterst mir meine Arbeit nicht so wie Liv", meinte Savannah entschuldigend. „Seit Jake Liv kennt, benimmt er sich beinahe menschlich. Du hingegen", sie drückte ihren Zeigefinger auf Coles Brust, „erschwerst mir meine Arbeit eher, weil deine Anforderungen an deine Mitarbeiter und dein Leben so lächerlich sind." Sie wandte sich lächelnd Callie zu. „Hey, ich bin Savannah. Wir haben mehrfach am Telefon miteinander gesprochen."

„Hey", erwiderte sie lachend und umarmte sie spontan. „Ich erinnere mich. Und jedem von uns hier ist klar, dass Cole lächerlich ist. Aber schön, dass du es aussprichst."

„Das hat sie nicht gesagt!", beschwerte sich Cole. „Lediglich meine *Anforderungen* an meine Mitmenschen seien …" Er brach ab und stöhnte leise.

Savannah biss sich auf die Unterlippe, um sich vom Lachen abzuhalten, und tätschelte beruhigend seinen Arm. „Keiner findet dich lächerlich", flüsterte sie. „Alle hier nehmen dich ganz doll ernst! Du bist schließlich der Inhaber und Geschäftsführer der Delphies und reich noch dazu."

Cole sah sie düster an und Jake schnaubte. „Reich … bitte. Wer ist das nicht?"

Callie musste sich davon abhalten, die Hand in die Höhe zu strecken.

„Mr. Panther", drang plötzlich eine dünne Stimme an ihre Ohren. „Das Essen ist fertig." Ein blondes Dienstmädchen, das Callie nicht kannte, steckte den Kopf durch die Tür.

„Wundervoll. Wir werden jetzt essen", sagte ihr Dad mit fester Stimme und sofort nahmen alle ihre Plätze am Tisch ein.

Callie hatte es in den letzten Jahren vermieden, in allzu edlen Restaurants essen zu gehen, dennoch hatte sie nicht vergessen, wie sie sich am Tische der Residenz Panther zu benehmen hatte.

Es war, als wäre sie nie weg gewesen. Als wäre sie wieder das siebzehnjährige Mädchen, das sich darauf freute, endlich aufs College zu gehen und diesem kalten Haus zu entkommen. Doch diesmal war es anders.

Diesmal war sie freiwillig hier und das machte einen sehr großen Unterschied.

Sie liebte ihre Familie. Sie war froh, dass sie sie hatte. Und sie würde das Beste daraus machen.

Sie aßen Salat mit Meeresfrüchten und Granatapfelkernen und anderen Dingen, die nur reiche Leute in ihr Grünzeug packten, unterhielten sich über Baseball und andere unverfängliche Themen, während Callie darauf wartete, dass ihr Vater seine geübte Zurückhaltung aufgab.

Und sie wurde nicht enttäuscht. Noch vor Beendigung des Hauptmenüs – Wachtel oder Ente oder irgendein anderer Vogel – erhob er das Wort.

„So, Calliope, dann erzähl uns allen doch mal von diesem Projekt, das du planst", eröffnete ihr Vater das geschäftliche Tischgespräch.

Callie hatte mit dieser Frage gerechnet und war vorbereitet. Langsam kaute sie das Fleisch zu Ende, schluckte es hinunter und ließ ihr Besteck sinken. „Ich plane, ein Jugendzentrum zu eröffnen", sagte sie gelassen. „Einen Zufluchtsort, an den sich Kinder und Jugendliche wenden können, wenn es ihnen schlecht geht oder wenn sie keinen anderen Ort haben, an den sie gehen können." Einen Ort, den sie damals gerne gehabt hätte. „Es soll ein paar Aufenthalts-, aber auch Schlafräume geben, einen großen Garten, in dem man Gruppenaktivitäten durchführen kann, psychologische Betreuung, genug Pädagogen, die den Jugendlichen mit ihren Problemen helfen können. Eben Vertrauenspersonen, an die sie sich wenden können, wenn es in ihrem Leben sonst niemanden gibt. Es soll Gruppentherapien geben, eine Karriereberatung, kostenlose

Hilfe bei Collegebewerbungen, eine regelmäßige Drogenprophylaxe, eine Menge Sportangebote ... alles, was die Kids davon abhält, Dummheiten auf der Straße zu begehen." Sie räusperte sich, und die Euphorie, die sich das letzte Jahr über aufgrund ihres Plans angestaut hatte, drang wieder an die Oberfläche und ließ sie lächeln. „Ich habe schon eine Menge Vorbereitungen getroffen. Ich stehe mit zwei qualifizierten Psychologen in Kontakt, die sich über die Herausforderung dieses Projektes freuen würden. Sie werden natürlich bezahlt. Eine Handvoll Pädagogen haben mir bereits ihre Zustimmung gegeben, ehrenamtlich mitzuwirken, aber langfristig möchte ich mindestens vier von ihnen festanstellen. Ich habe ein Grundstück gekauft –"

„Von meinem Geld", warf ihr Vater ein.

Sie atmete tief durch und versuchte das drückende Gefühl auf ihrer Brust zu ignorieren. „Ja, Dad", sagte sie betont geduldig. „Ich habe von deinem Geld ein Grundstück gekauft, auf dem ein großes Haus steht. Es liegt in Strawberry Mansion", eine Gegend, die trotz des hübschen Namens aus dem letzten Loch pfiff und einer Menge Jugendlichen mit einer Menge Problemen einen Rückzugsort bot, „und muss noch etwas aufbereitet werden. Ich habe mich von Logan beraten lassen und er hat mir eine ansässige Baufirma empfohlen, die faire Preise macht. Sie fängt morgen an." Logan war Coles bester Freund aus Jugendtagen und lebte mittlerweile als erfolgreicher Bauunternehmer in Chicago – und Callie wusste, dass ihr Vater große Stücke auf ihn und seine Meinung hielt. „Sie haben mir bereits eine erste Einschätzung der nötigen Arbeiten aufgelistet, und ich hoffe, das Zentrum noch vor Weihnachten eröffnen zu können." Das waren knapp neun Wochen. Der Zeitraum war eng, aber machbar.

„Schön, du hast einen Plan", sagte ihr Vater hölzern, die Hände auf dem Tisch gefaltet. „Alles, was dir fehlt, ist Geld. Du brauchst einen langfristigen Finanzierungsplan."

„Ich weiß", sagte sie und behielt ihr Lächeln, wenn auch wacklig. „Staatliche Unterstützung habe ich bereits beantragt, aber da erwarte ich nicht viel. Ich plane eine Finanzierung basierend auf Dauer- und Einzelspenden. Lostreten möchte ich das Ganze mit einem Charity-Event. Und es ist gut, dass ich euch alle direkt auf einem Fleck habe, vor allem Jake und Cole. Denn ich wollte euch ohnehin um Hilfe bitten."

Cole und Jake hoben fragend eine Augenbraue.

„Ich plane ein Benefiz-Baseballspiel ein paar Wochen vor der Eröffnung, um erste Spenden zu sammeln. Jugendliche aus der Gegend, die sich vorher anmelden, spielen zusammen mit Profi-Sportlern ein Baseballspiel. Alle anderen schauen zu. Es wird Hotdog-Stände, Popcorn, vielleicht auch ein Dosenwerfstand oder Ähnliches geben. Alle Einnahmen kommen dem Jugendzentrum zugute. Ich weiß, es ist etwas spontan, aber ihr kennt so viele Sportler: Vielleicht wisst ihr, wer von ihnen dazu Lust hätte?"

Der Kader einer Baseballmannschaft bestand aus mindestens dreiundzwanzig Spielern und einer Horde Ersatzspielern – sie brauchte nur drei oder vier Berühmtheiten, das würde reichen, um Leute auf die Benefizveranstaltung aufmerksam zu machen. Wenn sie genauer darüber nachdachte ... vielleicht brauchte sie auch einfach nur Jake. Er war der Liebling der Nation.

„Klar, wenn ich kann, bin ich dabei", sagte Jake achselzuckend. „Was die anderen Spieler betrifft ..."

„Das werde ich erledigen!", stimmte Savannah begeistert mit ein. „Das könnte ein unglaublich guter Publicity-Stunt für die Delphies sein!"

Ach, richtig. Sie als PR-Managerin der Mannschaft würde daran Interesse haben.

„Glaub mir, ich kann sehr überzeugend sein. Ich werde dir mindestens drei Spieler besorgen. Mehr brauchst du ohnehin nicht. Je mehr Jugendliche einen Platz zum Mitspielen bekommen, desto besser."

Callie lächelte erleichtert und neue Euphorie durchströmte sie. „Ja, genau, das dachte ich mir auch." Das könnte funktionieren! Sie brauchte nur genug Geld für die ersten zwei Jahre. Sie hatte noch etwas von dem Geld ihres Vaters übrig und wenn sie die Baumaßnahmen auf dem Grundstück gering halten würde ...

„Selbst, wenn die Finanzierung für das erste Jahr steht, Calliope", sagte ihr Vater mit fester Stimme. „Wenn das Projekt auf Dauer funktionieren soll, brauchst du ein paar große Investoren."

Callie rang einen Laut der Frustration nieder und wandte sich ihrem Vater zu. „Ich werde eine Menge Investoren zu dem Benefizspiel einladen und hoffe darauf, dass sie erkennen, was für eine gute Sache ein Jugendzentrum in einem sozialen Brennpunkt ist."

„Zu hoffen, wird nicht ausreichen", beharrte ihr Vater.

„Das weiß ich", erwiderte sie gereizt. „Aber ich kann keine Investoren für ein Projekt finden, das noch nicht sichtbar ist. Die Menschen wollen wissen, auf was sie sich einlassen, bevor sie große Geldbeträge spenden."

„Das Geld ist nicht der einzige Punkt, um den ich mir Sorgen mache“, fuhr ihr Vater unaufhaltsam fort, die Augenbrauen tief ins Gesicht gezogen. „Es wird stressig werden, Calliope. Du trägst die Verantwortung für *alles*. Für die Jobs von Menschen. Für das Schicksal Jugendlicher, die sich möglicherweise darauf verlassen, dass das Zentrum bestehen bleibt. Du wirst unter einer Menge Druck stehen, und wir beide wissen, dass das nicht deine Stä–“

„Ich weiß, was ich tue, und ich weiß, worauf ich mich einlasse“, schnitt sie ihm harsch das Wort ab und sah ihn mit steinernem Blick an. Wieso zum Teufel fiel es allen so schwer, das zu begreifen? „Ich habe einen soliden Zeit- sowie Finanzierungsplan. Ich bin auf alle Eventualitäten vorbereitet. Die Baufirma ist informiert, meine Termine sind gesetzt, mein Projekt auf dem besten Weg. Ich habe die Expertise, ich habe den Willen, ich habe die Mittel. Ich kriege es allein hin.“

„Was die Hilfe, um die du mich gebeten hast – um die du uns alle bittest –, so überaus deutlich bestätigt“, sagte Clint Panther staubtrocken.

„Dad …“, sagte Cole leise, doch Callie ließ ihn nicht zu Wort kommen. Sie war es leid, sich hinter ihrem großen Bruder zu verstecken. Er hatte die letzten dreißig Jahre dafür gesorgt, dass seine Geschwister nicht in die direkte Schusslinie ihres Vaters gerieten – doch Callie war kein Kind mehr. Es wurde Zeit, sich auf sich selbst zu verlassen.

„Um Hilfe zu bitten, bedeutet nicht, dass ich nicht gut vorbereitet bin“, sagte sie angespannt und umklammerte die Tischplatte. „Ich habe hilfreiche Kontakte und es wäre dumm von mir, sie nicht auszunutzen. Es sind nur kleine Gefallen …"

„Geld? Medienpräsenz? Das sind keine *kleinen* Gefallen, das sind Dinge, die du allein nicht bekommen würdest", stellte ihr Vater sachlich klar. „Ich halte es für das Beste, wenn du mich über jeden Schritt, den du gewillt bist, zu gehen, informierst. So kann ich sichergehen, dass du es richtig machst."

„Medienpräsenz?", fragte Coop verwirrt und sah sie von der Seite her an.

Ruckartig stand sie auf. „Dad, kann ich kurz allein mit dir reden?" Sie wollte die Einzelheiten ihrer Abmachung sicher nicht vor ihren Brüdern breittreten.

„Ich wüsste nicht, warum das nö–"

„*Jetzt*", sagte sie mit fester Stimme.

Seufzend erhob sich Clint Panther und verließ den Raum.

„Callie, bist du sicher …"

„Wage es nicht, aufzustehen, Cole!", zischte sie und sah ihren Bruder warnend an. „Das ist nicht dein Kampf."

Coop öffnete den Mund.

„Deiner auch nicht", fügte sie hinzu und folgte ihrem Vater in die Eingangshalle.

Sie schloss die Tür hinter sich, verschränkte die Arme vor der Brust und starrte auf ihre Fußspitzen, als könne sie dort die richtigen Worte finden. Doch die hatte es noch nie gegeben. Nicht, wenn es um ihren Vater ging. Sie sagte das eine und er hörte das andere. Weil er nicht sah, was sie sah. Das hatte er damals nicht, als sie nach L. A. gezogen war, um sich von allem zu befreien, was sie in Philadelphia herunterzog – und das tat er auch jetzt nicht.

„Calliope, ich weiß, dass du dich über meine Fragen aufregst, aber es ist mein gutes Recht, sie zu stellen", begann er mit ruhiger, tiefer Stimme. „Wir hatten eine Abmachung …"

„Ja, die hatten wir", sagte sie hitzig und hob ihren Blick. „Und ich bin hier, oder nicht? Du sagtest, du gibst mir das Geld und die Medienpräsenz, die ich brauche, wenn ich auf unbestimmte Zeit herkomme. Du hast mir versprochen, dass du keine anderen Bedingungen stellst. Dass du mich nur hier in Philadelphia haben willst. Du kannst jetzt nicht auf einmal die Regeln ändern!"

Überrascht hob er die Augenbrauen. „Das tue ich nicht, ich möchte lediglich …"

„… über das Projekt informiert werden?", fragte sie kühl. „Jeden verdammten Schritt überwachen? *Mich* überwachen?"

Er räusperte sich und sah sie ernst an. „Nur eine Vorsichtsmaßnahme, Calliope. Die Vergangenheit hat gezeigt, dass du dieses Maß an Überwachung brauchst, um –"

„Ich war zwanzig, Dad! Jetzt bin ich zweiunddreißig. Ich bin ein anderer Mensch. Ich habe verdammte Abschlüsse in Finanzmanagement und Soziale Arbeit. Ich habe mich die letzten zwölf Jahre allein durchs Leben geschlagen und damit werde ich nicht aufhören." Die Wut darüber, dass niemand Vertrauen darin hatte, dass sie stark genug, klug genug, vorbereitet genug war, um das Projekt erfolgreich zu stemmen, brodelte unter ihrer Haut wie kochendes Wasser. Sie würde diesen einen Fehler nicht ihr gesamtes Leben bestimmen lassen. „Mir ging es schlecht, Dad", sagte sie mit zitternder Stimme und zwang sich dazu, den Blickkontakt zu wahren. „Gott, ich war so unglücklich damals. Ich war krank. Und ich weiß, dass euch das allen Angst gemacht hat, weil ihr nicht gemerkt habt, wie schlecht es mir ging. Aber das war eine gänzlich andere Situation. Ich bin nicht mehr der unsichere Teenager. Ich bin erwachsen geworden. Aber woher solltest du das wissen? Du kennst mich nicht mehr!"

„Und wessen Schuld ist das?", sagte er, seine Stimme auf einmal kühl. „Calliope, ich weiß, dass du denkst, du bist gut vorbereitet, aber du bist nicht für Drucksituationen gemacht! Das warst du noch nie. Und du willst dir nicht helfen lassen ..."

„Ich habe doch um Hilfe gebeten, oder nicht?!", fuhr sie ihn an.

„Hilfe, bei der niemand sich in den eigentlichen Prozess involvieren darf! Wenn du damals mit mir gesprochen hättest, gesagt hättest, dass du unglückl–"

Sie lachte. Sie konnte nicht anders. Sie lachte hoch und falsch auf. „Ist das dein beschissener Ernst? Du warst Teil des Problems, Dad! Als ob du nicht wüsstest, warum ich den Zusammenbruch hatte! Du kannst unmöglich verdrängt haben, was damals passiert ist. Du kannst nicht allen Ernstes so tun, als wüsstest du nicht, dass du der Tropfen warst, der das Fass zum Überlaufen gebracht hat! Als ob du deine Finger in Unschuld waschen könntest."

Ihr Vater wurde still und machte einen Schritt zurück.

Callie verstand. Sie hatte noch nie in ihrem Leben so mit ihm geredet. Hatte sich nie getraut, nicht im Traum daran gedacht, ihm wirklich zu sagen, was sie dachte … doch sie war heute ein anderer Mensch. Auch wenn ihr das niemand glauben wollte.

„Ja, das dachte ich mir", sagte sie leise. Die Worte schmeckten bitter und kalt auf ihrer Zunge. „Damals hast du deinen Mund auch nicht aufbekommen. Du kannst mich mal, Dad. Behalte dein blödes Medienhaus. Behalte deinen beschissenen Einfluss. Ich brauche das alles nicht! Wenn deine Hilfe an tausend Diskussionen und Bedingungen geknüpft ist, dann will ich sie nicht."

Ruckartig wandte sie sich um und lief zur Haustür. Ihr Vater rief sie nicht zurück und sie war froh darum. Denn er hätte es nicht wiedergutmachen können.

Sie warf die Tür ins Schloss und zog mit zitternden Fingern ihr Telefon aus der Tasche. Wenn ihr Vater ihr mit der medialen Aufmerksamkeit nicht helfen wollte, würde sie sie eben anders bekommen.

Mit zusammengepressten Lippen wählte sie die Nummer, die sie erst heute Mittag eingespeichert hatte. Nach dem zweiten Klingeln hob jemand ab.

„Galway?"

„Wir haben einen Deal", sagte sie abgehackt. „Sie kriegen die Exklusiv-Rechte für … nun, mein verdammtes Leben anscheinend. Aber kein Artikel geht ohne mein Okay raus. Und wenn Sie mir zu sehr auf die Nerven gehen und mich in meiner Arbeit behindern, verkehren wir nur noch per Mail."

Einen Moment lang herrschte absolute Stille auf der anderen Seite des Telefons. Schließlich sagte James:

„Ich bin per Mail nerviger als im echten Leben, glauben Sie mir.“

Ihre Mundwinkel zuckten und sie schnaubte. „Schön. Dann morgen früh um acht in Strawberry Mansion. Ich schicke Ihnen die Adresse. Ich setze außerdem einen Vertrag auf, in dem die Bedingungen unseres Arbeitsverhältnisses festgehalten werden.“

Sie wollte etwas Handfestes haben, sodass sie ihn verklagen konnte, falls er sich nicht an ihre Regeln hielt.

„Vielleicht sollte ich diesen Vertrag lieber ...“

„Vielleicht sollten Sie lieber Ja und Amen sagen, bevor ich es mir anders überlege“, unterbrach sie ihn.

„Haben Ihnen Ihre Eltern nicht beigebracht, dass es unhöflich ist, Freunde andauernd zu unterbrechen?“

„Nein. Mein Vater hat mir beigebracht, dass derjenige, der am lautesten schreit, recht hat. Und wir sind keine Freunde. Bis morgen.“

Sie legte auf, atmete tief durch und starrte auf die Eingangstür. Sie würde wieder reingehen müssen ... denn nur Cole wäre in der Lage, ihr den verdammt wasserdichtesten Vertrag des Jahrhunderts aufzusetzen. Wenn sie schon mit dem attraktiven Teufel zusammenarbeiten musste, dann zu ihren Bedingungen.

Kapitel 4

James war in einem Stadtviertel aufgewachsen, in dem man seinen Rasenmäher an Nachbarn verlieh und dessen Katze fütterte, wenn er im Urlaub war. Ein Viertel, in dem man „Ach, Schwamm drüber" sagte, wenn dem besagten Nachbarn sein Rasenmäher gestohlen wurde oder dessen Katze verschwand.

Strawberry Mansion war das Stadtviertel, in dem dieser Rasenmäher wieder auftauchte und die Katze tot auf der Straße lag.

Gut, womöglich war dieses Szenario etwas übertrieben. Tatsache war jedoch, dass Strawberry Mansion ein äußerst unpassender Aufenthaltsort für eine Millionenerbin war, die auf Privatschulen mit eigenem Freizeit-Pool und goldenen Gabeln großgeworden war.

Die Adresse, die Calliope Panther ihm geschickt hatte, führte James in das Herz des Stadtteils, nicht weit entfernt von zwei ramponiert aussehenden Schulen, vor denen Jugendliche mit Zigaretten im Mundwinkel und Sorgen auf den Gesichtern herumlungerten. Bauzäune umgaben jedes zweite Haus, weiße Farbe blätterte von den Fassaden und Löcher in der Größe von Basketbällen pflasterten die Straßen. James verstand, warum Callie sich gerade diesen Standort ausgesucht hatte. Soziale Brennpunkte hatten Jugendeinrichtungen sehr viel nötiger als reiche Nachbarschaften, in denen die einzige Sorge der Hausbesitzer die Länge ihres Rasens war. Gleichzeitig hoffte er, dass Callie eine Handtasche mit Reißverschluss und nicht zu vergessen eine Waffe besaß.

Als er vor dem zweistöckigen Betonklotz parkte, der wohl nun Ms Panthers Eigentum war, erkannte er zwei dunkelhaarige Gestalten, die davor standen.

Die eine Person war Calliope, die schwarze Jeans und einen roten Parka trug, die andere ein Mann im Anzug und dunklem Mantel. Noch bevor James ausstieg, wusste er, dass es Cole Panther war. Ältester Bruder der Panther-Geschwister, Besitzer der Delphies und ehemaliger Anwalt. In den Reihen der Journalisten Philadelphias hatte Cole Panther einen gewissen Ruf: Wer sich mit ihm anlegte, war der Nächste, den er umlegte. Natürlich war bis jetzt noch niemand wirklich gestorben … aber einige von James' Kollegen hatten aufgrund der Beziehungen des Geschäftsmannes schon ihren Job verloren. James lächelte und schloss seinen Wagen ab. Das hier würde möglicherweise sein interessantester Auftrag seit Jahren werden, und er hatte sich schon lange nicht mehr so über eine bevorstehende Artikel-Reihe gefreut.

Calliope Panther war eine Herausforderung. Nichts, von ihrer Haltung und ihrem Gesichtsausdruck bis zu den Worten, die ihren Mund verließen, gab übermäßig viel über sie preis. Doch James war schon immer talentiert darin gewesen, Menschen zum Reden zu animieren … und es würde ihm eine Freude sein, Callies tiefsten Gedanken auf den Grund zu gehen. Und das alles unter dem wachsamen Auge der Familie Panther.

Er grinste breit. Mann, wenn er nicht gerade ein wenig angeturnt war ...

Die Hände in den Hosentaschen lief er den notdürftigen Kiesweg zum Haus, während Cole Panthers Stimme zu ihm hinüberwehte.

„... denn Shit, Callie, das ist ein Loch!"

Callie seufzte schwer, die Arme vor ihrer Brust verschränkt. „Ich weiß, es braucht ein bisschen Liebe ..."

„Es braucht ein wenig Abrissbirne", erwiderte Cole schnaubend.

James blieb stehen. Wenn die Geschwister ihn bemerkten, würden sie womöglich aufhören zu reden.

„Es muss keine hübsche Villa werden, Cole. Funktionalität geht hier definitiv vor Ästhetik."

„Der Boden muss neu gemacht werden, Callie. Die Küche ist eine einzige Baustelle und die Ratten im Keller lassen mich auch nicht besser fühlen."

„Ich weiß, dass es nicht perfekt ist", sagte Callie ungeduldig. „Aber es hat Potenzial!"

Cole lachte trocken auf. „Es wird dich ein Vermögen kosten, es auf Vordermann zu bringen."

„Wird es nicht. Ich habe einen guten Deal mit der Baufirma ausgehandelt, streichen werde ich selbst ..."

„Und was ist mit dem Garten? Oder sollte ich sagen der Unkraut-Oase?"

„Um den kümmere ich mich auch! Ich werde das Unkraut jäten, den Rasen mähen, das Baseballfeld für das Benefiz-Spiel aufmalen."

„Callie, das ist eine Unmenge an Arbeit."

„Ich weiß! Aber ich habe die nächsten zwei Monate nichts vor und werde sowieso die Hälfte der Zeit hier sein, um die Bauarbeiten zu beaufsichtigen. Außerdem habe ich bereits ein paar ehrenamtliche Mitarbeiter für mich gewonnen. Die werden mir helfen.“

Gott, James hoffte doch sehr, dass sie ihn nicht mit dazu zählte.

„Und wenn du eine Horde Heinzelmännchen engagiert hättest“, sagte Cole laut. „Das wird dich all dein Geld, all deine Zeit, all deine Energie kosten. Und wenn das Ganze schiefgeht ...“

„Das wird es aber nicht.“

James bewunderte Callie für die Ruhe, mit der sie diese Worte aussprach. Vor allem in Anbetracht dessen, dass ihre Augen Funken zu sprühen schienen.

„Aber falls doch ...“, beharrte Cole.

„Cole, halt deine blöde Klappe, okay?“, sagte Callie freundlich. „Ich bin dir sehr dankbar für den Vertrag, den du gestern Nacht aus deinem Ärmel geschüttelt hast, aber damit, dass ich dich mitgenommen habe, erwidere ich dir lediglich deinen Gefallen. Das gilt nicht als Erlaubnis, mir meine dunkle, trübe Zukunft auszumalen.“ Sie sah mit zusammengepressten Lippen über seine Schulter ... und kam mit ihrem Blick auf James zum Ruhen. Ihr Gesichtsausdruck verfinsterte sich nur noch weiter. „Du darfst jetzt gehen, mein Acht-Uhr-Termin ist soeben erschienen.“

Abrupt wandte Cole sich um und als er James erblickte, verengte er skeptisch die Augen. Anscheinend war Callie nicht das einzige Familienmitglied, das etwas gegen die Presse hatte.

„Ist das der Haifisch?“, wollte er wissen.

„James Galway“, korrigierte James ihn, legte die letzten Meter zurück und streckte die Hand aus.

Cole ignorierte sie und lief einfach an ihm vorbei. „Interessiert mich nicht", sagte er trocken. „Aber wenn Sie auch nur ein schlechtes Wort über meine Schwester verlieren, breche ich Ihnen die Finger. Wir sehen uns, Callie. Ruf an, wenn du Hilfe brauchst." Er nickte seiner Schwester zu und stieg kurze Zeit später in einen schwarzen BMW.

„Sind alle Ihre Brüder so sympathisch?", wollte James interessiert wissen.

„Nein", sagte Callie schlicht, beugte sich vor und wühlte in ihrer Handtasche herum. „Cole ist noch der höflichste von ihnen."

„Ah." James nickte. „Weihnachten mit der Familie muss das reinste Freudenfest sein."

Callie hob eine Augenbraue in seine Richtung, bevor sie einen Schwall Papier aus ihrer Tasche zutage brachte. „Sie hat nicht zu interessieren, wie wir Weihnachten feiern – wie Sie diesem Vertrag entnehmen werden." Sie reichte ihm die zusammengetackerten Blätter. „Hier. Sie können den Vertrag studieren, während wir uns das Haus ansehen. Ich möchte noch ein paar Notizen machen, bevor gleich die Bauarbeiter kommen."

Bevor er irgendetwas erwidern konnte, wandte sie sich bereits um und trat durch die Tür, die in der Farbe von Matsch gestrichen worden war.

Er folgte ihr in einen breiten Flur, dessen Boden aus splittrigem Holz bestand, und besah sich stirnrunzelnd den toten Baum in seiner Hand. Der Vertrag war neunzehn Seiten lang. Callie war offenbar sehr gründlich gewesen. Sie liefen weiter, an ein paar Türen vorbei, in einen weitläufigen, großen Raum mit hoher Decke und

Sicht auf den verwilderten, aber riesigen Garten hinterm Haus. James verstand, was Cole Panther mit *Loch* gemeint hatte, doch Callie lächelte nur verträumt, während sie sich die befleckten Wände ansah, durch die sich Risse wie Spinnweben zogen, und die kaputte Terrassentür betrachtete. Sie schien etwas gänzlich anderes zu sehen als er. Ihre Haare hatte sie zu einem lockeren Knoten auf dem Kopf zusammengefasst und ihre Wangen waren gerötet. Ob von der Kälte oder der Aufregung konnte er nicht sagen. Sie sah ein wenig aus wie ein Kind vor einem Süßigkeitenladen. Ihre Augen glänzten, sie leckte sich die Lippen und rang erwartungsvoll die Hände ineinander. Als könne sie es nicht erwarten, anzufangen.

Fasziniert starrte James sie an. Er studierte den suchenden Blick ihrer klaren blauen Augen, die Erwartung und Vorfreude widerspiegelten. Er betrachtete die weichen Kurven ihrer Lippen, die zu einem Schmunzeln ansetzten. Ihre schmalen Finger, die ungeduldig, aber vielleicht auch euphorisch an ihrem Jackensaum zupften. Calliope Panther strahlte eine Energie aus, die spürbar durch den Raum flirrte und dumpf vom Beton verschluckt wurde.

Callie wandte den Kopf und bemerkte seinen Blick. „Was ist?", fragte sie irritiert und wischte sich mit den Händen übers Gesicht. Als fürchtete sie, eine Staubschicht könne ihre Haut überziehen.

„Nichts. Ich ... beobachte Sie nur."

Sie schnaubte. „Das habe ich gemerkt, deswegen ja die Frage: Was ist?"

James konnte nicht sagen, was er wirklich dachte. Die meisten Menschen fanden es gruselig, wenn er ihnen erzählte, dass er die Leute, über die er schrieb, so intensiv wie möglich studierte, um ihnen in seinen Artikeln gerecht zu werden. Deswegen entschied er sich für eine Teilwahrheit. „Nun, Sie wirken begeistert von diesem Ort", sagte er langsam.

Sie lächelte ihn an. Es war das erste ehrliche, offene Lächeln, das er von ihr bekam, und auf einmal bemitleidete James jeden, der sich nur mit einem halben zufriedengeben musste. Callies Gesicht fing regelrecht an zu leuchten, bevor sie nickte. „Das bin ich. Mehr als begeistert. Ich habe eine Vision, wissen Sie? Sie sehen modriges Holz und dreckige Wände, ich sehe einen Kickertisch in der Ecke." Sie nickte zur Fensterfront. „Und eine breite, ausziehbare Couch in dieser." Sie deutete nach links. „Ich sehe zwei Gruppenräume im ersten Stock, ein Büro für die College- und Karriereberatung hinter uns. Ich höre in der noch baufälligen Küche, die mindestens Platz für acht Leute hat, Töpfe klappern. Ich sehe kein Unkraut vor mir." Sie blickte aus der Fensterfront in den Garten. „Ich sehe eine Grünfläche, die groß genug für ein Baseballfeld, einen Gemüsegarten und ein Gartenhäuschen ist. Oben wird es zwei Schlafräume für Kinder und Jugendliche geben, die sich nicht nach Hause trauen oder vielleicht gar kein Zuhause haben. Jeder wird hier willkommen und in Sicherheit sein. Niemand wird verurteilt, niemand wird das Gefühl haben, allein zu sein. Wenn ich hier fertig bin, werden sich die Kids darum reißen, Teil dieser Einrichtung zu sein. Es wird fantastisch."

Und James glaubte ihr. Denn sie besaß definitiv die Leidenschaft und Begeisterung, um ihre Vision umzusetzen.

Callies Wangen liefen pink an und hastig wandte sie den Blick ab. So als sei ihr gerade erst wieder eingefallen, dass er der Feind war. „Wie auch immer", meinte sie und hob die Schultern. „Das ist auf jeden Fall ..." Sie räusperte sich. „Haben Sie schon mit dem Vertrag angefangen?"

Es war eine rhetorische Frage, denn sie wartete gar nicht auf seine Antwort. Stattdessen hockte sie sich auf den Boden, fuhr mit den Fingern über die Holzplatten und zog ein Klemmbrett aus ihrer riesigen Handtasche, bevor sie etwas darauf kritzelte. Ihr Gespräch war offenbar beendet. Er ließ sie machen und überflog derweil die erste Seite des Vertrages.

Der erste Paragraf spezifizierte ihre geschäftliche Vereinbarung, machte deutlich, was mit James passieren würde, sollte er einen Artikel unautorisiert veröffentlichen und gab sich insgesamt sehr viel Mühe dabei, James Angst zu machen. Die Phrase „strafrechtliche Konsequenzen" war offenbar Special Guest in diesem Vertrag. Die Vertragslaufzeit beschränkte sich auf den Zeitraum, bis das Jugendzentrum eröffnet wurde, und es wurde deutlich gemacht, dass er für seine Arbeit keine monetäre Vergütung bekam. Seine Mundwinkel zuckten, als er zur Verschwiegenheitsklausel kam, die ihm über eine ganze Seite hinweg erklärte, dass er über alle anderen Familienmitglieder sowie Informationen, die ihm vertraulich gegeben wurden, kein Wort verlieren durfte. Die Panthers wussten, wie sie sich abzusichern hatten. Wenn er an ihrer Stelle gewesen wäre, hätte er dasselbe getan, damit hatte er also kein Problem.

Er blätterte zur zweiten Seite, las den ersten Absatz und schnaubte laut. „Ich muss Ihnen jeden Morgen einen Kaffee mitbringen?"

„Nein", sagte Callie abwesend, während sie zu der Glasfront, die zum Garten hinausführte, schlenderte, das Klemmbrett vor der Brust. „Einen Venti Mocha-Caramel-Frappuccino mit Kakaobestäubung."

„Sie haben recht, denn das ist kein Kaffee, sondern ein Herzinfarkt im Becher, und für den habe ich leider nicht die medizinische Befugnis."

„Und ich dachte, Journalisten hätten die Befugnis zu allem."

„Da sind Sie falsch informiert. Ich bringe Ihnen Filterkaffee mit. Damit tue ich mir, Ihnen und Ihrem Zahnarzt einen Gefallen."

Kopfschüttelnd wandte Callie sich zu ihm um. „Wenn ich braunes Wasser wollte, würde ich hier in die Küche gehen und den Hahn aufdrehen. Der Kaffee steht nicht zur Diskussion."

Langsam verengte er die Augen. „Wieso bekomme ich das Gefühl, dass Sie mich leiden lassen wollen?"

„Vielleicht aufgrund von Paragraf 4, Abschnitt 3.16, in dem ich festlege, dass *der Journalist, ich zitiere:* ‚zu keinem Zeitpunkt jammern darf, egal wie sehr er leidet'?" Sie lächelte ihn an und klimperte mit den Wimpern. „Diesen Punkt nehme ich übrigens noch ernster als den Mocha-Caramel-Frappuccino."

Stirnrunzelnd blätterte James durch den Vertrag, bis er zu dem besagten Paragrafen kam. „Fuck, Sie hassen die Presse wirklich mehr als Fußpilz, oder?"

Sie zuckte die Schultern, bevor sie wieder etwas auf ihrem Klemmbrett notierte. „Sie liefern sich ein enges Kopf-an-Kopf-Rennen."

„Meine Güte, Ihre Vorurteile sind bemerkenswert … und was soll das hier?" Fassungslos sah er auf Abschnitt 3.17. „Ich darf, während ich mit Ihnen unterwegs bin, kein Kaugummi kauen?"

Sie zog eine Grimasse. „Kaugummikauen lässt die gebildetsten Leute asozial aussehen", stellte sie sachlich fest.

„Was ist mit Hustenbonbons? Wenn ich unglaubliche Halsschmerzen bekomme, weil ich das plötzliche Bedürfnis, Sie anzuschreien, einfach nicht mehr unterdrücken kann – darf ich die dann lutschen?", fragte James trocken.

„Gegen Hustenbonbons habe ich nichts", bemerkte Callie leichthin. „Aber anschreien dürfen Sie mich nicht. Schauen Sie mal unter Paragraf 11 bei den ‚Verhaltensregeln des Piranhas' nach. Kein Schreien, kein Fluchen, keine Muscle-Shirts, keine Gespräche über Frozen Yoghurt und kein Rauchen in meiner Gegenwart."

„Was zum Teufel haben Sie gegen Frozen Yoghurt?"

„Es ist fettarme, weiße Gülle, die so tut, als wäre sie Eiscreme. Ich mag nichts, das vorgibt, etwas zu sein, das es nicht ist." Süßlich lächelnd sah sie ihn an. „Das gilt für Menschen und Milchprodukte."

Natürlich. „Was ist mit den Muscle-Shirts?"

„Niemand außer Chuck Norris sollte ein T-Shirt ohne Ärmel tragen. Denn bei allen anderen sieht es scheiße aus."

Na, zumindest in dem Punkt waren sie sich einig. Kopfschüttelnd blätterte James weiter, übersprang den Paragrafen, in dem bestimmt wurde, dass er seine Haare nicht zu einem Häuschen gelen durfte, und kam zum letzten Satz des Vertrags.

Auf eine wunderschöne Zusammenarbeit!

Sein Schnauben hätte Berge versetzen können. „Das hier hat der eiskalte Cole Panther aufgesetzt?" Er wedelte mit dem Vertrag. „Wirklich?"

„Na, ich gebe zu, dass ich nach eigenem Ermessen ein paar Punkte hinzugefügt habe", meinte Callie und wiegte ihren Kopf hin und her.

„Nach wie vielen Flaschen Wein?", fragte er entgeistert.

„Keiner. Ich trinke nicht allein", sagte sie gelassen. „Aber es freut mich, dass Sie offensichtlich von meiner Kreativität beeindruckt sind."

Oh, beeindruckt war nicht das Wort, das James benutzt hätte. Zurzeit war er eher angepisst. „Dieser Vertrag ist lächerlich!"

„Ja, nicht?", sagte Callie fröhlich, während ein lautes Klopfen von der Tür herdrang. „Und Sie müssen ihm trotzdem zustimmen. So viel Spaß hatte ich schon lange nicht mehr."

„Ich muss überhaupt gar nichts. Sie sind genauso abhängig von mir wie ich von Ihnen", sagte er düster.

„Wage ich zu bezweifeln", bemerkte sie, lächelte ihn ein weiteres Mal an und schritt dann zur Tür.

Mit zusammengepressten Lippen sah James ihr nach. Fuck. Sie hatte recht. Er brauchte diesen Auftrag. Er würde es nicht ertragen, die nächsten Jahre über weiter bedeutungslosen Stars und Sternchen nachzujagen. Aber das würde er sie ganz sicher nicht wissen lassen.

Mit knackendem Kiefer blätterte er wieder zu Seite zwei, bevor er einen Kugelschreiber aus seiner Jackentasche zog und jedes einzelne Wort der beschissenen neunzehn Seiten studierte. Callie lief derweil gefolgt von einer Horde Arbeitern in Blaumann und Helm durch die Zimmer und gab Anweisungen. Ihre Stimme freundlich, aber dennoch bestimmt und autoritär, sodass niemandem in diesem Haus entging, dass sie ihren Job besser ernst nahmen oder sie würden am nächsten Tag keinen mehr haben. Sie hielt einen Vortrag über Achtsamkeit, Sorgfalt und eine gesunde Arbeitsmoral, während sie gleichzeitig Komplimente an die Bauarbeiter verteilte und im nächsten Atemzug darüber scherzte, dass sie in L. A. einem Mann das Nasenbein gebrochen hatte, weil er seine Aufgabe als Jugendarbeiter nicht ernst genug genommen hatte.

James ging stark davon aus, dass sie diese Geschichte erfunden hatte, doch ihren Standpunkt machte sie unmissverständlich klar: Ich mag süß und klein sein, bin aber dennoch euer Boss, nicht eure Freundin, und wenn ihr Mist baut, werdet ihr die Konsequenzen tragen.

Er fragte sich so langsam, warum ihr Bruder vorhin so besorgt geklungen hatte. Ihm schien es, als könne es keine kompetentere Person als Calliope Panther für diesen Job geben.

Er hatte sie definitiv unterschätzt. Gestern noch hatte James gedacht, dass sie sicherlich sehr nett sein konnte, wenn sie wollte. Heute jedoch hatte er seine Meinung geändert: Sie war nicht nett. Sie war gerissen. Ein wenig böse vielleicht. Abgesehen davon auch noch beschissen klug. Und diese Eigenschaften nutzte sie, um unschuldige Menschen gezielt zu manipulieren und in den Wahnsinn zu treiben.

Vielleicht hatte sie verstanden, dass Sympathie einen zwar bis zum Tellerrand, aber nur Durchsetzungsvermögen darüber hinausbrachte.

Er verstand es. Als Tochter von Medienmogul Clint Panther musste sie in ihrem Leben eine Menge Entscheidungen und Lebensweisen aufgezwungen bekommen haben – und offenbar hatte sie beschlossen, das nie wieder geschehen zu lassen.

Also zeigte sie ihm, wer der Boss war, bevor sie überhaupt mit der Arbeit begannen. Doch sie legte sich definitiv mit dem Falschen an. Ja, James brauchte sie, aber er würde sich ihr nicht anpassen. Sie würde darin versagen, ihn nach ihrer Pfeife tanzen zu lassen, so wie sie es mit den Bauarbeitern tat. Sie wollte ihm das Leben schwer machen? Sie wollte ihn provozieren?

Schön. Doch diese beschissene Straße verlief zweispurig!

Er hatte auch Geschwister, er wusste, wie man einen Kleinkrieg führte.

Seelenruhig ging er den restlichen Vertrag durch, machte sich Notizen und war eine geschlagene Stunde später auf der letzten Seite angekommen. Gerade rechtzeitig, um mitzuerleben, wie Callie lachend dem Bauunternehmer auf die Schulter schlug. „Sie sind ein solcher Charmeur! Wenn Sie genauso gut arbeiten, wie Sie zuhören, wird das Haus im Nu fertig! Ich bin mir sicher, dass Sie einen wundervollen Job machen werden.“

Der rundliche Glatzkopf lief rosarot an und nickte fest. „Ich werde mir die größte Mühe geben."

Großer Gott. Er sollte seine Arbeiter vor der Sabberspur, die sich vor seinen Füßen gebildet hatte, warnen. Sonst verletzte sich noch jemand.

„Davon bin ich überzeugt", sagte Calliope und schenkte ihm ihr strahlendstes, ehrlichstes Lächeln. Der Bauunternehmer schien kurz vor einem Herzinfarkt, und James rechnete fest mit einem Heiratsantrag, doch er fing sich offenbar gerade noch. Er lief die Treppen in das obere Stockwerk hoch, wo die Arbeiten bereits begonnen hatten, und Callie wandte sich an James. Das Lächeln fiel augenblicklich von ihrem Gesicht und kühl nickte sie zu den Papieren in seiner Hand. „Fertig?"

„Jap", sagte er knapp. „Aber ich habe mir erlaubt, selbst ein paar Paragrafen hinzuzufügen."

Sofort verengte Callie die Augen zu Schlitzen. „Was für Paragrafen?"

„Oh, keine Sorge. Alles vernünftige und gut begründete Punkte, die diesem Vertrag angemessen sind", versprach er und lächelte knapp.

„Natürlich", sagte sie gedehnt. „Leg los."

„Wunderbar. Erstens: Sie dürfen kein Schwarz tragen", er nickte zu ihrer Jeans, „das lässt Sie blass aussehen und mit Gespenstern arbeite ich nicht zusammen. Außerdem möchte ich, dass Sie Ihre Wimperntusche wechseln." Kritisch beäugte er ihre Augen. „Diese hier lässt Ihre Wimpern verklumpen, sodass ich an nichts anderes denken kann, als daran, dass Sie ohne die Spinnenbeine im Gesicht viel hübscher aussehen könnten. Das stört meine Konzentration."

„Aha", sagte Callie tonlos.

„Genau. Ebenfalls dürfen Sie sich nicht über die Lippen lecken – wenn Sie einen Porno drehen wollen, machen Sie das in Ihrer Freizeit. Ich habe auch etwas gegen Ihr verächtliches Augenverdrehen ... jap, genau das da." Er deutete mit dem Zeigefinger auf ihr Gesicht. „Und Sie dürfen kein Fleisch essen, wenn ich dabei bin – ich bin Vegetarier und werde Ihnen den Burger aus der Hand schlagen, wenn ich muss."

„Diese Art von Vegetarier sind Sie also, ja?"

„Oh, nein. Keineswegs. Normalerweise verurteile ich die Leute nicht, die Fleisch essen. Sie würden da eine Sonderbehandlung bekommen."

„Ich Glückliche."

„Sie sagen es. Und oh, jeden Abend, bevor Sie schlafen gehen, möchte ich, dass Sie mir eine Sprachnachricht schicken, auf der Sie nichts weiter sagen als: *,Oh, James, niemand sieht in einem Muscle-Shirt so gut aus wie Sie'!*"

„Mein Vater hat mir verboten, zu lügen, tut mir leid", meinte sie achselzuckend.

„Es wäre keine Lüge. Versprochen." Seit er Single war, hatte er unglaublich viel Freizeit, die er fast ausschließlich im Fitnessstudio verbrachte. Das war traurig, hatte aber auch seine Vorzüge.

Callies Augen waren nun beinahe schwarz und verärgert zog sie die Augenbrauen zusammen.

„Ich würde Ihnen übrigens auch raten, Ihre Stirn nicht so zu runzeln", meinte James. „Wie alt sind Sie? Anfang dreißig? Ihre Falten werden mit jedem Tag nur schlimmer." Er schüttelte mitleidig den Kopf und nutzte seinen Zeigefinger, um die Falten auf ihrer Stirn zu glätten.

Verärgert schlug sie seine Hand weg. „Schön, ich habe es verstanden", sagte sie genervt. „Sie können damit aufhören, mich zu beleidigen."

„Du. *Du* kannst damit aufhören, mich zu beleidigen", korrigierte er sie. „Dass wir uns ab jetzt duzen, ist ebenfalls eine meiner Bedingungen."

„Schön! *Du* bist ein Vollidiot und ich bin zu weit gegangen. Wir streichen meine Verhaltensregeln. Zufrieden?"

Er grinste. „Sehr. Und der Kaffee kommt auch weg."

Seufzend verschränkte sie die Arme vor dem Körper. „Kann der Kaffee nicht bleiben ... und Sie dürfen dafür Kaugummi kauen?"

Er schnaubte, musste sich aber ein Lachen verkneifen. „Filterkaffee und du musst anfangen, netter zu mir zu sein – und darfst das Duzen nicht vergessen."

Callie neigte nachdenklich den Kopf zur Seite, so als müsse sie konzentriert über seinen Vorschlag nachdenken, schließlich nickte sie. „Abgemacht. Schreib das so auf."

James tat ihr den Gefallen, nutzte die Gelegenheit, um die Verhaltensregeln zu streichen ... und traf auf seine letzte Notiz. „Ach ja", sagte er. „Es gibt noch einen Punkt, der nicht verhandelbar ist."

„Welcher?", wollte Callie seufzend wissen.

„Ich will das Interview."

Sie lachte tonlos auf. „Nein."

„Doch", beharrte er. „Ich will ein exklusives Interview, das mir Einblick in deine Vergangenheit, dein Leben in L. A. und deine Pläne für die Zukunft gewährt."

„Das kannst du vergessen."

Er schüttelte den Kopf. „Wie gesagt: nicht verhandelbar."

„Alles ist verhandelbar", sagte sie angespannt. „Das ist das Erste, was mein Vater mir beigebracht hat."

„Nun, dein Vater hat noch nie Geschäfte mit mir gemacht. Entweder wir schreiben das Interview in den Vertrag oder du musst dir jemand anderen suchen." Er hob die Schultern. „Deine Entscheidung."

Callie verengte die Augen. „Das ist Erpressung."

„Blödsinn! Es ist ein Deal. Erpressung wäre es, wenn ich dir damit drohen würde, Nacktbilder von dir ins Internet zu stellen, wenn du mir dieses Interview nicht gibst. Da ich aber ein guter Mensch bin", Callie prustete hörbar, „gehe ich zivilisierter an die Sache heran."

Callie gefiel nicht, dass er sie so in eine Ecke drängte. Das konnte er ihr deutlich an den blauen Augen ansehen, die auf einmal zwanzig Grad kälter schienen als noch zuvor. Ebenso schien sie aber zu wissen, dass er keinen Rückzieher machen würde. „Schön", sagte sie zähneknirschend. „Aber ich werde die Fragen vorab checken und entscheiden, welche drinbleiben und welche nicht."

„Nein."

„Du bist ein Arschloch, James", sagte sie schlicht.

Schön, dass sich da alle einig waren. „Ich bin Journalist, Calliope", erklärte er sachlich und hob die Hände. „Es ist schon verdammt schwierig, meine Integrität zu wahren, wenn ich dich jeden Artikel abnehmen lasse, also ... Über die Fragen entscheide ich."

Sie rang die Hände ineinander, biss sich auf ihre Unterlippe und seufzte schwer, während sie keine Sekunde ihren Blick von seinem abwandte. Sie hatte mehr Eier als so mancher Politiker, mit dem er es aufgenommen hatte.

„Schön, aber möglicherweise werde ich nicht alle beantworten und davon kannst du mich nicht abhalten", sagte sie nach endlosen Sekunden bitter und wandte ihm ruckartig den Rücken zu. „Wir können dann gehen. Die Handwerker brauchen mich fürs Erste nicht. Ich unterschreibe im Auto."

„Gehen? Wohin?", fragte er verwirrt.

„Das wirst du schon sehen", sagte sie knapp. „Wir nehmen übrigens deinen Wagen."

„Warum?"

Sie seufzte schwer und warf ihm einen genervten Blick über die Schulter zu. „Fängst du mit den dummen Fragen jetzt schon an?"

„Sorry, Berufskrankheit."

„Das hatte ich befürchtet", murmelte sie düster. „Aber wenn du es unbedingt wissen willst: Wir nehmen dein Auto, weil ich keins habe."

„Warum nicht?"

„Ich kann es mir nicht leisten", sagte sie leichthin und öffnete die Tür nach draußen.

Mit offenem Mund starrte er ihr nach. Die Millionenerbin war tatsächlich pleite. Calliope Panther wurde mit jeder Sekunde interessanter.

Kapitel 5

Der verdammte Mistkerl.

Callie saß in Galways Auto, das irritierenderweise nach Erdbeeren und Sonnenblumen roch, und atmete tief ein und aus, während der unterschriebene Vertrag auf ihrem Schoß plötzlich das Gewicht eines jungen Elefantenbullen zu haben schien.

Er hatte sie in eine verdammte Ecke gedrängt und all ihre Autorität und Macht, die sie mithilfe des Vertrags so sorgfältig hatte aufbauen wollen, direkt wieder untergraben.

Ein Interview. Ein Exklusivinterview, in dem sie mit dem Piranha über ihre Jugend und ihr Auffanglager in L. A. redete ... das war der Stoff, aus dem ihre persönlichen Albträume gemacht waren.

Gott, Coop würde außer sich sein. Er hatte ihr gestern Abend den Vogel gezeigt, als sie ihm den Deal mit James erklärt hatte. Das Einzige, was ihn hatte besänftigen können – was *sie* hatte besänftigen können –, war die Tatsache gewesen, dass sie nicht aus dem Nähkästchen würde plaudern müssen. Dass sie ihre Vergangenheit tief vergraben lassen konnte. Da, wo sie hingehörte. Und jetzt ... jetzt hatte sie nichts mehr. Jetzt hatte sie sich auf einen Pakt mit einem grünäugigen Teufel eingelassen, den sie sich bei dem Wort *Porno* sofort nackt vorgestellt hatte.

Mann, das war erbärmlich.

„Lust, zu erklären, wo wir hinfahren?", wollte James wissen, als sie an einer Ampel anhielten.

„Nein." Sie würde ihm sicher nicht mehr Informationen geben als nur irgend möglich.

Einer von James' Mundwinkeln zuckte und verschwand in seinen blonden Bartstoppeln. „Dir ist klar, dass ich am Steuer sitze, oder?"

„Ja. Und dir sollte klar sein, dass du lernen solltest, Anweisungen zu befolgen, deswegen üben wir das jetzt auf dieser Autofahrt."

„Ah." Er nickte und blickte für einen kurzen Moment zu ihr herüber. Er trug Jeans und einen Pullover, der zu seinen Augen passte. Er hatte die Farbe von Moos. Sein schwarzer Mantel lag hinten auf der Rückbank, und Callie wünschte, er hätte ihn angelassen. Dann wäre ihr vielleicht nicht aufgefallen, dass sie James Galway grundsätzlich schon gerne einmal in einem Muscle-Shirt hätte sehen wollen. In einem nassen, wenn möglich.

Ja, sie hatte seit drei Jahren keinen Sex mehr gehabt! Niemand konnte ihr Vorwürfe machen.

„Du nimmst die Sache mit dem Interview persönlich, oder?", fragte er beiläufig und drückte aufs Gas, als die Ampel umsprang.

Ja. „Nein."

„Doch, tust du."

Ja. „Nein, tue ich nicht", sagte sie gereizt. „Ich mag es nur nicht, wenn mir ein Mann die Pistole auf die Brust setzt und mir erklärt, dass ich trotzdem die Wahl hätte."

„Es ist ein Deal, den –"

„Oh bitte", unterbrach sie ihn verächtlich. „Du weißt, dass ich dich brauche, ich weiß, dass du mich brauchst. Können wir uns den Bullshit nicht einfach sparen?"

James grinste. „Ganz wie du magst. Und falls es dir hilft: Ich bin ein hervorragender Interviewer."

Das war es ja, wovor sie Angst hatte. Heute Morgen auf der Baustelle hatte er nur einen Satz gebraucht, um sie vergessen zu lassen, wer er war. Sie hatte ihm ihre Vision erklärt, ihm ihren tiefen Traum offenbart ... einfach nur, weil er ehrlich interessiert geklungen hatte. Sie wusste nicht einmal genau, *wie* er es getan hatte, aber ihr Mund hatte sich geöffnet und lauter unbedachte Worte waren aus ihm hinausgepurzelt. Ein Journalist mit dieser Fähigkeit war ein gefährlicher Mann in ihrem Leben. Denn sie wusste Dinge, um die sich jeder Pressemitarbeiter in den USA prügeln würde.

„Außerdem liegt das Interview noch in weiter Ferne. Ich möchte dich erst noch ein wenig besser kennenlernen, um mir die richtigen Fragen zurechtzulegen."

„Du hörst dich an wie ein schüchternes Tinder-Date", sagte sie trocken und sah aus dem Fenster.

„Ich war noch nie auf einem Tinder-Date, deswegen nehme ich das jetzt einfach mal als Kompliment."

Noch nie auf einem Tinder-Date? Sie wünschte, sie könnte dasselbe von sich behaupten. Aber James war attraktiv und offen genug, um auf altmodische Art und Weise an Dates zu kommen. Verheiratet war er zumindest nicht, das hatte ihr das Internet ausgespuckt.

Und was sie gesagt hatte, stimmte auch nicht ganz. Auf Tinder hatte sie noch nie jemand *besser kennenlernen* wollen.

Callie sah aus dem Fenster, beobachtete, wie die Betonbauklötze an ihr vorbeiflogen, und überlegte, dass Tinder vielleicht für die Zeit in Philadelphia genau das Richtige war. Es war offensichtlich, dass sie zu lange einsam gewesen war, und sie kannte in Philadelphia niemanden außer ihrer Familie … vielleicht lernte sie ja jemand Sympathischen kennen? Tinder wurde längst nicht mehr nur dafür benutzt, auf schnellem Weg an ungezwungenen Sex zu kommen.

Ein Handyklingeln riss sie aus ihren Gedanken und sie wandte den Kopf. James' Telefon lag in der Mittelkonsole und spielte die Melodie von Chuck Berrys „You never can tell". Gutes Lied, aber besorgniserregende Botschaft für einen Journalisten.

James' Blick wanderte flüchtig zum Display. Eine Falte grub sich zwischen seine Augenbrauen, bevor er das Gesicht wieder zur Straße wandte und keine Anstalten machte, sich zu bewegen.

Das Handy klingelte fröhlich weiter. Callie konnte das Vibrieren bis in ihren Sitz spüren.

„Willst du nicht rangehen?", fragte sie, als der Anrufer nach einer Minute noch immer nicht aufgegeben hatte.

„Nein", sagte er schlicht.

„Warum nicht?"

„Ich fahre gerade."

„Du kannst den Lautsprecher betätigen", sagte sie unschuldig. Sie brauchte dringend irgendwelche persönlichen Infos, die sie gegen ihn verwenden konnte!

„Nein", wiederholte er und hielt erneut an einer Ampel.

„Doch, ich bin mir sicher, dass deine Intelligenz dafür ausreicht."

James schnaubte nur, hielt die Hände jedoch sicher am Lenkrad.

Das Handy verstummte, nur um Sekunden später aufs Neue loszugehen.

„Geh ran, James."

„Nein. Es wird nichts Gutes dabei rumkommen."

Irritiert sah Callie auf die Anruferkennung. Der Name *Serena* leuchtete auf. Vielleicht eine Verflossene? Irgendeines seiner Nicht-Tinder-Dates?

„Warum nicht?", wollte sie wissen.

„Wer ist jetzt diejenige mit der nervigen Eigenschaft, tausend Fragen zu stellen?"

„Ich bin neugierig. Ich möchte dich eben auch noch ein wenig besser kennenlernen, bevor du mich zu deinem Goldesel machst."

James' düsterer Blick ließ sie wissen, dass er ihre clevere Argumentationskette nicht zu schätzen wusste. „Ich werde nicht gerne im Auto angeschrien, das ist alles", meinte er schließlich lapidar.

Hm. Jetzt wurde es interessant.

Erneut sah Callie auf das Display. Sie fand, dass die Person auf der anderen Seite das Recht hatte, mit James zu reden. Und wenn sie ihn anschreien wollte, dann hatte sie sicherlich einen triftigen Grund.

Bevor er sie aufhalten konnte, streckte sie die Hand aus, wischte über den grünen Hörer und drückte den Lautsprecherknopf.

Ungläubig sah James sie an. Er streckte die Hand aus, doch bevor er wieder auflegen oder ihr etwa ins Gesicht schlagen konnte, sprach der Anrufer bereits: „Jamie, du Mistkerl! Ich versuch schon den ganzen Morgen lang, dich zu erreichen."

James stieß einen gedehnten Seufzer aus, warf Callie einen letzten wütenden Blick zu und sagte dann betont höflich: „Hey, Serena. Schön, von dir zu hören."

„Halt die Klappe und sag mir, dass das T-Shirt, mit dem Thomas gestern nach Hause gekommen ist, nicht von dir ist." Die durchdringende Stimme der Frau überschlug sich fast.

„Das T-Shirt, mit dem Thomas gestern nach Hause gekommen ist, ist nicht von mir", sagte James monoton.

„Oh bitte, gib wenigstens zu, dass du es ihm gekauft hast!"

„Serena, du musst dich schon entscheiden", sagte James geduldig. „Soll ich jetzt sagen, dass ich es nicht war, oder zugeben, dass ich es war? Deine Anweisungen sind immer so ungenau."

„Klugscheißer! Ich hab dir gesagt, dass du ihn in Ruhe lassen sollst. Du hast einen schlechten Einfluss auf ihn."

Callie bemerkte, wie James' Kiefer sich verhärtete und seine Finger sich um das Lenkrad verkrampften. So als wolle er dem unschuldigen Auto wehtun. „Können wir das später besprechen, Serena?", sagte er deutlich angespannter als zuvor. „Jetzt ist es etwas –"

„Nein, können wir nicht", unterbrach sie ihn unwirsch. „Thomas will nichts sagen, aber ich weiß, dass du mit ihm den Nachmittag verbracht hast."

„Er ist mein verdammter Neffe, Rena!" Die Furche in James' Stirn grub sich immer tiefer. „Ich war mit ihm im Kino, nicht im Stripclub. Und ich darf ihm etwas schenken, wenn ich will!"

„Nein, das Recht hast du verwirkt! Er sieht zu dir auf, James. Er hält dich für den coolsten Kerl, den er kennt."

„Ich *bin* der verdammt coolste Kerl, den er kennt!", fuhr James auf.

„Nein, du bist ein Arschloch, James. Ein betrügerisches Arschloch, das seine Grenzen ignoriert! Ich habe dir klare Anweisungen gegeben, ich habe –"

„Großer Gott, Rena, halt die beschissene Luft an." Jegliche falsche Höflichkeit war aus seiner Stimme verschwunden. „Ich weiß, dass du mich im Moment hasst, aber lass Thomas nicht darunter leiden. Er ist mir wichtig, okay?"

„Ich versuche ihn zu schützen, Jamie. Daran hast du offensichtlich nicht gedacht, als du ihm ein weiteres dieser blöden Superhelden-Shirts gekauft hast. Er hat es schwer genug in der Schule. Sein bester Freund ist sein 35-jähriger Onkel. Ich versuche ihm auszureden, solche T-Shirts zu tragen, damit er es leichter hat! Da hilft es nicht, dass du ihm neue kaufst."

James' Kiefer knackte und sein Blick war mittlerweile so zornig, dass Callie überlegte, ob sie nicht lieber die Tür öffnen, sich aus dem Auto abrollen und in Sicherheit bringen sollte. „Er ist vierzehn, Rena. Ein Kind. Er sollte verdammt noch mal tragen können, was er will. Die anderen sind das Problem, nicht er!"

„Nein, im Moment bist *du* das Problem!"

„Oh bitte", sagte er verächtlich. „Ich bin doch nur der kleinste Kieselstein auf deinem Berg von Schwierigkeiten. Nur weil du mich hasst, heißt das nicht, dass ich dieses Gefühl erwidere. Im Gegensatz zu dir erinnere ich mich nämlich noch daran, dass du meine verdammte Familie bist – und auch, wenn du es mir im Moment sehr schwer machst, dich zu lieben, tue ich es trotzdem. Ich weiß, dass dein Leben zurzeit nicht allzu leicht ist, und ich würde dir liebend gerne helfen, aber das kann ich nicht, wenn du zu beschäftigt damit bist, mich zu verfluchen. Meine Güte, das muss doch unglaublich energieraubend sein, so wütend auf mich zu sein. Ich werde nicht aufhören, auf dich aufzupassen, Rena, und ich werde sicher nicht dabei zusehen, wie du dich zu Tode arbeitest! Du gehst unter, Serena. Ich weiß, du tust dein Bestes, aber Hilfe brauchst du trotzdem. Du kannst keine Scheidung durchboxen, Vierzehn-Stunden-Schichten schieben und gleichzeitig einen Teenager großziehen. Lass mich dir doch verdammt noch mal helfen und Thomas zweimal die Woche zu mir holen."

Callie starrte ihn an und konnte nicht verhindern, dass sich ihre Lippen verblüfft öffneten. Scheiße, er konnte unglaublich gut mit Worten umgehen. Kein Wunder, dass er Journalist geworden war. Doch seiner Schwester war dieser Umstand offenbar schon bewusst gewesen. „Du redest zu viel, Jamie. Ich kann dir noch nicht verzeihen und ich will, dass du Thomas in Ruhe lässt, bis sich dieser Umstand ändert."

Für eine Millisekunde schloss James die Augen, seine Fingerknöchel fast so weiß wie der wolkenbehangene Himmel. „Ich habe es verstanden, Serena. Ruf mich trotzdem an, wenn du Hilfe brauchst – und sag Thomas, dass er dasselbe tun kann." Im nächsten Moment nahm er sein Handy und beendete den Anruf, bevor er es in seiner Hosentasche verschwinden ließ. „Auf der Mittelkonsole ist es ja offenbar nicht sicher", murmelte er finster, sah Callie jedoch nicht an.

Blut schoss in ihre Wangen, und augenblicklich bereute sie, so in seine Privatsphäre eingedrungen zu sein. Shit. Das war dumm gewesen. Was war nur los mit ihr? Sobald es um die Presse ging, drehte sie am Rad. Aber alles an James Galway provozierte sie! Von seiner geschmeidigen Gangart bis zu dem amüsierten Glitzern in seinen Augen.

Doch jetzt gerade wirkte er nicht amüsiert. Jetzt gerade wirkte er äußerst angepisst.

„Sorry", sagte sie leise und räusperte sich. „Ich hab mir das irgendwie …"

„… lustiger vorgestellt?", bot James gereizt an.

Verlegen rieb sich Callie den Nacken. „Nun … ja. Du musst hier gleich links abbiegen."

Er folgte ihrer Anweisung. „Ich hab dir gesagt, dass nichts Gutes dabei herumkommen wird."

Ja, aber natürlich hatte sie gedacht, dass er log! Das konnte er ihr doch wirklich nicht zum Vorwurf machen.

Die Sekunden wurden zu Minuten, bis Callie die unangenehme Stille nicht mehr ertrug. „Jamie? Sie nennt dich Jamie?", wollte sie wissen.

„Ja, einer meiner süßeren Spitznamen."

Das glaubte sie gern. Wahrscheinlich sollte sie jetzt die Klappe halten. Sie sollte nicht weiter in der Wunde herumstochern. Und dennoch hörte sie sich sagen: „Was hast du verbrochen, dass deine Schwester so wütend auf dich ist?"

Sie erwartete eigentlich keine Antwort, doch wieder überraschte James sie.

„Ich habe ihrer besten Freundin das Herz gebrochen", sagte er schlicht.

„Inwiefern?"

„Ich war sieben Jahre lang mit ihr zusammen und habe sie dann betrogen."

„Oh ... ich ... wow ..."

„Jap. Witzigerweise, ist meine Ex-Freundin sehr viel besser mit der Trennung zurechtgekommen als meine gesamte Familie."

„Oh." Oh? Meine Güte, sie hörte sich ja wirklich zunehmend intelligent an. „Das ist sehr ... ehrlich von dir."

„Dass ich meine Ex-Freundin betrogen habe?", fragte er interessiert.

„Nein. Dass du es mir erzählst."

„Du klingst überrascht", meinte er amüsiert.

Nun ... das war sie ja auch! Nichts an ihm hatte sie vermuten lassen, dass er ein ansatzweise aufrichtiger Mensch war. Darauf war sie nicht vorbereitet gewesen.

Sie wollte sagen, dass sie jetzt gerne das Thema wechseln konnten, stattdessen fragte sie: „Warum hast du sie betrogen?"

James hielt inne und trommelte einige Momente lang mit den Fingern auf das Lenkrad, als wisse er die Antwort nicht. Gerade, als Callie schon damit rechnete, dass sie den Rest der Fahrt schweigend verbringen würden, sagte er ruhig: „Weil ich zu feige war, auf vernünftige Art und Weise mit ihr Schluss zu machen."

„Oh." Gleich morgen würde Callie diesen Ausruf aus ihrem Wortschatz streichen. „Verstehe", fügte sie hastig hinzu und räusperte sich.

Sie rieb sich mit den Fäusten über die Oberschenkel und konnte ihren Puls in den eigenen Ohren schlagen hören. Was genau war gerade passiert? Sie war unrechtmäßig in seine Privatsphäre eingedrungen und er hatte sich mit weiteren privaten Informationen dafür bedankt?

„Warum hast du mir das erzählt?", fragte sie perplex.

„Du hast gefragt, oder nicht?", sagte er schroff.

„Ich ... nun, ja, aber ..." Sie brach ab. Was sollte sie auf diese Erklärung noch erwidern? Und auf einmal kam sie sich wie das Arschloch vor.

Wie machte der Kerl das?!

James seufzte schwer. „Weißt du, ich verfolge keinen gemeinen, hinterhältigen Plan, indem ich mich offen mit dir unterhalte, Callie. Ich mache meinen Job, das ist alles."

„Na ja, tut mir leid, dass ich etwas skeptisch bin", sagte sie abwehrend und hob die Hände. „Aber in den anderthalb Tagen, die wir uns kennen, hast du mich bereits erpresst und als lächerlich bezeichnet."

Er schnaubte. „Ich habe deinen *Vertrag* als lächerlich bezeichnet – und du hast mir zugestimmt, erinnerst du dich? – und es ist keine Erpressung, wenn wir beide unsere Vorteile aus einem Deal ziehen. Es ist eine ... symbiotische Beziehung. So wie der Hai und der Putzerfisch."

Sie prustete. „Und wer ist wer in unserem Fall?"

„Du bist natürlich der Hai. Ich bin unschuldig."

Oh bitte, sie bezweifelte, dass er auch nur einen einzigen unschuldigen Knochen in seinem Körper hatte. „Es ist nicht fair, die süßeste Tierbeziehung der Weltgeschichte gegen mich zu verwenden! Ich habe jedes Recht dazu, überrascht darüber zu sein, dass du fast ... menschlich wirkst."

„Unglaublich ...", meinte er kopfschüttelnd.

„Ich meine ja nur!“, verteidigte sie sich. „In meiner Erfahrung sind Journalisten eher kalt und unnahbar.“

„Wie viele Journalisten kennst du persönlich, Callie?“, unterbrach James sie und hob die Augenbrauen in ihre Richtung. „Von wie vielen kennst du den Vornamen?“

„Ähm …“

„Richtig. Also entschuldige, wenn ich dir sage, dass du eine verurteilende Zicke bist, was Journalisten betrifft. Du magst allen Grund dafür haben, aber du kennst mich nicht. Du weißt nichts über mich. Also hör auf, mich zum Teufel zu machen, bis du Beweise dafür hast, dass ich einer bin. Journalist zu sein, ist ein Beruf, keine Charakterbeschreibung. Viele von uns helfen der Gesellschaft sogar! Ja, ich weiß, du bist nicht begeistert von diesem Arrangement, aber wir werden in den nächsten Wochen gezwungenermaßen eine Menge Zeit miteinander verbringen. Und so sehr ich es genieße, von heißen Frauen böse angesehen zu werden – könnten wir nicht einfach einen Waffenstillstand vereinbaren?“

Callie starrte auf den Vertrag auf ihren Beinen. Er hatte sie heiß genannt. Was jetzt nicht der Punkt war, aber … egal.

Alles, was er sagte, klang vernünftig, und dennoch … Sie würde sich ihm in einem Interview ausliefern müssen!

„Ich habe keine bösen Absichten, Calliope“, sagte er ungeduldig, als hätte er ihre Gedanken gelesen. „Ich möchte meinen Job machen – und ich möchte ihn gut machen. Und das kann ich nur, wenn du nicht jedes deiner Worte auf die Goldwaage legst.“

„Ich heiße Callie", sagte sie mit Nachdruck. „Ich bin weder alt noch weise genug, um eine *Calliope* zu sein, und ich werde mir Mühe geben, einverstanden?" Mehr konnte sie wirklich nicht versprechen. Ihr Misstrauen gegenüber der Presse saß zu tief. Sie wusste, dass es möglicherweise etwas unfair von ihr gewesen war, James nur aufgrund von ein paar Kommentaren im Internet zu verurteilen, aber sie konnte sich nicht helfen. Sie hatte auf die harte Weise gelernt, dass es seinen Preis hatte, wenn man den falschen Leuten vertraute. „Übrigens musst du hier nach rechts. Wir sind gleich da."

„Wo ist *da*?", fragte James seufzend.

„Da eben."

„Schön", sagte er resigniert. „Lass uns über was anderes reden, bevor ich noch ausraste, weil du mich wahnsinnig machst."

Das hielt sie für eine gute Idee.

„Du weißt von meiner tragischen Liebesgeschichte, wie sieht es mit dir aus? Wie viele gebrochene Herzen pflastern deinen Weg?"

Okay, es war eine furchtbare Idee! „Fragst du das als Mann oder als Journalist?", wollte sie zögerlich wissen.

„Hm." Nachdenklich kratzte sich James mit dem Zeigefinger das kantige Kinn, bevor er ihr einen unschlüssigen Seitenblick zuwarf. Seine grünen Augen glitten über ihre Beine, ihren Oberkörper hinauf und kamen dann auf ihrem Gesicht zum Stehen.

Es war merkwürdig. Callie trug einen dicken Parka, der sie in ein unförmiges Michelin-Männchen verwandelte, und trotzdem fühlte sie sich unter James' Blick nackt.

Er sah zurück zur Straße und räusperte sich. „Als beides."

„Aha." Sie blickte aus dem Fenster, damit er nicht sehen konnte, wie sie erneut rot anlief. „Und wieso ist es für dich als Journalist relevant, ob ich eine männerfressende Domina bin?"

Er lachte leise. „Na ja, weil das deinem Image schaden könnte. Und Männer dir eher was spenden werden, wenn sie wissen, dass du Single bist. Solltest du einen liebreizenden, fürsorglichen Freund haben, der dich bei jedem deiner Schritte unterstützt, sollte ich das natürlich auch wissen. Eine herzzerreißende Liebesgeschichte verkauft sich immer gut."

„Da muss ich dich leider enttäuschen. Ich besitze kein liebreizendes Irgendwas und habe innerhalb der letzten fünf Jahre kein einziges Herz gebrochen. Eine tragische Liebesgeschichte kann ich dir also nicht bieten."

„Kein einziges Herz gebrochen ... wieso glaube ich dir das nicht?"

„Weil es langweilig ist und dir keine Schlagzeile einbringt?"

James grinste nur, antwortete jedoch nicht.

Sie musste ebenfalls lächeln, bevor sie fragte: „Und warum interessiert es dich als Mann?"

„Was?"

„Warum es dich als Mann interessiert, ob ich verliebt, verlobt, verheiratet oder Single bin."

James sah konzentriert aus der Windschutzscheibe.

„Ist es, weil du mich unglaublich attraktiv findest und gerne mit mir ins Bett würdest?"

James verschluckte sich an seiner eigenen Spucke und fing an zu husten.

Zufrieden lächelte Callie und sah aus dem Fenster.

„Professionalität liegt dir, oder?", fragte James kopfschüttelnd, als er sich wieder gefangen hatte.

Sie hob die Schultern. „Du bist der Journalist, du musst professionell sein. Ich kann machen, was ich will."

„Ah, also dürftest du von meinem nackten Körper fantasieren, ich aber nicht von deinem?"

„Exakt."

„Wie gut, dass ich noch niemanden kenne, der Gedankenlesen kann", murmelte er, lächelte ihr anzüglich zu und blickte wieder auf die Straße.

Hitze flutete Callies Gesicht und hastig sah sie wieder aus dem Fenster. Sie sollte kein Spiel anfangen, das sie nicht vorhatte, zu Ende zu führen. Auch wenn es sicherlich Spaß machen würde …

Kapitel 6

James hatte sich in seinem Leben noch nicht so beobachtet gefühlt. Und er war ein Journalist, der seine meiste Zeit mit einer Horde neugieriger Fotografen verbrachte.

Er war mit zwei Geschwistern und einer überbesorgten Mutter aufgewachsen, aber niemand hatte ihm jemals so argwöhnische, intensive und gleichzeitig nachdenkliche Blicke zugeworfen wie Calliope Panther. Es war, als versuchte sie den tiefsten Kern seiner Seele zu ergründen, und das nur mithilfe ihrer Augen.

Tja, er wünschte ihr viel Glück dabei, bis jetzt hatte das nämlich noch niemand geschafft. Lana, seine Ex-Freundin, hatte immer behauptet, dass er ein Mann mit mehrfacher Persönlichkeitsstörung sei und diese Tatsache jeden – ihn mitinbegriffen – davon abhielt, zu erörtern, wer er war oder wer er sein wollte.

James fand diesen Umstand ganz praktisch, denn dann konnte niemand seine Tiefen erforschen und die Informationen später gegen ihn verwenden. Tatsache war, dass er Callies Misstrauen nur äußerst gut verstand. Sieben Jahre in der Welt der Klatschkolumnen und gefälschten Wahrheiten hatten ihn ein wenig zynisch werden lassen. An Callies Stelle würde er sich selbst auch nicht trauen – was nichts an der Tatsache änderte, dass er sie dazu bringen musste, zu vergessen, dass er ein Reporter war.

Es tat ihm ein wenig leid, dass er sie tatsächlich unterschwellig zu manipulieren versuchte. Der Anruf seiner Schwester hatte ihn unglaublich wütend gemacht – dieser Teil zumindest war echt gewesen –, aber er konnte nicht umhin, zu denken, dass er doch ganz gelegen gekommen war. Ein Mann mit Familienproblemen war sehr viel nahbarer als der Kerl, der ihr Gesicht auf eine Zeitschrift drucken wollte.

„Ich bin neugierig", sagte Callie, nachdem sie ihn angewiesen hatte, vor einem großen Maschendrahtzaun zu halten, der aussah wie das Ergebnis einer äußerst verwirrten Metallspinne. „Wieso bist du Journalist geworden? Was hat dich zu einer solchen Fehlentscheidung verleitet?"

James schnaubte und stellte den Motor ab. „Ich wollte einen Job haben, in dem ich die Welt sehen und meine Zeit selbstständig einteilen kann. Mein Englischlehrer meinte, ich hätte ein Talent, mit Worten umzugehen, ich war arrogant genug, ihm zu glauben, und hier bin ich."

Callie nickte, die blauen Augen aufmerksam geweitet. „Und wie viel von der Welt hast du gesehen?"

Zu viel. Die dreckigste Gosse und die glänzendste Goldkammer. Den höchsten Berg und das tiefste Tal. Eine Wüste aus Sand und eine Wüste aus Eis. Die nettesten Menschen und die miesesten Wichser, die leider immer diejenigen mit der meisten Entscheidungsgewalt zu sein schienen.

Bevor er mit seiner Ex zusammengekommen war, war er fünf Jahre lang als Journalist für ein Panorama-

Magazin durch die Welt gereist. Die Bezahlung war beschissen gewesen, aber die Erfahrungen genau das, wonach er sich gesehnt hatte.

Doch dann hatte er bei einem Besuch zu Hause Lana wiedergetroffen. Lana, Serenas beste Freundin aus Kindheitstagen, die schon immer mehr Zeit mit seiner Familie verbracht hatte als er selbst. Die perfekte, hübsche, kluge Frau seiner Träume.

Seine Familie hatte Lana geliebt, er hatte Lana geliebt … es war ihm wie der richtige Zeitpunkt erschienen, zurückzukehren. Er hatte ohnehin immer mehr Spaß an den Menschen als an der Landschaft gehabt und interessante Porträts konnte er auch in Philly schreiben. Nur wollte kaum jemand Porträts lesen und Klatschkolumnen brachten so viel mehr Geld ein. Sein Redakteur hatte verdammt schnell herausgefunden, dass James ein Talent dafür hatte, Menschen Dinge aus der Nase zu ziehen, die sie niemals hatten erzählen wollen – und innerhalb weniger Monate hatte er drei Gehaltsklassen übersprungen und nur noch darüber geschrieben, welche Schminke das aktuelle It-Girl benutzte und warum sich Brangelina scheiden ließ. Am Anfang hatte es ihm noch Spaß gemacht, flapsig und unbedarft zu schreiben, aber mittlerweile … mittlerweile erschöpfte ihn seine Arbeit einfach nur noch.

Aber bei Callie war es etwas anderes. Sie bot ihm die Möglichkeit, tiefer zu gehen. Wieder so zu schreiben, wie noch vor sieben Jahren.

„James?", fragte Callie stirnrunzelnd. „Bist du noch da? Wie viel von der Welt hast du gesehen?"

„Ach, dies und das", meinte er achselzuckend, schnallte sich ab und stieg aus.

„Dies und das ...“, wiederholte Callie und folgte seinem Beispiel. „Mensch, dein Lehrer hatte recht. Du hast wirklich ein Talent, mit Worten umzugehen.“

Er musste unfreiwillig lächeln, als er ihren ironischen Blick über sein Autodach hinweg bemerkte. „Ich bin viel rumgekommen, doch witzigerweise erinnere ich mich kaum noch an die Orte – nur noch an die Menschen.“

Callie nickte, so als verstünde sie ihn, bevor sie meinte: „Ich habe dich im Internet gestalkt. Dein Resümee ist beeindruckend. Deine Eltern müssen sehr stolz auf dich sein.“

Beinahe hätte er laut aufgelacht. Seine Eltern hätten ihn viel lieber als Lehrer oder Handwerker gesehen. Seine Geschwister hatten sich vor Ewigkeiten niedergelassen, ein paar Babys ausgespuckt, einen Bürojob von neun bis fünf ergattert und ein Haus mit weißem Gartenzaun gekauft. James hatte sich ein paar Jahre lang erfolgreich eingeredet, dass er dasselbe wollte. Doch er hatte sich selbst belogen.

„Ja, sie haben eine Autogrammkarte von mir an ihrer Wand hängen“, sagte er trocken. „Könntest du mir jetzt endlich verraten, wo genau wir hier sind?“ Er nickte zu dem hässlichen Rostopfer, das sich Zaun schimpfte und hinter dem sich Berge aus Metall türmten.

„Das ist ein Schrottplatz, James“, sagte Callie kopfschüttelnd. „Meine Güte, deine Allgemeinbildung lässt wirklich zu wünschen übrig.“

Im nächsten Moment stapfte sie an ihm vorbei die Schotterstraße hinab, auf ein kleines Häuschen zu, das wohl den Eingang des Stahlparadieses markierte.

Stirnrunzelnd ließ er den Blick über den Platz schweifen. „Und was tun wir hier?"

„Wir kaufen ein", sagte sie leichthin und winkte ihn näher zu sich heran, um ihm zu bedeuten, sich zu beeilen.

Mit jedem Wort, das aus Callies Mund kam, vergaß James ein wenig mehr, dass er Herausforderungen eigentlich mochte. „Hat dir schon einmal jemand gesagt, dass es unglaublich schwer ist, dir eine direkte Aussage zu entlocken?"

Sie verdrehte die Augen in seine Richtung. „Das war eine direkte Aussage. Ich will mir ein paar Dinge angucken, die ich möglicherweise fürs Jugendzentrum kaufen will."

„Auf einem Schrottplatz?", fragte er verwirrt.

„Geld wächst nicht auf Bäumen, Galway", meinte sie und schnalzte mit der Zunge.

Nun ja, im Hause Panther eigentlich schon. „Ich bin nur überrascht, dass du hier und nicht bei einem Antiquitätenhändler shoppen gehst."

„Warum?", fragte sie interessiert. „Weil ich Millionenerbin bin?"

„Nun ... ja."

„Und wer ist jetzt das verurteilende Arschloch?", fragte sie süßlich lächelnd.

Jaja, er hatte es verstanden. „Apropos Millionenerbin ...", meinte er leichthin. „Was ist mit deinem Geld passiert?"

„Ich habe es verschenkt", sagte sie abwesend, den Blick auf einen unbestimmten Fleck in der Ferne gerichtet.

Ungläubig hob James die Augenbrauen. „Du hast ...
was?"

„Hey, Galway!"

Verwirrt wandte er sich um und erblickte einen rot-
gesichtigen Mann im blauen Anzug, der ihn wie einen
Wal auf Landbesuch aussehen ließ. Er grinste, als er James' perplexes Gesicht sah und beschleunigte seinen
Schritt.

Fuck. Dave Chesterfield. König der Klatschreporter,
ein alter Bekannter ... und die letzte Person, die er gerade gebrauchen konnte.

Er seufzte und kniff sich mit zwei Fingern in den Nasenrücken.

„Wer ist das?", fragte Callie alarmiert und folgte seinem Blick. „Ein Freund von dir?"

Er schüttelte den Kopf. „Definitiv nicht. Wir haben
eine kurze Zeit lang zusammengearbeitet. Das ist alles."
Zu den Anfängen seiner Karriere war er abhängig von
Journalisten wie Chesterfield gewesen. Es waren Anfänge, auf die er nicht gerade stolz war, die ihm aber
genug Geld eingebracht hatten, um ihn zumindest eine
Weile lang über das schreiben zu lassen, was ihn interessiert hatte.

„Wenn ihr nicht befreundet seid", sagte Callie langsam, „warum winkt er dann so bescheuert und grinst
so blöd?"

Weil er wusste, wie James an die ersten zehntausend
Dollar seiner Karriere gekommen war und die Frau neben ihm darunter hatte leiden müssen. „Keine Ahnung", log er. „Aber erinnerst du dich noch daran, was
du von mir dachtest, als ich gestern vor deiner Tür auf-
getaucht bin?"

„Dass du ein arroganter Schmierlappen mit fraglichem Moralgefühl bist?“

„Genau das. Dave Chesterfield ist genau diese Art Journalist.“

„Dave Chesterfield?“, wiederholte Callie hölzern und ihre Augen weiteten sich. „*Das* ist Dave Chesterfield?“

Ach, fuck. Natürlich würde sie ihn kennen! Sein Name hatte damals unter dem Artikel gestanden, der sie über Nacht zum Stadtgespräch gemacht und sie dazu gezwungen hatte, auf die andere Seite des Landes zu ziehen. Wieso hatte James da nicht gleich dran gedacht?

Callie presste die Lippen zusammen und ihr Gesicht wurde erst weiß, dann wieder rot. „Ich will nicht mit ihm reden. Wenn mir meine Faust ausrutscht, habe ich wochenlang wunde Fingerknöchel und das kann ich mir gerade nicht leisten. Sag ihm das doch bitte“, bemerkte sie leise, bevor sie sich ruckartig umwandte und in dem kleinen Häuschen verschwand, in dem womöglich der König dieses Schrottplatzes residierte.

James seufzte schwer und blickte ihr kurz nach, bevor er Chesterfield entgegenkam. „Hey, Dave“, sagte er bemüht gelassen.

„Galway.“ Chesterfield nickte ihm noch immer grinsend zu. „Schleimst du dich bei deinem nächsten Opfer ein, um ihm anschließend ein Messer in den Rücken zu rammen?“

James presste die Lippen zusammen und stopfte die Fäuste in die Taschen seines Mantels. „Nein. Denn ich arbeite nicht wie du.“

Chesterfield hob belustigt die Augenbrauen. „Ah, das Lügen hat dir schon immer gelegen. Also, wo ist die kleine Miss Panther?" Er stellte sich auf die Zehenspitzen, um über James' Schulter sehen zu können. „Ich würde gerne ein paar Worte mit ihr wechseln."

„Sie aber nicht mit dir", meinte er schroff. „Sie mag dich nicht sonderlich."

„Das ist mir doch egal. Ich will mit ihr reden – und du wirst es möglich machen." Das Lächeln verschwand von seinem Gesicht.

„Ich hab dir damals geholfen, Galway, als niemand anderes dir helfen wollte", sagte er eindringlich, die Stimme kaum ein Flüstern. „Du schuldest mir diesen Gefallen!"

Einen Scheiß tat er. „Ich habe dir die besten Storys deines Lebens eingebracht, Dave. Das war Gefallen genug."

Chesterfield schüttelte sein rotbäckiges Gesicht. „Das reicht mir nicht. Ich möchte Infos!"

„Und ich will einen Affen als Haustier. Die Welt ist aber leider kein Wunschkonzert."

Mit jedem Wort aus James' Mund verdüsterte sich Chesterfields Blick. „Weiß sie, wer du bist, James?", wollte er mit einem gehässigen Zug um seinen Mund wissen. „Weiß sie, wer damals das Bild im Krankenhaus von ihr geschossen hat, auf dem man jede einzelne Rippe an ihrem Körper und jede einzelne Droge in ihren Augenringen ablesen konnte?"

Nein, und wenn es nach ihm ging, würde sie es auch nie erfahren. Er hatte einen Fehler gemacht und mit dem musste er leben. Er brauchte nicht auch noch Calliope Panthers vorwurfsvollen Gesichtsausdruck, der ihn daran erinnerte. „Fahr nach Hause, Dave", sagte er bestimmt und machte einen Schritt zurück. „Sie wird mit niemandem reden außer mit mir. Sie hat heute Morgen eine Exklusivitätsklausel unterschrieben."

Zornesröte trieb Chesterfields Hals hoch. „Hat sie nicht", sagte er gepresst.

„Doch, hat sie. Ich war eben schneller als ihr."

„Fickst du sie, oder was?", fragte Chesterfield verwirrt. „Oder wie hast du sie dazu gebracht, ihre Seele zu verkaufen?"

James schnaubte und zeigte ihm den Mittelfinger. „Fahr nach Hause", sagte er ein letztes Mal und wandte sich zum Gehen. „Bevor Miss Panther eine einstweilige Verfügung gegen dich erwirkt."

„Galway", rief Chesterfield ihm wütend hinterher. „Wir sind noch nicht fertig."

„Wir waren schon vor zwölf Jahren miteinander fertig, Dave", erwiderte er gezwungen ruhig und lief zur Schrotthütte, in die Callie verschwunden war.

Sein Nacken prickelte und ein kleiner schwarzer Kieselstein setzte sich in seinem Magen fest, doch James ignorierte das Gefühl. Er konnte nicht ändern, was er getan hatte. Er hatte nicht damit gerechnet, dass Chesterfields Artikel solche Wellen schlagen würde – auch wenn er es hätte ahnen müssen.

Calliope war nicht nur in aller Öffentlichkeit gedemütigt worden, sie war auch wegen Drogenmissbrauch von ihrem College geflogen. Als Klatschreporter war es schwer, ein Gewissen zu haben, aber verdammt sei James, wenn er nicht immer noch nachts aufwachte und laut „*Fuck*" sagte, weil er wieder einmal daran dachte, was er damals mit ein paar scheinbar harmlosen Infos angestellt hatte.

„Was wollte er?"

James zuckte zusammen und blickte auf. Callie war aus dem Häuschen gekommen und stand nun vor ihm, die Augenbrauen erwartungsvoll gehoben.

Er blickte über seine Schulter und sah Chesterfield dabei zu, wie er fluchend in einen schwarz glänzenden BMW stieg. „Mit dir reden."

„Warum wollen nur alle mit mir reden?"

Weil sie verdammt faszinierend war und eine Menge Geld mit ihrem Namen in Verbindung gebracht wurde. „Keine Ahnung. Wenn sie wüssten, wie anstrengend es ist, mit dir zu kommunizieren, würden sie es vielleicht lassen."

Das brachte ein Lächeln auf ihre Züge. „Hast du ihm das genau so gesagt?"

„Nein, ich habe in deinem Namen mit einer einstweiligen Verfügung gedroht."

Anerkennend nickte sie. „Gefällt mir. Kommst du?"

Sie wartete nicht auf seine Antwort, sondern lief ihm vorweg über den Schrottplatz, einen roten Schlüssel in ihrer Hand schwenkend. James lief ihr nach – was blieb ihm für eine Wahl? –, während er sich Mühe gab, den Blick professionell oberhalb ihrer Schulterblätter zu halten.

„Können wir noch einmal zu dem Geld zurückkommen, das du verschenkt hast?"

„Nein."

„Können wir dann wenigstens aufhören zu rennen?"

„Nein. Ich habe nicht viel Zeit, das Zentrum soll bis Weihnachten stehen. Jede Sekunde zählt." Sie zückte den Schlüssel und lief auf einen himmelblauen Fleck inmitten der grauen Stahlwüste zu, der von einem morschen, hohen Holzzaun umgeben wurde. Das Schloss gab unter einem beeindruckenden Knarren nach und die Tür rutschte mit einem schabenden Geräusch über den Schotter.

Inmitten einer grünen, hohen Wiese, die bereits die ersten braunen Halme verunreinigte, stand ein Wohnwagen. Himmelblaue, abgeblätterte Farbe zierte die Holzwände, ein dreckiges Weiß die Fenster- und den Türrahmen.

James schloss das Tor hinter sich, wollte gerade fragen, wieso man den Wohnwagen einsperren musste, als ein hoher Ton ihn zusammenzucken ließ. Mit einem lauten Gackern stob ein federnder, brauner Wattebausch hinter dem Wagen hervor.

Callie quietschte auf, schrak zusammen und stolperte nach hinten ... direkt gegen seine Brust. Instinktiv streckte er die Hände aus, um sie aufzufangen. Seine Finger fuhren um ihre Hüfte, glitten unter ihren Parka, während seine leicht geöffneten Lippen ihre Schläfe streiften.

Die Wärme ihres Körpers drang durch seine Jacke und blieb an seiner Haut haften. Callies Haare kitzelten sein Kinn und zischend sog James Luft ein. Der Geruch nach Pfirsich und Vanille drang in seine Nase und er erwischte sich dabei, wie er die Augen schließen wollte, um sich genauer auf den Duft konzentrieren zu können. Ruckartig lehnte er den Kopf zurück, um so weit weg wie möglich ihrem Geruch zu entkommen. Dann stand er einfach nur erstarrt wie der letzte Idiot da, Callie Panthers Rücken an seiner Brust, seine Finger auf dem weichen Stoff ihrer Bluse unter ihrem Mantel – und die Gedanken, die ihm in den Kopf schossen, waren so dermaßen unprofessionell, dass sie gegen mehrere Paragrafen in Callies Vertrag gleichzeitig verstießen.

„James?", fragte Callie nach einer Weile leise.

Er räusperte sich, zuckte jedoch sonst mit keinem Muskel, aus Angst, seine Hand auf ihrem Bauch könne womöglich gegen ihre Brüste stoßen. Denn das wäre … das wäre … katastrophal.

„Ja?", fragte er etwas heiser.

„Es war ein Huhn", sagte sie langsam. „Ich habe den Schock überwunden. Du kannst mich wieder loslassen."

Er zog eine Grimasse, die sie Gott sei Dank nicht sehen konnte, wand hastig die Hand aus ihrem Mantel und stellte sie wieder auf die Füße. „Sorry. Es war … Instinkt."

Mit gehobenen Augenbrauen wandte Callie sich zu ihm um. Ihr Gesichtsausdruck ansonsten so undurchsichtig wie eine Mauer aus Granit. „Dein Instinkt ist es, die Hände unter die Parkas fremder Frauen zu stecken?", wollte sie interessiert wissen.

Also bitte. Er kannte ihren Vor- und Nachnamen. Somit war sie mindestens eine Bekannte. „Ich wollte dir helfen", stellte er klar und hob unschuldig die Hände in die Höhe. „Damit du nicht … in den Matsch fällst." Er deutete auf den staubtrockenen Boden vor seinen Füßen.

Einer ihrer Mundwinkel zuckte, während leichte Röte ihren Hals hinaufkroch, bevor ihr Blick über sein Gesicht zu seinen Lippen und schließlich zu seiner Brust hinabflog. „Aha."

Er verengte die Augen und musste ebenfalls lächeln. „Na?", fragte er. „Hast du gerade diese dreckigen Gedanken, die vertraglich gesehen nur dir zustehen?"

Sie verdrehte die Augen, doch dass ihre Wangen rosa anliefen, konnte sie trotzdem nicht verbergen. „Du hast mich begrapscht, nicht andersherum", stellte sie klar und wandte ihm den Rücken zu. „Und es wäre schön, wenn du das in den nächsten Wochen lassen könntest, ich ..." Sie brach ab, drückte ihre Schultern durch und räusperte sich, bevor sie hinzufügte: „Rette mich das nächste Mal einfach nicht mit vollem Körpereinsatz, okay?"

„Klar", sagte er möglichst unbeteiligt, während er innerlich stöhnte. Mist, er war definitiv nicht allein mit seinen schmutzigen Gedanken. Das war ungünstig und besorgniserregend. Seine Selbstbeherrschung ließ in den letzten Monaten nämlich zu wünschen übrig, und dass alle Leute ihn als Arschloch bezeichneten, spornte ihn irgendwie an, ihren Erwartungen gerecht zu werden!

Zeit, sich auf andere Dinge zu konzentrieren. „Also, was sehe ich vor mir?", wollte er wissen und trat neben Callie, während das Überraschungshuhn mit zufriedenem Gackern wieder hinter dem Wagen verschwand.

Doch Callie schien ihn nicht mehr zu hören. Sie hatte den Kopf schiefgelegt und starrte auf das blaue Ungetüm vor sich, das zusammen mit dem hohen Gras verschmolz, so als würde es direkt aus der Erde sprießen.

„Er ist wunderschön, oder nicht?", murmelte sie.

James machte noch einen weiteren Schritt vor, sodass er fast dieselbe Sicht wie sie hatte, und verengte die Augen. Er wollte wirklich sehen, was sie sah, doch alles, was er anstarren konnte, war das ehrliche Lächeln auf ihrem Gesicht. Es war beinahe selig.

„Wie ... definierst du wunderschön?", fragte er zögerlich. So langsam bekam er nämlich das Gefühl, dass sie selbst einen zerhackten Regenwurm noch als hübsch bezeichnet hätte.

„Ich will den Wagen in den Garten des Jugendzentrums stellen", erklärte Callie, lief ein bisschen weiter vor und fuhr mit den Fingern sacht über die abblätternde Farbe, sodass sie wieder an der Holzfassade anlag. „Als Rückzugsort. Weil es manchen isoliert leichter fällt, sich zu öffnen. Oder sich zu beruhigen. Oder über ihr Leben nachzudenken. Die Gedanken zu ordnen." Sie stellte sich auf die Zehenspitzen, um durch das Fenster zu sehen, konnte es aber nicht erreichen. „Mann, was hätte ich als Jugendliche dafür gegeben, einen solchen Wohnwagen in unserem Garten stehen zu haben", murmelte sie abwesend. James war sich nicht einmal sicher, ob ihr bewusst war, dass sie die Worte laut aussprach. „Es ist wie eine eigene Wohnung ... nur dass sie Teil der Natur ist. Man ist frei, ohne im Freien zu sein, weißt du?" Sie lief zu den drei brüchig aussehenden Treppenstufen, die in den Wagen führten, und wollte schon hinaufsteigen, als James die Hand ausstreckte und sie leicht am Arm berührte, damit sie sich noch einmal umwandte.

„Callie", sagte er langsam und sah ihr forschend ins Gesicht. „Darf ich dir eine Frage stellen?"

„Ich dachte, allein dafür bist du hier", sagte sie belustigt.

Er nickte. Richtig. „Gut, dann verrat mir doch eins ... Warum hast du das Haus in Strawberry Mansion gekauft?"

„Was meinst du? Es ist ein tolles Haus."

„Nein, ist es nicht. Es ist eine Bruchbude. Ich bin heute Morgen durch die Nachbarschaft gefahren und habe mindestens zwei ähnliche Häuser gesehen, die zum Verkauf standen und in einem sehr viel besseren Zustand waren."

Sie lächelte, sah auf ihre Fingernägel und nickte dann. „Ja, ich weiß. Es wäre vermutlich sogar günstiger gewesen, als das Haus zu überholen, aber ..." Sie seufzte schwer und hob den Blick. „Es hat Charme. Das Haus, der Garten. Alles daran. Und Dinge, die kaputt aussehen, sollte man nicht sofort aufgeben. Denn meistens sind sie noch zu retten."

So wie du? Die Frage formte sich wie automatisch in seinem Kopf, doch er sprach sie nicht aus. Stattdessen schwieg er und wartete darauf, dass sie weitersprach. Denn sie wollte noch etwas sagen, das konnte er ihr in ihrem Gesicht ablesen – und manchmal war Warten das Einzige, was ein Journalist tun musste, um Antworten zu erhalten.

Er wurde nicht enttäuscht.

„Weißt du, ich kann die Welt nicht retten", sagte sie und wandte den Kopf nach links, wo das aufmüpfige Huhn erneut um den Wagen herumkam. „Ich kann die Klimaerwärmung nicht aufhalten. Ich kann den Krieg in Syrien nicht zerschlagen. Ich kann nicht jedes Kind in Afrika mit Wasser versorgen. Aber ich kann trotzdem etwas erreichen. Etwas Kleines, aber zumindest

Etwas. Mein Leben ist ein Chaos, aber ich kann es ordnen. Die Welt ist dunkel, aber ich kann ein Streichholz anzünden. Das Haus ist eine Bruchbude, aber ich kann es renovieren." Sie holte tief Luft, vergrub die Hände in ihren Jackentaschen und hob ihr Kinn, um James in die Augen zu sehen. „Ich hätte in L. A. bleiben können. Ich habe ein tolles Leben dort. Ein bequemes Leben. Ich habe eine Wohnung, Freunde, einen Job … Aber das hat mir nicht gereicht. Meine Arbeit als Sozialarbeiterin war schön, aber nicht genug. Mein Leben zufriedenstellend, aber nicht erfüllend. Alles, was ich getan habe, war zu wenig. Zu klein. Ich will … *mehr*. Wollte schon immer mehr erreichen, als jeder mir zugetraut hat. Mehr helfen, mehr leben, mehr wagen …" Sie zog die Augenbrauen zusammen, den Blick noch immer auf seinem Gesicht. „Einfach *mehr*. Verstehst du?"

James starrte sie regungslos an. Sein Herzschlag verlangsamte sich, während er in ihre blauen Augen blickte, die so viel mehr sagten als jedes einzelne Wort, das soeben aus ihrem Mund gekommen war.

Sie war rastlos. Ein wenig verloren. Und alles, was sie kannte, war dieses dumpfe Gefühl der Unruhe in ihr. Der Wunsch, etwas zu ändern. Anzufangen. Endlich etwas zu tun, das Sinn ergab. Vorwärtszukommen, weil alles, was hinter ihr lag, zu weit weg schien.

Woher er das wusste?

Weil er sich an jedem verdammten Tag der letzten drei Jahre genauso gefühlt hatte.

„Ja", murmelte er und wandte den Blick ab. „Ich weiß genau, was du meinst."

Sie haben keine neuen Nachrichten.

Die elektronische Stimme seines Anrufbeantworters hallte von den nackten Wänden wider und seufzend warf James seinen Schlüssel in die dafür vorgesehene Schale neben der Tür.

Er hatte noch keine Zeit gefunden, Bilder aufzuhängen. Lana hatte solche Dinge früher immer gemacht, und James wusste ohnehin noch nicht, womit er seine Wände bepflastern wollte. Landschaften? Gesichter? Gebäude? Die Auswahl war zu groß.

Er ließ den Nacken kreisen, zog Mantel und Schuhe aus und lief in seine Küche, um ein Bier aus dem Kühlschrank zu bergen.

Der Tag war erfolgreich gewesen. Mehr als erfolgreich. Die letzten fünf Stunden war er mit Callie über den Schrottplatz geturnt, wo sie den Wohnwagen, einen schäbigen, aber noch funktionierenden Kickertisch, eine Tischtennisplatte und ein paar offene Farbeimer gekauft hatte, bevor sie zurück zum Haus gefahren waren, um die Bauarbeiter und ihren Fortschritt zu beaufsichtigen. Callie hatte ihn dazu gezwungen, im Garten Unkraut zu jäten – wenn er schon da war, könne er sich wenigstens nützlich machen –, hatte ihm aber im Gegenzug erlaubt, ein paar Fotos von ihr zu schießen, die er für den ersten Artikel benutzen würde. Er hatte das Gefühl, über den Nachmittag hinweg eine stumme Vereinbarung der Akzeptanz mit ihr geschlossen zu haben.

Er hatte mittlerweile mehr als genug Material für den ersten Artikel. Er hatte einen Vertrag und die Aussicht darauf, innerhalb der nächsten Wochen verdammt viel Geld zu machen.

Und trotzdem fühlte er sich scheiße.

Er gab teilweise Callie die Schuld daran, weil sie ihn daran erinnerte hatte, wie unzufrieden er war, aber zu größeren Teilen seiner Schwester. Die Sache mit Thomas und ihr wurmte ihn. James hatte zwei Geschwister. Andy, sein älterer Bruder, und Serena, seine jüngere Schwester. Egal, wie ähnlich er und Andy sich auch sahen und obwohl sie beide Männer waren ... mit Serena hatte er sich immer besser verstanden. Sie waren sich altersmäßig am nächsten, mochten dieselben Serien, hassten dasselbe Essen – so etwas schweißte einen als Geschwister zusammen. Und ihm war immer klar gewesen, dass sie sich bei der Trennung auf Lanas Seite stellen würde, und ihm war vollauf bewusst, dass er selbst schuld daran war ... aber es nervte ihn dennoch.

Er liebte seinen Neffen, er war der beste Patenonkel der Welt und Serena wusste, dass er keinen schlechten Einfluss auf ihn ausübte. Sie wollte ihn lediglich bestrafen. Und zu Anfang hatte James es auch noch verstanden, aber so langsam reichte es ihm.

Er öffnete die Bierflasche mithilfe des Tresens und seiner Hand, bevor er in sein Wohnzimmer schlenderte und sich auf die Couch fallen ließ.

James hätte seine Wohnung in zwei Worten beschrieben: leer und groß. Er war nie ganz dahintergekommen, wie man einen Ort gemütlich machte, und da er Lana alle Möbel überlassen hatte und Ikea hasste, war seine Wohnung ... minimalistisch eingerichtet. Er besaß eine Couch, ein Sideboard, einen flachen Wohnzimmertisch, eine Stereoanlage, zwei Regale gefüllt mit Büchern und einen großen Fernseher. In dem angrenzenden Schlafzimmer standen ein breites Bett und ein schwarzer Schrank. Über seine Küche wollte er gar nicht erst nachdenken. Die zwei Teller, die zurzeit in seinem Schrank standen, fühlten sich nämlich verdammt einsam.

Einige Minuten lang saß er schweigend auf der Couch und nippte an seinem Bier, bevor sein Blick zu der digitalen Anzeige der Stereoanlage fuhr. Es war kurz nach sieben. Der ganze, gähnende Abend erstreckte sich vor ihm ... und er hatte keine Ahnung, wie er ihn füllen sollte.

Mann, vielleicht wurde es Zeit, dass er sich mal ein paar Freunde zulegte. Es war nicht so, dass James gar keine sozialen Kontakte hatte. Er war nur schlecht darin, sie zu pflegen. Lana hatte das immer gemacht. Sie war unglaublich gut darin gewesen, sich Geburtstage zu merken, die besten Geschenke vorzubereiten und sich nach dem allgemeinen Wohlbefinden zu erkundigen. James hatte keins dieser Dinge jemals interessiert und zusammen mit ihr waren auch all ihre *gemeinsamen* Freunde verschwunden. Damals war James das nicht als Verlust vorgekommen – er hatte sie ohnehin nur vage gekannt, sieben Jahre hin oder her –, aber seitdem auch seine Geschwister nicht mehr mit ihm redeten ...

Er seufzte und rieb sich mit der Hand über das Gesicht. Thomas konnte er auch nicht anrufen, der steckte wegen seiner gestrigen Lüge wahrscheinlich ohnehin schon in großen Schwierigkeiten.

„Fuck", flüsterte er. Wann war sein Leben scheiße geworden?

Aus Ermangelung eines Hobbys und einer zündenden Idee zog er seinen Laptop, den er heute Morgen auf der

Couch hatte liegen lassen, zu sich heran und öffnete ein neues Word-Dokument. Er konnte genauso gut anfangen, zu arbeiten. Dann hatten seine Finger wenigstens etwas zu tun.

Calliope Panther riecht nach Pfirsich und Vanille …

Er zog eine Grimasse und löschte die Zeile wieder. Diese Art von Artikel wurde nicht von ihm verlangt.

Erneut setzte er an der Tastatur an, doch bevor er den ersten Buchstaben schreiben konnte, klopfte es an der Tür.

Verblüfft wandte er den Kopf. Einige Sekunden lang dachte er, er hätte sich das Geräusch nur eingebildet, doch nach wenigen Momenten klopfte es erneut und diesmal sehr bestimmt.

Stirnrunzelnd stand er auf und lief zur Tür. Er hatte zwar überlegt, sich ein paar Freunde zuzulegen, aber eingeladen hatte er seines Wissens noch niemanden.

Er öffnete die Tür … und machte augenblicklich einen Schritt zurück.

Auf seiner Schwelle stand Clint Panther.

Multimillionär, Medienmogul und verdammt einschüchternd, wenn man das bemerken durfte. Er hatte ihn bestimmt schon drei dutzend Mal mit einer Mail belästigt, in der er um ein Interview bat, doch Mr Panther schien genauso medienscheu wie seine Tochter … und irgendetwas sagte James, dass er nicht hier war, um ein Selfie mit ihm zu machen.

„Hallo“, sagte James langsam. „Kann ich Ihnen helfen?“

Clint Panther hob eine Augenbraue in seine Richtung, sah abschätzig an seinem Aufzug in Jeans und T-Shirt hinab und trat dann an ihm vorbei in die Wohnung.

„Wollen Sie etwas trinken, wenn Sie schon ungebeten mein Gast sind?", fragte er etwas perplex.

„Nein. Ich bleibe nicht lange", erwiderte Mr Panther schroff und richtete sich den blütenweißen Hemdkragen, den seine schwarz-grau melierten Haare streiften. Seine Augen waren blau, doch sie wirkten nicht unterschwellig amüsiert oder neugierig, so wie es die seiner Tochter auffällig oft taten. Das Wort berechnend sprang James in den Kopf und er presste die Lippen aufeinander, damit es ihm nicht aus Versehen aus dem Mund floh.

„Mr Galway, bevor ich Ihnen mein Anliegen vortrage, möchte ich eines klarstellen: Wenn ein Wort von dem nachfolgenden Gespräch an die Öffentlichkeit dringt, wird es Ihnen leidtun."

Verblüfft öffnete James den Mund. „Was?"

„Gut, jetzt, da wir uns verstehen …", überging Clint Panther ihn gelassen. „Mir ist zu Ohren gekommen, dass Sie einen Vertrag mit meiner Tochter geschlossen haben. Ist das korrekt?"

James unterdrückte ein „Yes, Sir!" und nickte lediglich.

„Was genau sind die Bedingungen Ihrer Vereinbarung?"

„Ich habe die Exklusivrechte an ein paar Artikeln und einem Interview – die sie lesen darf, bevor ich sie veröffentliche."

„Mhm." Mr Panther betrachtete James' Schuhe, die er achtlos abgestreift hatte und in der Mitte des Flurs lagen, doch James hätte schwören können, dass einer seiner Mundwinkel zuckte. „Das ist eine sehr kluge Abmachung", stellte er fest. „Von beiden Seiten aus."

„Ja …"

„Nun, Calliope war schon immer sehr klug – aber auch sehr dickköpfig." Abrupt hob Mr Panther wieder den Blick und fixierte James. Er hätte gerne zwei Schritte zurückgemacht, um etwas Abstand zwischen sie zu bringen, doch darunter hätte seine Männlichkeit möglicherweise gelitten. „Mr Galway, ich will ehrlich zu Ihnen sein: Ich traue Ihnen nicht."

„Sie hören sich an wie Ihre Tochter."

Clint Panther lächelte knapp, doch es war ein freudloses Lächeln. „Wir sind uns wohl ähnlicher, als sie glauben möchte. So ähnlich, dass ich weiß, dass sie lieber mit erhobenem Haupt untergehen würde, als zuzugeben, dass sie Hilfe braucht. Sie scheint verzweifelt zu sein – sonst hätte sie sich nicht mit Ihnen auf dieses Geschäft eingelassen – und ich habe nicht vor, dabei zuzusehen, wie sie ihr Unterfangen gegen die Wand setzt. Denn das würde weder ihr noch unserer Familie zugutekommen."

James runzelte die Stirn. „Was genau möchten Sie mir damit sagen, Mr Panther?"

„So sehr ich den Gedanken auch verachte, Sie werden meiner Tochter innerhalb der nächsten Wochen sehr nah sein, Mr Galway."

James dachte an seine Hände unter Callies Mantel und schluckte, während er kaum merklich nickte.

„Sie werden merken, wenn es ihr schlecht geht. Sie werden sehen, wenn der Arbeitsaufwand zu groß für sie wird. Ihnen wird es auffallen, wenn ihr das Geld ausgeht und sie in Bedrängnis gerät. Und sobald das der Fall sein sollte, will ich, dass Sie mich anrufen." Er zückte eine Visitenkarte und ließ sie in James' Mantel gleiten, der direkt neben der Tür hing. „Und zwar ohne dass meine Tochter je etwas davon erfahren wird."

Mit geöffnetem Mund starrte James ihn an. War das sein Ernst? „Callie ist eine erwachsene, selbstständige Frau, Mr Panther", sagte er gezwungen ruhig. „Sie kann auf sich selbst aufpassen und wird es nicht gutheißen, wenn Sie ihr hinterherspionieren."

„Calliope ist dickköpfig, leichtsinnig und stolz. Ein Umstand, den manche Menschen gegen sie verwenden würden. Aber Sie sind keiner dieser Menschen, richtig, Mr Galway?" Mr Panthers Stimme war bedrohlich leise geworden und James hätte gelacht, wenn er nicht gewusst hätte, dass Clint Panther sich zehn Auftragskiller auf einmal leisten könnte.

„Ich habe nicht vor, Ihre Tochter auszunutzen", sagte er ernst.

„Gut. Das wird Ihr Leben einfacher machen. Und wenn Sie versäumen sollten, mir Bescheid zu geben – oder irgendetwas über Calliope in der Presse landet, das dort nichts verloren hat –, werde ich dafür sorgen, dass Sie nie wieder auch nur ein Wort veröffentlichen."

„Drohen Sie mir gerade, während Sie mich um einen Gefallen bitten?", fragte James.

„Ich bitte nicht um Gefallen", sagte Clint Panther kühl. „Ich gebe Anweisungen."

Und im nächsten Moment verschwand er aus der Tür.

Kapitel 7

„James Galway ist gut!“, bemerkte Callie verärgert und wechselte die Hand, in der sie das Telefon hielt. „Viel zu gut. Die Nation wird mich für einen verdammten Engel halten.“

„Sollte dich das nicht freuen?“, bemerkte Lexie, Callies beste Freundin, nachdenklich. Sie war die Tochter von Burt Regent, einer Hollywood-Legende, und hatte den Hass gegenüber der Presse ebenso mit der Muttermilch aufgesogen wie Callie.

„Ja, schon“, meinte sie verdrießlich. „Er hat mich nur überrascht, das ist alles.“

Der Artikel, der letzte Woche von ihm erschienen war und sie als *Woman to Watch* – eine Frau, die man beobachten sollte, da sie großartige Dinge tun würde – erklärt hatte, war emotional, pointiert witzig und beunruhigend akkurat geschrieben gewesen. Als würde er sie bereits kennen. Das war besorgniserregend!

„Also, ich finde den Artikel toll“, meinte Lexie. „Dein Journalistenfreund hat ihn persönlich wirken lassen, obwohl der Leser nicht allzu viele intime Dinge über dich erfährt. Und der Kommentar, dass du der Presse mit ‚widersprüchlichen‘ Gefühlen gegenüberstehst, war ziemlich clever.“

Ja, sie hatte recht. Nicht einmal dieser negative Aspekt hatte sie schlecht dastehen lassen. Im Gegenteil, er machte sie nahbarer. Sympathisch.

„Allerdings hat er kein Wort über das Jugendzentrum verloren. Nur dass ein Herzensprojekt und die Liebe zu deiner Familie dich zurück nach Philadelphia geholt haben."

Callie seufzte. „Ich weiß. Er meinte, die Leute müssten sich erst für mich interessieren, bevor er sie mit all den guten Dingen erschlagen könnte, die ich für die Zukunft plane."

„Hm, gar nicht blöd. Und man möchte seinen Worten glauben, weißt du? Mehr als jedem anderen Artikel, der seitdem aus dem Boden geschossen ist. Hast du ihm gesagt, dass er einen guten Job gemacht hat?"

Schnaubend schüttelte Callie den Kopf, während sie mit dem Löffel in ihren Cornflakes herumrührte. „Nein, natürlich nicht! Sonst lässt er sich das noch zu Kopf steigen." Nach dem Vorab-Check des Artikels hatte sie ihm lediglich drei Worte zurückgeschrieben: *Geht in Ordnung.*

Ihm ein Kompliment zu machen, war ihr viel zu intim erschienen. James hatte es sich innerhalb der letzten Woche ohnehin schon viel zu bequem in Callies Leben gemacht. Und diese ständigen Fragen! Liebe Güte, er war verdammt gründlich, was seine Recherche anging. Er hatte sie besser kennenlernen wollen und das tat er.

Mittlerweile wusste er, was ihre Lieblingseissorte war, mit welchem Kinderbuch sie aufgewachsen war und dass sie zwar keine Angst vor Spinnen, dafür aber großen Respekt vor Motten hatte.

„Sie flattern wie Fledermäuse und infiltrieren deine Kleidung sowie dein Essen, James! Das ist eklig. Und jetzt hör auf, zu lachen“, hatte sie gesagt, als er sich die Notiz dazu in dem kleinen schwarzen Büchlein gemacht hatte, das er ständig mit sich herumtrug. Er hatte eine ganze Weile nicht aufgehört zu lachen … dafür jedoch dabei geholfen, den Wohnwagen neu zu streichen, der vor ein paar Tagen geliefert worden war.

„Ich glaube, du machst es ihm zu schwer“, gab Lexie zu bedenken. „Er hört sich überraschend sympathisch an, dafür dass er ein Journalist ist.“

„Ja“, antwortete Callie widerstrebend. „So rein objektiv betrachtet ist er das wohl.“

„Und rein subjektiv betrachtet? Ist er heiß?“

Ein bisschen bis sehr heiß, ja. „Nein“, sagte sie und trank einen Schluck Kaffee. Coops Küche war kühl eingerichtet, besaß jedoch die beste Kaffeemaschine, die mit Geld zu kaufen war. Sie aßen ein spätes Frühstück beziehungsweise frühes Mittagessen miteinander – L. A. lag nun einmal drei Stunden hinter Philadelphia – und eigentlich hatte sie wenig Lust, weiter über die Arbeit zu reden.

„Du Lügnerin“, meinte Lexie und lachte laut. „Ich habe ihn gegoogelt, er ist hinreißend.“

Callies Mundwinkel zuckten. „Die Wortwahl würde ihm sicherlich gefallen. Und ja, er ist durchschnittlich attraktiv.“

„Alles klar, du möchtest nicht länger über ihn reden. Weil du dich dafür schämst, den Feind anziehend zu finden.“

Genau das. „Wie sich herausstellt, ist James ganz praktisch, okay? Belassen wir es dabei. Er ist eine kostenlose Arbeitskraft. Er hilft mir im Garten. Das Benefiz-Baseballspiel ist in drei Wochen und wir kommen draußen nur sehr schleppend voran, weil es so viele Probleme im Haus gibt … ich kann seine Muskelkraft gebrauchen."

„Das ist tragisch, Callie", sagte Lexie seufzend. „Das erste Mal in deinem Leben nutzt du einen Mann aus und dann ist es nicht einmal für Sex."

Callie musste lachen, zog die Füße auf den Stuhl und nahm einen weiteren Löffel der Schokopops. Während Lexie damit fortfuhr, ihre Enttäuschung kundzutun, bemerkte Callie verblüfft, dass sie das erste Mal seit den knapp zwei Wochen, die sie jetzt hier war, entspannt war. Ja, sie musste heute noch eine Menge Papierkram erledigen, aber sie wusste, dass sie auf dem richtigen Weg war.

Savannah hatte Wort gehalten und drei Baseballspieler der Philadelphia Delphies für das Benefizspiel gewinnen können. Jake, Luke Carter und Dexter O'Connor. Die Spieler waren so berühmt, dass die Aushänge, die sie in allen Schulen in Strawberry Mansion und Umgebung aufgehängt hatte, bereits vierzig Jugendliche aus sozialen Brennpunkten zu einer Anmeldung zum Benefizspiel verleitet hatten. Sie würde jeden einzelnen einwechseln, das stand fest. Denn jeder, der wollte, sollte die Chance bekommen, mit seinem Vorbild auf dem Spielfeld zu stehen. Sobald Savannah die Teilnahme von Jake und Co. an dem Benefizspiel auf die Website der Mannschaft geladen hatte, waren bereits die ersten Anfragen von Foodtrucks, Schießbuden und einigen großen Firmen eingetrudelt, die im Gegenzug für ein Werbebanner im Garten etwas spenden würden.

Das Konzept funktionierte, genauso wie Callie es vorhergesagt hatte. Die Arbeiten am Haus gingen voran, die ersten Sozialarbeiter hatten Interesse an einem Job bekundet, James nächster Artikel, in dem er das Benefizspiel anpreisen und Callies Plan näher erläutern wollte, würde morgen erscheinen ... es lief alles so glatt, dass Callie ein wenig mulmig wurde, wann immer sie daran dachte. Sie wartete auf die Krise. Denn die würde kommen. Da war sie sich sicher.

„Wann kommst du eigentlich zurück?", wollte Lexie wissen und riss Callie aus ihren Gedanken. „Ich vermisse dich hier! Es ist schrecklich langweilig ohne dein ständiges Gemecker darüber, dass ich mit zu vielen Männern schlafe."

„Aber du *schläfst* mit zu vielen Männern!"

„Nein, du schläfst mit zu wenigen."

Dagegen konnte sie leider nichts sagen. Ein Mann alle drei Jahre war nun einmal kein guter Schnitt, weshalb sie vom Thema ablenkte. „Ich komme im Februar zurück, schätze ich. Sobald deutlich wird, dass das Zentrum auch ohne mich funktioniert. Ich muss noch den passenden Geschäftsführer finden, die Geldeinnahmen stabilisieren ... aber das sollte bis Februar klappen."

„Februar." Lexie seufzte laut. „Das ist noch eine halbe Ewigkeit. Bis dahin hat Salim dein Sandwich wieder umbenannt."

„Hey! Wenn er das macht, esse ich nie wieder bei ihm", meinte sie ungläubig. „Das *Calliope* ist das beste Sandwich, das er je erfunden hat ... und die Erdbeeren darauf waren meine Idee. Die Lorbeeren werde ich nicht abgeben. Ich verklag ihn, wenn er es umbenennt.“

„Ich werde es ihm ausrichten“, meinte Lexie lachend. „Solange du wirklich zurückkommst.“

„Natürlich komme ich zurück“, meinte sie verärgert. „Philly hat zwar ein fantastisches Cheesesteak, aber es ist nicht mein Zuhause.“

„Gut.“ Lexie klang erleichtert. „Wenn du nämlich wegziehst, sehe ich mich dazu gezwungen, die Stadt der Engel selbst zu verlassen.“

„Oh bitte! Du liebst Los Angeles.“ Mehr als Callie es je geliebt hatte.

„Nein, ich liebe meine Freunde hier. Die Freunde, die mich alle nacheinander verlassen, um erwachsen zu werden und zu heiraten und Kinder zu bekommen.“

„Üäh, eklig so was“, unterstützte Callie sie und spitzte die Ohren, als ein hohes, weibliches Kichern durch die angelehnte Küchentür drang. Sie zog eine Grimasse. „Apropos eklig … Coop hat schon wieder eine seiner Freundinnen hier. Mann, das ist frustrierend. Es ist Samstagfrüh und ich habe den gesamten Tag nichts vor, außer zu arbeiten! Ich will nicht die Frau sein, die Samstagabend allein zu Hause sitzt, Kekse isst und sich durch Netflix wühlt.“

„Aber wir mögen diese Frau“, gab Lexie zu bedenken. „Sie ist sympathisch und faul. Und sie hat warme Füße und einen Flanellpyjama, der nicht kratzt.“

„Ja, ich weiß. Aber heute möchte ich sie nicht sein.“ Sie senkte die Stimme. „Es ist nicht einmal zehn Uhr am Samstagmorgen und mein Bruder hat dieses Wochenende bereits mit zwei Frauen geschlafen! Ich habe nicht

einmal an einen Mann gedacht." Außer an James jetzt,
aber der zählte nicht. „Das erscheint mir nicht fair!"

„Also erstens: Du solltest dir Coop nicht als Vorbild
nehmen, er wird an einer Plakatwand, die gegen Ge-
schlechtskrankheiten warnt, enden. Und zweitens:
Dann besorg dir doch selbst einen Kerl. Wozu gibt es
das Internet?"

Callie zog eine Grimasse. „Aber ich bin mir gar nicht
sicher, ob ich einen Kerl will. Ich will einfach einen ...
Freund. Oder auch eine Freundin, mit der ich abends
Zeit verbringen kann. Ich liebe meine Brüder, aber sie
dürfen nicht meine einzigen sozialen Kontakte bleiben.
Sonst werde ich nach drei Monaten nur noch über
Baseball und Bier reden." Abgesehen davon brauchte
sie jemanden in Philadelphia, der nicht fest mit ihrem
Versagen oder einem psychischen Zusammenbruch
rechnete. Jemanden, der nichts mit ihrer Familie am
Hut hatte.

„Dann ... keine Ahnung, lade dir Tinder runter und
schreib in deine Beschreibung, dass du neue Leute kennenlernen willst."

Mhm. Das könnte sie tun. Das war sogar gar keine
blöde Idee. Sie wollte Lexie gerade dafür danken, als die
Küchentür aufgestoßen wurde.

„Ups", sagte eine junge, dunkelhaarige, lediglich im
weißen Hemd bekleidete Frau und legte sich kichernd
die Hand vor den Mund. „Ich dachte, wir wären allein."

„Hallo", sagte Callie freundlich, ließ das Telefon sinken und legte den Kopf schief. „Sind Sie meine neue
Mommy?"

Verwirrt öffnete ihr Gegenüber den Mund. „Ähm ...
ich ... was?"

„Callie!“, drang Coops genervte Stimme aus dem Wohnzimmer. „Lass mein Date in Ruhe.“

„Wie heißt dein Date denn?“, rief sie unschuldig zurück. „Damit ich es begrüßen kann.“

Stille. Schließlich sagte Coop laut: „Frag sie selbst nach ihrem Namen, sie steht direkt vor dir.“

Der Frau klappte die Kinnlade hinunter. „Er weiß ihn nicht, oder?“, stellte sie schockiert fest.

Callie verzog entschuldigend das Gesicht. „Ich fürchte nicht. Tut mir leid.“

Ihr Gegenüber schluckte hörbar, presste die Lippen aufeinander und wirbelte auf dem Absatz herum. Wahrscheinlich, um sich anzuziehen und schnellstmöglich aus dieser Wohnung zu verschwinden.

„Das war fies, Callie“, bemerkte Lexie, sobald sie das Telefon wieder am Ohr hielt.

„Ich habe ihr einen Gefallen getan, glaub mir“, meinte sie lediglich trocken. „Sie hat etwas Besseres verdient.“

„Du kennst sie doch gar nicht.“

„Und trotzdem weiß ich, dass sie etwas Besseres als meinen Bruder verdient hat, der Sex zu einer Sportart macht.“ Sie liebte Coop über alles, aber ... er hatte Probleme.

„... musst du doch nicht gleich gehen!“, drang in dem Moment seine laute Stimme aus dem Flur. „Das kann jedem Mal passieren. Ich bin Lehrer, ich muss mir so viele Namen merken.“

„Du gibst Fallschirmsprung-Unterricht und hast drei Schüler!“, fuhr die Frau ihn ungläubig an.

„Von denen ich nur zwei beim Namen kenne!“, verteidigte sich Coop. „Also –“

„Du bist das Letzte, Cooper!“, schrie sie und im nächsten Moment knallte die Tür ins Schloss.

Unheilvolle Stille breitete sich aus, bevor Coop die Küchentür so energisch aufstieß, dass sie gegen das dahinterliegende Regal krachte. Mit knackendem Kiefer und düsteren Augen starrte er Callie an. „Was zum Teufel sollte das?“, wollte er wütend wissen.

„Lexie, ich muss auflegen“, sagte sie langsam. „Ich muss mit meinem Bruder über Bienchen und Blümchen reden.“

„Oh, okay. Schreib mir in zehn Minuten noch mal, ob du lebst.“

„Mach ich“, versprach sie und ließ das Handy sinken. Mit klimpernden Wimpern lächelte sie ihren Bruder an und legte die Hände auf ihre Brust. „Darf ich vorstellen? Calliope Panther. Bestes Verhütungsmittel seit der Erfindung des Kondoms!“

Coop zeigte ihr den Mittelfinger. „Du hast ihre Gefühle verletzt, Callie!“

Ungläubig riss sie die Augen auf. „*Ich?*“

„Ja, ohne dich hätte sie nie herausfinden müssen, dass ich ihren Namen vergessen habe. Ich hätte sie mit *Süße* angeredet und alle wären glücklich gewesen.“ Ruckartig wandte er ihr den Rücken zu und machte den Kühlschrank auf, um einen Kanister Orangensaft zu bergen.

„Du weißt schon, dass du zweiunddreißig und nicht dreizehn bist, oder?“, fragte sie verbissen. „Du kannst nicht ewig –“

„Ich kann machen, was ich will, Callie“, sagte er gereizt und zerrte mit einem Klirren ein Glas aus dem Schrank. „Das bedeutet es, erwachsen zu sein: tun und lassen zu können, was einem gefällt.“

Callie lachte trocken auf. „Erwachsen zu sein, bedeutet Verantwortung für seine Taten zu übernehmen, Coop! Erwachsensein ist nicht lustig. Erwachsensein ist tragisch. Aber da müssen wir alle durch."

„Ich nicht", sagte er gelassen, setzte sich ihr gegenüber und nahm ihr die Cornflakes weg. „Es gibt nichts in meinem Leben, das Verantwortung mit sich bringt, und so wird es auch bleiben."

Callie seufzte schwer und schloss kopfschüttelnd die Augen. Er war so ein Dummkopf. Als sie die Augen wieder öffnete, starrte Coop sie düster an. „Was?"

„Du weißt, was."

Seufzend leerte er das Glas Orangensaft in einem Zug. „Spar dir deine Rede."

„Dabei halte ich sie so gerne! Und live ist sie so viel besser als übers Telefon."

„Ich weiß, was du denkst, Callie", sagte Coop leise. „So weit reicht meine Zwillingstelepathie noch."

„Und was denke ich?"

„Dass ich weglaufe. Dass ich meine Probleme ignoriere. Dass ich keine Verantwortung übernehmen will, weil es das letzte Mal, als ich es probiert habe, grausam geendet ist. Du denkst, dass ich blind durchs Leben laufe, weil ich Angst davor habe, richtig hinzusehen. Du glaubst, dass ich ein Adrenalinjunkie bin, weil mich Adrenalin vergessen lässt, dass mein Leben eigentlich verdammt abgefuckt ist. Und du glaubst, dass mir all das nicht bewusst ist, weil ich zu beschäftigt damit bin, in meiner Freizeit fremde Frauen zu vögeln."

Mit leicht geöffneten Lippen starrte sie ihn an. „Hm. Okay. Ich verzichte auf meine Rede, ich glaube, du hast jeden Punkt berücksichtigt. Du bist ... überraschend reflektiert.“

Coop schnaubte. „Du bist nicht die Einzige, die sich innerhalb der letzten Jahre geändert hat, Callie. Ich bin nicht dumm, okay? Ich weiß, warum ich bin, wie ich bin. Warum ich tue, was ich tue. Ich hatte fünf Jahre Zeit, um mir darüber klar zu werden. Aber es funktioniert! Ich kann mein Leben leben, ohne mich zu hassen und ohne in ein dreckiges Loch zu fallen, das zu tief ist, um mich selbst daraus hervorzuziehen. Und das ist etwas wert, Callie. Das ist sogar *verdammt viel* wert. Also hör auf, mir zu sagen, ich müsse etwas daran ändern.“

Callie starrte ihn an. Starrte ihm in die Augen, die ihren so schrecklich ähnlich sahen, und atmete tief ein und aus. „Ich weiß, dass es funktioniert ... aber wie lange noch, Coop?“, murmelte sie und drückte seine Hand, die auf dem Tisch lag. „Wie lange wird diese Art zu leben noch genug sein? Wie viel Zeit wird vergehen, bevor Fallschirmspringen, Freeclimbing und bedeutungsloser Sex ein alter Hut sind und du wieder Zeit zum Nachdenken hast? Es mag für dich eine vorübergehende Lösung sein, aber das Problem verschwindet deswegen nicht.“

„Und das wird es auch nicht“, sagte er hart, die Augen auf einmal kalt. „*Nie*, Callie. Das *Problem*, wie du es so hübsch nennst, wird sich *niemals* in Luft auflösen. Das ist nichts, über das ich jemals hinwegkommen werde. David wird nicht wieder von den Toten auferstehen.“ Die letzten Worte kamen nur gepresst über seine Lippen.

„Nein, wird er nicht“, sagte sie mit belegter Stimme und lächelte traurig. „Aber was würde er sagen, wenn er dich jetzt sehen könnte? Was würde David dazu sagen, dass du Frauen ausnutzt, um dich über den Tag zu bringen? Drogen würdest du wenigstens nicht wehtun."

Coop riss seine Hand unter ihrer weg ... und Callie wusste, dass sie das Falsche gesagt hatte. Doch sie würde es nicht zurücknehmen. Coop brauchte niemanden, der ihm gut zuredete oder freundlich den Arm tätschelte. Der ihm sagte, dass alles gut werden würde. Er brauchte jemanden, der ihn provozierte, der ihn aus seiner gemütlichen, sicheren Komfortzone trat, damit er endlich die kalte Realität sah, in der er zurzeit lebte. Die Realität, in der er verdrängte, sich ablenkte, bedeutungslose Beziehungen einging, um vergessen zu können, welche Schuld er sich täglich auflud.

Und niemand konnte das so gut wie sie.

„Wäre es dir lieber, wenn ich zum Heroinabhängigen werde, ja?", sagte er kalt und stand auf. „Ist es das, worauf du hinauswillst?"

„Nein. Aber ich habe beschlossen, die eine falsche Entscheidung, die ich vor zwölf Jahren getroffen habe, nicht den Rest meines Lebens bestimmen zu lassen. Vielleicht solltest du dasselbe tun."

„Aber deine Entscheidung hat deinem besten Freund nicht das Leben gekostet, Callie", sagte er tonlos, trat seinen Stuhl weg und verschwand durch die Tür.

Seufzend erhob sich Callie ebenfalls und folgte ihm. „Es war nicht deine Schuld, Coop", sagte sie laut.

„Das weiß ich", fuhr er sie zornig an. „Es war aber auch *nicht nicht* meine Schuld. Also ..." Er hob die Schultern.

„Also was?", fragte sie scharf, auf einmal wütend. „Also hast du eigentlich schon aufgegeben? Das hier ist dein Leben und so wird es für immer aussehen?" Sie breitete die Arme aus. „Du willst einfach nie wieder Nähe zulassen? Nie wieder in deinen wahren Job zurückkehren? Den Job, für den du geboren wurdest? Weil zu viel schiefgehen könnte? Weil du Angst hast?"

„*Ich* bin es, der keine Nähe zulassen kann?", sagte er ungläubig und verengte die Augen. „Ich bin Leuten nah, Callie. Dir, Cole, Callum. Fast jeder Nacht irgendeiner Frau. *Du* bist es, die bis ans andere Ende des Landes gezogen ist, weil du *unsere* Nähe nicht ertragen hast. *Du* bist es, die *mich* allein gelassen hat, nicht andersherum! Und soweit ich weiß, hast du seit zwölf Jahren niemanden näher als auf Armeslänge an dich herangelassen. Also erzähl du mir nichts davon, dass ich mich weiterentwickeln müsste, während du mit mir auf demselben Laufband stehst. Denn wir sind exakt dieselbe Person, Callie. Zwillinge. Schon vergessen?"

Ruckartig wandte er sich um und verschwand im Flur ... bevor er seine Zimmertür leise ins Schloss zog. Weil er wusste, dass das Callie so viel mehr aufregte, als wenn er sie zugeknallt hätte.

Mit zusammengepressten Lippen und geballten Fäusten stand sie da und starrte in den Flur. Sie war wütend – und leider wusste sie, dass sie nur wütend auf Coop wurde, wenn er recht hatte.

Sie stieß einen frustrierten Laut der Ungeduld aus, bevor sie zurück in die Küche lief und sich ihr Handy schnappte.

Er hatte recht. Sie hatte sich schon lange nicht mehr aus ihrer Komfortzone herausbewegt und nach Nähe gesucht. Das sollte sie ändern. Und Tinder war wenigstens kostenlos.

Kapitel 8

„Was tust du hier?“

James liebte es, wenn seine Mutter ihn so herzlich begrüßte. „Ich wurde eingeladen, Mom“, sagte er und zwang sich zu einem Lächeln.

„Aber das war bevor ...“ Sie brach ab, atmete tief durch und schüttelte dann den Kopf. „Entschuldige, natürlich bist du willkommen.“ Sie drückte ihn kurz an sich und küsste ihn dann auf die Wange. „Es ist nur ... Lana ist da.“

„Natürlich ist sie da. Sie ist Teil der Familie“, sagte er ruhig. „So wie ich es auch bin, oder?“

Die Wangen seiner Mutter liefen rosa an. „Natürlich. Natürlich.“ Im nächsten Moment trat sie beiseite und ließ ihn ein.

James' Elternhaus hatte sich innerhalb der letzten dreißig Jahre kaum verändert. Das rote Klinkergebäude bestand aus zwei Etagen, einer Menge bunter Wände, an denen James und seine Geschwister ihre Handabdrücke verewigt hatten, und einem Haufen zusammengewürfelter Möbelstücke.

James stützte sich an der Wand ab, um sich die Schuhe im Flur auszuziehen – so wie es ihm mit drei Jahren beigebracht worden war –, und befand sich direkt auf Augenhöhe mit einem Bild, das ihn und Lana tanzend bei Serenas Hochzeit zeigte. Das war vier Jahre her und alle waren sich damals sicher gewesen, dass er und Lana die nächsten sein würden, die den Bund der Ehe eingingen. Zu diesem Zeitpunkt war das auch sein Plan gewesen, doch Lana hatte noch warten wollen. Mittlerweile verstand er, warum. Sie waren damals schon nicht so glücklich gewesen, wie sie es hätten sein sollen. Doch das war ihm erst Jahre später klar geworden.

Er seufzte. Seine Mutter war wohl noch nicht dazu gekommen, es abzuhängen.

Verdammt. Er hatte eigentlich nicht kommen wollen. Ihm war klar gewesen, wie anstrengend sich der Abend gestalten würde. Als er mit Lana Schluss gemacht hatte, hatte er fest damit gerechnet, dass jede Zusammenkunft mit seiner Familie merkwürdig werden würde. Herrgott, er war selbst schuld daran! Er war es gewesen, der ihnen von seiner Untreue erzählt hatte und das war das Mindeste, was er für Lana hatte tun können. Aber heute Morgen hatte er allein am Frühstückstisch gesessen, die Einladung zur Ruhestandsfeier seines Vaters am Kühlschrank hängen sehen, die Einladung, die er seit Monaten mit sich herumtrug, und beschlossen, dass das aufhören musste.

Er hatte genug gelitten. Er mochte immer etwas wie ein Fremdkörper für seine Verwandten gewesen sein, aber sie waren noch immer seine Familie.

Also hatte er sich einen Anzug angezogen – weil er wusste, dass sein Vater darauf bestanden hätte –, hatte Lana geschrieben und sie gefragt, ob es in Ordnung für sie wäre, wenn er kam. Nach ihrer Zustimmung hatte er sich in sein Auto gesetzt, um sich eine halbe Stunde durch den Verkehr zu quälen.

Serena war heute nicht da, Thomas hatte irgendein schulisches Event, was James in dem Gedanken bestärkt hatte, dass heute der richtige Tag war, um sich wieder in familiäre Gefilde vorzuwagen.

Jetzt, da er im Türrahmen des Wohnzimmers stand, seine Mutter, die nervös an ihrem Wollkleid herumzupfte, direkt neben ihm, war er sich auf einmal nicht mehr so sicher.

Schon bevor er sich von Lana getrennt hatte, hatte er sich bei jedem Familientreffen katastrophal fehl am Platz gefühlt. Was angesichts der Tatsache, dass er Meister des Small Talks war, absurd wirkte! Doch mit fremden Leuten zu reden, sie zu befragen, ihnen lustige Anekdoten zu entlocken, war etwas völlig anderes, als sich im selben Raum mit den Menschen zu befinden, die wussten, dass er sich mit fünf Jahren zu Halloween als Prinzessin Diana verkleidet hatte.

James hörte, wie seine Mutter neben ihm zischend Luft ausstieß, während sich mehrere Leute zu ihm umdrehten und seine Anwesenheit mit überrascht geöffneten Mündern zur Kenntnis nahmen.

Er hob die Hand und ließ dann den Blick durch den Raum schweifen, der von leiser Country-Musik erfüllt wurde.

Die Couch war an den Rand des Wohnzimmers geschoben worden, an der gegenüberliegenden Wand stand ein üppiges Buffet und aus der Küche drang der Geruch nach Bowle und Bier. Eine Girlande, die nur einen Nieser vom totalen Zerfall entfernt war, hing quer durchs Wohnzimmer und drei Luftballons klebten am Fenster.

Ein klassisches Galway-Familienfest also. So wurden sie bereits seit fünfzig Jahren abgehalten und so würden sie auch die nächsten fünfzig noch zelebriert werden.

Als James zweiundzwanzig gewesen war, hatte er vorgeschlagen, dass sie für das jährliche Sommerfest auch eine Strandbar mieten könnten, bei der man Cocktails trinken, Volleyball und Fußball spielen konnte.

Seine Mutter hatte ihn angesehen, als hätte er gefragt, ob sie dabei zusehen wolle, wie er am Nachmittag einen Fisch ausnehme, um mit dessen Innereien ein Baby zu schmücken. Sein Vater hatte lediglich bemerkt, dass er seine verrückten Ideen auf seinen Job beschränken sollte. Sie waren zufrieden mit ihrer Art von Partys, wieso sollte man daran etwas ändern?

„Ich geh kurz nach dem Kartoffelsalat sehen", sagte seine Mutter langsam und drückte James' Hand. „Du kannst dich ja ... unters Volk mischen." Fahrig winkte sie in den überfüllten Raum, bevor sie in der Küche abtauchte.

Sie fühlte sich unwohl, weil er hier war. Großartig.

James kniff die Augen zusammen, bevor er nach einem ihm bekannten Rotschopf Ausschau hielt. Es war die Feier seines Vaters und traditionellerweise hätte er ihn zuerst begrüßen sollen, doch James fühlte sich heute nicht sonderlich traditionell. Und jeder hier im Raum würde ohnehin nur darauf warten, dass Lana und er sich über den Weg liefen, deswegen hielt er es für richtig, das direkt abzuhaken.

Er entdeckte sie am Buffet, nahe dem Kartoffelsalat, den seine Mutter angeblich gerade in der Küche überprüfte. Sie wandte den Kopf und lächelte, als sein angetrunkener Onkel Fred etwas sagte ... und James wartete darauf, dass er etwas fühlte. So etwas wie Reue oder Bitterkeit oder Sehnsucht. Doch die Emotionen blieben aus.

Er freute sich, sie zu sehen. Er fragte sich, was sie die letzten Monate über getrieben hatte. Aber gleichzeitig ... gleichzeitig verspürte er nichts als Erleichterung.

Denn nach sieben Jahren Beziehung hatte er erst nach der Trennung das Gefühl gehabt, dass sie endlich ehrlich zueinander sein konnten. Keine Erwartungen mehr. Keine Ausreden. Keine Halbwahrheiten.

Freunde, die miteinander reden konnten, ohne über die Konsequenzen nachdenken zu müssen, die ihre Worte auf ihre Familie ausüben könnten.

James wartete, bis sein Onkel zur Toilette verschwand, erst dann schlängelte er sich durch die Menge und berührte seine Ex leicht an der Schulter. „Hey, Lana."

Sie wandte sich zu ihm um und lächelte. „James", erwiderte sie und verschränkte zögerlich die Hände ineinander, so als müsse sie sich davon abhalten, ihn zu umarmen.

James verstand sie. Es war schwer, alte Gewohnheiten abzulegen.

„Schön, dass du hier bist", sagte sie und klang aufrichtig dabei. „Wie geht's dir?"

Er hob die Achseln. „Ganz okay. Ich arbeite zu viel, schlafe zu wenig ..."

„So wie immer also?", stellte sie amüsiert fest.

Er nickte. „Exakt. Wie ist es bei dir?"

„Dasselbe wie sonst – nur ohne dich“, meinte sie leichthin. „Ich habe im September eine neue erste Klasse übernommen und habe ein paar Problemkinder, aber das kriege ich schon unter Kontrolle.“

Lana war Grundschullehrerin und liebte ihren Job. Sie war der geduldigste, mitfühlendste und süßeste Mensch, den man sich vorstellen konnte – also wie dafür geschaffen, mit Kindern umzugehen. Leider nicht dazu geschaffen, ein offenes Streitgespräch zu führen. James konnte sich zumindest nicht daran erinnern, sich jemals mit ihr in die Haare bekommen zu haben. Sie waren immer sehr … harmonisch gewesen. Viel zu harmonisch für zwei Leute, die so unterschiedlich waren wie sie.

„Ansonsten habe ich angefangen, einen Töpferkurs zu besuchen.“ James musste unfreiwillig lachen und Lana boxte ihm gegen den Arm. „Es ist ein guter Zeitvertreib und sinnvoller, als sieben Mal die Woche ins Fitnessstudio zu rennen, so wie du es offenbar tust.“ Sie zog eine Grimasse und rieb sich die Hand.

„Ich habe nun einmal keine Hobbys, was soll ich machen?“, meinte James seufzend.

„Dir eins suchen!“

„Ich bitte dich. Wer hat Zeit, sich ein Hobby zu suchen?“

Lana schnaubte und schüttelte den Kopf, hielt jedoch sichtbar ein Lächeln zurück.

Gott, es war so leicht, sich einzubilden, dass sie immer noch dieselben waren. Dass sie immer noch das Traumpaar sein könnten, das jeder in ihnen hatte sehen wollen. Aber letztendlich hatten sie beide angefangen, sich vorzuspielen, dass sie zufrieden waren. Dass der andere genau das war, was sie in einem Partner suchten. Wenn alle anderen es sagten, musste es doch wahr sein, oder?

Jemand rempelte James an und er hob das Kinn ... nur um dem durch und durch vorwurfsvollen Blick seiner Tante Deirdre zu begegnen, der ihn wieder einmal als Arschloch abstempelte. Ach, man musste seine Verwandtschaft einfach lieben.

„Ich hab versucht, ihnen die Wut auszureden, weißt du?", sagte Lana leise. „Deiner Familie. Ich habe ihnen gesagt, dass es schon okay sei. Dass wir beide damit klarkommen, dass die Trennung die richtige Entscheidung war. Dass ich sie genauso wollte wie du. Ich habe es *wirklich* versucht ..."

Ja, das wusste er. Denn Lana war schlichtweg zu gutherzig, als dass sie anders gekonnt hätte. Sie wäre nie auf die Idee gekommen, in einem neunzehn Seiten langen Vertrag festzulegen, was für einen Kaffee er ihr morgens mitbringen sollte.

„Rena habe ich auch gesagt, dass die Trennung unvermeidlich war, aber sie schien nicht überzeugt." Entschuldigend hob sie die Schultern.

„Das ist schon okay", meinte er seufzend. „Ich glaube, Rena ist zurzeit einfach nur froh, dass sie ihre Wut auf das Leben an irgendwem loswird."

„Ja, sie ist sehr gestresst. Arbeitet zu viel. Aber das wirst du von Thomas wissen. Hast du ihn in den letzten Wochen gesehen?"

Er nickte. „Ich war mit ihm im Kino und werde ihm zu Weihnachten seine erste Kampfsport-Stunde schenken. Er ist unkoordinierter, als unser Terminkalender es war, aber ich dachte, dann kann er sich auch mal wie ein Superheld fühlen."

„Das ist eine wunderschöne Idee", sagte Lana verblüfft. „Und du meintest immer, dass du ein Versager darin wärst, die richtigen Geschenke zu finden."

„Das habe ich möglicherweise gesagt, damit ich es nicht machen musste", gab er achselzuckend zu.

Lana lachte … bevor ihre Mundwinkel sich langsam nach unten bogen. „Ich vermisse das, weißt du?", murmelte sie und hob eine Schulter. „Uns. Dich. Als … Freund. Als den Mann, dem ich von meinem Tag erzählen kann. Dem ich ein lustiges Video schicken kann. Aber …"

„… nicht als den Mann, der dir das Bett warmhält?", ergänzte er.

Sie zog eine Grimasse und nickte. „Ja. Wir sind viel zu lang zusammengeblieben, oder?"

Ja, waren sie.

„Ich meine, wir hatten die letzten zwei Jahre kaum noch Sex, weil es uns beiden zu *unangenehm* war! Als würden wir … mit unseren Geschwistern ins Bett steigen."

Er lachte trocken auf. Einfach, weil ihre Beschreibung so akkurat gewesen war. „Ich wusste nicht, dass du dich auch so fühlst! Warum hast du nie etwas gesagt?"

„Weil ich feige war, James", wisperte sie. „Und ich dich geliebt habe. Nur nicht so, wie ich es hätte tun sollen."

Da waren sie schon zu zweit.

„Und angesichts dessen, dass wir beide unglücklich waren, hättest du deiner Familie wirklich nicht erzählen müssen, dass du mich betrogen hast."

Er zuckte die Schultern. „Ich wollte es dir leichter machen.“

Lana seufzte schwer und öffnete den Mund, doch kam nicht mehr dazu, etwas zu sagen.

„Jamie“, erklang die tiefe, ruhige Stimme seines Vaters und er wandte sich um. Harry Galway war ein großer, breiter Mann mit einer Menge Haaren am Kinn, aber kaum Haaren auf dem Kopf. Dieser Umstand hatte ihn jedoch nie gestört. In der Baufirma, für die er gearbeitet hatte, hatte er ohnehin immer einen Helm tragen müssen. Haare wären da nur im Weg gewesen.

Sein Vater lächelte ihm kurz zu, bevor sein Blick zu Lana schweifte. Kurz scannte er ihr Gesicht, und erst, als er sicher schien, dass sie lächelte und nicht weinte, zog er ihn in die Arme.

„Hey, Dad“, sagte James etwas unsicher und erwiderte die Umarmung. „Herzlichen Glückwunsch zum Ruhestand. Ich hab dir ein Sixpack *Kilkenny* als Geschenk mitgebracht. Es steht in der Küche.“

Harry lächelte. „Guter Junge. Wie geht es dir? Wir haben uns schon so lange nicht mehr gesehen.“

Ja, weil er für vier Monate Hausverbot bekommen hatte, nachdem Lana und er sich getrennt hatten.

„Wie läuft die ... Schreiberei?“

James rechnete es seinem Vater hoch an, dass er danach fragte, da ihm sehr wohl bewusst war, wie langweilig sein Vater seine Arbeit fand. „Gut. Ich arbeite zurzeit an einer Artikelreihe über Callie ... ähm, Calliope Panther.“

„Ah, soso.“ Sein Vater nickte und tat beeindruckt, obwohl sich James zu achtzig Prozent sicher war, dass er keine Ahnung hatte, wer Callie war. Er schien jedoch der Einzige zu sein.

„Du arbeitest mit Calliope Panther zusammen?", wollte Andy, sein Bruder wissen, der sich aus dem Nichts an sie herangeschlichen hatte und James zur Begrüßung auf die Schulter klopfte. „Ist das nicht die verwöhnte Millionenerbin mit dem Drogenproblem?"

Ah, Mist. Er würde wohl noch ein wenig an Callies Image arbeiten müssen. „Sie ist weder verwöhnt noch drogenabhängig. Sie ist ..." Er runzelte die Stirn. „Anders."

„Anders als was?", fragte Andy irritiert.

„Anders, als ich erwartet habe. Besonders." Ja, damit fühlte er sich wohl. Als er zu Lana blickte, bemerkte er, dass sie die Augenbrauen gehoben hatte und ihn verwundert ansah. Bevor er sie jedoch nach ihrer Gesichtsentgleisung fragen konnte, fing sein Vater an, über den Fahrradweg zu reden, der bald in ihrer Straße gebaut werden sollte, und was dieser für bahnbrechende Auswirkungen auf die Nachbarschaft haben würde.

James war ein guter Schauspieler, aber selbst ihm fiel es schwer, bei diesem Thema Interesse zu heucheln. Deswegen nickte er nur, während Lana und Andy hitzig in die *Diskussion* – durfte man das so nennen, wenn es darum ging, welche Betonart weniger krebserregend war, obwohl die offensichtliche Antwort *„Keine!"* im Raum hätte schweben sollen? – mit einstiegen.

James hörte zu und erinnerte sich wieder daran, warum er sich bei seiner Familie so fehl am Platz fühlte. All ihre Unterhaltungen kamen ihm so ... belanglos vor. Und ihm war klar, dass ihn das zu einem arroganten Sack machte, aber das Gefühl wurde er trotzdem nicht los. Jedes Thema, das innerhalb der nächsten Stunde aufkam, war nichtssagender als das vorherige und eigentlich hätte sich das für ihn normal anfühlen sollen ... aber James fühlte sich nicht normal. Er fühlte sich fremd. Er war Teil der Familie – und würde trotzdem nie wirklich zu ihnen gehören. Weil er anders war. Weil er lachte, wenn sein Vater etwas ernst meinte. Weil er abdriftete, während sein Bruder interessiert nickte. Und das war frustrierend. Doch als er sah, wie Lana sich über die Anekdoten seines Vaters amüsierte und sogar etwas zur Unterhaltung über Hausmilben beitrug, zuckten seine Mundwinkel. Denn dieser Anblick bestätigte ihm, dass er die richtige Entscheidung getroffen hatte, als er seiner Familie erzählt hatte, dass er Lana betrogen hatte.

Seine Mutter war gerade dazugestoßen und brach eine Unterhaltung über die Vorteile von Apfelessig über Balsamicoessig vom Zaun, als James' Handy klingelte. Erleichtert über die Unterbrechung entschuldigte er sich bei seinem Vater und ging in den Flur, um abzuheben.

„Galway."

Einige Sekunden lang herrschte angespannte Stille auf der anderen Seite. Schließlich jedoch sprach jemand. „Hey, James. Hier ist Callie ..."

„Oh." Verwirrt runzelte er die Stirn. Sie hatte strikt darauf bestanden, dass er sich ab Samstagmittag bis Montag früh nicht bei ihr melden durfte, weil sie da frei habe. „Hey", sagte er etwas lahm.

„Ja, also ... Ich weiß, wir sind nicht befreundet oder so, aber ich kenne niemanden mehr hier außer meiner Familie und ... Ach, Shit, ich brauche Hilfe. Ich bin in dieser Bar und habe mein Portemonnaie vergessen und sie wollen mich nicht gehen lassen, bevor ich gezahlt habe, und Geld holen kann ich auch nicht, weil mich jemand mit hergenommen hat und ich immer noch kein Auto habe, also ..." Sie hielt inne, stöhnte laut und sagte schließlich kleinlaut: „Hilfe?"

Kapitel 9

Callie hatte in ihrem Leben schon so viele peinliche Situationen erlebt, dass sie sie nicht mehr an Händen und Füßen abzählen konnte, und trotzdem hätte sie sich gerne einen der Kochtöpfe aus der Küche des Lokals über den Kopf gestülpt, als sie James bemerkte, der sich mit einem breiten Lächeln auf dem Gesicht einen Weg durch die überfüllte Bar bahnte.

Zu Anfang des Abends hatte sie sich noch zu ihrem Mut gratuliert, auf Tinder ihr Glück zu versuchen. Mittlerweile verfluchte sie sich dafür, dass sie kein schüchternes, graues Mäuschen war, das sich damit zufriedengab, ihre Schildkröte zu daten.

Das Wort *furchtbar* wurde ihrem Treffen nicht ansatzweise gerecht, und dass sie ihr Portemonnaie vergessen hatte, war nur die Kirsche auf der Sahnetorte der Katastrophe.

Das Date hatte eigentlich gut angefangen. Der Mann hatte halbwegs so ausgesehen wie seine Profilbilder, er hatte sie abgeholt, ihr die Tür aufgehalten und insgesamt recht freundlich gewirkt – bis er damit begonnen hatte, sie zu fragen, ob sie der Meinung war, dass Frauen Auto fahren sollten. Und ob das Wahlrecht für die weibliche Bevölkerung nicht etwas zu früh eingeführt worden wäre.

Leider hatte sie zu diesem Zeitpunkt schon das Essen bestellt und ein Weinglas in der Hand gehabt und gehofft, dass er vielleicht einen Witz machte.

Nach weiteren fünfzehn Minuten war es jedoch absolut nicht mehr lustig gewesen. Gott, sie war einfach zu alt, um ihre Zeit mit Menschen zu verbringen, die dachten, Frauen gehörten an den Herd ... also hatte sie ihm nach weiteren zwei Minuten gesagt, dass er doch bitte gehen solle, er mache ihren Abend kaputt. Sie war ihn überraschend leicht losgeworden, worüber sie sehr erleichtert gewesen war ... bis sie das kleine Missgeschick mit ihrem vergessenen Portemonnaie bemerkt hatte. Was tat man, wenn man kein Auto, kein Geld und zu viel Stolz besaß, seine Familie anzurufen und um Hilfe zu bitten?

Richtig, man wählte die einzige Telefonnummer, die das eigene Philadelphia-Telefonbuch hergab. Die Nummer des zu breit grinsenden Journalisten, dem man ohnehin schon viel zu viel über sich preisgegeben hatte. Aber was hätte sie anderes tun sollen? Sie war verzweifelt gewesen!

Seufzend beobachtete sie James dabei, wie er sich zwischen den alten quadratischen Holztischen, die mit grellroten Platzdeckchen geschmückt waren, hindurchschlängelte. Jede einzelne Note der lässigen Soulmusik, die spielte, schien seiner Bewegung zu folgen. Die steinerne Decke der Bar war niedrig, sodass James hier unten noch größer wirkte, als er eigentlich war, und das schummrige Licht, das den Innenraum erhellte, ließ sein Lächeln noch dreckiger ... äh, selbstgefälliger aussehen als sowieso schon.

Callie sah verstohlen von rechts nach links und bemerkte, wie sich einige Frauen nach James umdrehten und ihm interessiert mit den Blicken folgten. Sie verstand es, denn James trug heute Anzug.

Er sah in Jeans und T-Shirt schon unverschämt attraktiv aus, aber was der Anzug mit seinen Schultern und das dunkelgrüne Hemd mit seinen Augen machte ... ach, großer Gott. Ihre Hormone verhielten sich lächerlich!

„Du siehst ... schick aus", begrüßte sie ihn vorwurfsvoll, sobald er die Bar erreicht hatte, an der sie saß. „Warum siehst du so schick aus?"

„Weil man Jungfrauen in Not einfach besser mit Stil rettet."

Sie schnaubte. „Ich bin nicht *in Not*." Und Jungfrau erst recht nicht.

Er hob eine Augenbraue. „Soll ich also lieber wieder gehen?"

Ein tragischer Seufzer löste sich von ihren Lippen und sie rieb sich mit der flachen Hand über die Stirn. „Tut mir leid. Du siehst gut aus. Der Anzug steht dir. Ich würde mich nur mies fühlen, wenn ich dich aus irgendeinem wichtigen Event geklingelt hätte."

„Ach, ich war froh, dass ich eine Ausrede hatte, zu gehen", meinte er und winkte ab, bevor er den Mantel, den er in den Händen trug, über einen Barhocker drapierte und sich neben sie setzte.

„Ach ja?", fragte sie und versuchte, nicht allzu neugierig zu klingen. „Wo warst du denn?"

„Bei einer familiären Podiumsdiskussion über krebserregenden Beton und Hausstaub."

Sie starrte ihn einige Sekunden lang verwirrt an. Schließlich meinte sie: „Und ich dachte immer, Journalisten müssten die Fähigkeit besitzen, sich präzise auszudrücken."

„Ich habe frei, ich muss gar nichts", stellte James trocken klar. „Und da wir gerade bei unangenehmen Fragen sind: Warum hast du gerade *mich* angerufen? Warum hast du nicht einen deiner heroischen Brüder darum gebeten, dich zu retten?"

Weil die nicht noch einen Grund brauchten, um zu denken, dass sie nicht lebensfähig war. „Die sind heute Abend alle beschäftigt und ich wollte sie nicht stören – und du *rettest* mich nicht!" Gott, wie sie dieses Wort hasste. „Du tust mir einen Gefallen."

„Ach, so ist das", meinte er und nickte. „Na, in dem Fall schuldest du mir einen Drink."

Callie lachte, während er die Hand hob, um den Barkeeper auf sich aufmerksam zu machen. „Ich habe kein Geld! Das ist der Grund, warum du hier bist. Schon vergessen?"

„Du gibst mir das Geld Montag zurück", meinte er und winkte ab. „Willst du auch noch was auf deine Kosten trinken?"

Callie pustete sich eine Haarsträhne aus der Stirn, nickte jedoch. Warum nicht? Sie hatte nichts vor und erst eine Weißweinschorle intus. Ein Drink würde nicht schaden. „Ich nehme einen Weißwein."

James bestellte für sie mit und wandte sich dann mit nachdenklicher Miene zu ihr um. „Was genau hast du hier eigentlich allein in einer Bar getrieben?"

„Ich war nicht allein."

„Ah." Er nickte und nahm die Getränke über die Theke entgegen. „Du hattest ein heißes Date."

„Ein *furchtbares* Date", korrigierte sie ihn. „Heiß wurde es nur, als mein Finger zu nah an die Kerze auf unserem Tisch gekommen ist."

„Was war denn falsch mit dem Typen?", wollte James wissen und wandte sich auf dem Hocker um, sodass seine Knie gegen ihre stießen.

„Er war frauenfeindlich. Und er mochte Meryl Streep nicht. Entschuldige, aber was kann man gegen diese fantastische Schauspielerin haben?"

James lachte leise. „Hat dich seine Abneigung gegen Meryl Streep mehr gestört als seine Frauenfeindlich-keit?"

„Nein", sagte sie trocken. „Aber es ist das, was hängen bleibt. Und das ist wirklich sehr ärgerlich, denn er sah sehr gut aus."

„Na ja, du hättest trotzdem mit ihm schlafen können", meinte James leichthin. „Wenn du auf der Suche nach einem One-Night-Stand warst ..."

Callie stöhnte leise auf und hielt sich das kühle Weinglas an die Wange. „Das war ich gar nicht. Na ja, ein bisschen vielleicht, aber ... nein. Eigentlich nicht. Mir war langweilig, ich wollte den Samstagabend nicht allein verbringen, also dachte ich, vielleicht lerne ich ja jemand Sympathischen kennen."

„Wozu?", fragte James irritiert.

„Na, um mit ihm befreundet zu sein! Ich bleib zwar nur ein paar Monate, aber wenn ich mit niemand anderem als meinen Brüdern herumhänge, drehe ich durch."

Er nickte, so als verstünde er. „Nun, wie es der Zufall so will, habe ich mir erst vor ein paar Wochen gedacht, dass auch ich mir neue Freunde zulegen sollte. Also …“ Er hob die Achseln. „Ich könnte mit dir befreundet sein.“

Sie prustete. „Nein, könntest du nicht.“

„Warum nicht?“

„Oh bitte.“

„Was bitte?“

Ihre Augen wurden groß. „Meinst du das ernst?“

„Ja“, sagte er ruhig. „Also … warum nicht?“

„Nun, weil du …“ Sie hielt inne und biss sich auf die Unterlippe.

„Ja?“, hakte er irritiert nach. „Weil ich was?“

Callie räusperte sich und hielt einen Finger hoch. „Also erstens, weil uns eine Geschäftsbeziehung verbindet und das … inadäquat wäre. Zweitens, weil ich mir noch nicht einmal sicher bin, ob ich dich mag, und drittens …“ Erneut brach sie ab, ihre Wangen mittlerweile feuerrot. Sie war sich seinen Knien, die ihre berührten, auf einmal schrecklich bewusst.

James hob eine Augenbraue. „Drittens?“

„Na ja, drittens guckst du mich immer so … so … du weißt schon!“ Sie machte eine fahrige Handbewegung zu seinem Gesicht und sah dann erneut in ihr Weinglas. „Freundschaft stünde nicht zur Debatte.“

Fasziniert beugte James sich über die Bar. „Jetzt wird es interessant. Freundschaft nicht, aber was anderes schon?“

„Nein“, sagte sie hastig. „Das habe ich nicht gemeint.“

„Was hast du dann gemeint? Und wie genau gucke ich dich an?“

Das war eine Frage, die sie nicht guten Gewissens beantworten konnte. „Lass uns über was anderes reden“, sagte sie laut, räusperte sich und wandte sich wieder zur Bar um, damit ihre Beine einander nicht mehr berührten.

James schnaubte. „Wechselst du immer das Thema, wenn dir eine Frage unangenehm ist?“

„Ja. Das solltest du dir für dein Interview mit mir merken. Und warum konzentrierst du dich nicht darauf, dass ich gerade angezweifelt habe, dass ich dich mag? Das ist doch ein viel interessanterer Punkt.“

James lachte laut auf, sodass das Bier in seiner Hand vibrierte. „Ach bitte. Du magst mich. Dir ist es unangenehm, weil ich in deiner verqueren Weltsicht dein Feind bin – aber du magst mich.“

„Meine Weltsicht ist überhaupt nicht verquer“, meinte sie ungläubig. „Und du *bist* mein Feind.“

„Nein“, bemerkte er amüsiert und stützte sich mit dem Ellenbogen auf dem Tresen ab. „Zurzeit bin ich nur irgendein Typ in einer Bar, der versucht dir deine unanständigen Gedanken zu entlocken. Mehr nicht.“

Callie verdrehte die Augen und wandte den Blick ab – damit er ihr nicht vom Gesicht ablesen konnte, dass allein der Ausdruck *unanständige Gedanken* sie auf ebendiese brachte. „Okay, du bist eine annehmbare Person“, sagte sie großzügig und hob eine Schulter. „Und jetzt erzähl mir was über dich.“

„Versuchst du immer noch, das Thema zu wechseln?“

Ja. „Nein, aber du weißt viel zu viel über mich und ich viel zu wenig über dich“, stellte sie klar. „Dieses Informationsungleichgewicht macht mich ... nervös.“

Und sie wünschte, das wäre der einzige Grund für ihre Nervosität.

„Apropos Informationen ... Wann machen wir das Interview, das du vorhin freundlicherweise erwähnt hast?“

Sie zog eine Grimasse. „Können wir heute Abend einfach mal nicht über die Arbeit reden, ja?“, bat sie. „Du kriegst dein Interview schon. Irgendwann. Aber nicht heute. Heute darf *ich* dir Fragen stellen!“

James trommelte mit seinen Fingern auf den Tresen und stellte die Bierflasche ab, bevor er sie mit verengten Augen musterte. Schließlich sagte er: „Okay, pass auf. Du darfst mir Fragen stellen. Aber für jede Frage, die ich beantworte, musst du mir auch eine beantworten.“

Sie schnaubte. „Ich habe doch gerade gesagt, dass ich kein Interview führen will.“

„Kein Interview“, versicherte er ihr. „Ich werde die Fragen strikt unprofessionell halten, versprochen.“

Ihre Mundwinkel zuckten, und jetzt wandte sie sich doch wieder zu ihm um. Sollten ihre Knie doch berühren, was sie wollten. „Wie bitte?“

„Na, ich werde dir nur Fragen stellen, deren Antworten ich in keinem Artikel benutzen kann“, erklärte er, der Blick so ernst, dass er ebenso über den Syrienkonflikt hätte reden können. „Weil der Leser zum Beispiel nicht erfahren sollte, an welchem Ort du den aufregendsten Sex hattest.“

Sie lachte.

„Siehst du?“, meinte er zufrieden und prostete ihr mit der Bierflasche zu. „Du magst mich. Du findest mich witzig.“

„Jaja, du bist das reinste Feuerwerk der Unterhaltung", meinte sie amüsiert. „Und ist das deine erste Frage? Wo ich den krassesten Sex hatte?"

„Kommt drauf an ... hast du darauf eine interessante Antwort?"

„Ich habe auf alles eine interessante Antwort", stellte sie klar. „Die Frage ist, ob du eine ehrliche haben willst."

„Ich bin ein starker Verfechter der Wahrheit."

„Sagte der Klatschreporter?"

James zog eine Grimasse. „Gott, ich hasse dieses Wort. Es ist so degradierend."

„Du musst dich in deinem Job durch Schlamm wühlen und durch Hecken kriechen, um in die Privatsphäre von Fremden einzudringen", meinte Callie ungläubig. „Dein Job *ist* eine einzige Degradierung."

James schüttelte den Kopf und nippte an seinem Bier. „Ich habe in meinem Leben noch keine Hecke in dem Versuch verletzt, eine Schlagzeile zu finden. Das machen nur die Paparazzi in L. A. Ich bin ein ... distinguierter Reporter. Und du hast meine Frage noch nicht beantwortet."

„Mhm ..." Callie schwenkte den Wein in ihrem Glas und dachte darüber nach, an welch aufregenden Orten sie schon Sex gehabt hatte ... doch ihr fiel nichts ein. „Mein Sofa?", sagte sie schließlich und zog eine Grimasse. Gott war das deprimierend. Sie war nur halb so abenteuerlustig, wie sie gerne gewesen wäre.

James lachte leise.

„Jaja, ich weiß", meinte sie augenverdrehend. „Ich bin langweilig. Reden wir nicht drüber. Jetzt bin ich dran."

Neugierig musterte sie James. Was wollte sie über ihn wissen?

„Willst du mich nicht fragen, was *mein* krassester Ort war?“, hakte er verwundert nach.

„Nein“, sagte sie schlicht. „Ich kann dir jede Frage stellen und werde mich sicher nicht mit albernen Trivialitäten aufhalten.“ Außerdem würde sie das nur unnötig verunsichern. Mit James über Sex zu reden, war *keine* gute Idee. „Und jetzt sei still, ich muss kurz nachdenken.“

Sie richtete warnend einen Zeigefinger auf ihn und kniff die Augen zusammen. Es gab so viele Möglichkeiten und das hier war eine einmalige Chance, die wollte sie nicht verschwenden.

Schließlich, nachdem sie den Gedanken ein paar Mal in ihrem Gehirn umhergewälzt hatte, fragte sie: „Was ist deine schlechteste Eigenschaft?“

Einige Momente lang sah James sie nur unbewegt an. Dann meinte er langsam: „Du kannst *alles* fragen und willst *das* von mir wissen?“

„Ja.“

„Steht nicht irgendwo geschrieben, dass man bei einem Feedback erst mit den positiven Sachen anfangen sollte?“

„Das hier ist kein Feedback und außerdem gilt das nur für Grundschulkinder. Du bist zumindest geistig auf dem Niveau eines Sechstklässlers. Ein bisschen musst du dir schon selbst zutrauen, James!“

Er schnaubte und nahm noch einen Schluck Bier, bevor er es energisch zurück auf den Tresen stellte. „Wie du willst“, meinte er achselzuckend. „Meine schlechteste Eigenschaft …“ Seine Stimme verlief ins Leere, während er seine Fingerspitzen ansah, die Augen konzentriert zusammengekniffen.

Fasziniert betrachtete Callie die steile Falte, die sich zwischen seinen Brauen bildete.

Er dachte wirklich darüber nach.

Dabei hatte sie fest mit einer lockeren Spaß-Antwort gerechnet. So wie sie jeder andere Mensch gegeben hätte. Doch allmählich wurde ihr klar, dass James nicht wie jeder andere Mensch war.

„Okay", meinte er schließlich nach einer Weile und hob den Blick. „Ich weiß nicht, ob mir nicht in vierundzwanzig Stunden noch eine größere Unzulänglichkeit meines komplexen Charakters einfällt, aber wenn ich dir jetzt eine Antwort auf deine Frage geben soll, würde ich sagen ..., dass ich verdammt schlecht darin bin, mit mir selbst zu reden."

Callie runzelte die Stirn. „Was meinst du?"

„Nun, du kennst doch sicher diese Menschen, die reflektiert durch die Gegend laufen, in ihr Inneres sehen, um herauszufinden, was sie wollen. Nachhorchen, was sie brauchen. Einfühlsam genug sind, um zu verstehen, womit sie gerade hadern, und daraufhin wohlüberlegte Entscheidungen treffen? Ich bin keiner dieser Leute. Ich habe keine Ahnung, wer ich bin, was ich will, wie ich mich wann fühle." Er lachte trocken auf. „Scheiße, ich habe anderthalb Jahre gebraucht, um zu checken, dass ich meine Freundin nicht mehr liebe! Also, ja: Das ist wohl meine schlechteste Eigenschaft. Ich laufe blind durchs Leben – und das sehr freiwillig und sehr bewusst." Er prostete ihr zu und nahm einen weiteren Schluck Bier.

Callie starrte ihn verblüfft an. Das war ... unglaublich ehrlich gewesen. Das machte James öfter, fiel ihr auf.

Jemand kam ihm blöd und er entwaffnete die unbedachten Worte seines Gegenübers mit gut überlegten eigenen Worten. Indem er sich verwundbar machte, machte er *sie* verwundbar. Denn jetzt hatte sie das Gefühl, als hätte er etwas Intimes, Tiefgehendes mit ihr geteilt ... und Callie spürte geradezu, wie sie ebenfalls etwas Ehrliches und Privates verraten wollte.

Shit, war ihm klar, was er da tat, oder machte er das unbewusst?

Sie wandte den Blick ab und räusperte sich. Ihre Kehle war merkwürdig eng und ihr Zwerchfell warm geworden. Sie war einer dieser reflektierten Menschen, von denen James geredet hatte. Sie hatte es werden müssen, um gegen ihre Krankheit und ihre Selbstwertprobleme angehen zu können. Und sie verstand, warum James lieber blind durchs Leben lief ... denn das, was man in sich selbst fand, war oft nur schwer zu akzeptieren. Es war hart, aufzugeben, wenn es an der Zeit war. Zuzugeben, dass man egoistisch handelte oder etwas nicht gut konnte. Aber wenn man sich seine Fehler, Wünsche und Enttäuschungen nicht eingestand, konnte man sich auch nicht weiterentwickeln.

„War die Antwort zu deiner Zufriedenheit?“, wollte James wissen und hob eine Augenbraue.

Callie nickte nur, während James' Bein erneut ihres streifte, als er sich wieder zur Bar drehte, um beim Barkeeper ein weiteres Bier zu bestellen – alkoholfrei.

„Darf ich dann wieder eine Frage stellen?“

„Klar“, sagte sie, ihre Stimme heiserer als gewollt.

„Gut ... was ist deine schönste Kindheitserinnerung?“

Sie hätte wissen müssen, dass er nach ihrer Frage ebenfalls harte Geschütze auffahren würde. Aber das war wohl nur fair. „Definiere Kindheit“, sagte sie, um Zeit zu schinden.

„Alles, bevor du achtzehn wurdest.“

Sie nickte und rieb sich mit der Faust über den Oberschenkel. „Du darfst nichts von dem, was ich sage, in einem Artikel benutzen, richtig?“, fragte sie argwöhnisch.

„Wenn du das nicht willst, dann werde ich es nicht tun.“

Sie glaubte ihm. Sie glaubte dem Journalisten, dass er ihre Worte nicht zu seinem Vorteil nutzen würde.

War sie bescheuert? Oder war die Welt nur verrückter, als sie bis jetzt immer geglaubt hatte?

Sie hielt inne, sog ihre Unterlippe zwischen die Zähne und atmete sich das schwere Gefühl vom Herzen, bevor sie murmelte: „Als ich vierzehn war, war ich das erste Mal betrunken und die Zeitung hat ein wunderschönes Foto zugespielt bekommen, das meinen stolzen Moment für die Ewigkeit festhielt. Meine Eltern waren fuchsteufelswild. Noch bevor sie das Bild in der Zeitung entdeckten. Sie haben mich nachts von der Party abgeholt, mich einige Stunden lang gemeinsam angeschrien – ich erinnere mich nicht mehr an ihre genauen Worte, vielleicht weil ich immer noch betrunken war – und mich dann auf mein Zimmer geschickt. Es war sehr … unschön. Ich habe mich in meinem Leben selten so beschissen gefühlt.“

„Ich wollte nicht deine schrecklichste, ich wollte deine schönste Erinnerung hören.“

Callie nickte. „Ich komme noch dazu. Also: Am nächsten Morgen bin ich mit Kopfschmerzen aufgewacht, habe mich wertloser als ein Stück Dreck unter meinen

Füßen gefühlt ... als Cole an meine Tür klopfte und sagte, ich solle mich fertig machen. Ich wollte nicht aufstehen, aber er kann sehr überzeugend sein. Eine Stunde später stand ich zusammen mit meinen drei Brüdern auf einem Minigolfplatz und habe mich darüber aufgeregt, wie Coop versucht hat, meinen Ball aus dem Loch zu pusten. Aber ich habe überhaupt nicht mehr an den vorherigen Abend oder Moms und Dads Tirade gedacht. Sie wussten nicht, wo wir waren, und am Abend waren sie noch wütender als zuvor, weil ich eigentlich Hausarrest hatte." Sie lächelte und merkte, dass James das Lächeln erwiderte. Röte schoss in ihre Wangen und sie räusperte sich. „Nun, wir standen also auf dem Minigolfplatz und haben unsere Punkte zusammengezählt und dann fragt Callum – mein damals *zwölfjähriger* Bruder – mich aus dem Blauen heraus, warum ich gestern so viel getrunken hätte. Ob ich unglücklich wäre. Das war eine Frage, die mir meine Eltern nicht gestellt hatten. Das Warum war ihnen gleich. Dass es passiert war, war schlimm genug, da wollten sie sich nicht mit meinen albernen Teenager-Gründen aufhalten. Aber Callum ... Callum hat sich nicht für das Ergebnis, sondern für den Ursprung interessiert." Sie lachte laut. „Gott, er war schon immer etwas seltsam. Coop und Cole waren so perplex, dass sie mich nur angesehen und fragend die Augenbrauen gehoben haben. Also habe ich eine Weile nachgedacht und schließlich gesagt, dass ich am Vortag wirklich etwas unglücklich gewesen wäre. Dass ich so viel getrunken hätte, weil am Morgen einige Mitschüler von mir behauptet hatten, dass mich ein Junge, den ich mochte, nur zu der Party eingeladen hätte, weil ich reich war. Weil ich mich gut auf einer Gästeliste machen würde. Ich wäre viel zu hässlich und zu fett, um ihn zu interessieren." Sie seufzte. Jugendliche waren manchmal einfach scheiße. „Und am Abend wollte ich ihn küssen und den anderen beweisen, dass das nicht stimmte. Also habe ich mir Mut angetrunken ... zu viel Mut." Sie zog eine Grimasse. „Und meine Brüder haben genickt, mir auf die Schulter geklopft, ‚*Idioten*‘ gemurmelt ... und nichts mehr gesagt. Sie haben es hingenommen. Sie haben mir zugehört, sie haben mich verstanden und es dann abgehakt. Und dieses Gefühl, dass sie wussten, dass ich etwas Dummes getan hatte, zu schwach war, um mich vor diesen blöden Leuten zu verteidigen, mich aber nicht dafür verurteilten, sondern für mich da waren ... das war wunderschön." Sie lächelte und die Schwere auf ihrer Brust wandelte sich in Wärme.

James sagte nichts. Sie bemerkte aus den Augenwinkeln, wie er sie beobachtete, doch war zu peinlich berührt, um seinem Blick zu begegnen. Bevor er etwas sagen konnte, meinte sie: „Ich bin wieder dran. Also: Warum hast du dafür gesorgt, dass dein Chefredakteur bei der Uni-Zeitung gefeuert wurde?"

„Weil er ein Arschloch war und alle ein Recht darauf hatten, das zu erfahren", sagte James leichthin.

Callie lachte laut auf. Weil sie erleichtert war, dass er die Stimmung gelöst hatte – und weil er witzig war. „Guter Grund."

„Fand ich auch", meinte er zufrieden. „Was magst du lieber, Äpfel oder Birnen?"

In diesem Moment liebte sie James ein wenig dafür, dass er zu wissen schien, dass sie ein paar einfache Fragen brauchte, um sich zu akklimatisieren. „Wassermelone, ich bitte dich“, meinte sie kopfschüttelnd. „Hund oder Katze?“

„Hund, dessen bester Freund eine Katze ist. Tee oder Kaffee?“

„Mocha-Caramel-Frappuccino mit Kakaobestäubung! Das solltest du aber wissen.“

James lachte leise. „Ach, richtig.“

„Singen oder Tanzen?“

„Ich wähle betrunken – denn das ist der Zustand, den ich für beides haben muss. Berge oder Meer?“

„Berg mit See und Sicht aufs Meer. Tag oder Nacht?“

„Immer die Nacht. Am Tag verbrennt mich die Sonne zu Staub.“

„Das passiert bei Vampiren, nicht bei Arschlöchern“, erinnerte sie ihn scheinheilig.

Er schnaubte laut. „Ich vergaß. Warum hast du mit deinem letzten Freund Schluss gemacht?“

Interessiert legte sie den Kopf schief. „Wieso denkst du, dass ich es war, die Schluss gemacht hat?“

„Weil du ihn nicht dazu kommen lassen würdest. Dafür bist du zu stolz.“

Ihre Mundwinkel zuckten. Guter Punkt. „Ich hab Schluss gemacht, weil er neidisch darauf war, dass ein Sandwich nach mir benannt wurde … Und mir erst dann aufgefallen ist, wie charakterschwach er ist.“

James hob die Achseln. „Ich kann ihn ein bisschen verstehen. Jeder Mann möchte ein Statussymbol, das besonders gut mit Mayonnaise schmeckt.“

Callie lachte. „Da bin ich mir sicher. Warum bist du Vegetarier?“

„Habe eine Hühnerfarm in Brasilien besucht – bin fürs Leben geschädigt." Er hob eine Achsel. „Was vermisst du am meisten an L. A.?"

„Meine beste Freundin und den Umstand, dass sich niemand für mich interessierte. Welches Buch liest du gerade?"

„Tribute von Panem."

Wieder lachte sie. „Wirklich? Wie kommt es denn dazu?"

„Mein Neffe hat es mir empfohlen und ich wollte wissen, warum er einen solchen Terz darum macht."

„Und warum tut er das?", fragte sie interessiert.

„Eine brennende Frau, die mit Pfeil und Bogen umgehen kann, ist die Hauptperson. Natürlich steht er auf sie! Sie ist wie das Kind eines seiner Lieblingssuperhelden und Robin Hood. Außerdem ist es ein gutes Buch. Was liest du denn gerade?"

„Hausrenovierung für Dummies."

James grinste. „Gute Lektüre?"

„Zum Einschlafen fantastisch, ja", meinte sie amüsiert, die nächste Frage bereits auf ihrer Zunge. Gott, dieses Spiel machte süchtig. Jede Frage, die ihre Lippen verließ, zog einen Rattenschwanz an weiteren mit sich. „Wie warst du in der Schule?"

James kratzte sich mit dem Zeigefinger am Kiefer und sah beinahe verlegen aus, bevor er antwortete: „Still."

„Still?", fragte sie ungläubig.

James lachte leise. „Ja, ich weiß. Tatsächlich waren mein älterer Bruder und meine jüngere Schwester immer die lauteren in unserer Familie. Sie haben sich nach Aufmerksamkeit gesehnt, haben das Haus mit genug Lärm gefüllt, da wollte ich nicht noch was beitragen … und ich fand es in der Schule ohnehin viel interessanter, die anderen Mitschüler zu beobachten, als mich im Unterricht zu beteiligen. Ich bin erst in der Oberstufe wirklich … wahrnehmbar geworden. In der Uni, ohne meine Geschwister, musste ich reden … Und wer hätte gedacht, dass ich so begabt darin bin?" Er lächelte. „Jetzt du wieder: Ist dir schon mal ein Kondom gerissen?"

„Du hältst definitiv Wort damit, dass du mir nur unprofessionelle Fragen stellst", meinte sie lachend. „Aber darauf gebe ich dir keine Antwort. Denk dir was anderes aus."

„Schön … dann verrat mir, was du vorhin damit gemeint hast, dass Freundschaft nicht zur Debatte stehen würde, weil ich dich so … wie auch immer … angucke."

Sie schloss den Mund und ein flaues Gefühl flutete ihren Magen, während sie ihr Weinglas fester umklammerte. „Oh bitte, tu nicht so", meinte sie schnaubend. „Du weißt ganz genau, was ich gemeint habe."

„Nein."

„Du Lügner! Du siehst mich an, als würdest –" Sie brach ab.

Er hob einen Mundwinkel. „Ich sehe dich an, als …"

„… als würdest du mich mit deinen Blicken ausziehen wollen, James!", fuhr sie auf – und bereute ihre Worte sofort. Sie schloss die Augen und verzog das Gesicht.

Jetzt würde er anfangen zu lachen, sich über sie lustig machen und ihr erzählen, dass sie Wahnvorstellungen hätte!

Sie presste die Lippen aufeinander, wartete darauf, dass sein Mund sich zu einem Grinsen verzog ... doch das tat er nicht.

James blieb ernst. Sein Blick huschte zu ihren Lippen und seine Iriden schienen sich zu verdunkeln – bevor er ruckartig das Gesicht abwandte. „Weißt du ...", murmelte er. „Ich mache das wirklich nicht bewusst. Aber es ist deine eigene verdammte Schuld. Du darfst in meiner Gegenwart nicht so oft über Sex reden. Das bringt mich auf Ideen."

Sie weitete die Augen. „Ich habe heute nicht über Sex geredet."

„Doch, du hast mir gesagt, wo der *aufregendste* Ort war, an dem du Sex hattest!"

„Weil *du* mich gefragt hast!"

„Ja? Nun ... ich bin auch nicht immer der Klügste." Er seufzte und sah sie wieder an.

Callie wünschte, er würde das nicht tun. Denn seine Beine umschlossen mittlerweile ihre und seine Hand lag so nah an ihrer, dass sie die Wärme seiner Finger spüren konnte.

Und dann waren da noch seine Augen. Seine grünen Augen, die jeden dreckigen Gedanken widerspiegelten, der sich in ihren Kopf drängte.

Ihr Mund wurde trocken und ihre Hände feucht. Es wäre so einfach, sie seinen Arm hinauffahren zu lassen, sich weiter vor zu beugen und die Finger über seine raue Wange gleiten zu lassen. Nur um zu wissen, wie es sich anfühlte.

Sie räusperte sich, öffnete den Mund ... doch wusste nicht, was sie dazu sagen sollte. Hitze stieg in ihre Wangen, floss durch ihren Körper, sammelte sich in ihrem Unterleib ...

Ruckartig sprang sie auf und schmiss James dabei fast von seinem Stuhl. Er lehnte sich überrascht zurück und hielt sich am Tresen fest, um nicht von seinem Hocker zu fallen.

„Ich geh kurz auf Toilette", sagte sie hastig und floh im nächsten Moment durch den Flur.

Kapitel 10

Fuck.

Manchmal war James zu dumm für sein eigenes Wohl. Es gab Momente, da sollte man ehrlich sein, und dann gab es Momente, so wie eben, in denen man einfach seine verdammte Klappe halten und alles abstreiten sollte.

Doch er hatte nicht einmal daran gedacht, Callie anzulügen! Es wäre auch eine schlechte Lüge gewesen, denn natürlich sah er sie an, als wolle er sie ausziehen. Innerhalb der letzten halben Stunde hatte er an fast nichts anderes gedacht. Ihm war nur nicht klargewesen, dass es für Außenstehende so deutlich zu erkennen war, wo seine Gedanken hinwanderten.

Seufzend fuhr er sich mit der Hand übers Gesicht und wandte sich wieder seinem alkoholfreien Bier zu. Er musste noch fahren und offensichtlich war es klüger, den Part seines Gehirns, der Callie gerne gegen die nächstbeste Wand drücken und küssen wollte, nicht auch noch mithilfe von Alkohol anzuheizen. Er musste einen klaren Kopf bewahren.

Ihm war komplett klar, dass es äußerst dämlich wäre, sich mit der Frau einzulassen, von der zurzeit seine Karriere abhing. Aber gerade diese Tatsache machte die Sache umso heißer.

Stöhnend legte er den Kopf in den Nacken. Es war gut, dass sie geflohen war, dann hatte er Zeit, sich zusammenzureißen.

Es war nur ... er fand alles an Calliope Panther anziehend. Ihr Lachen, ihre Augen, ihren Sarkasmus, die Art und Weise, wie sie ihre Beine mit der Faust malträtierte, sobald sie nervös wurde.

Er *mochte* sie. Und das war noch viel schlimmer, als wenn er sie einfach nur ins Bett hätte bekommen wollen!

Schnaubend drehte er sein Bier in den Händen, besah sich seine eigene Reflexion im Spiegel hinter der Bar ... und schrak zusammen.

Der Spiegel zog sich über die Hälfte der hinteren Wand, und zu seiner Rechten konnte er sehen, wie sich eine ihm wohlbekannte Gestalt ihren Weg durch die Menge bahnte.

Woher zum Teufel wusste Dave Chesterfield, dass sie hier waren?

Hastig stand James auf. Callie würde nicht glücklich darüber sein, ihn hier zu sehen. Noch unglücklicher wäre sie jedoch, wenn er anfing, ihr unangenehme Fragen zu stellen. Wenn sie ihm nicht antwortete – was sie wohl kaum tun würde –, könnte er es so hinstellen, als würde sie sich zu sehr schämen, um seine Fragen zu kommentieren, oder als wäre sie schlichtweg eine Zicke.

Nein, es war besser, wenn sie nicht miteinander in Kontakt kamen. Hastig, bevor Chesterfield ihn sehen konnte, stahl James sich in den Gang, in dem Callie verschwunden war. Er steuerte zielsicher auf die Damentoiletten zu, als sich die entsprechende Tür öffnete.

Callie trat heraus und blinzelte perplex zu ihm hoch, als sie ihn erkannte. Ihre Wangen waren feucht, so als hätte sie Wasser auf sie gespritzt. Klasse. Als bräuchte James noch eine Bestätigung dafür, dass ihre Gedanken mindestens genauso dreckig waren wie seine.

„Was –"

Er ließ sie nicht zu Ende reden, sondern packte sie stattdessen an den Schultern, drehte sie um und dirigierte sie direkt wieder auf die Toilette.

Das Damen-WC war ein enger Raum mit weißgefliesten Wänden und zwei Kabinen, die mit bis zur Decke reichenden Wänden voneinander getrennt wurden. Mehr als zwei Leute hatten auch kaum Platz in dem Bereich, wo ein einzelnes Waschbecken angebracht war.

„Was tust du?", fragte Callie ungläubig und zog verärgert seine Hände von ihren Schultern.

Ja, James, was tust du?, fragte seine innere Stimme, die alarmiert feststellte, dass er sehr viel mehr als nur ihre Schultern berühren wollte.

„Chesterfield ist draußen", sagte er knapp und verschränkte die Arme hinter dem Rücken.

„Was?" Callie riss den Blick zur Tür. „Aber ... warum?"

„Nicht wegen des schönen Ambientes."

„Aber ich verstehe nicht ..." Nervös rang sie die Hände ineinander. „Woher weiß er, dass ich hier bin?"

„Ich habe keine Ahnung, vielleicht hat ihn jemand angerufen, vielleicht hat jemand auf Instagram ein Foto von dir gepostet, vielleicht hat dein Date sich über dich auf Facebook beschwert ... er wird seine Mittel und Wege haben. Fakt ist, dass er mit dir reden wollen wird."

Sie stöhnte laut und schüttelte den Kopf. „Ihr Reporter seid wirklich besessen von mir!"

Wem sagte sie das. „Ich möchte jetzt kein Schwarzmaler sein", sagte James möglichst leger. „Aber wenn er dich nicht im Innenraum findet, wird er eins und eins zusammenzählen und vor den Toiletten herumlungern. Also, entweder sprichst du mit ihm –"

„Ich will nicht mit ihm reden! Ich bin angetrunken und kann für nichts garantieren!"

So was sollte sie ihm wirklich nicht sagen. „Dann finden wir wohl besser eine andere Lösung."

„Was für eine Lösung?", meinte sie schnaubend. „Was sollte ich deiner Meinung nach …" Sie brach ab und wandte den Kopf zur Tür. Dahinter waren deutlich vernehmbare Schritte zu hören, die sich geradewegs auf sie zubewegten.

„Ach, scheiße", fluchte Callie, packte James im nächsten Moment am Kragen und bugsierte ihn in eine der WC-Kabinen, bevor sie ihm nachkam und die Tür hinter sich schloss.

„Warum –"

„Du bist ein Mann, James! Das hier ist die Frauentoilette. Wer immer jetzt reinkommt, wird dich nicht hierhaben –" Sie verstummte, als jemand die Tür öffnete.

Sie legte den Finger an die Lippen und stieß dabei mit dem Ellenbogen gegen seine Brust. Erst jetzt wurde James klar, auf wie verdammt engem Raum Frauen pinkeln mussten. Das erschien ihm nicht ganz fair … und in diesem Moment war ihm das auch überhaupt nicht recht.

Die Steinwand drückte ihm in den Rücken, der Knauf der WC-Tür seitlich in seine Hüfte, und da sich hinter

Callie ein Fenster mit ausladendem Griff auf ihrer Kopfhöhe befand, konnte sie nicht so weit zurückweichen. Sie waren so eng beieinander, dass ihre Füße sich in die Quere kamen und James, ohne sich zu bewegen, beide Hände neben Callies Kopf hätte abstützen können.

Sie standen neben einem Klo mit offenem Deckel ... und trotzdem roch es nach Pfirsich und Vanille. So intensiv, dass er meinte, es auf der Zunge schmecken zu können. Das konnte unmöglich Callies eigener Geruch sein! Doch wo war dann die chemische Note, die Parfüms sonst begleitete?

Sie hörten, wie die Tür der Kabine neben ihnen geöffnet wurde, und Callie verlagerte ihr Gewicht, trat aus Versehen auf seinen Fuß, griff kurz nach seinen Armen, um sich zu stabilisieren, und legte dann die Hand auf ihren Mund, offensichtlich um ein Lachen zurückzuhalten.

Kleine Fältchen fächerten sich um ihre blauen Augen auf, während sie James mit bebenden Schultern ansah und aus der Kabine neben ihnen die deutlich vernehmbaren Pinkelgeräusche der Besucherin zu hören waren.

James' Mundwinkel zuckten und er steckte die Hände in die Hosentaschen, bevor sie sich verselbstständigten.

Die Spülung wurde betätigt und zwei Minuten später war die fremde Frau aus der Tür.

„Sie hat sich nicht die Hände gewaschen", meinte Callie kopfschüttelnd, noch immer lachend, und strich sich die Haare hinter die Ohren. „Sie sollte sich schämen. Aber egal, also ... was war jetzt diese Lösung, von der du gesprochen hast?"

James nickte zum Fenster hinter ihr. „Wir klettern dort raus und Chesterfield wartet vergeblich.“

Sie schüttelte den Kopf. „Wir können nicht einfach beide gehen. Wir müssen noch bezahlen und unsere Jacken liegen noch draußen.“

Richtig. Das hatte er fast vergessen. „Dann kletterst du raus und ich geh wieder rein, während du im Auto wartest.“

Callie nickte. „Jetzt fangen deine Worte an, Sinn zu ergeben“, meinte sie grinsend, drehte sich um und machte ein paar Schritte zurück, um genug Platz zu haben, um das Fenster zu öffnen.

Sie stieß mit den Schultern gegen James Brust und er war wirklich froh, dass er die Hände vorsorglich in die Taschen gesteckt hatte. Sonst lägen sie jetzt womöglich schon wieder unter ihrer Bluse.

„Oh, entschuldige“, sagte sie und musste sich seitlich gegen die Klotür und sein Bein drücken, um das Fenster zur Gänze aufzubekommen.

Große Klasse. Körpernähe war genau das, was er brauchte, um einen klaren Kopf zu bewahren. Er drehte sich zur Seite in dem Versuch, möglichst wenig von ihren Brüsten an seiner Seite zu spüren, doch Callie schnalzte nur ungeduldig mit der Zunge. „Hör auf, so herumzuzappeln.“

Sie hatte gut reden! Sie war eine Frau und konnte ihre körperlichen Reaktionen sehr gut verstecken. James war da nicht so gesegnet. Es half ihm auch nicht im Geringsten, dass ihm erst, als sie bestimmt schon jeden Zentimeter ihres Körpers einmal gegen seinen gepresst hatte, aufging, dass sie wieder allein waren und auch aus der Kabine hätten treten können, um das Fenster zu öffnen.

Doch jetzt war es zu spät. Das Fenster war offen und er in einem Zustand, der das Herausklettern deutlich erschweren würde. Wenigstens konnten sie jetzt wieder ein wenig Abstand zwischen sich bringen.

Callie – die rein gar nichts von seinem inneren Kampf mitbekommen zu haben schien – beugte sich aus dem Fenster, um nach unten zu sehen. „Das ist nicht weit, kein Meter. Das schaffe ich."

Im nächsten Moment hatte sie ihr Bein bereits aus dem Fenster geschwungen, drehte sich um, sodass ihr Gesicht ihm zugewandt war, und ließ sich mit dem zweiten Bein noch im Bad auf der anderen Seite hinunter.

Sie lachte leise, während sie mit den Fingern Halt am Rahmen suchte. „Ich weiß nicht, wann ich das letzte Mal aus einem Fenster geklettert bin. Damals muss ich zwölf gewesen sein – und es war beeindruckend, wenn ich das bemerken darf, mein Zimmer lag im ersten Stock und die Balken unserer Veranda sind nicht die stabilsten."

James musste lächeln, er konnte sich eine junge Callie, die aus ihrem Zimmer aufs Verandadach stieg, sehr lebhaft vorstellen. „Ich bin noch nie aus einem Fenster gestiegen", meinte er achselzuckend.

„Nie?", fragte sie ungläubig und ließ sich einen weiteren Zentimeter nach unten sinken.

„Nein, ich war ein braver Junge", erklärte er grinsend.

Sie verdrehte die Augen. „Die Betonung liegt hier wohl auf der Vergangenheitsform."

James hörte ein dumpfes Geräusch, als sie mit ihrem einen Fuß auf dem Boden aufkam. Sie wollte ihr zweites Bein nachziehen, doch der Stoff ihrer Jeans verhakte sich am Rahmen.

Leise fluchend hopste sie auf ihrem Bein auf und ab, um das Gleichgewicht nicht zu verlieren, während sie mit der Hand versuchte, den Saum zu lösen.

James lachte leise. „Du siehst aus wie ein Flamingo auf heißen Kohlen."

„Du genießt das hier, oder?", fragte sie trocken.

Sehr. „Ein wenig", meinte er achselzuckend. „Ich habe nun einmal selten die Möglichkeit, jemanden so elegant aus dem Fenster steigen zu sehen."

Sie schnaubte. „Ein bisschen Hilfe wäre nett."

„Calliope Panthers persönlicher Retter schlägt ein weiteres Mal zu", murmelte er und löste den Jeansstoff vom Rahmen.

„Ich schlag gleich auch mal zu", bemerkte sie schnaubend, doch ein Lächeln zog an ihrem Mundwinkel. „Jetzt gib mir deine Schlüssel. Wo hast du geparkt?"

James brauchte keine fünf Minuten, um aus dem Bad zu verschwinden, zu zahlen und ihre Jacken einzusammeln. Dave Chesterfield war nirgendwo zu sehen. Vielleicht war er gegangen, als er niemanden gefunden hatte?

Doch das sagte er Callie nicht, als sie im Auto saßen und durch Philadelphias Nachtleben fuhren. Sie war merkwürdig gelöst und euphorisch darüber, dass sie einem Reporter ein Schnippchen geschlagen hatte, und diesen Moment wollte James ihr nicht nehmen.

Sie sprachen während der Fahrt nicht viel, doch das war ihm nur recht. Er brauchte Zeit zum Nachdenken.

Dazu, sich selbst die Gedanken auszureden. James fiel es normalerweise leicht, Entscheidungen zu treffen. Allen voran deswegen, weil er so wenig Geduld hatte, sich den Kopf über sie zu zerbrechen. Doch manche Entscheidungen waren schwieriger zu treffen als andere.

Erst als er vor der Wohnung parkte, in der er sie das erste Mal getroffen hatte, öffnete Callie den Mund. „Das hat … Spaß gemacht." Sie hörte sich überrascht an, doch James beschloss, es nicht persönlich zu nehmen. Ihr Journalisten-Hass saß einfach zu tief und er verstand, warum.

Er schluckte und nickte, den Blick nach vorn aus der Windschutzscheibe gerichtet. Das war noch nicht genug Zeit gewesen, um seine Gedanken zur Vernunft zu rufen. Er hätte gern noch ein wenig länger nachgedacht, doch die Minuten liefen ihm davon.

„Ähm, danke, James", fuhr Callie fort. „Für alles. Ich gebe dir das Geld Montag zurück."

Wieder nickte er, stellte den Motor ab, löste seinen Gurt und öffnete die Tür, bevor er ausstieg.

„Oh, du musst mich nicht reinbringen", sagte sie hastig und folgte ihm. „Wirklich, ich …"

Doch er stand bereits an dem Tor, deswegen verstummte sie.

„Danke", sagte sie etwas verlegen und öffnete die Sicherheitstür, vor der sie unschlüssig stehen blieb. „Also …"

„Ich bringe dich bis vor die Haustür", unterbrach er sie.

„Das ist wirklich nicht nötig."

Doch, irgendwie war es das. „Ich tue es trotzdem", meinte er.

Es war dunkel, aber er konnte dennoch sehen, wie ihre Wangen rosa anliefen.

„Ähm, okay", sagte sie etwas unbeholfen und lief ihm voran die Treppen hoch, bis sie auf dem Absatz vor ihrer Tür stehen blieben.

Nervös drehte sie den Schlüsselbund zwischen ihren Fingern, bevor sie zu ihm aufsah. „Also, das war alles sehr ... abenteuerlich. Und danke, dass du mich gerettet und vor Chesterfield gewarnt hast. Das weiß ich zu schätzen. Ich hoffe, ich habe dich heute Abend nicht von was Wichtigerem abgehalten. Du hast sicherlich viel zu tun. Aber na ja, jedenfalls ..." Sie holte tief Luft und sprach weiter.

Doch James hörte ihr nicht richtig zu. Seine Gedanken waren anderweitig beschäftigt. Sie faselte irgendetwas davon, dass sie ihre Arbeitsbeziehung wertzuschätzen wusste und er sehr nett war und es ihr leidtat, dass sie es ihm am Anfang so schwer gemacht hatte ... und vielleicht hätte er sich mehr Mühe dabei geben sollen, ihren Worten zu folgen, doch alles, was er sah, war die Bewegung ihrer Lippen. Das Lächeln in ihren Augen. Ihre Finger, die immer und immer wieder dieselbe Haarsträhne hinter ihr Ohr strichen.

„Was machen wir jetzt?", fragte sie, und James blinzelte, um sich zurück in die Realität zu katapultieren. „Ich meine", fuhr sie fort und lachte nervös auf. „Wie verabschieden wir uns? Das hat mich schon immer etwas verunsichert, dass man nie weiß, wie man einen ... nun, zum Beispiel dich verabschiedet. Geben wir uns die Hand? Umarmen wir uns? Winken wir? Verbeugen wir uns voreinan–"

Er küsste sie.

Er legte die eine Hand unter ihr Kinn, die andere an ihre Taille und küsste sie. Ihre Lippen waren weich unter seinen und sie schmeckte nach Pfirsich und Vanille. So wie er es geahnt hatte. Er hatte fest damit gerechnet, dass er sie mit dem Kuss überraschte und sie einige Sekunden brauchen würde, um aufzuholen – doch er hatte sich geirrt.

Callie seufzte leise, ließ den Schlüssel fallen und erwiderte den Kuss. Sie fuhr mit den Händen zielgerichtet unter sein Sakko und stellte sich auf die Zehenspitzen, als hätte sie diesen Kuss bereits fest eingeplant. Als hätte sie gewusst, dass dieser Abend darauf hinauslaufen würde.

Ungeduldig stellte sie sich auf die Zehenspitzen, fuhr mit gespreizten Fingern seinen Rücken hinauf, krallte die Nägel in den Stoff und drängte sich an ihn, bevor sie den Kopf neigte, um den Kuss zu vertiefen. James stolperte zurück gegen die Brüstung der Treppe und konnte Callies Lächeln an seinem Mund spüren.

Gott, er liebte Frauen, die mitmachten!

Er zog den Arm enger um ihren Rücken, ließ die andere Hand in ihren Nacken wandern und strich mit der Zunge über ihre Unterlippe. Callie öffnete ihren Mund und als ihre Zungen sich berührten, hatte James das Gefühl, ein elektrischer Impuls fließe durch seinen Körper.

Callie stöhne leise – und dieser Ton war alles, was James gebraucht hatte, um den Verstand zu verlieren.

Hitze flutete seinen Körper und im nächsten Moment drängte er sie zurück, bis ihr Rücken dumpf gegen die Eingangstür prallte. Die eine Hand stützte er neben ihren Kopf, mit der anderen wanderte er unter ihren

Mantel, fuhr die Konturen ihres Körpers nach, sehnte sich nach Haut. Ihr Kuss wurde unordentlicher, weniger geübt, *mehr*, und James' Atem mit jedem Moment flacher.

Callie schlang ihr Bein um seine Hüfte, zog ihn näher an sich, presste ihren Unterleib hart gegen seinen, bevor sie mit den Fingern sein Hemd aus der Hose zog, offenbar ebenfalls auf der Suche nach Haut.

Er küsste ihre Wange, ihren Nacken, kratzte mit dem Bart über ihr Schlüsselbein, während ihre Hände gierig über seinen Oberkörper fuhren. Flach seinen Bauch hinauf, bis zu seiner Brust. Und je mehr sie ihn berührte, desto mehr wollte er. Desto härter wurde er. Desto größer wurde die Hitze, die sich in ihm staute.

Es war wie eine Sucht. Als wäre sie der Schuss, den er mehr brauchte als seinen nächsten Atemzug.

Er fuhr mit den Händen unter ihre Bluse, berührte ihre weiche Haut, presste mit dem Daumen in ihren Nabel. Erneut suchte er ihren Mund mit seinem, küsste ihr das Stöhnen von den Lippen, bevor er höher fuhr und durch den dünnen Stoff ihres BHs über ihre Nippel strich.

Callie stieß zitternd Luft aus, bog sich ihm entgegen und presste ihre Ferse in seinen Hintern, um sich an ihm zu reiben.

Er war so hart, dass es wehtat – und scheiße, das reichte nicht. Er wollte mehr. Er wollte alles. Und er wollte es *jetzt*.

Fuck.

Schwer atmend zog er den Kopf zurück und machte einen Schritt nach hinten. Kopfschüttelnd fuhr er sich mit der Hand durch die Haare und starrte in ihr Gesicht. Ihre Lippen geschwollen, ihre Augen geweitet, ihre Wangen gerötet.

Er kniff die Augen zusammen und rieb sich mit der Faust über die Stirn. Er hätte verdammt noch mal länger nachdenken sollen! „Das war möglicherweise die falsche Entscheidung", meinte er kopfschüttelnd, und bevor er etwas Dummes tun konnte – wie sie hier und jetzt hart gegen die Tür zu nehmen –, wandte er sich um und lief die Treppen hinunter.

Der Kuss war eine unglaublich dämliche Idee gewesen, dabei war er noch nicht einmal betrunken.

***

Perplex starrte Callie James nach, die Finger an die Lippen gelegt.

Die Luft schlug kalt gegen ihre erhitzte Haut, und sie brauchte einige Momente, um ihren Atem wiederzuerlangen. Hatte James gerade gesagt, dass er „die falsche Entscheidung" getroffen hatte?

Sie schluckte und bückte sich mit zitternden Fingern nach dem Schlüssel, den sie fallen gelassen haben musste.

Sie wünschte, sie hätte sagen können, dass sie es nicht hatte kommen sehen, doch das wäre gelogen gewesen. Gott, sie hatte so sehr gewollt, dass James den ersten Schritt machte, dass ihr die ungesagten Worte beinahe ein Loch in die Zunge gebrannt hätten. Denn wenn er sie küsste, läge der Kuss in seiner Verantwortung. Dann wäre es *seine* dumme Idee und nicht ihre. Sie war nur diejenige, die mitmachte.

„Scheiße", fluchte sie und öffnete die Tür.

Wem redete sie etwas ein? Sie hatte es genauso gewollt wie er, wenn nicht sogar mehr. Natürlich war es die falsche Entscheidung gewesen, aber warum hatte sie sich dann so unfassbar gut angefühlt? Das Einzige, das sie gerade bereute, war, dass sie es nicht zu Ende gebracht hatten.

Ein Gefühl von Aufregung, Verlangen und Panik schlich durch ihre Adern und setzte sich in ihrer Brust fest. Als hätte sie eine dunkle Vorahnung von einem bald eintretenden Desaster, auf das sie sich klammheimlich freute.

Sie zog eine Grimasse und trat über die Schwelle, um Parka und Schuhe im Flur auszuziehen. Das war überhaupt nicht gut. Insgeheim hatte sie nämlich immer eine Schwäche für Drama gehabt – nur dass es in ihrem Fall jedes Mal in einer Katastrophe endete und zu dem Verlust ihrer Kontrolle führte, und sie erinnerte sich noch sehr gut daran, was ihr das das letzte Mal eingebracht hatte.

Sie ließ die Tür ins Schloss gleiten und lugte ins Wohnzimmer.

Coop saß auf der Couch und sah vom Fernseher auf, als er sie hörte.

Einige Momente lange sahen sie sich nur stumm an. Schließlich sagte Callie: „Es tut mir –"

„Mir auch", unterbrach er sie.

Sie lächelte matt und ließ sich im nächsten Moment neben ihn sinken.

„Ist alles okay?", wollte er wissen und musterte sie argwöhnisch. „Du siehst rot aus und deine Hände zittern."

„Klar, ist alles okay“, sagte sie hastig und faltete die Hände im Schoß, damit sie endlich Ruhe gaben. „Es ist nur kalt draußen, das ist alles. Bei dir auch alles in Ordnung?“

Coop nickte langsam, bevor er schwer seufzte. „Callie, wegen heute Morgen ...“

„Du musst nicht –“

„Doch, ich muss“, meinte er leise. „Weißt du, mir ist klar, dass ich mein Leben im Moment beschissen führe. Aber ich weiß auch, dass ich zurzeit nicht mehr schaffe. Verstehst du?“

Sie nickte. Sie verstand ihn besser, als er vielleicht dachte. Das war wahrscheinlich das Problem mit James. Callie wollte zwar mehr, aber er war womöglich *zu* viel. „Geht mir genauso“, wisperte sie. „Ich muss mich noch eine Weile ... sicher fühlen.“

„Ja. Genau das“, sagte Coop erleichtert.

„Es ist in Ordnung, Coop. Sorry, dass ich dich heute Morgen gedrängt habe, das wollte ich nicht. Aber wenn sich dieser Umstand bei dir ändern sollte ...“

„Bist du die Erste, mit der ich darüber rede“, versprach er.

Sie lächelte und ließ den Kopf auf seine Schulter sinken. „Gut.“

Und das würde es werden. Alles.

Kapitel 11

Am Montag wachte Callie mit dem Gedanken auf, dass es vielleicht Zeit wurde, sich ein Auto zu organisieren.

Das hatte natürlich rein gar nichts damit zu tun, dass James sie die vergangene Woche morgens immer abgeholt hatte und sie ihm gerne so lang wie möglich aus dem Weg gehen wollte. Nein, sie war eine unabhängige, starke Frau und brauchte einen fahrbaren Untersatz, damit sie das nächste Mal, wenn sie in einer Bar gestrandet war, nicht den heißen Journalisten anrufen musste, damit er sie abholte.

Was sie schon immer recht faszinierend an der Welt der Reichen und Schönen gefunden hatte, war, dass Probleme nie lange ein solches blieben. Sie lösten sich zusammen mit einer großen Summe Geld einfach in Luft auf. In ihrem Fall verschwand noch nicht einmal das Geld, denn sobald sie ihren Wunsch nach einem Auto in der WhatsApp-Gruppe geäußert hatte, die sie mit ihren Brüdern teilte, meinte Callum, sie solle vorerst seins nehmen. Wenn sie ihm die Tage Essen vorbeibringen könnte, reiche ihm die nächsten Wochen auch sein Roller. Denn ja, Callum besaß einen elektrischen Roller, der allein durch Solarenergie und Liebe betrieben wurde.

Callie machte sich nichts vor, ihr Bruder hatte in erster Linie keinen Bock, einkaufen zu gehen – er hasste

Supermärkte mehr als die Worte „*Du schläfst zu wenig*" –, und witterte eine Chance, darum herumzukommen. Doch ihr machte es nichts aus, ihn die nächste Woche über mit Essen zu versorgen, und schneller würde sie nicht an ein Auto kommen. Also sagte sie zu und saß eine Stunde später in seinem kleinen silbernen Prius. Ihr jüngerer Bruder hatte noch nie etwas von Statussymbolen gehalten, und sie war froh darum. Wenn sie Coops Wagen genommen hätte, hätten ihr den ganzen Tag die Leute hinterhergeglotzt. Sein metallic-blauer Mercedes war der feuchte Traum eines jeden Autoenthusiasten.

Sie fuhr nach Strawberry Mansion, klapperte ein paar Highschools ab, um die Bewerbungen zu dem Benefizspiel in zwei Wochen einzusehen, und stand dann vor der wehleidigen Aufgabe, zur Baustelle zu fahren. Zur Baustelle, auf der James mittlerweile bestimmt seit einer Stunde auf sie wartete.

Schwer seufzend wendete sie den Wagen und parkte keine fünf Minuten später neben dem zukünftigen Jugendzentrum am Straßenrand. Wie erwartet stand James' roter BMW schon da und sah sie mit vorwurfsvollen Rücklichtern an.

Hey, sie hatte ihm geschrieben, dass er sie heute nicht abzuholen brauchte! Das war höflich gewesen. Nur weil ihr durch die Lappen gegangen war, zu erwähnen, dass sie außerdem eine Stunde zu spät kommen würde, war sie noch lange keine Schwerverbrecherin.

Sie schnallte sich ab, blieb jedoch sitzen und trommelte mit den Fingern aufs Lenkrad. Es tat ihr ja auch ein wenig leid, aber sie hatte diese Stunde gebraucht, um sich mental vorzubereiten. Der Kuss saß ihr noch in den Knochen und höchstwahrscheinlich würden sie darüber reden müssen. Grenzen aufbauen müssen. Klären müssen, dass das nicht noch einmal passieren durfte.

Gott, lieber hätte Callie ein paar Nacktschnecken gegessen.

Stöhnend legte sie den Kopf in den Nacken, bevor sie aus der Windschutzscheibe auf den trostlos grauen Himmel schaute. Der Winter zog allmählich ein, auch wenn die Temperaturen sich noch wacker um die zehn Grad hielten ... und wie genau sollte sie ansprechen, dass James seine Lippen ab jetzt lieber bei sich behalten sollte? Wie redete man darüber, dass man zwar vor Lust zerschmolzen war, das aber nicht wiederholen wollte – obwohl es eine glatte Lüge war?

Callie wollte es wiederholen. Wieder und wieder.

Ach, herrje. Möglicherweise wurde es Zeit, einen Gigolo anzuheuern, wenn sie schon so sexuell frustriert war, dass sie unbedingt mit ihrem selbsterklärten Feind ins Bett wollte.

Andererseits ... war James der Feind? Hatte er nicht bewiesen, dass er vertrauenswürdig war?

Sie ließ ihren Kopf auf das Lenkrad sinken und kniff die Augen zusammen. Es war irrelevant. Sie arbeiteten zusammen, er machte sie nervös ... das Ganze war viel zu unsicher. Und Unsicherheit konnte sie gerade nicht in ihrem Leben gebrauchen!

Ja, sie würde James einfach sagen, dass sie ab jetzt eine strikt professionelle Beziehung zueinander unterhalten sollten.

Fest nickte sie, straffte die Schultern und stieg aus, bevor sie um die Motorhaube herumlief.

„Schickes Auto."

Sie zuckte zusammen, wirbelte herum und legte sich eine Hand aufs Herz. James stand nahe ihrem Heck auf dem Bürgersteig und musterte interessiert ihren Wagen.

„Meine Güte", murmelte sie kopfschüttelnd und versuchte ihren Herzschlag zu regulieren – der merkwürdigerweise nicht bei seinen Worten, sondern erst, als sie ihn gesehen hatte, durch die Decke gegangen war. „Erschrick mich doch nicht so! Wie lange stehst du da schon?"

„Die ganzen acht Minuten, die du bewegungslos im Auto verbracht und stumme Selbstgespräche mit dir geführt hast."

Callie weigerte sich, rot zu werden, deswegen lächelte sie nur und nickte. „Ich habe ... telefoniert."

„Nur mithilfe deiner Gedanken, während dein Handy auf der Rückbank liegt?", fragte er fasziniert. „Das ist beeindruckend."

Blödmann. Callie seufzte schwer und stemmte die Hände in die Hüften, bevor sie James ansah. Er trug seinen schwarzen Mantel, so wie bereits die ganze letzte Woche über, und ein Lächeln auf dem Gesicht.

Und es war das Lächeln, das ihr flau im Magen werden ließ. James Galway hatte ein fantastisches Lächeln. Seine Zähne waren nicht perfekt gerade, die unteren formten sich zu einem kleinen V, doch das Grübchen in seiner rechten Wange verhinderte ohnehin, dass irgendeine Frau sich je darauf konzentriert hätte. Ihr war es nie aufgefallen, aber seine Lippen waren fast ein wenig zu voll, um männlich zu wirken ... und dennoch wirkte sein Gesicht wie eine Ode an das Testosteron. Es waren die scharf geschnittenen Wangenknochen und die dichten Wimpern um seine grünen Augen, die ihn so lächerlich schön machten.

Kein Wunder, dass sie schwach geworden war. Rein biologisch betrachtet war er einfach anziehend. Da musste sie sich überhaupt nicht für schämen. Gott sei Dank war sie stärker als ihre Biologie.

„James", sagte sie feierlich. „Du bist heiß. Sehr heiß."

Das Lächeln auf seinem Gesicht wurde breiter. „Was wird das, wenn es fertig ist?", fragte er amüsiert.

Sie hob eine Hand, damit er aufhörte zu reden. „Du bist heiß, und ich gebe zu, dass der oberflächliche Teil meiner Persönlichkeit darauf anspringt. Aber dennoch war das, was Samstag passiert ist, sehr unprofessionell und unangebracht, und ich finde, wir sollten es auf keinen Fall wiederholen." Sobald die Worte ihren Mund verlassen hatten, sackten ihre Schultern erleichtert nach unten.

James runzelte die Stirn. „Auf welchen Part von Samstag spielst du an?", wollte er wissen. „Das gemeinsame Trinken in der Bar oder der Beinahe-Sex vor deiner Haustür?"

Ihr Gesicht gab auf und lief feuerrot an. „Es war kein *Beinahe*-Sex."

James schnaubte. „Hätte ich das Ganze nicht abgebrochen, wären wir in unter fünf Minuten nackt gewesen."

Wirklich? Callie hätte ihnen nicht einmal mehr zwei gegeben. „Das ist Schwachsinn, es war ein unschuldiger Kuss – den *du* initiiert hast, wenn ich das bemerken darf!" Vorwurfsvoll richtete sie den Zeigefinger auf ihn.

James rieb sich über den Nacken und nickte. „Ja, zu dem Zeitpunkt erschien es mir wie die einzig schlüssige

Art, den Abend zu beenden. Auch wenn ich mir das Ganze etwas weniger ... intensiv vorgestellt habe. Denn nichts daran war unschuldig."

Das flaue Gefühl in Callies Magen wandelte sich zu Hitze, die schwer auf ihren Unterleib presste, doch sie ignorierte sie. Stattdessen verschränkte sie die Arme vor dem Körper und hob das Kinn. „Es war eine zeitweilige Verirrung unserer Sinne und es wird bei dieser einen Emotions-Eskalation bleiben. Ich möchte mich von derart unprofessionellem Verhalten distanzieren."

James lachte leise. „Du klingst wie ein Seminar zur sexuellen Belästigung am Arbeitsplatz."

„Ach ja? Musstest du das oft besuchen?", fragte sie mitfühlend.

Sein Lachen wurde lauter. „Callie. Du bist ebenfalls heiß", sagte er schließlich.

Sie hob eine Schulter. „Ich weiß, danke."

„... aber", fügte er hinzu, „ich gebe dir vollkommen recht. Es war unangebracht und es tut mir leid. Es wird nicht wieder vorkommen. Ich ..." Er hielt inne und seufzte schließlich leise. „Ich weiß nicht, was ich mir dabei gedacht habe. Du warst ... na ja und der Abend war ... es war eine Kurzschlussreaktion. Das ist alles."

„Gut", sagte sie, auch wenn sich Enttäuschung in ihr breitmachte. Sie wollte keine Kurzschlussreaktion sein. Sie wollte der letzte Gedanke sein, den James hatte, bevor er einschlief. Sie wollte, dass es ihn ärgerte, dass sie ihm verbot, sie erneut zu küssen. Sie wollte ... mehr. „Dann war es das?" Zögerlich sah sie ihn an.

„Ja. Gutes Gespräch", sagte er knapp. „Auf eine höchstprofessionelle Zusammenarbeit. Ich bin oben im ersten Stock und mache ein paar Fotos von den baulichen

Fortschritten." Er hob die Hand und verschwand im Haus.

Callie sah ihm skeptisch hinterher. Das war ... einfach gewesen.

Zu einfach womöglich?

Kopfschüttelnd schloss sie den Wagen ab, das Gefühl von Hitze noch immer in ihrer Brust. Egal. Sie konnte froh darum sein, dass er so verständnisvoll war. Sie würde einfach nicht mehr darüber nachdenken.

Acht Stunden später hatte Callie noch immer nicht aufgehört, darüber nachzudenken.

Wie sollte sie auch? Sie verstand James einfach nicht.

Das wurde ihr innerhalb des Tages sehr klar. Am Samstagabend hatte er sie geküsst, als wäre sie das Einzige, was er mit den Lippen je hatte berühren wollen, und jetzt verhielt er sich komplett normal. *Auffällig* normal.

Er hielt seine Blicke auf einem jugendfreien Niveau und stellte ihr wie jeden anderen Tag auch eine Menge Fragen, um ihre Antworten darauf in seinem kleinen Notizbuch zu notieren. Er verhielt sich, als sei rein gar nichts passiert, und hätten sie am Morgen nicht dieses unangenehme Gespräch gehabt, hätte sie fast geglaubt, sie hätte sich den Kuss nur eingebildet.

Wie konnte er das Geschehene einfach so verdrängen, während sie kurzatmig wurde, sobald er sich streckte und ein dünner Streifen Haut unter seinem verwaschenen T-Shirt zum Vorschein kam?

Und jedes Mal, wenn James sie dabei erwischte, wie sie ihn beobachtete, tat er so, als hätte er überhaupt nichts Ungewöhnliches bemerkt. Um höflich zu sein? Oder weil es ihm schlichtweg egal war?

Sie hatte keine Antwort darauf und fragen konnte sie nicht, denn noch so ein peinliches Gespräch wie am Morgen ertrug sie nicht.

Sie lenkte sich mit der Arbeit ab, die zufriedenstellend zügig und erfolgreich voranschritt und notierte sich, was noch alles getan werden musste, bevor übernächstes Wochenende das Benefizspiel stattfinden würde.

Das größte Problem war der Garten. Er war riesig und das war gut, bedeutete aber auch eine Menge Arbeit, die sie vor der Veranstaltung, die ihr Projekt langfristig finanzieren sollte, vollständig beendet haben musste.

Sie hatte Geld sparen wollen und entschlossen, sich selbst darum zu kümmern, doch allmählich wurde ihr klar, dass sie ohne James' Hilfe ebenso mit einer Nagelschere auf das Gras hätte losgehen können.

Callie war der Meinung, dass jede Frau tun konnte, was ein Mann tun konnte. Aber leider konnte nicht jede Frau *heben*, was ein Mann heben konnte. Und dafür, dass es wirklich nicht James' Aufgabe als Journalist war, Rasen zu mähen und Unkraut zu jäten oder den Zaun zu reparieren, der Callies Grundstück von dem der Nachbarn trennte, machte er wirklich einen verdammt guten Job.

Sie kümmerte sich größtenteils um den Wohnwagen, dessen Inneres genauso renovierungsbedürftig wie sein Äußeres war, und gab sich Mühe dabei, nicht allzu oft zu James herüberzustarren, der bei zehn Grad im T-Shirt herumlief, da das Tragen der vielen Holzlatten wohl doch sehr anstrengend war. Doch ihre Blickrichtung zu kontrollieren, war schwerer als gedacht, denn es gab nur wenige Männer, die ein T-Shirt so gekonnt ausfüllten wie James. Alles an ihm fachte ihre dreckigen Gedanken an. Sein Bizeps, seine Bewegungen, sein Lächeln, sein Bizeps ... und es war so lächerlich, dass sie sich regelmäßig mit der flachen Hand gegen die Stirn schlug.

Gegen achtzehn Uhr wurde es dunkel und sie wollte ihrem Sexobjekt gerade sagen, dass es für heute Schluss machen konnte, als sie eine schlaksige, große Gestalt durch das Gras auf ihn zustapfen sah.

Stirnrunzelnd schloss sie die Tür zum Wohnwagen, der mittlerweile mit einem gemütlichen Sofa, einer nicht funktionierenden Küchenzeile, einer sehr wohl funktionierenden Glühbirne und einem frischen Anstrich an Farbe ausgestattet war, und hörte, wie die Gestalt: „Jamie!“, rief.

Im Dämmerlicht konnte sie das Gesicht des Fremden nicht erkennen, aber nach seiner Stimme und der Art, wie er sich bewegte, zu urteilen, als müsse er noch nicht lang mit seinen langen Gliedern umgehen, war es ein Jugendlicher.

James wandte sich anhand der Stimme um, und sie konnte seine Zähne im Dämmerlicht weiß aufglänzen sehen, als er lächelte. Er schlug mit dem Jugendlichen ein und zog ihn kurz in die Arme, bevor seine Stimme zu ihr hinüberwehte.

„Wie zum Teufel hast du mich gefunden?“

„Ich habe deine Arbeit angerufen und sie meinten, das wäre der Ort, an dem du dich zurzeit rumtreibst ... seit wann gärtnerst du? Ich dachte, Gartenarbeit ist ein Hobby für Hausfrauen.“

Callie unterdrückte ein Schnauben und verlangsamte ihre Schritte.

„Das habe ich nie gesagt“, meinte James kopfschüttelnd.

„Nee, stimmt. Es war so was wie: Nur Leute, die nicht genug zu tun haben, gärtnern. So wie Hausfrauen. Ist auch egal, du musst mit mir Turnschuhe kaufen gehen.“

Sie hörte, wie James lang gezogen seufzte. „Dass du immer noch von diesen Turnschuhen redest!“

„Ja, aber diesmal sind es andere. Von *Supreme*. Ich brauch die Gold-Edition bis morgen. Können wir also bitte gleich fahren? Es ist wichtig! Ich zahl dir das Geld auch zurück. Ich schwöre!“

James verschränkte die Arme vor der Brust und schüttelte leicht den Kopf. „Thomas, das geht nicht. Erstens weil ich dir kein überteuertes Paar Schuhe kaufe, nur weil du es verlangst, und zweitens darfst du überhaupt gar nicht hier sein. Deine Mom war verdammt angepisst, als sie herausgefunden hat, dass ich Zeit mit dir verbringe und dir ein Shirt gekauft habe, und sie wird ebenso wenig glücklich darüber sein, wenn ich jetzt mit dir zum Einkaufszentrum fahre, um dir Schuhe zu kaufen, die du nicht brauchst.“

„Du verstehst das nicht, ich *brauche* sie!“, beharrte Thomas. „Wirklich! Es ist dringend – und ich find es scheiße von Mom, dass sie immer noch wütend auf dich ist und ich dich nicht sehen soll.“

„Das mag sein, aber sie ist immer noch deine Mutter, und du solltest ihre Entscheidungen respektieren.“

„*Du* hast sie nicht respektiert!“

„Ich habe nicht gesagt, dass sie auch *meine* Mutter ist.“

Thomas gab einen Laut der Frustration von sich. „Das ist unfair! Es ist *mein* Leben, ich sollte entscheiden können, mit wem ich mich treffe. Und ich habe schon allen gesagt, dass ich die Schuhe habe, Jamie! Ich kann da morgen nicht ohne sie auftauchen. Sie werden denken, dass ich sie erfunden habe."

„Du *hast* sie erfunden, Thomas!"

„Nein, sie existieren. Nur nicht bei mir zu Hause, sondern in einem Laden in der Innenstadt, also ..." Er nickte in Richtung Haus.

Callie war jetzt nah genug dran, um ihn genauer studieren zu können, und erkannte, dass es ein Junge war, der kaum älter als fünfzehn sein konnte. Wahrscheinlich eher jünger. Er hatte blonde Haare, die ihm vom Kopf abstanden, trug eine Brille mit sperrigem, schwarzem Gestell und war so dünn und groß, dass sie das plötzliche Verlangen hatte, ihm ein Sandwich anzubieten. Sie vermutete stark, dass er der Neffe war, von dem James öfter sprach. Der Neffe, den er bei ihrem ersten Treffen in sein Auto eingesperrt hatte.

„Du weißt, dass ich dir helfen will, Thomas", sagte James geduldig. „Aber das tue ich nicht, wenn ich jetzt mit dir in die Stadt fahre und dir deinen Wunsch erfülle. Warum solltest du überhaupt jemandem erzählen, dass du Schuhe hast, die du nicht besitzt?"

„Ich *musste*!", beharrte er ungeduldig. „Du kennst die Situation nicht. Es war ... ich musste es erzählen, okay? Und ich gebe dir dein T-Shirt auch zurück, wenn du mir stattdessen mit den Schuhen hilfst." Verzweiflung kroch in seine Stimme, und das Dämmerlicht ließ sein Gesicht auf einmal wie das eines kleinen Jungen aussehen.

„Sorry, Kumpel, aber nein“, sagte James entschuldigend. „Ich fahr dich gerne wieder nach Hause oder kauf dir ein Eis oder so, aber –“

„Ich bin keine fünf mehr, Jamie! Du kannst mich nicht mit einem Eis bestechen und alles ist super!“, rief Thomas und warf die Arme in die Luft. „Das ist doch scheiße! Erst soll ich Dad nicht mehr sehen, dann soll ich dich nicht mehr sehen … und das Einzige, worum ich Mom je gebeten habe, sind diese blöden Turnschuhe! Denn die würden alles besser machen. Aber wir haben nicht genug Geld, sie hat nicht genug Zeit, ich soll auf sie hören, ich soll mich beruhigen, ich soll sie verstehen … ich habe keinen Bock mehr auf den Mist! Ihr Erwachsenen denkt, dass ihr die Antwort auf alles habt, aber das tut ihr nicht. Ihr sagt Nein, obwohl ihr Ja sagen könntet, ihr verbietet uns Dinge aus Gründen, die rein gar nichts mit uns zu tun haben, und sagt uns, dass wir doch *verstehen* müssten.“

„Thomas, ich weiß, dass es bei dir zu Hause im Moment nicht gut läuft, aber die Schuhe werden nichts daran ändern, sie –“

„Doch, das *würden* sie!“, fuhr Thomas auf. „Ich dachte, wenigstens *du* würdest das verstehen, aber du bist auch nicht mehr auf meiner Seite.“

„Natürlich bin ich auf deiner Seite“, sagte James irritiert. „Aber –“

„Ach egal“, unterbrach sein Neffe ihn und schnaubte. „Dann eben nicht. Gott, langsam wirst du so wie Mom!“

Noch bevor Callie die beiden erreicht hatte, drehte der Jugendliche sich auf dem Absatz um und stürmte an ihr vorbei.

Sie blickte ihm kurz nach, bevor sie wieder James fixierte, der sich mit den Händen die Schläfen rieb.

„Hey“, sagte sie vorsichtig, als sie vor ihm stand. „Alles okay?“

„Keine Ahnung.“ Er schüttelte langsam den Kopf und lief an Callie vorbei Richtung Terrasse. „Wenn man jung ist, ist alles das größte Drama, deswegen ...“ Er hob die Schultern, seufzte dann jedoch schwer. „Fuck, ich laufe ihm trotzdem besser hinterher und fahr ihn nach Hause. Diese Gegend ist nicht gerade für ihren liebevollen Umgang mit wütenden Teenagern bekannt.“ Er beschleunigte seinen Schritt und lief auf seinen Mantel zu, den er über einen der verrosteten Gartenstühle gehängt hatte, die mit zum Inventar des Hauses gehört hatten.

„Klar, mach das“, sagte Callie. „Ist denn ... alles okay mit ihm? Kriegt er sich wieder ein?“

„Ja, er ist ein guter Kerl“, meinte James und hob eine Schulter. „Ist nur gerade eine beschissene Zeit für ihn, das ist alles.“ Er hob den Mantel hoch und zog ihn über, dabei fiel etwas Eckiges, Weißes aus seiner Tasche und segelte zu Boden.

„Oh, warte, du hast was verloren“, meinte Callie, bückte sich und hob die, wie sie jetzt erkannte, Karte aus dem Dreck. Sie wollte sie James schon geben, als ihr Blick auf die goldenen Zahlen fiel, die dort eingraviert waren. Sie kamen ihr merkwürdig bekannt vor.

Abrupt hielt sie inne. „Was ist das?“, fragte sie verwirrt, starrte auf die beiden Telefonnummern, drehte die Karte in ihrer Hand ... und erstarrte. Ein flaues Gefühl setzte in ihrem Magen ein.

Clint Panther stand da. Nichts anderes. Ihr Vater hatte noch nie viel von unnötigen Titeln gehalten. Wenn die Leute nicht wussten, wer er war, lohnte es sich nicht, mit ihnen Geschäfte zu machen.

Sie öffnete die Lippen und ihr Blick flackerte zu James, der leise seufzte. „Es ist nichts …"

Callie ließ die Karte sinken und zerknüllte sie mit ihren Fingern. „Nichts?", sagte sie tonlos. „Das ist die Visitenkarte meines Vaters. Seine *persönliche* Karte. Wie bist du da drangekommen? Er lässt die nicht einfach irgendwo herumliegen. Da steht seine private Telefonnummer drauf. Die von meinem Elternhaus!" Ihre Stimme war mit jedem Wort lauter geworden, und es half ihr nicht im Geringsten, dass James leise seufzte und – wie sie fand – sehr schuldig die Augen schloss.

„Okay, krieg das jetzt nicht in den falschen Hals, aber dein Vater hat mir vor ein paar Wochen einen Besuch abgestattet."

„Was?" Verwirrt blinzelte sie ihn an. „Ich verstehe nicht. Warum sollte er das tun?"

James kratzte sich unangenehm berührt im Nacken. „Er … wollte sichergehen, dass du deine Arbeit gut machst."

„Und dann kommt er zu dir?" Das Blut floss ihr aus dem Gesicht, während das flaue Gefühl in ihrem Magen sich zu einem schwarzen Stein ballte.

„Ja …"

„James", sagte sie warnend. „*Warum* kommt er damit zu dir?"

James hob den Blick und sah ihr in die Augen. „Er wollte, dass ich ihn benachrichtige, falls dir das Projekt über den Kopf wächst, das ist alles. Wenn du in Schwierigkeiten gerätst ... sollte ich ihn anrufen.“

„Er wollte, dass du für ihn *spionierst*?“ Die Worte fielen aus ihrem Mund wie tote Fliegen.

„Ich weiß nicht, ob Spionieren das richtige Wort dafür ist ...“

„Aber *ich* weiß es!“, sagte sie kalt und ballte die Hände zu Fäusten. „Es ist genau das, was er von dir verlangt hat!“

„Es ist keine große Sache ...“

„Keine große Sache?“, fuhr sie ihn ungläubig an. „Wie fändest du es, wenn dein Vater hinter deinem Rücken einen kleinen Spion engagiert, der darüber entscheiden soll, wann du genug versagt hast, um zu rechtfertigen, ihn zu alarmieren?“

„Er hat mich nicht engagiert“, sagte James betont ruhig. „Er hat mir eine *Anweisung* gegeben. Aber es ist egal, ich würde nie auf die Idee kommen, ihm irgendetwas zu sagen.“

„Warum hast du dann noch immer seine Karte in deinem Mantel?“, presste sie zwischen den Zähnen hervor.

„Ich habe vergessen, dass sie da ist“, sagte er. „Er hat sie in meine Jackentasche gesteckt, ich habe sie nicht rausgenommen.“

Callie wusste nicht, ob sie ihm glauben konnte, doch es war ihr auch egal. Zum ersten Mal seit Wochen war James das kleinere Problem.

„Schön“, sagte sie abgehackt und wandte sich ruckartig auf dem Absatz um. Sie stapfte durch das zu hohe Gras, das erst Ende der Woche gemäht werden würde, lief an dem Haus vorbei und zog ihre Autoschlüssel aus der Tasche.

„Callie!", rief James ihr hinterher, und sie konnte seine hastigen Schritte hören. „Warte!"

Sie ignorierte ihn und beschleunigte noch einmal, bis sie ihr Auto erreicht hatte.

„Callie, was hast du vor?"

„Meinen Vater anschreien", sagte sie trocken und setzte sich hinters Steuer.

Der Kies knirschte unter ihren Reifen und flog zu allen Seiten, als Callie ruckartig auf die Bremse trat. Die Wut floss in Wellen durch ihren Körper und erhitzte ihre Haut, sodass sie das Gefühl hatte, sie könne jeden Moment von ihrem Fleisch platzen.

Wie konnte ihr Vater es wagen, dermaßen in ihre Privatsphäre einzudringen? Ihr war klar gewesen, dass er ihr nicht vertraute. Ihr war bewusst gewesen, dass er sie für schwach hielt. Aber nie im Leben hätte sie geglaubt, dass er dazu in der Lage wäre, sie so zu erniedrigen, indem er vor dem Mann, der darüber berichten sollte, wie fähig und fantastisch sie war, sagte, dass sie es allein nicht schaffen würde.

Sie schnallte sich ab, riss die Fahrertür auf und schlug sie zornig wieder hinter sich zu. In drei Sätzen war sie an der Treppe zur Veranda, in zwei weiteren an der Tür. Sie hatte schon längst keinen Schlüssel mehr, weshalb sie dazu gezwungen war, an die Tür zu hämmern. Die Hand zur Faust geballt schlug sie immer wieder dumpf gegen das Holz, bis sie endlich Schritte dahinter vernahm.

In der nächsten Sekunde schwang die Tür auf. Callie war darauf vorbereitet, an dem Dienstmädchen vorbei in die Eingangshalle zu stürmen und anzufangen zu schreien ... doch es war nicht das Dienstmädchen, das ihr die Tür öffnete.

Ihr Mund öffnete sich, und wie angewurzelt blieb sie auf der Schwelle stehen. „Mom?"

Kapitel 12

„Calliope“, sagte ihre Mutter verwundert und lächelte breit. „Was für eine schöne Überraschung!“ Im nächsten Moment zog sie ihre Tochter in die Arme und tätschelte ihren Rücken. „Meine Güte, wann haben wir uns das letzte Mal gesehen?“

„Vor zwei Jahren“, sagte sie verwirrt und sog den vertrauten Geruch nach Chanel und Ignoranz ein, während sie die Wange an ihre presste. „Aber, Mom. Was ... was tust du hier?“

„Ich wohne hier, Callie“, bemerkte ihre Mutter und ließ sie wieder los, um sie auf Armeslänge von sich entfernt betrachten zu können.

Callie konnte ein Lachen nicht zurückhalten. „Seit wann? Du bist nie hier.“

„Diese Worte aus deinem Mund“, sagte sie lächelnd. „Ich denke, ich war öfter hier als du, oder?“

„Nun ja, ich ...“ Callie schüttelte den Kopf. Die wichtigen Dinge zuerst. „Wann bist du zurückgekommen?“

„Freitag.“

„Das ist drei Tage her“, sagte sie perplex. „Warum hast du denn nicht angerufen?“

„Es hat sich noch nicht ergeben. Aber wie geht es dir, Liebling?“

Liebling. Callie war schon immer der einzige *Liebling* ihrer Mutter gewesen und früher hatte sie das Wort aus ihrem Mund geliebt. Es hatte sie besonders fühlen lassen.

Aber mittlerweile fühlte es sich alt und falsch an. Als wäre es zu sperrig, um in ihr neues Leben zu passen. Vielleicht war ihr ihre Mutter einfach zu fremd geworden, als dass sie sich mit einem Kosenamen wohlfühlte.

„Mir ... mir geht es gut", sagte sie etwas unbeholfen und strich sich die Haare hinter die Ohren. „Ich habe seit heute Morgen mein eigenes Auto ... na ja, eigentlich ist es Cals Auto, aber im Moment fahre ich es. Ich wohne bei Coop und fühle mich halbwegs wohl und ... nun, ich arbeite eine Menge. Ich habe einen straffen Zeitplan."

„Ah ja." Ihre Mutter nickte und musterte sie vorsichtig. So als könne sie unter ihrem Blick zerbrechen. „Dein Vater hat mir bereits von deinem kleinen Projekt erzählt ... aber hältst du es wirklich für klug, solch große Verantwortung auf deine Schultern zu laden?"

„Ich ... ich halte es für sehr klug", sagte sie hölzern und hasste sich dafür, dass sie innerhalb der letzten Minuten offenbar jede Wortgewandtheit verloren hatte. „Es ist eine gute Sache. Das Zentrum wird einer Menge Jugendlichen helfen können."

„Natürlich, nur ist so ein großes Proje–"

„Wie geht es denn dir, Mom?", schnitt Callie ihr das Wort ab. Sie hatte keine Lust auf eine weitere sinnlose Diskussion über ihre scheinbare Inkompetenz.

„Ach, ich kann mich nicht beklagen." Sie lächelte und zupfte an dem goldenen Kleid herum, das lose an ihrem schlanken Körper hinabfiel. Evelyn Panther sah noch immer gut aus. Mit ihren sechzig Jahren hatte sie den Körper einer Vierzigjährigen, und wenn sie es auch nie ganz geschafft hatte, auf ihre Kinder stolz zu sein, so war sie es zumindest darauf. „Ich kümmere mich weiter um das Haus in den Hamptons, besuche zahllose Charity-Events, halte mich fit …" Ihr Blick wanderte an Callies Körper hinab. „Machst du noch Sport, Liebling?"

Ihre Stimme ließ vermuten, dass sie das nicht glaubte, und wie automatisch zog sich Callies Magen zusammen.

Sie hatte es vergessen. Wie sehr ihre Mutter auf ihre Figur bedacht gewesen war. Sie hatte so lange nicht mehr ernsthaft mit ihr gesprochen, dass sie es einfach vergessen hatte.

Evelyn Panther war fast schon wild, was die High Society Amerikas anging. Sie hatte ein Bauchnabelpiercing gehabt, servierte geschmacklose Cocktails auf ihren Partys … doch was die gewünschten Äußerlichkeiten ihrer Kinder anging, hätte sie konservativer nicht sein können.

Callie öffnete den Mund, um etwas zu sagen – irgendetwas Kluges, Starkes, irgendetwas, das sie an die neue Callie erinnerte –, doch in diesem Moment hallten Schritte von der breiten Treppe wider, die in die Eingangshalle führte.

Callie sah auf und erkannte ihren Vater, wie immer im Anzug, der zu ihnen hinabstieg.

„Evelyn, hast du meine Manschettenknöpfe gesehen? Ich kann sie nicht fin-" Er brach mitten im Satz ab, als er Callie am Fuß der Treppe stehen sah, und hob überrascht die Augenbrauen. „Calliope. Hatten wir einen Termin?"

Er legte die letzten Meter zurück und stellte sich neben seine Frau. Erst jetzt fiel Callie auf, dass ihre Mutter ausgehfertig wirkte. Sie hatte die dunklen Haare hochgesteckt, trug große goldene Ohrringe und sah aus, als wäre sie bereit für den roten Teppich. Ihr Vater stand ihr in nichts nach. Seine golden schimmernde Krawatte passte sogar zu ihrem Kleid.

Callies Blick wanderte zwischen ihrem Vater und ihrer Mutter hin und her … und ein Gefühl des Unwohlseins machte sich in ihr breit.

Ja, ihre Eltern waren noch verheiratet – dennoch fiel es ihr schwer, sich daran zu erinnern, wann sie sie das letzte Mal zusammen in einem Raum gesehen hatte. Vielleicht zu Weihnachten vor zehn Jahren?

Die beiden mussten sich seitdem gesehen haben, sie hatten schließlich einen Ruf zu wahren, doch Callie war zu diesen Anlässen nie anwesend gewesen. Absichtlich. Und jetzt erinnerte sie sich auch, warum.

Weil allein der Anblick der beiden sie unter Druck setzte.

Ihre einzelnen Blicke waren skeptisch. Aber zusammen formten sie sich zu einem einzigen Vorwurf.

„Calliope?", holte die ungeduldige Stimme ihres Vaters sie in die Realität zurück, und erst jetzt erinnerte sie sich daran, warum sie überhaupt hergekommen war.

Sie war wütend. Sie war fuchsteufelswild. Ihr Vater hatte James seine Karte aufgeschwatzt und … und … und deswegen wollte sie ihn anschreien. Das war doch der Plan gewesen, oder nicht?

Doch als sie jetzt in das erwartungsvolle Gesicht ihrer Mutter und die ungeduldige Miene ihres Vaters sah, wollte es ihr nicht recht gelingen, sich wieder in die aufbrausende Stimmung zu versetzen, die sie soeben noch gehabt hatte.

Ja, sie war wütend. Ja, sie war verletzt.

Doch wie genau sollte sie das kommunizieren?

Im Auto noch hatte sie sich Worte zurechtgelegt, doch mit jeder verstreichenden Sekunde rieselten sie durch das löchrige Sieb ihres Verstandes, bis kein Einziges mehr übrig war.

Sie schluckte, öffnete den Mund ... schloss ihn wieder, öffnete ihn erneut. „Wir ... wir hatten keinen Termin, ich bin ..." Sie brach ab.

„Calliope", sagte ihre Mutter sanft. „Es ist wirklich schön, dich zu sehen, aber wir haben gerade leider keine Zeit für dich. Wir müssen auf dieses Charity-Event für ..." Stirnrunzelnd sah sie zu ihrem Ehemann. „Für was spenden wir noch gleich?"

„Die Heilung von Krebs", sagte Clint knapp.

„Ach, richtig." Sie nickte. „Also, wenn du vergessen hast, weswegen du hier bist ..."

„Ich hab es nicht vergessen", unterbrach Callie sie und atmete tief durch. „Ich bin wegen Dad hier." Sie suchte nach der Wut in ihrem Inneren. Suchte nach dem Gefühl der Ungerechtigkeit. Dem Gefühl des Verrats, weil ihre Familie nicht an sie glaubte ... doch sie fand nur Bruchstücke dessen, die zusammen keinen Sinn ergaben. „Dad, du hast James Galway einen Besuch abgestattet und ihm aufgetragen, für dich zu spionieren!", sagte sie lauter, doch ihre Stimme war dünn und unsicher und sie hasste sich dafür. „Das ... geht nicht. Es ist mein Projekt. Es geht dich nichts an, ob es gut oder, nun, schlecht läuft. Außerdem läuft es gerade sehr gut, also … du kannst nicht …“ *Fuck!* Sie ballte die Hände zu Fäusten. „Das ist eine verdammte Verletzung meiner Privatsphäre, untergräbt meine Autorität und ist einfach grundlegend … falsch.“

Ihr Vater nickte, während sie sprach, und seufzte nun. „Calliope, ich verstehe, dass es dich stört, aber was blieb mir für eine Wahl, nachdem du mir die Informationen nicht freiwillig geben wolltest?“

„Auf sie zu verzichten!“, sagte sie ungläubig. „Mir zu vertrauen. *Nicht* dem Journalisten zu drohen, der mit mir zusammenarbeitet.“

„Es war keine Drohung. Ich habe ihm einen Auftrag erteilt, das ist alles“, sagte er kühl. „Und falls es dir hilft, er war nicht sehr glücklich darüber.“

„Nun, da ist er nicht der Einzige!“

„Calliope, Liebling“, schaltete sich ihre Mutter ein und legte beruhigend eine Hand auf ihre Schulter. Als sei sie ein Pferd, das vor einem Zaun zurückschreckte. „Dir gefällt der Gedanke nicht, dass dein Vater sich in dein Leben einmischt – gut. Aber das ist wahrlich kein Grund, sich so aufzuregen und unangekündigt hier aufzutauchen. Ich bin mir sicher, dass dein Vater nur das Beste für dich im Sinn hatte.“

Callie stockte und starrte ihre Mutter mit geöffneten Lippen an.

Sie war auf seiner Seite.

Wie konnte sie auf seiner Seite sein? Nach … nach *allem,* was passiert war?

„Das – Dads Meinung nach – Beste ist aber nicht immer das Richtige, Mom“, sagte sie und presste die zitternden Lippen aufeinander.

„Sicherlich nicht. Aber hinsichtlich deiner ... Vergangenheit hat er allen Grund zur Sorge. Ich übrigens auch. Deswegen verstehe ich, warum er lieber zweimal nachfragt.“

„Er *hat* aber nicht gefragt!“

Ihre Mutter warf ihrem Vater einen nachdenklichen Blick zu und nickte dann. „Höchstwahrscheinlich weil du zu stur warst, um seinen Vorschlag auch nur in Betracht zu ziehen.“

Wieder schluckte Callie und die alte Wut, die sie vermisst hatte, wurde durch neue ersetzt.

Zwölf Jahre waren eine lange Zeit gewesen. Lang genug offenbar, um sie erwarten zu lassen, dass ihre Mutter sich geändert hatte. Dass sich ihre Eltern geändert hatten.

Doch das war dumm von ihr gewesen!

Kaum jemand war so verschieden wie Clint und Evelyn Panther ... und doch schienen sie immer einer Meinung zu sein. Sie waren immer eins, obwohl sie kaum Zeit miteinander verbrachten!

Doch egal, wie viele Monate sie voneinander getrennt waren, sobald sie sich wieder zusammenfanden, fielen sie in ihre alten Muster zurück. Als hätten sie eine Rolle als *Ehepartner* unterschrieben, zu der sie sich jedes Mal wieder zurückbesinnen mussten.

Wie hatte Callie etwas anderes erwarten können?

Sie blinzelte, starrte Clint und Evelyn an, und als ihr Vater wie nebenbei einen Arm um die Schultern ihrer Mutter legte, verschmolzen die Gesichter ihrer Eltern einen Moment lang zu einer jüngeren Version. Zu der Version, die sie aus dem Krankenhaus abgeholt hatte. Ihre Mutter wutentbrannt, weil sie ihren Urlaub für diese Misere hatte abbrechen müssen. Ihr Vater schweigsam und stoisch wie immer.

„Es wird alles gut, Callie. Der Medienrummel wird vorübergehen. Die Fotos sind bald ein alter Hut. Mit der Uni reden wir. Sie können dich nicht rauswerfen. Du trägst den Namen Panther! Ich schlage vor, dass du dich ein paar Wochen bei uns zu Hause verbarrikadierst und dann dein altes Leben aufnimmst wie zuvor. Keine Sorge, das alles hier wird keine tragischen Konsequenzen nach sich ziehen.“

Callie hatte stumm auf der Rückbank gesessen, den sich stetig bewegenden Mund ihrer Mutter über den Rückspiegel beobachtet, in die ernsten Augen ihres Vaters gesehen, der kein Wort verlor, und den Kopf geschüttelt.

Sie *wollte Konsequenzen*. Sie wollte, dass das, was sie tat, eine Delle hinterließ. Sie wollte nicht mehr glattgebügelt werden. Sie wollte Hilfe bekommen. Sie wollte, dass man ihr dabei half, wieder glücklich zu werden. Sie wollte Veränderung. Sie *brauchte* Veränderung. Sie konnte nicht weiter auf der Stelle treten.

Doch das alles hatte sie nicht gesagt. Kein Wort hatte ihre Lippen verlassen, doch am nächsten Morgen hatte sie einen Koffer gepackt, sich Geld von der Bank geholt und den erstbesten Flug gebucht, den sie auf der Anzeigetafel gesehen hatte. *Los Angeles*. Sie hatte niemandem Bescheid gegeben außer Coop, der versprach, nichts zu sagen, außer dass es ihr gut ging. Sie hatte ihr Handy weggeworfen und somit jede Nummer ihres alten Lebens aus ihrem Gedächtnis gelöscht. Coop hatte ihr die Adresse eines guten Therapeuten rausgesucht. Coop hatte ihr eine Wohnung besorgt. Er hatte all das gemacht, wozu sie sich nicht in der Lage gefühlt hatte.

Die Medien hatten recht. Sie war verschwunden. Sie war die verlorene Tochter. Und sie hatte erst verloren gehen müssen, um sich wiederzufinden.

Doch jetzt stand sie hier vor ihren Eltern. Zwölf Jahre älter, zwölf Jahre weiser ... und fühlte sich wie das junge Mädchen von damals, das den Mund nicht aufbekam. Das unfähig war, zu sagen, was sie wollte, dessen einzige Möglichkeit es war, wegzulaufen.

Weil es zu schwer war, vernünftig mit ihren Eltern zu reden. Weil es zu anstrengend war, sie dazu zu bewegen, zu verstehen.

Weil es zu viel war.

Zu viel, um die Kontrolle darüber zu wahren.

Ihre Brust wurde eng, ihre Beine wurden schwer und das Atmen zur Tortur.

Wie konnte sie all das erlebt haben, wie konnte sie sich zwölf Jahre entwickelt haben ... und dennoch wieder hier stehen? Dort, wo alles angefangen hatte?

Aber vielleicht stimmte das ja nicht. Vielleicht hatte sie sich nicht *entwickelt*. Vielleicht hatte sie sich nur vor ihrem Leben versteckt und war jetzt gefunden worden.

„War es das dann, Calliope?", fragte ihre Mutter. Und das Lächeln auf ihrem Gesicht war ehrlich. Vielleicht war ihr nicht einmal selbst klar, dass sie eine Rolle spielte. Vielleicht hatte sie sich schon so lange vorgemacht, dass alles bestens war, dass sie es selbst glaubte.

Callie öffnete die Lippen, wollte widersprechen – aber konnte nicht. Die Worte zerfielen in ihrem Mund zu Staub, doch sie hatte zu wenig Luft, um sie auszuhusten. Sie klebten an ihrem Gaumen, an ihrer Zunge, in ihrem Rachen ... und sie wurde sie nicht los. Sie hafteten an ihr wie ihre Vergangenheit.

Hatte sie damals ernsthaft geglaubt, dass sie vor ihrem alten Leben wegrennen konnte?

„Ich gehe jetzt besser", sagte sie leise. „Viel Spaß auf der Gala."

Sie wandte sich um und lief zur Tür, an die frische Luft.

Kapitel 13

Frischer Sauerstoff schlug ihr entgegen, doch das Atmen fiel ihr trotzdem noch schwer.

Es hatte angefangen zu regnen und die Tropfen hinterließen eine dumpfe, melancholische Melodie auf dem Asphalt und dem Dach ihres Autos.

Callie lief durch den Regen die Treppen hinunter, öffnete den Wagen und glitt hinter das Steuer. Sie hatte das Gefühl, hohl zu sein, dabei war das unmöglich … denn gleichzeitig war sie mit Zorn gefüllt. Gott, sie war so wütend! So unglaublich wütend, dass ihrem Herz das Schlagen schwerfiel.

Doch die Wut galt nicht ihrer Mutter oder ihrem Vater – sie galt sich selbst.

Wie hatte sie sich so an ihren Worten verschlucken können? Sie hatte es doch schon einmal geschafft, ihrem Vater die Meinung zu geigen. Aber seitdem sie hier in Philadelphia war, schien sie einen Rückschritt nach dem anderen zu machen. Dabei hatte sie die Zeit doch nutzen wollen, um mit ihren Kindheitsproblemen abzuschließen – nicht um sie wieder neu aufleben zu lassen!

Sie umklammerte das Lenkrad, bis ihre Knöchel weiß hervortraten, und sog zitternd durch die Nase Luft ein.

Nichts hatte sich geändert! Sie waren alle noch dieselben Menschen.

Sie bedienten dieselben Muster. Führten dieselben inhaltslosen Gesprächen. Schwiegen ihre Probleme aus. Wiederholten dieselben Fehler, weil die Wunden, die sie mit Veränderung aufreißen würden, zu groß waren.

Und sie?

War sie anders?

Hatte sie sich all die Jahre nur etwas vorgemacht? All die Jahre, in denen sie eine Hürde nach der nächsten übertrampelt und an sich gearbeitet hatte?

Sie schluckte schwer, schloss die Augen und startete den Motor. Sie wusste es nicht. Sie wusste es schlichtweg nicht! Und wie sollte sie es auch herausfinden, wenn alles an diesem Grundstück ihr ein beklemmendes Gefühl bereitete?

Sie riss die Augen auf und drückte aufs Gas. Das Herz klopfte ihr bis zum Hals und sie konzentrierte sich auf ihre Atmung, um sich zu beruhigen.

Sie wollte an einen Ort, an dem sie sich sicher fühlte, sie wollte nach Hause und ... Shit, sie wollte Alkohol. Wein, Sekt, Gin. Egal was. Hauptsache, es war betäubend. Und natürlich konnte sie genau aus dem Grund keinen haben.

Der Kloß in ihrem Hals wurde größer, während sie aus der Einfahrt ihres Elternhauses fuhr. Sie hatte das Gefühl, die Kontrolle zu verlieren ... dieses Gefühl hatte sie seit Jahren nicht gehabt und das machte ihr Angst. Denn vor zwölf Jahren hatte sie es wiedererlangt, indem sie die Kalorien zählte, die in ihren Körper gelangten, ihr Sportpensum auf fünfmal die Woche erhöhte und ihren Speiseplan auf drei Erbsen pro Tag reduziert hatte.

Panik brodelte unter ihrer Oberfläche, doch sie hielt sie zwanghaft zurück und konzentrierte sich weiter auf den Verkehr.

Es war nur ein Ausrutscher gewesen. Ein einziges Mal, dass sie sich so sehr in der Zeit zurückversetzt gefühlt hatte, dass sie unfähig gewesen war, ein Wort rauszubringen. Das musste nichts heißen. Natürlich waren ihre Eltern ein wunder Punkt, gerade wenn sie zusammen waren. Sie konnte die Stimme ihrer Psychologin praktisch in ihrem Kopf hören: „Bestimmte emotionale Zustände sind an Bilder oder Gelegenheiten geknüpft. Sobald Sie an diese erinnert werden, kehrt auch der damalige emotionale Zustand zurück.“

Und dann ihr Vater, der die Hand auf die Schulter ihrer Mutter gelegt hatte, als wäre nie etwas passiert ... das war zu viel gewesen.

Der Regen prasselte auf ihre Windschutzscheibe, und egal wie mühsam der Scheibenwischer die Tropfen wegwischte, er war zu langsam, um hinterherzukommen.

Callie fuhr durch die Dunkelheit, betrachtete das Lichtspiel der sich auf dem nassen Boden reflektierenden Straßenlaternen, und noch bevor ihr klar wurde, wo sie hinfuhr, befand sie sich schon auf den mit Schlaglöchern versehenen Straßen von Strawberry Mansion.

Sie lachte trocken auf. Natürlich. Der Ort, an dem sie sich zurzeit am wohlsten fühlte, war ein abgewracktes Haus mit verwildertem Garten.

Sie hielt am Straßenrand, stieg aus und lief um das Gebäude herum. Sie war wach, sie war wütend, sie würde ihre Sorgen nicht ertränken – da konnte sie ebenso gut arbeiten. Sie musste ohnehin noch die großen Steine von der Wiese räumen, bevor sie sie am Ende der Woche mähen konnten. Das erschien ihr eine sinnvolle Aufgabe.

Sie zog ihren Mantel aus, weil sie ihn nicht dreckig machen wollte, und hängte ihn über einen der Stühle nahe der Terrasse. Der Regen fiel in kalten Bindfäden vom Himmel und nahm ihr die Sicht, doch wozu gab es die Taschenlampenfunktion an ihrem Handy?

Mit gezücktem Telefon machte sie sich an die Arbeit. Ewigkeiten lief sie durch das hohe Gras, tastete mit den Füßen nach harten Brocken, die einem Rasenmäher zum Hindernis werden könnten, und zog sie dann aus der feuchten Erde, die sich mit jeder verstreichenden Minute in ein Meer aus Schlamm verwandelte.

Immer wieder wischte sie ihre mit Matsch verschmierten Finger am T-Shirt ab, nur um sie direkt wieder dreckig zu machen. Der Regen prasselte auf ihren Rücken, durchnässte ihre Kleidung, rann kalt ihren Nacken hinab, doch es scherte sie nicht.

Sie hatte mit einer Krise gerechnet und ... nun, die Krise war eingetreten! Auch wenn sie rein gar nichts mit dem Projekt, sondern nur mit ihr selbst zu tun hatte.

Alles war irgendwie ... schief.

Das Bild, das sie von ihrer Familie hatte. Das Bild, das sie von ihrer Mutter hatte. Das Bild, das sie von sich selbst hatte.

Sie waren falsch. Unrealistische Versionen, die sie sich während ihrer Abwesenheit selbst zusammengebastelt hatte.

Wie hatte sie vergessen können, dass es nicht nur ihr Vater war, der sie nervös machte? Dass ihre Mutter genauso schlimm war?

Wie hatte sie vergessen können, wie schwer es ihr immer gefallen war, in ihrer Gegenwart auch nur einen einzigen ehrlichen Wunsch zu äußern?

Callie hatte geglaubt, sie wüsste, wer sie war. Sie hatte sich eingebildet, genau zu sehen, wo sie hinwollte. Doch sie hatte sich geirrt!

Sie war noch dasselbe unsichere Mädchen wie damals. Eine einzige Erinnerung hatte sie zwölf Jahre zurückgeworfen!

Sie grub nach dem nächsten Stein, drang mit den Nägeln in die feuchte Erde ein, kratzte über die raue Oberfläche, um ihn zu Tage zu befördern ... und schrak zusammen, als sie einen Lichtkegel bemerkte, der den Garten absuchte. Hastig richtete sie sich auf und wirbelte herum.

Es war dunkel, aber sie hatte James in den vergangenen Tag über so intensiv angestarrt, dass sie ihn allein an seiner Statur erkannte.

„Callie?", fragte er langsam.

„Natürlich", sagte sie gereizt. „Wer sonst? Was tust du hier?" Fahrig strich sie sich die Haare hinter die Ohren, während James weiter auf sie zukam.

„Ich habe dich gesucht, du ..." Der Kegel seiner Taschenlampe kam auf ihr zum Stehen und er brach ab. „Alles in Ordnung?"

„Wieso fragst du?"

„Nun ... Du hast Matsch im Haar. Und auf dem Shirt. Und auf der Hose. Und ... überall, um genau zu sein."

Callie schnaubte, wandte ihm wieder den Rücken zu und bückte sich, um den widerspenstigen Stein zu bearbeiten, den sie gerade noch aus der Erde hatte ziehen wollen. „Ein bisschen Dreck hat noch nie geschadet", sagte sie gepresst. „Und du kannst jetzt auch wieder gehen. Ich brauche keine Hilfe."

Ihre Fingernägel kratzten immer wieder über den Stein, doch er saß zu tief in der Erde und bewegte sich nicht.

Frustriert stöhnte sie auf, steckte ihr Handy in die Jeanstasche und nahm auch die andere Hand zur Hilfe, um in der Dunkelheit nach dem Brocken zu tasten. „Komm da raus, du Miststück!", herrschte sie den Stein an. „Du passt hier nicht rein und wirst entsorgt, hast du verstanden? Du würdest alles nur *kaputt*machen – als wäre es nicht schon kaputt genug!"

„Callie", sagte James langsam, seine Stimme auf einmal weich. „Was ist passiert?"

„*Nichts* ist passiert, James", fuhr sie ihn an und richtete sich erneut auf, um ihn anzufunkeln. „Das ist doch das Problem! Überhaupt gar nichts ist passiert! Und zwar in den letzten zwölf Jahren nicht! Die ganze beschissene Welt ändert sich nicht. Frauen werden noch immer diskriminiert, Rassismus ist noch immer ein Thema, Dummköpfe kommen an die Macht und machen die Welt zu einem schlechteren Ort. Kinder verhungern, China zensiert das Internet und meine Eltern sind noch immer glücklich verheiratet. Das eine ist schrecklicher als das andere, doch das ist egal, denn der Punkt ist: Es hat sich *nichts* geändert. Ich bilde mir ein, dass ich mich so schön weiterentwickelt habe, dabei weiß ich doch selbst, dass ich Veränderungen aus dem

Weg gehe, als wären sie die Windpocken! Denn wenn Dinge sich verändern, dann kommen zu viele Variablen ins Spiel, die ich nicht kontrollieren kann, und wenn ich die Kontrolle verliere ... drehe ich durch und lande auf der Titelseite des *People Magazine!*" Zitternd holte sie Luft, die zu Fäusten geballten Hände an die Stirn gelegt. „Shit, ich bin eine Heuchlerin. Ich werfe meinen Eltern vor, dass sie nichts ändern ... und bin keinen Deut besser!"

Ihr Atem wurde immer hektischer, und die Panik, die sie die letzte Stunde über so gut in den Griff bekommen hatte, brodelte erneut an die Oberfläche.

James stand vor ihr und starrte sie verwirrt an. „Wovon redest du?"

„Von *allem,* James!", schrie sie. „Von mir, von meinen Eltern, von dieser verdammten Stadt, von der verdammten Erde! Die ist nämlich nicht die Einzige, die sich im Kreis dreht. Nein, meine Familie tut genau dasselbe. Wir lächeln und winken und kriegen den Mund nicht voreinander auf, weil wir zu große Angst davor haben, was wir für schreckliche Tsunamiwellen lostreten würden, wenn wir es doch tun."

Sie wollte sich wieder umdrehen, um diesem beschissenen Stein den Garaus zu machen, doch James packte sie an den Schultern – nur um erschrocken wieder zurückzuzucken.

„Fuck, Callie! Du bist eiskalt." Bestürzt sah er sie an. „Wie lange bist du schon hier draußen?"

Sie hob die Schultern. „Keine Ahnung, ist mir auch egal. Mir geht es wunderbar. Der warme Regen ist eine schöne Abwechslung."

„*Warmer* Regen? Es ist November, nicht Juli!", meinte James ungläubig, und im nächsten Moment schraubte er den Arm um ihre Schultern und dirigierte sie über die Wiese zum Wohnwagen.

„Was tust du?", fragte sie irritiert und wollte ihm ihre Schultern entwinden, doch James ließ nicht locker.

„Dich ins Trockene bringen, damit du nicht erfrierst!"

Er öffnete die Tür zum Wageninneren, die sie offenbar vergessen hatte abzuschließen, und bugsierte sie unsanft die Treppe hinauf, bis sie von selbst hineinstolperte. James folgte ihr und schloss die Tür, bevor er hastig aus seinem Mantel schlüpfte, ihn ihr um die Schultern legte und mit den Händen ihre Seiten auf und ab rieb, so als wolle er sie allein mit der Macht seiner Finger wieder warm bekommen.

„Das ist nicht nötig", sagte sie gereizt, bewegte sich jedoch nicht. Die Wärme war ... schön.

„Du hast blaue Lippen, Callie", sagte James düster. Er schien wütend auf sie.

„Warum bist du denn jetzt sauer auf *mich*?", fragte sie ungläubig. „Du warst es, der diese blöde Visitenkarte meines Vaters angenommen hat!"

„Ich habe sie nicht angenommen, sie wurde mir aufgedrängt", sagte er ungeduldig. „Und das ist kein Grund, sich mit Schlamm einzureiben und darauf zu warten, dass einem die ersten Zehen abfallen."

Zehen? Sie hatte Zehen? Sie spürte sie nämlich nicht mehr.

James zog den Mantel zu, blickte sich hilfesuchend im Raum um und griff dann nach dem erstbesten Geschirrhandtuch, die sie heute erst hier drin platziert hatte, um es um ihre Haare zu wickeln.

„Was zum Teufel ist passiert, dass du das Bedürfnis hattest, dich nachts durch den Garten zu wühlen?“, fragte er kopfschüttelnd. Sein Blick war so intensiv, dass Callie ihr Gesicht abwandte.

Sie presste die Lippen zusammen, zog die Hände unter James’ Mantel … und bemerkte erst jetzt, dass es still war. Zwar prasselte der Regen gleichmäßig auf das Dach, doch ihr Blut rauschte ihr nicht mehr durch den Kopf.

Sie war nicht mehr wütend. Sie war erschöpft.

Erschöpft davon, sie selbst zu sein.

„Ich war bei meinem Vater und wollte ihn zur Rede stellen. Doch meine Mutter war da und dann waren sie gemeinsam da und …“ Sie brach ab, sog zitternd Luft ein und schloss einen Moment lang die Augen. „Wie kann es sein, dass zwölf Jahre vergehen, und ich dennoch stillstehe?“, wisperte sie. „Noch immer von denselben Menschen abhängig bin, dieselben Emotionen mein Leben bestimmen, dieselben Ängste meinen Kopf vereinnahmen?“ Sie öffnete die Augen, spürte zum ersten Mal die Kälte, die sich in ihre Knochen gefressen hatte, und erschauderte. „Vielleicht haben alle anderen recht. Vielleicht bin ich es, die falsch liegt. Vielleicht bin ich komplett verblendet und noch dasselbe schwache Mädchen wie vor zwölf Jahren, das sich einbildet, etwas ändern zu können – dabei haben meine Eltern und meine Brüder recht und ich sollte es einfach nicht mehr versuchen.“

„Schwachsinn“, sagte James schroff. „Wenn ich eins in den letzten Wochen gelernt habe, dann dass du verdammt oft recht hast. Unglaublich nervig oft.“

Ihre Mundwinkel zuckten und sie sah sich im Raum um, der fahl von der einzigen Glühbirne über ihren Köpfen beleuchtet wurde.

Zu ihrer Linken stand die kleine Küchenzeile aus Eichenholz, in die sie bunte Tassen und einen Wasserkocher stellen würde. Zu ihrer Rechten befand sich die breite, braune Couch, die so abgewetzt aussah, dass niemand Angst davor haben würde, sie kaputtzumachen. Es war gemütlich hier. Warm. Trotz nackter Glühbirne, trotz alter Möbel. Mehr ein Zuhause, als es ihr Elternhaus je gewesen war.

Sie schloss die Augen und zog die Schultern hoch, bevor sie wieder wagte, sich James' Blick auszusetzen. Er dürfte gar nicht hier sein. Sie zerbrach lieber allein.

„Es ist nett, dass du das sagst", murmelte sie. „Aber wenn alle es denken, ist es wahr, James."

„Nein. Wenn alle es denken, bist du einer Sekte beigetreten."

Wieder musste sie unfreiwillig lachen, auch wenn ihre Augen angefangen hatten zu brennen.

„Callie", sagte er eindringlich und beugte sich zu ihr vor. „Wir alle sind abhängig voneinander und lassen unsere Ängste unser Leben bestimmen. Ich genauso sehr wie du. Herrgott, ich hab seit zehn Jahren das Gefühl, stillzustehen, und ich bin um die halbe Welt gereist und hätte die Chance gehabt, eine wunderschöne Frau zu heiraten. Aber die Erde dreht sich weiter, auch wenn wir es nicht mitbekommen. Du änderst dich ... auch wenn manche Menschen sich nicht mit dir mit ändern. Deine Eltern mögen sich seit zwölf Jahren genauso verhalten, wie sie es schon immer getan haben,

aber davon kannst du doch nicht auf dich selbst schließen!"

Sie seufzte und schlüpfte aus dem Mantel. Er roch
nach Pinienwald und James und das lenkte sie ab. „Ich
habe kein Wort rausbekommen, James. Ich habe dich
beschimpft, bevor du das erste Mal einen Fuß über
meine Schwelle gesetzt hast, aber vor meinen Eltern
habe ich kein Wort rausbekommen. Ich wusste, dass
ich im Recht lag … aber es hat keinen Unterschied gemacht. Es war genauso wie damals. Und ich will nicht
das gleiche Spiel noch mal spielen! Ich will nicht auf
der Stelle treten, so wie sie. Ich will nicht mehr so tun,
als ob es mir egal ist. Als ob mir egal wäre, wie sie sich
verhalten. Ich will nicht wieder zurück!" Ihre Augen
brannten heftiger und sie biss sich auf ihre Unterlippe.
„Es war so scheiße hart. Es war so verdammt schwer,
aus meinen alten Mustern auszubrechen. Mich zu akzeptieren. *Alles* zu akzeptieren – wie viel ich wiege, wie
ich lache, wie meine Haare fallen, dass ich wegrenne,
wenn ich Angst bekomme – und trotzdem glücklich zu
sein. Und jetzt denkt jeder, ich hätte mich nicht geändert. Jeder ist davon überzeugt, dass ich noch immer
dasselbe Mädchen bin … und wenn sie es mir lange genug einreden, dann werde ich ihnen ihren stummen
Wunsch auch noch erfüllen."

„*Ich* denke nicht, dass du noch dasselbe Mädchen bist,
Callie", sagte James ruhig und fuhr mit den Händen
über ihre kalten Arme, um sie aufzuwärmen. „Ich weiß
sogar, dass du es nicht bist. Wusste es, als du mir die
Tür aufgemacht und mich als Virus beschimpft hast."

Sie lachte trocken auf, während die Hitze seiner Finger in ihre Haut drang und das Küchentuch von ihrem

Kopf rutschte. „Aber du kanntest mich doch gar nicht! Du weißt nicht, wie ich damals war."

„Doch. Natürlich weiß ich das. Ich habe dich zu Tode recherchiert, Callie. Und die Frau, die jetzt vor mir steht, erinnert mich nicht einmal ansatzweise an das Mädchen von damals. Das Mädchen von damals war jung und konnte dem Druck nicht standhalten, den die Welt ihr auferlegt hatte. Es war nicht so stark wie du. Es war nicht so klug wie du. Es wusste nicht, wer es war. Aber das bist nicht mehr du. Und jeder, der das nicht erkennt, ist ein Vollidiot. Jeder, der auch nur zwei Minuten mit dir verbringt und nicht davon überzeugt ist, dass du die Welt mit deinem kleinen Finger drehen könntest, wenn du nur wolltest, sieht nicht richtig hin."

Callie öffnete ihre Lippen und starrte James an. Blickte ihm in die aufrichtigen, grünen Augen und wusste, dass er glaubte, was er da sagte.

Er glaubte an *sie*.

James' Hände rieben noch immer über ihre Arme, und auf einmal war Callie nicht mehr kalt. Ihr Blick glitt seinen rauen Kiefer entlang, streifte seinen Hals und kam auf seiner Brust zum Liegen.

Wasser war in seinen Mantelkragen gelaufen und hatte sein T-Shirt durchnässt, das nun an seinem Oberkörper klebte.

„Denkst du das wirklich?", flüsterte sie. „Dass ich stark bin?"

„Ich glaube, dass du den Weltfrieden herbeiführen könntest, wenn man dich nur lassen würde."

Sie lächelte, und die unsichtbare Last, die ihr Zwerchfell zusammengedrückt hatte, wurde leichter. Das Atmen brannte nicht mehr in ihren Lungen. Die Kälte nicht mehr auf ihrer Haut.

Auch wenn James falsch lag, denn gerade fühlte sie sich sehr schwach.

In diesem Moment sah sie eine Chance, zu vergessen, und wollte nichts sehnlicher, als sie wahrzunehmen.

„Danke", flüsterte sie und beobachtete einen Wassertropfen dabei, wie er von einer von James' dunkelblonden Haarspitzen perlte und sich einen Weg seinen Hals hinabsuchte. Mit dem Zeigefinger verfolgte sie die Laufbahn, bis er in sein T-Shirt sickerte. „Du bist nass", stellte sie fest und sah ihm erneut in die Augen.

„Ja, ich weiß. Es regnet draußen."

Seine Hände hielten an ihren Armen inne, als sie mit den Fingern seitlich seinen Hals hinaufstrich und die kalten Wassertropfen mitnahm, die sich dort sammelten. „Warum hast du mich gesucht?", wollte sie wissen und zählte die Regentropfen, die sich in seinen Wimpern verfangen hatten.

James blinzelte und schüttelte leicht den Kopf, so als hätte er gerade nicht aufgepasst. „Was?"

„Du sagtest, du hättest mich gesucht. Warum?"

„Ich ... Ich wollte sichergehen, dass es dir gutgeht."

Sie nickte. „Wenn du willst, dass es mir gutgeht, solltest du dich ein bisschen mehr anstrengen", flüsterte sie, stellte sich auf die Zehenspitzen und küsste ihn sacht auf die eine Wange. Dann ging sie auf die andere Wange über ... bis sie seine Lippen erreichte.

James schreckte zurück und sah sie mit zusammengezogenen Brauen an. „Was tust du?"

„Meine Lippen sind kalt. Du solltest sie aufwärmen.“

„Callie ...“

„Pscht. Das hier funktioniert besser, wenn du still bist“, wisperte sie, legte die Arme um seinen Hals und küsste ihn diesmal richtig. Sie ließ die Hände in seine weichen Haare gleiten, presste den Oberkörper gegen ihn und strich mit ihren kalten Lippen über seine. James schmeckte nach Regen und Versuchung ... und egal, aus welchem Grund Callie ihn geküsst hatte, sie vergaß jeden einzelnen, als James den Kuss erwiderte.

Er stöhnte leise auf, und seine Hände wanderten von ihren Armen zu ihren Hüften, um sie näher an sich heranzuziehen. Callie seufzte leise und vertiefte den Kuss, während James' heiße Finger unter ihre Bluse fuhren und bloße Haut fanden.

Die Kälte der Regentropfen, die ihr noch immer an Rücken und Bauch hinabrannen, stand im starken Kontrast zu der Hitze seiner Hände und ließ sie erschaudern. Sie zog die Finger aus seinen Haaren, ließ sie tiefer wandern, über seine muskulösen Schultern, seine Arme hinab, bis sie den Saum seines T-Shirts fanden.

Sie wollte ihn berühren. Alles von ihm. Jeden Zentimeter, den sie mit ihren Fingern und ihrem Mund erreichen konnte.

„Callie“, wisperte er atemlos an ihren Lippen. „Jetzt ist womöglich der falsche Moment, um es anzusprechen, aber heute Morgen meintest du noch, dass du von solch unprofessionellem Verhalten Abstand nehmen wolltest.“

„Ich hatte offensichtlich keine Ahnung, wovon ich rede“, stellte sie fest und zog ihm das T-Shirt über den

Kopf. Das Licht im Wohnwagen war dürftig, doch Callie sah genug, um ihre Ahnung zu bestätigen.

James hatte kein Sixpack, nicht den Körper eines Bodybuilders – sein Oberkörper bestand aus sehnigen Muskeln und breiten Schultern. Mit anderen Worten: Er war perfekt. Perfekt für sie.

Sie fuhr mit den Händen über seinen flachen Bauch, hinauf zu seiner Brust, hinterließ Matsch und Dreck überall dort, wo sie ihn berührte, doch James schien das nicht zu kümmern.

Er war zu sehr damit beschäftigt, ihre Bluse aufzuknöpfen und jeden neu freigelegten Streifen Haut mit seinen gierigen Fingern zu erkunden, während er ihren Nacken küsste.

Verlangen sammelte sich heiß in ihrem Unterleib und Callie merkte, wie sie die Geduld verlor. Sie wollte *mehr* und sie wollte es jetzt!

Hastig befreite sie James von seinem Gürtel, öffnete den Knopf seiner Jeans und schlüpfte mit der Hand in seine Boxershorts.

Zischend sog James die Luft ein, als sie die Finger fest um seine harte Erektion legte. Sie streichelte die Länge, fuhr mit der Hand auf und ab, während sie seinen Hals hinableckte.

James zuckte in ihrem Griff und begann, seine Hüften zu bewegen. Immer wieder stieß er seinen Schwanz in ihre geschlossene Faust, während sein Atem sich beschleunigte. Und Callie genoss jeden Augenblick. Genoss das Gefühl seiner Härte in ihrer Hand. Genoss die Macht, die sie über ihn hatte. Genoss den Geschmack seiner Haut in ihrem Mund, während sie seine Brust küsste, ihren eigenen Dreckspuren auswich, tiefer wanderte …

„Oh nein“, sagte er abrupt, umschloss ihr Gesicht mit beiden Händen und zog sie nach oben. „Ich bin dran.“

Im nächsten Moment spürte Callie die Armlehne der Couch in ihren Kniekehlen. Ihre Bluse glitt von ihrem Körper, ihr BH folgte und keine Sekunde später kippte sie hintenüber in das weiche Leder. Doch sie blieb nicht lange allein. James bedeckte sie mit seinem schweren Körper, strich mit den Händen ihre nackten Arme hinauf, fixierte ihre Handgelenke über ihrem Kopf und küsste sie gierig. Er richtete sich halb über ihr auf, seine Knie zu beiden Seiten ihrer Hüfte, bevor er mit den Lippen über ihren Kiefer, ihren Hals hinabfuhr. Sanft biss er ihr in die zarte Haut des Schlüsselbeins … bis er ihr über den Nippel leckte und ihn zwischen die Lippen nahm.

Callie stöhnte auf, drückte sich ins Hohlkreuz, um ihm entgegenzukommen, während er fest daran saugte, mit der einen Hand noch immer ihre über dem Kopf fixierte und mit der anderen die Konturen ihres Körpers nachzeichnete.

Mit dem Zeigefinger glitt er über jede einzelne ihrer Rippen, während er mit den Lippen zur anderen Brustwarze überging und unerträgliche Hitze sich schwer in Callies Unterleib sammelte. Sie spürte, wie sie feucht wurde, wie sich das Pochen zwischen ihren Schenkeln verstärkte …

James’ Finger strichen über die Unterseite ihrer Brüste, liebkosten ihren Bauch, erforschten ihre Hüfte … fassten sie überall an, außer dort, wo sie sie am meisten brauchte.

„James …“, keuchte sie außer Atem, während er gemächlich ihren Hals küsste und gleichzeitig mit der freien Hand den Rand ihres Höschens erkundete, mit den Fingern darunterglitt, wieder hervorkam, es langsam zusammen mit ihren Jeans ihre Beine hinabstreifte und es schließlich beiseite warf. „James, bitte. Ich will …“

„Ja?“ Mit gespreizten Fingern fuhr er ihren Oberschenkel hinauf und rieb mit den Fingerknöcheln federleicht über ihre Innenseite. „Was willst du?“

„Ich …“ Er küsste sie hinters Ohr, kratzte mit seinem Bart über ihre Wange, strich mit der Rückseite seiner Hand über ihren Unterleib, der sich bei jeder Berührung zusammenzog.

„Du?“ Mit dem Zeigefinger glitt er in ihre Feuchtigkeit, kreiste gemächlich um ihren sensibelsten Punkt, doch nie darüber.

„Ich will *mehr*“, keuchte sie. „So viel mehr …“

„Ah, verstehe“, flüsterte er … presste mit dem Daumen auf ihre Mitte und stieß mit zwei langen Fingern in sie.

Callie sog scharf die Luft ein, warf den Kopf in den Nacken, kam ihm mit dem Becken entgegen, während James vor und zurückstieß, seine Lippen noch immer an ihrem Hals. Sie verlor den Verstand. Krallte die Nägel in seinen Rücken, während er sie noch immer mit den Fingern verführte. Doch es reichte ihr nicht. Sie brauchte mehr.

Mit einem Ruck löste sie ihre Hände aus seinem Griff und zog James’ Gesicht vor ihres, bevor sie ernst sagte: „Wenn du kein Kondom dabei hast, verfluche ich dich und deine Familie.“

James grinste, entzog ihr seine Finger und griff in die Hosentasche seiner Jeans, die ihm noch immer halb auf den Hüften saß. „Ich fange nichts an, was ich nicht zu Ende bringen kann", murmelte er und zauberte ein silberne Folienpackung aus seiner Brieftasche hervor.

Erleichtert seufzte Callie auf. „Gott sei Dank."

Im nächsten Moment strich sie ihm die Jeans die Beine hinunter. James musste aufstehen, um sie zusammen mit seinen Boxershorts loszuwerden, doch auch seine Geduld schien ein Ende genommen zu haben, denn er brauchte keine Minute, um das Kondom überzustreifen und sich über ihr zu positionieren.

Callie konnte seine Erektion an ihrem Eingang spüren und leckte sich erwartungsvoll über die Lippen. Doch James bewegte sich nicht. Stattdessen starrte er sie an, die Hände neben ihrem Kopf. Er ließ den Blick ihren Hals und ihren nackten Oberkörper hinabwandern, bis er wieder ihre Augen traf. „Gott, du bist wunderschön", flüsterte er und drang in sie ein.

Callie stockte der Atem, während er sich langsam vorarbeitete. Sie hatte seit Ewigkeiten keinen Sex mehr gehabt und war eng. Es war offensichtlich, dass James ihrem Körper Zeit geben wollte, sich an seine Größe zu gewöhnen. Doch sie wollte seine Vorsicht nicht.

Sie schlang die Arme um seinen Rücken und hob ihm ihr Becken entgegen, sodass er zur Gänze in sie glitt. Leise stöhnte sie auf, konnte jeden füllenden Zentimeter spüren, doch es reichte noch nicht. „Gib mir mehr, James", wisperte sie, bevor sie seinen Kopf heranzog und ihn intensiv küsste.

Quälend langsam zog er sich wieder heraus ... und als er diesmal zustieß, war nichts Vorsichtiges mehr an seinen Bewegungen.

Sein Nacken war feucht vor Schweiß, während er seinen Rhythmus beschleunigte. Mit jedem Stoß zog sich ihr Unterleib weiter zusammen, bis die schwere Süße unerträglich wurde. Ihr ganzer Körper kribbelte.

Mit den Fingern klammerte sie sich an seinen Rücken, ihr Atem wurde flacher, sie schloss die Augen ...

„Nein, sieh mich an, Callie."

Erneut öffnete sie die Lider, sah ihm ins Gesicht, in die eindringlichen grünen Augen, während er eine Hand zwischen ihre Körper schob. Seine Berührung jagte kleine elektrische Impulse durch ihren Körper, die sie von innen zu verglühen schienen. Laut stöhnte Callie auf, als James ihr Becken anhob und es nach vorne kippte, um noch tiefer in sie einzudringen. Immer wieder zog er sich aus ihr zurück, drang in sie ein, zog sich zurück ... Sie schlang die Beine fester um seine Hüften und kam jeder seiner schneller werdenden Stöße keuchend entgegen. James erhöhte die Geschwindigkeit, erhöhte die Reibung, gab mehr, bis Callie das Atmen schwerfiel.

Gott, es war die Hölle, es war der Himmel, es war zu wenig, es war zu viel. Eine Welle der Hitze erfasste sie, ihr Unterleib zog sich schmerzlich süß zusammen und dicht gefolgt von James gab sie sich auf.

Schwer atmend sank James' Kopf neben ihren, seine Lippen an ihrer Schulter. Einige Momente lang lagen sie einfach nur da und versuchten wieder zu Atem zu kommen.

Callie vergrub die Nase in seinem Nacken, sog James' Geruch ein, prägte sich das Gefühl seiner angespannten Rückenmuskeln unter ihren Händen ein, seines Körpers auf ihrem ...

Sie wollte diesen Moment nicht vergessen. Denn einen Herzschlag lang hatte sie genau gewusst, wer sie war. Sie war *mehr* gewesen. Und auch wenn diese Emotion ihr mit jedem Atemzug wieder aus den Fingern glitt ... sie war real gewesen.

Eine halbe Ewigkeit verging, bevor James sich langsam von ihr rollte, sodass sein Rücken an der Couchlehne lag, den Kopf auf seine Hand gestützt, den Blick auf ihrem Gesicht.

Mit geöffneten Lippen sah Callie zu ihm auf. „Das war ...“

„Ich weiß.“

„Und so ...“

„Ich weiß.“

„Ich hätte nicht gedacht, dass ...“

„Ich auch nicht.“

Sie nickte, während James sacht mit den Fingern ihre Wange hinauffuhr und ihr die Haare aus der Stirn strich. „Das war sehr, sehr unprofessionell von uns“, bemerkte er mit einem verschmitzten Lächeln.

Sie musste lachen. „Wir tragen noch immer unsere Socken, niemand könnte behaupten, dass wir nackt wären.“

James' Lächeln wurde breiter, doch bevor er etwas erwidern konnte, ließ ein Klingeln sie beide zusammenzucken.

Verwirrt wandte Callie den Kopf und erblickte James' Handy, dessen Display hektisch blinkte, auf dem Boden neben der Couch liegen. Es musste aus seiner Hosentasche gerutscht sein.

James seufzte schwer und griff über sie hinweg. „Sorry. Es könnte Serena sein, die sich fragt, wo ihr Sohn steckt", meinte er, bevor er abhob.

„James Galway?"

Callie musterte ihn nachdenklich und beobachtete, wie sein Gesicht sich mit jeder weiteren Sekunde verdüsterte.

„Wo ist das?", fragte er, bevor er nickte und sagte: „Ich bin unterwegs."

Er legte auf und sprang im nächsten Moment fluchend von der Couch, um das Kondom zu entsorgen und schließlich nach seiner Jeans zu suchen.

Besorgt richtete Callie sich auf. „Was ist passiert?"

James seufzte schwer, bevor er in der Bewegung innehielt und sie mit zusammengepressten Lippen ansah. „Mein Neffe wurde festgenommen. Er hat versucht, in einen Schuhladen einzubrechen."

Kapitel 14

Philadelphia hatte diverse Einkaufszentren, doch sein Neffe hatte freundlicherweise direkt das neben einer Polizeiwache stehende ausgesucht. Somit hatten die Freunde und Helfer keine fünf Minuten zum Ort des Verbrechens gebraucht, bei dem die Alarmanlage losgegangen war.

Callie schwieg auf dem Weg zur Wache, in der sein Neffe festgehalten wurde, und James war froh drum. Im Moment war er nämlich so verdammt wütend, dass er den Mund kaum aufbekam. Thomas war ein intelligenter Junge. Intelligenter als die meisten Kinder seines Alters – nicht zu vergessen die meisten Erwachsenen James' Alters.

Was zum Teufel war so dermaßen wichtig an diesen beschissenen Turnschuhen, dass er seinen Grips in den Müll geworfen hatte, um die größte Dummheit seit dem Wassereisvorfall im Jahr 2016 zu begehen?

James sollte nicht mit dem Auto durch die Stadt heizen, um seinem Neffen aus der Patsche zu helfen! Er sollte immer noch nackt und verschwitzt mit Callie auf der Couch liegen und sich für Runde zwei aufwärmen. Denn verdammt noch mal, sie hatten eine zweite Runde verdient, weil sie die erste so fantastisch gemeistert hatten!

Und wenn Callie innerhalb der nächsten drei Stunden zur Vernunft kommen und ihm erklären würde, dass das eine einmalige Sache bleiben sollte, würde er seinem Neffen wahrscheinlich den dürren Hals umdrehen.

Sex vor Familie zu priorisieren war womöglich nicht die feine Art, aber James hatte es nun einmal verdammt nötig gehabt, und Callie war … Callie war wie ein Hauptgewinn im Bett. Überraschend und wirklich bereichernd. Und sie waren noch nicht mal dazu gekommen, zu kuscheln, verdammt!

Er hatte fest damit gerechnet, dass sie nach dieser unglücklichen Unterbrechung aufspringen, sich entschuldigen und peinlich berührt aus dem Wohnwagen fliehen würde. Doch wieder hatte sie ihn überrascht, indem sie gefragt hatte, ob sie als moralische Unterstützung mitkommen solle. James war so verwirrt über diese Geste gewesen, dass er wie automatisch genickt hatte. Wahrscheinlich hätte er sie ohnehin nicht davon abhalten können, sie hatte sehr bestimmt gewirkt. Es wunderte ihn also nicht, als sie ebenfalls aus dem Auto sprang, sobald er vor der Polizeiwache parkte.

Sollte sie doch mitkommen. Je peinlicher es für seinen Neffen wurde, desto besser. Vielleicht sollte er ihm gleich vor allen Polizisten die Hose herunterziehen. Damit er seine Lektion doppelt und dreifach lernte. Thomas beschwerte sich doch immer, dass er zu erwachsen und langweilig geworden sei! Dem konnte James Abhilfe schaffen.

Das Polizeipräsidium war ein großes Haus mit breiter Treppe, dessen Fassade die Farbe von Handschellen hatte. Im Inneren wurde James von orangenen Plastikstühlen, einem grauen Rezeptionstresen und dem Geruch von Schuld begrüßt. Das war alles, was er bemerkte, denn er sah sich nicht lang um.

„Hey", sagte er schroff zum bärtigen Rezeptionisten, der auf einem Block Tic Tac Toe gegen sich selbst spielte. „Mein Neffe wurde eben verhaftet? Thomas –"

„Ja, ich weiß Bescheid", unterbrach ihn der Mann und nickte nach links, wo eine blonde Polizistin mit Klemmbrett stand. „Sie kann Ihnen helfen."

„Danke", meinte er und wandte sich zur besagten Beamtin, die bereits auf sie zukam und ihn mit einem Nicken begrüßte.

„Sind Sie der Vater?"

„Der Onkel."

Die Polizistin seufzte laut. „Er sagte, Sie wären der Vater. Ihr Titel als Onkel reicht nicht. Er ist minderjährig, wir müssen seine Eltern kontaktieren."

„Kann ich das nicht übernehmen? Ich werde ihn ohnehin zu seiner Mutter fahren."

„Was? Nein! Warum?", ertönte eine ungläubige Stimme, und als James aufsah, erkannte er seinen Neffen, der mit einem anderen Polizisten aus einer blauen Tür kam. Das Gesicht zu einer entsetzten Grimasse verzogen.

James ignorierte ihn. Er würde ihn erst anschreien, wenn er nicht mehr so viele Zeugen hatte.

Die Polizistin rieb sich erschöpft mit der Hand über die Stirn. „Können Sie sich ausweisen?", wollte sie schließlich wissen.

James nickte und kramte nach seinem Ausweis.

Die Beamtin studierte sein Bild und seinen Namen, und er war unglaublich froh, dass Serena bei der Hochzeit darauf bestanden hatte, ihren Namen zu behalten, sodass Thomas und er zumindest in direkte Verbindung miteinander gebracht werden konnten.

Zwanzig Sekunden später reichte die Polizistin ihm den Ausweis zurück und seufzte schwer. Sie schien keinen guten Tag zu haben. „Mr Galway, Ihr Neffe hatte wirklich Glück. Die Alarmanlage des Ladens ist losgegangen, bevor er überhaupt dazu kam, die Tür aufzubrechen, und der Besitzer hat deswegen beschlossen, keine Anzeige gegen ihn zu erstatten."

James nickte, auch wenn er bezweifelte, dass Thomas dazu in der Lage gewesen wäre, irgendetwas aufzubrechen – abgesehen von seinem Schädel.

„Wir werden ihn heute mit einer Verwarnung davonkommen lassen, weil er keine Vorstrafen hat und ansonsten sehr unauffällig ist. Doch ich kann nicht davon absehen, seine Mutter anzurufen und ihr von dem Vorfall zu erzählen."

„Nein!", fuhr Thomas dazwischen, Panik in seinem Blick. „Das muss nicht sein. Echt nicht! Sie –"

„Ich werde sie anrufen", beharrte die Polizistin. „Aber fürs Erste sind wir hier fertig. Sie dürfen ihn mitnehmen." Sie wandte sich an Thomas und sah ihn ernst an. „Was du da versucht hast, war sehr dumm, und das nächste Mal wirst du mit schweren Konsequenzen rechnen müssen. Ich hoffe, das ist dir bewusst." Mit diesen Worten verschwand sie hinter der Tür, durch die Thomas gekommen war.

Sein Neffe sah zu ihm auf. Er trug eine gelbe Regenjacke, unter der ein T-Shirt mit Groot, dem sprechenden

Baum aus einem dieser Superheldenfilme, hervorlugte. Sein Gesicht war mit so viel Sorge und Panik gefüllt, dass James fast Mitleid mit ihm bekommen hätte … wäre sein Bedürfnis, ihn zu schütteln und zu fragen, was nur mit ihm los war, nicht so groß gewesen.

„Ich kann nicht zu Mom gehen“, sagte er aufgebracht. „Nicht, wenn sie ihr Bescheid geben. Sie wird fragen, was passiert ist und was ich mir dabei gedacht habe!“

„Was ist passiert, Thomas, und was hast du dir dabei gedacht?“, fragte James düster.

Sein Neffe sah ihn verächtlich an. „Und ich dachte, du wärst cool.“

„Ich bin cool, nur nicht blöd. Also? Erzähl mir doch mal: Wie bist du innerhalb der letzten Stunden von dem Jungen, der immer noch unter seiner Hulk-Bettwäsche schläft, zum Gangster geworden?“

Bei der Erwähnung der Bettwäsche, glitt Thomas’ Blick unbehaglich zu Callie, die stumm und mit verschränkten Armen neben James stand.

„Was tut *sie* hier?“ Er nickte vorwurfsvoll zu Callie. „Ist sie nicht diese reiche Lady, über die du gerade deine Artikel schreibst?“

„Jap, genau die bin ich“, meinte Callie leichthin. „Nur nicht ganz so reich, wie alle denken.“

„Du kannst froh sein, dass sie da ist“, sagte James knapp. „Denn allein aus Respekt vor Callies Trommelfell werde ich meine Stimme gefasst und ruhig halten, auch wenn ich so unglaublich wütend auf dich bin, dass mir möglicherweise zum ersten Mal im Leben die Worte fehlen! Und du hast meine Frage nicht beantwortet.“

Ein leises Quietschen ertönte, und als James sich umwandte, fiel sein Blick auf den Tresen hinter ihnen. Der Rezeptionist drehte sich auf seinem Stuhl hin und her und beobachtete sie mäßig interessiert, eine Packung Gummibärchen in seiner Hand. Seufzend legte James einen Arm um Thomas' Schultern, um ihn vor die Tür zu schieben. Hierfür brauchten sie kein Publikum.

Widerwillig ließ sich Thomas zu James' Auto bugsieren, auch wenn er bei jedem Schritt ein frustriertes Stöhnen von sich gab.

Thomas wollte schon die Tür zur Rückbank öffnen, doch James hielt sie mit seiner Hand geschlossen.

„Was zum Teufel ist passiert, Thomas?", sagte er warnend, seine Stimme gefährlich leise.

„Na, das hat die Polizistin doch schon erzählt!", erwiderte er aufgebracht. „Ich hab versucht, in einen Schuhladen einzubrechen, und mich denkbar dumm dabei angestellt. Was willst du denn noch wissen?"

„*Warum?*", meinte James ungläubig. „*Warum* zum Teufel wolltest du dort einbrechen? Scheiße, Thomas, das passt nicht zu dir. Du würdest doch noch nicht einmal eine Weintraube stehlen."

„Ich hab dir gesagt, dass ich diese Schuhe bis morgen brauche!", fuhr sein Neffe ihn an, die Arme so eng um den Oberkörper geschlungen, dass James vom Zusehen der Brustkorb wehtat. „Ich hab dir gesagt, dass es wichtig ist, dass ich mich morgen nicht ohne sie blicken lassen kann, aber du wolltest ja nicht auf mich hören, also musste ich irgendwie allein an sie rankommen."

„Ach, jetzt ist es meine Schuld, oder was?"

„Nein, aber du hättest mir helfen können!", rief Thomas zornig.

James schnaubte. „Es sind Schuhe, Thomas. Keine lebensrettenden Pillen."

„Das ist für mich aber dasselbe!", rief er zornig. „Diese Schuhe wären meine lebensrettenden Pillen gewesen!"

Verwirrt sah James ihn an. Sein Neffe sprach eine Sprache, die er nicht verstand. „Ich habe keine Ahnung, wovon du redest", stellte er perplex fest.

Doch das waren offenbar die falschen Worte gewesen, denn sie machten Thomas nur noch wütender. „Natürlich hast du keine Ahnung! Denn woher solltest du auch wissen, wie das ist? Du siehst gut aus. Du hast Muskeln. Du bist erfolgreich und alle mögen dich. Ich bin nicht blöd, Jamie. Ich weiß, dass die anderen mich für einen Freak halten. Ich weiß, dass sie hinter meinem Rücken über mich reden und dass ich nirgendwo hinpasse! Ich bin halt merkwürdig, und das ist ja okay, ich mag mich. Ich versteh viel mehr von der Welt und Gefühlen und so einem Mist als diese dummen Idioten, die einen Instagram-Button auf der Brust haben. Aber manchmal ... manchmal will ich einfach nur dazugehören!" Sein Kopf lief mit jedem Wort röter an. „Vielleicht ist das ein dummer Wunsch, aber wenn es so wäre, sähe mein Leben sehr viel geiler aus! Ich will auf den Gängen der Schule gegrüßt werden. Mir nicht wie ein Alien vorkommen. Und als ich erzählt hab, dass ich die Gold-Edition der *Supreme*-Sneakers habe, waren meine Mitschüler wirklich beeindruckt. Sie haben mich an ihrem Tisch sitzen lassen. Sie haben mich beim *Namen* genannt, Jamie. Sie haben sich gemerkt, wer ich bin ... Ich kann da morgen nicht ohne diese Schuhe aufkreuzen! Sie glauben, ich hätte sie."

Ah. Daher wehte der Wind. So langsam verstand James, warum für Thomas Schuhe nicht gleich Schuhe waren. Und dennoch ... „Also erstens", sagte er und rang nach Geduld. „Niemand *mag* mich zurzeit, Thomas. Ich bin das Arschloch der Familie, schon vergessen?"

„*Sie* scheint dich zu mögen", meinte Thomas sofort und zeigte auf Callie.

James' Blick flackerte zu Callie, und er war sich nicht sicher, ob ihr Gesicht gerade auch schon so rot gewesen war. „Callie ist nicht mit mir verwandt." Und er dankte Gott dafür! „Mein Punkt ist, dass ich sehr wohl weiß, wie es sich anfühlt, wenn man hinter meinem Rücken über mich redet. Ich war in der Schule auch kein Ritter in glänzender Rüstung. Aber das ist kein Grund, zum Verbrecher zu werden."

„Ich hätte die Schuhe doch zurückgegeben", sagte Thomas verzweifelt. „Ich wollte sie nur ausleihen. Ich hätte sie getragen, dann erzählt, dass es zu gefährlich wäre, sie in der Öffentlichkeit zu zeigen, und so getan, als würde ich sie in meinem Safe einschließen."

„Was für ein verdammter Safe?", fuhr James auf. „Deine Diddl-Spardose?"

„Meine was?"

„Na, deine Diddl-Spardose."

„Wovon redest du? Was ist Diddl? Ein Metall?"

„Diddl! Die Stoffmaus, die ..."

„Ist auch egal, es ist ein fiktiver Safe, Mann!", rief Thomas aufgebracht. „Und nur, weil unsere Familie dich gerade scheiße findet, heißt das nicht, dass sie dich nicht mag! Wenigstens denken sie nicht, dass du seltsam bist. Wenigstens fragen sie dich nicht bei jedem

Treffen, warum du so dämliche T-Shirts trägst. Wenigstens nennen *deine* Mitschüler dich nicht Captain Kack-Nerd. Wenigstens *passt* du in deine Welt!"

Nein, tat er nicht, denn er wusste nicht, woraus seine verdammte Welt bestand. Aber das würde seinem Neffen auch nicht helfen.

Er verstand ja, dass Thomas verzweifelt war. Er verstand, dass die Highschool für Jungen wie ihn scheiße war. Ja, er verstand sogar, warum Thomas die Chance, die ihm geboten worden war, nicht hatte an sich vorüberziehen lassen können. Aber es musste doch eine andere Möglichkeit geben, Freunde zu finden, als zum Kriminellen zu werden.

Er öffnete den Mund, um ihm genau das zu sagen ... doch brach ab, bevor der erste Ton über seine Lippen kommen konnte.

Denn Thomas würde das bereits wissen.

Es war, wie er gesagt hatte: Er verstand mehr als die dummen Idioten, mit denen er im gleichen Jahrgang war. Thomas war klug. Sensibel. Er war ein guter Kerl ... dem diese Eigenschaft erst etwas nutzen würde, wenn er die Highschool hinter sich gebracht hatte. Doch das konnte er seinem Neffen nicht sagen. Es war nicht gerade aufmunternd, zu wissen, dass die nächsten drei Jahre weiterhin beschissen bleiben würden.

Was sagte man also einem Jugendlichen, dessen Aussichten, plötzlich zu den coolen Kids zu gehören, selbst mit fünf Paaren neuer Turnschuhe nicht gut waren?

„Wenigstens weißt du, wer du bist, Thomas."

James' Kopf fuhr zu Callie herum.

Sein Neffe sah verwirrt zu ihr auf. „Was?"

„Du weißt, wer du bist. Du magst dich selbst. Das hast du gerade gesagt. Und du kannst dich nur mögen, wenn du weißt, wer du bist. Du bist eine *Ausnahme*, Thomas. Etwas Besonderes. Nur den wenigsten deiner Mitschüler wird es genauso gehen. Und was dein Gefühl angeht, nirgends hineinzupassen ... so fühlt sich jeder mal." Sie lächelte schwach. „Ich habe mich mein halbes Leben so gefühlt, wie du es gerade beschrieben hast."

„Du?", fragte Thomas, und die Skepsis in seiner Stimme tropfte auf den Asphalt.

Callie nickte. „Ja. Ich weiß, mittlerweile wirke ich fast ein wenig langweilig, aber in der Schule war ich eine Rebellin, die sich im Herzen nichts sehnlicher gewünscht hat, als unsichtbar zu sein."

Verwirrt runzelte Thomas die Stirn. „Aber warum hast du es dann nicht getan? Dich unsichtbar gemacht."

„Weil ich meinem Vater den Sieg nicht gegönnt habe", meinte sie schulterzuckend. „Ich hatte das Gefühl, nirgendwo dazuzugehören, und habe das getan, was jeder Teenager in dem Fall tut: Ich bin eskaliert, in der Hoffnung, dass mir jemand sagt, wo ich hingehöre."

„Hat das jemand getan?"

„Oh, natürlich. Eine Menge Leute. Mein Vater, meine Lehrer ... Doch mir hat nicht gefallen, was sie sagten. Aber noch weniger hat mir gefallen, wer ich war. Gott, ich konnte mich selbst überhaupt nicht ausstehen. Nichts an mir. Also habe ich so weiter gemacht, bis ich abgestürzt bin. Zumindest wusste ich dann, wo ich *nicht mehr* hingehören wollte. Zu den coolen Kids – die mich im Krankenhaus nicht ein einziges Mal besucht haben."

„Du bist im Krankenhaus gelandet?" Thomas' Mund
öffnete sich schockiert.

„Aber natürlich. Wenn ich abstürze, dann richtig",
meinte Callie und hob die Schultern. „Weißt du, ich
hatte dasselbe Problem wie du. Ich dachte, wenn die
coolen Leute mich akzeptieren und mögen, würde
mein Leben besser werden. Wenn ich beliebt wäre,
müsste ich mich doch auch selbst mögen, oder nicht?
Also bin ich immer dünner geworden, habe mir neue
Freunde gesucht, bin mit dem Football-Captain ausgegangen und habe darauf gewartet, dass es mir besser
ging."

„Aber dir ging es nicht besser?", hakte Thomas nach.

Callie seufzte. „Nein. Im Gegenteil. Es ging mir immer
schlechter. Weißt du, ich habe eine Menge dummer Sachen angestellt, weil ich glaubte, dass ich dadurch be-
liebter würde. Illegale Sachen. Sachen, für die ich mich
geschämt habe ... und das alles nur, weil ich nirgendwo
hingepasst habe und mich passend machen wollte. Ich
war seltsam, nur hat es keiner gewusst außer mir."

Stirnrunzelnd sah Thomas sie an. „Aber jetzt bist du
voll ... okay."

Sie lachte leise. „Danke. Ich bin ja auch um einiges älter und weiser."

„Na ja, aber wenigstens hat niemand hinter deinem
Rücken über dich gelästert und dich Freak genannt."

„Nein, Freak vielleicht nicht. Aber Ausdrücke wie
‚verwöhnte Schlampe' sind gefallen. Außerdem hat die
Presse meine Fehler – die Fehler, die jeder Jugendliche
macht – auf die Titelseite gedruckt und grauenhafte Berichte über meine charakterlichen sowie körperlichen
Unzulänglichkeiten hinterhergeschickt."

„Oh." Ernüchtert ließ Thomas die Schultern sinken. „Das ist ... scheiße."

„Jap. Das war es. Weißt du, die Leute vergessen immer, dass eine reale Person hinter einem Shitstorm steht. Sie sitzen sicher zu Hause vor ihrem PC, schreiben ihre Artikel, ihre Kommentare, ohne daran zu denken, was sie der anderen Person möglicherweise damit antun. Aber hinter jedem Namen steht ein Mensch. Mit Gefühlen, mit Problemen, mit Zweifeln. Und die verschwinden nicht, nur weil du plötzlich beliebt bist, Thomas. Ein Paar Turnschuhe kann dir nicht geben, was du jetzt schon hast: Das Wissen, dass du dich *magst, wie du bist*. Und das macht dich zu einem außergewöhnlichen Menschen."

James bekam aus den Augenwinkeln mit, wie Thomas unwohl den Kopf zwischen die Schultern zog. Vielleicht, weil das fast so etwas wie ein Kompliment gewesen war. Doch er konnte es nicht mit Gewissheit sagen, denn sein Blick war auf Callie gerichtet.

Die ganze Zeit über war ihre Stimme ruhig und gefasst, fast sanft gewesen. Ebenso wie ihr Gesicht. Sodass man alles, was sie sagte, verarbeitete, ohne sich zu fragen, ob sie es gerade erfand oder ein höheres Ziel mit ihren Worten verfolgte.

Thomas mochte sich.

Die Worte sickerten in James' Kopf, und unwillkürlich fragte er sich, ob das auf ihn selbst auch zutraf. Mochte er sich selbst?

Ach, Mist, er verbrachte nicht genug bewusste Zeit allein, um das ehrlich beantworten zu können. Und er tat es absichtlich nicht. Vielleicht weil er die Antwort unterbewusst bereits kannte.

Langsam verstand er, warum Callie gerne mit Jugendlichen zusammenarbeiten wollte – weil sie gut darin war. Weil sie das größte Einfühlungsvermögen hatte, das James bisher erlebt hatte. Weil sie wusste, wie verloren junge Leute sich manchmal fühlten, und sie ihnen helfen wollte. Weil ihr niemand geholfen hatte.

Ein Kloß drängte sich James' Hals und sein Herz wurde schwer. Callie hatte eine Menge Mist durchleben müssen – und so langsam hasste er sich dafür, dass er Teil davon gewesen war. Sie hatte recht. Er hatte vergessen, dass ein echter Mensch hinter jedem Wort stand, das man über ihn schrieb. Ein Mensch, dessen Leben man beeinflussen konnte, ohne selbst an die Konsequenzen denken zu müssen.

„Was hast du nach deinem Absturz gemacht?", wollte Thomas wissen.

„Ich bin weggezogen. Habe weitergemacht. Habe mich mit Leuten angefreundet, weil ich sie mochte, nicht weil ich sie für cool hielt." Sie zuckte die Achseln. „Es war sehr schwer, aber letztendlich dreht sich die Welt weiter. Es gibt immer eine neue Millionärstochter, die sich einen Fehltritt erlaubt. Eine berühmtere Frau, einen skandalöseren Vorfall ... Und das ist das schreckliche und gleichzeitig Gute an der Welt. Es gibt immer einen Anfang, aber es gibt auch immer ein Ende."

„Hm. Du bist wirklich sehr weise", bemerkte Thomas verblüfft. „Jetzt frage ich mich, warum du Jamie magst."

James schnaubte laut. „Ich bin immer noch sauer auf dich, ich würde aufpassen, was du sagst", bemerkte er trocken – auch wenn der Großteil seiner Wut verpufft war.

Callie lachte und warf ihm einen kurzen Blick zu, der ihre Wangen dazu verleitete, noch ein wenig dunkler anzulaufen, bevor sie fragte: „Sag mal, Thomas, hast du nächste Woche Samstag schon was vor?"

„Keine Ahnung. So weit im Voraus plane ich nicht", meinte er und zuckte die Achseln.

„Gut", bemerkte Callie lächelnd. „Dann mach doch beim Benefiz-Baseballspiel mit, das ich in meinem neuen Jugendzentrum veranstalte. Ein paar Plätze hätte ich noch frei. Jake Braker und ein paar andere Delphies werden auch da sein."

Thomas bekam große Augen und schien angemessen beeindruckt. „Jake Braker? Echt?"

Soweit James wusste, interessierte Thomas sich nicht für Baseball. Aber um Jake Brakers Namen kam man nicht herum.

„Jap. Er ist ein Freund von mir. Und soll ich dir was sagen? Als er vierzehn war, ist er immer im Batman-Pyjama herumgelaufen."

Thomas verdrehte die Augen, lächelte jedoch. „Das erfindest du gerade."

„Nein, kein Scherz, Ehrenwort." Sie hob die Hand, als würde sie darauf schwören. „Ich habe öfter mal auf ihn aufgepasst. Also, bist du dabei?"

Thomas hob die Schultern. „Ich bin nicht wirklich sportlich ..."

„Es ist Baseball. Du wirst die meiste Zeit sowieso faul herumstehen", meinte Callie leichthin.

James' Mundwinkel zuckten. Sie hatte das Konzept des Spiels verstanden.

„Also?", fragte sie erneut. „Ich wette, das könnte deine Mitschüler ein wenig mehr beeindrucken als ein Paar Turnschuhe."

„Hey. Du solltest ihn nicht dafür belohnen, dass er sich in die Scheiße geritten hat", bemerkte James.

„Ich mach mit", sagte Thomas wie auf Kommando. „James weiß, wo und wann das ist, oder?"

„Weiß ich. Ich berichte über die Veranstaltung", sagte er seufzend. „Wenn deine Mutter damit einverstanden ist, kannst du bestimmt mitmachen – solange du einsiehst, dass du dich heute sehr falsch verhalten hast."

„Klar", sagte Thomas fröhlich und stieg im nächsten Moment ins Auto.

James fuhr sich durch die Haare und schüttelte den Kopf. Er war sich nicht sicher, ob sein Neffe wirklich seine Lektion gelernt hatte.

Verlegen sah Callie zu ihm auf. „Seine Mutter wird ihn schon noch genug anschreien", erinnerte sie ihn.

James nickte. Das stimmte. Zumindest darauf war bei Serena Verlass.

Thomas schien sich dessen ebenfalls bewusst zu sein, denn je näher sie dem Haus seiner Mutter kamen, desto nervöser und schweigsamer wurde er.

Die Polizistin hatte Wort gehalten und Serena verständigt, das war klar, als sich die Haustür bereits öffnete, bevor James die Chance hatte, den Wagen anzuhalten.

„So ein Blödkack", fluchte Thomas leise, und James glaubte schon, er würde versuchen, Zeit zu schinden, indem er unnötig lange sitzen blieb, doch Thomas wusste es besser. Es war immer klüger, das Pflaster schnell abzuziehen. Und Serena Galway konnte ein sehr schmerzhaftes Pflaster sein.

Schwer seufzend stieg der Vierzehnjährige zusammen mit ihnen aus und trottete mit gesenktem Kopf den schmalen Kiesweg zur Haustür entlang. James musste es ihm lassen: Er sah überzeugend reuevoll aus. Doch Rena schien nicht beeindruckt.

Obwohl seine Schwester zwei Jahre jünger als er war, hatte sie schon immer eine einschüchternde Wirkung auf ihn gehabt. Allein mit ihrem wütenden Blick konnte sie gesunde Pflanzen in die Verrottung zwingen. Eine Eigenschaft, die sie ohne Zweifel von ihrer Mutter geerbt hatte, die man nicht schräg ansehen wollte, wenn ihr Vater mal wieder an ihrem Kartoffelsalat herumgepfuscht hatte.

Serena hatte dieselben grünen Augen wie er selbst, doch ihre Haare waren eher braun als blond. Auch wenn sie in Kombination mit ihrem heute sehr roten Gesicht hell aufzuleuchten schienen. Die Arme in die Seiten gestemmt starrte sie ihren Sohn nieder, der mit jedem Schritt, den er auf die Tür zumachte, kleiner zu werden schien.

„Geh in dein Zimmer, Thomas", sagte sie in bedrohlich ruhigem Ton. „Wir haben einiges zu besprechen."

„Mom, James hat schon genug mit mir *besprochen*. Wirklich. Ich weiß, dass –"

„In dein Zimmer", wiederholte sie steif. „Ich bin sehr enttäuscht von dir – und ich gebe dir zehn Minuten, um darüber nachzudenken, was du getan hast, und ob das drei Monate ohne dein Handy wert war!"

„Drei Monate?", sagte er ungläubig. „Das ist Folter!"

„Noch ein Wort von dir und es wird ein halbes Jahr."

Thomas stöhnte, schob missmutig den Kiefer vor, tat jedoch wie ihm geheißen. Doch bevor er im Flur verschwinden konnte, sagte Serena laut: „Was sagt man zu seinem Onkel, der einen nachts von der Polizei abgeholt hat?"

„Danke", murmelte er widerwillig.

„Und weiter?", forderte seine Mutter.

„Es tut mir leid, ich schäme mich zutiefst", ergänzte Thomas düster, kickte seine Schuhe von den Füßen und lief in sein Zimmer, dessen Tür er vorsorglich leise hinter sich zuzog.

Serena schloss einen Moment lang die Augen und der tiefe Atemzug, den sie nahm, hätte jeden Taucher beeindruckt. Als sie die Lider wieder hob, fiel ihr Blick direkt auf Callie.

„Sie sind Calliope Panther", stellte sie schließlich verblüfft fest. „Ihr Gesicht war in den letzten Wochen öfter in der Zeitung als das von Jake Braker."

„Ähm, ja … die bin ich und ich schätze schon", erwiderte Callie verlegen. „Aber das habe ich Ihrem Bruder zu verdanken, er ist für die Artikel verantwortlich. Nett, Sie kennenzulernen, übrigens." Callie streckte die Hand aus.

„Aha", sagte Rena tonlos und ihr Blick schwenkte zu James, als sie die ausgestreckte Hand ergriff.

„Ja, wir arbeiten zusammen", fuhr Callie fort.

„Sie arbeiten mit Jamie?", sagte sie und ihre Mundwinkel zuckten belustigt. *„Zusammen?"*

„Ja", sagte Callie verwirrt. „Was ist daran so komisch?"

James seufzte laut. „Sie hat mich nicht als Teamplayer in Erinnerung", kam er seiner Schwester zuvor.

„Oh.“ Callie nickte. „Keine Sorge: Er ist diese Partnerschaft aus eigennützigen, habgierigen Gründen eingegangen.“

Serena lachte kurz auf, und Jamie gefiel der gelöste Ton von den Lippen seiner Schwester. Er hatte ihn schon viel zu lange nicht mehr gehört.

„Ja, das hört sich mehr nach unserem Specknacken an.“

Andererseits war es manchmal auch schön, an Orten zu sein, wo sie nicht war.

„Okay, das ist der Zeitpunkt, an dem wir uns verabschieden“, meinte James kopfschüttelnd.

Doch bevor er Callie zum Gehen animieren konnte, meinte Serena: „Du warst auf Dads Ruhestandsfeier.“

Er hatte damit gerechnet, dass diese Information an ihre Ohren dringen würde, deswegen war er nicht überrascht. „Jap, war ich.“

„Lana war auch da.“

„Ja.“

„Sie meinte, sie hätte sich gefreut, dich zu sehen“, sagte Serena langsam. „Es wäre alles sehr zivilisiert vonstattengegangen und die Familie hätte den richtigen Schritt in ein erneut friedliches Umfeld gewagt.“

James’ Mundwinkel zuckten. Das hörte sich nach Lana an. Sie hatte ein Talent, den kleinsten Fortschritt als Reise zum Mond umschreiben zu können. „Ich hab mich auch gefreut, sie zu sehen, und wie ich dir immer wieder sage: Wir hassen uns nicht. Wir sind im … Guten auseinandergegangen.“

„Du hast sie betrogen, James, wie könnt ihr im Guten auseinandergegangen sein?“

Er seufzte schwer. „Wir hätten uns schon viel früher trennen sollen, Rena. Das wussten wir beide. Wir haben es nur nicht ausgesprochen.“

Serena schnaubte und wandte sich wieder zu Callie. „Wussten Sie, dass er seine Ex-Freundin betrogen hat?“

Callie nickte vorsichtig. „Ja.“

„Aha. Und Sie kommen trotzdem damit klar, dass Sie sein neues Objekt der Begierde sind?“

Callie bekam große Augen und ihre Wangen verfärbten sich pink. „Ähm, ich … was?“

„Sie meint, ob du damit zurechtkommst, dass du meine derzeitige Geschäftspartnerin bist“, erklärte James hastig.

„Klar, das meine ich“, meinte Serena trocken.

James zog eine Grimasse und hob die Hand. „Wie immer eine Freude, dich zu sehen, Rena. Wir müssen leider gehen.“

Ohne auf Callies Reaktion zu warten, griff er sanft, aber bestimmt nach ihrer Hand und zog sie von der Tür weg.

Doch noch bevor er sein Auto erreicht hatte, wehte Serenas Stimme noch einmal zu ihm herüber. „Jamie.“

Seufzend drehte er sich noch einmal um. „Ja?“

„Danke“, sagte sie zögerlich. „Danke, dass du ihn abgeholt hast. Und danke dafür, dass er dich hat. Er vertraut dir … dasselbe kann ich offenbar nicht von mir behaupten.“ Sie lächelte traurig.

„Er vertraut dir, Rena. Du bist seine Mutter. Ich bin nur ein wenig cooler als du.“ Er hob eine Schulter und lächelte. „Gerade *weil* ich diese Position nicht besetze.“

Serena schnaubte. „Warte nur ab, bis du mal Vater wirst. Dann verwandelt sich deine Coolness innerhalb weniger Sekunden in Peinlichkeit."

James glaubte nicht, dass er jemals Vater werden würde – doch er nickte trotzdem pflichtbewusst. „Das werden wir dann sehen. Und wenn du jetzt dankbar dafür bist, dass er mich hat, heißt das …"

„Ja, du darfst ihn wiedersehen", meinte Serena augenverdrehend. „Sobald ich seinen Hausarrest aufgehoben habe. Aber ich hab dir noch immer nicht verziehen. Und jetzt hau ab." Sie hob die Hand und verschwand im nächsten Moment im Haus.

James lächelte und er bemerkte, wie Callie seine Hand drückte.

„Dann hatte der Abend doch auch etwas Gutes, oder?"

James' Lächeln wurde breiter, als er an den Wohnwagen dachte. „Dieser Abend hatte eine Menge Gutes. Und die fast netten Worte meiner Schwester schaffen es nicht einmal in die Top Ten."

Denn die Top Ten bestand allein aus Callie.

Kapitel 15

„Und jetzt?", wollte James wissen, sobald sie im Auto saßen.

„Ähm ... mein Wagen steht noch am Jugendzentrum, also ..."

James nickte und startete den Motor, während Callie verstohlen sein Profil studierte.

Jetzt, da sie wieder allein waren, schlich sich die merkwürdig befangene Verlegenheit bei Callie ein, die man nun einmal hatte, wenn man heißen, matschverschmierten Sex auf einer billigen Couch in einem brüchigen Wohnwagen hatte. Es fiel ihr sehr schwer, das Ganze zu bereuen, aber ... nein. Darauf würde sie sich beschränken. Das war das Gefühl, das sie zurzeit begleitete. An alles andere wollte sie nicht denken. Die Konsequenzen würde sie auf einen anderen Tag verlegen.

James war auffällig leise, während sie durch die fast ausgestorbenen Straßen fuhren. Er hatte die Stirn gerunzelt und strich mit den Fingern immer wieder fahrig über das Lenkrad.

„An was denkst du?", wisperte sie.

„Größtenteils an Sex mit dir", sagte er leichthin. „Dann noch ein wenig daran, dass wir mit dem Sex hätten warten sollen, bis das Jugendzentrum fertig ist. Dann wiederum daran, dass das unmöglich gewesen wäre, weil mich alles an dir anturnt ... bis ich letztendlich zu dem Gedanken gekommen bin, dass meine Familie leicht verrückt ist."

Callie lachte. „Ich mag deine Familie."

„Und hier hatte ich gehofft, dass du genauer auf den Sexpart eingehen würdest."

„Ich finde, heute Abend sind wir schon mehr als genug auf den Sexpart eingegangen."

„Auch wieder wahr. Also: Weshalb magst du meine Familie?"

„Weil sie ehrlich ist."

James verzog das Gesicht. „Nicht so ehrlich, wie du glaubst."

„Zumindest konfrontiert ihr euch mit euren Gefühlen. Das ist mehr, als meine Familie je zustande gebracht hat."

„Serena kann nicht anders, sie hat so verdammt viele von ihnen."

„Du etwa nicht?"

Er hob die Schultern. „Erinnerst du dich noch an meine schlechteste Charaktereigenschaft?"

„Ach richtig. Du redest nicht mit dir selbst und weißt deshalb nicht, wie du dich fühlst und was du willst."

„Meistens nicht." Er warf ihr einen Seitenblick zu. „Andere Male weiß ich sehr genau, was ich will."

Hitze kroch Callies Nacken hoch und eine Gänsehaut folgte ihr. Sie räusperte sich. „Darf ich dich etwas fragen?"

Er lächelte matt. „Als könnte ich dich davon abhalten."

Sie hatte höflich sein wollen. „Wie genau hast du deine Ex-Freundin betrogen? Also ... wie ist es passiert?"

James verzog das Gesicht und kratzte sich am Kinn. „Shit. Jetzt wünsche ich mir, du hättest nicht gesagt, dass meine Familie ehrlich ist."

„Warum?"

„Weil ich mich deswegen dazu gezwungen fühle, ebenfalls ehrlich zu sein."

„Ist das so schlecht?"

„Nein, aber umso komplizierter." James seufzte schwer und sagte einige Momente lang gar nichts. Still fuhren sie durch die Nacht, während die Straßenlaternen flackerten und ein leichter Nieselregen die Windschutzscheibe benetzte.

Erst, als sie an der nächsten Ampel anhielten, sprach James wieder: „Ich habe sie nicht betrogen, Callie."

„Was?"

„Ich habe Lana nicht betrogen."

„Na ja, ich schätze, wenn eure Beziehung ohnehin schon vorbei war und ihr beide es im Inneren wusstet, könnte man das so auslegen, aber –"

„Nein, das meine ich nicht, Callie", sagte er leise. „Ich habe sie überhaupt nicht betrogen. Bis wir offiziell Schluss gemacht haben, war ich ihr treu ergeben."

Callie verstand kein Wort. Verwirrt starrte sie ihn an. „Aber du hast mir doch erzählt, dass ..."

„Ja, ich habe es allen erzählt. Aber es ist gelogen. Wir waren so lang zusammen ... ich hätte es gar nicht hinbekommen, sie zu betrügen. Es wäre feige gewesen."

„Feiger, als nur so zu tun?", fragte Callie ungläubig.

„Ich hatte meine Gründe."

„Welche Gründe?"

Unangenehm berührt kratzte James sich im Nacken, während er wieder anfuhr. „Ich wusste, dass ich

Schluss machen würde. Seit Monaten war mir klar, dass es darauf hinauslaufen würde. Ebenso war mir jedoch klar, dass sich meine Familie nach der Trennung für eine Seite entscheiden müsste. Lana war mittlerweile genauso die Tochter meiner Eltern wie ich ihr Sohn. Ihre Mutter und ihr Vater sind jung gestorben, wir waren schon immer ihre Ersatzfamilie und ... nun, meine Eltern konnten uns nicht beide als Kinder behalten." Er stieß einen Schwall Luft aus. „Ich kenne Lana verdammt gut. Sie hat meine Familie schon immer mehr geliebt als mich. Sie ist nur noch mit mir zusammengeblieben, weil sie meine Eltern und meine Geschwister nicht verlieren wollte. Das wusste sie, das wusste ich ... Also habe ich sie ihr gelassen. Habe allen erzählt, ich hätte sie betrogen, mich zum Bösewicht gemacht und ihnen somit die Entscheidung erleichtert. So konnte jeder glücklich sein."

Mit offenem Mund starrte Callie ihn an. „Jeder? Jeder außer du!"

Er zuckte die Schultern. „Es war nur fair. Ich wollte Schluss machen, ich habe meine Freiheit bekommen, sie meine Familie. Sie hat sie ohnehin mehr gebraucht als ich. Es war die beste Lösung."

„Das ist überhaupt keine Lösung!", meinte Callie hitzig. „Scheiße, James, du hast dich absichtlich wie ein Arschloch verhalten, damit es ihnen leichter fiel, sich für Lana zu entscheiden."

„Ja, ich weiß", sagte er ungeduldig. „Aber wie gesagt: Es ist okay. Sie hätten sich aus einem Pflichtgefühl heraus für mich entschieden und Lana nicht mehr getroffen und ... das wollte ich nicht."

„Aus einem *Pflichtgefühl* heraus?", wiederholte Callie hölzern. „Du bist ihr Sohn, sie sollten hinter dir stehen, weil sie dich lieben."

James' Mundwinkel zuckten, doch Callie konnte nicht umhin, zu bemerken, dass sein Lächeln einen zynischen Zug angenommen hatten. Einige Herzschläge lang sagte er nichts. Er hielt den Blick auf die Straße gerichtet, die noch immer vom vergangenen Regen glitzerte, bis er murmelte: „Weißt du, was das Komische ist? Manchmal hatte ich das Gefühl, dass das Einzige, was meine Familie an mir mochte, sie war. Ich glaube, für sie war Lana der beste Teil von mir. Und ich verstehe es: Ich bin anders als der Rest des Clans. Größenwahnsinnig, so hat mein Vater meinen Wunsch, die Welt zu sehen und mehr aus meinem Leben zu machen, immer bezeichnet. Sie verstehen nicht, was ich tue und warum ich es tue. Aber Lana ... warum ich mit ihr zusammen war, konnten sie nachvollziehen. Sie war die Gemeinsamkeit, die wir zuvor jahrelang nicht gefunden haben. Die Tatsache, dass ich *sie* ausgesucht habe, konnten sie aufrichtig an mir mögen."

Callies Hals zog sich zusammen und sie verkrampfte ihre Finger ineinander. „Ich bin mir sicher, dass das nicht stimmt. Deine Familie liebt dich, das hat Thomas selbst gesagt."

„Klar lieben sie mich", meinte James und winkte ab. „Aber jemanden zu lieben und ihn zu mögen sind zwei vollkommen unterschiedliche Paar Schuhe. Die Einzigen, mit denen ich mich richtig gut verstehe, sind Thomas und ... na ja, bis vor Kurzem Serena. Mit dem Rest der Familie komme ich einfach nicht auf denselben Nenner. Und das ist okay. Das heißt nicht, dass wir keine Zeit miteinander verbringen können ... aber daher erschien es mir die logische Wahl, dass ihnen Lana erhalten blieb."

Callie presste die Lippen aufeinander und schüttelte den Kopf. „Ich finde das nicht richtig. Sie sollten sich nicht entscheiden. Sie sollten dich unterstützen, egal welchen Fehler du angeblich gemacht hast. Und auch wenn du ehrenwerte Absichten hattest: Du bist ein Vollpfosten! Es war trotzdem feige von dir, sie so zu belügen. Du hast es nicht nur ihnen leicht gemacht, sondern auch dir. Weil es dir so viel leichter fällt, so zu tun, als wärst du ein Arschloch, als zuzugeben, dass du meistens halbwegs anständig bist."

„Es fällt mir nicht leichter. Ein Arschloch zu sein, ist wirklich harte Arbeit."

Sie schnaubte. „Und du machst einen verdammt schlechten Job! Du bist sehr viel besser darin, zu sagen, dass du ein Arschloch bist, als eins zu sein."

„Worte lagen mir schon immer mehr als Taten", meinte er achselzuckend und hielt den Wagen an. Sie standen vor Callies Haus in Strawberry Mansion.

Kopfschüttelnd betrachtete Callie ihn. „Du bist der sonderbarste Mann, der mir je untergekommen ist."

James lächelte. „Danke, du bist auch merkwürdig."

Ihre Mundwinkel zuckten. „Wie soll ich jemals darüber hinwegkommen, was für ein Charmeur du bist?"

„Indem du dich daran erinnerst, dass ich auch ein Klatschreporter bin."

Ja, das fiel ihr in letzter Zeit nur unglaublich schwer.

Leise seufzend schnallte sie sich ab, legte die Hand an den Türgriff ... und hielt inne, als sie bemerkte, dass James sich nicht bewegte.

„Willst du mich nicht zu meinem Auto bringen?“, fragte sie überrascht. Das letzte Mal war er doch so scharf darauf gewesen, sie bis zur Tür zu begleiten.

James schüttelte den Kopf. „Nein.“

„Warum?“

„Weil ich dich dann küssen und dazu überreden werde, heute Nacht zu mir zu kommen.“

„Oh.“ Die Hitze in ihrem Inneren, die sich gerade wieder gelegt hatte, nahm neue Höchstwerte an.

Die Sache mit seiner Ehrlichkeit war die ... sie machte ihr Angst, aber gleichzeitig machte sie sie an.

Callie schluckte, blieb still sitzen und betrachtete James‘ Gesicht. Seine grünen Augen, die zur Abwechslung mal nicht belustigt waren. Seine Lippen, die eigentlich zu voll waren, um männlich zu wirken ... es aber dennoch schafften.

„James“, flüsterte sie und öffnete ihre Tür. „Würdest du mich zu meinem Auto bringen?“

Sie stieg aus und wusste, dass er ihr folgte. Langsam schlenderte sie zu ihrem Wagen, der keine fünf Meter weiter die Straße hinab geparkt stand.

James lief neben ihr her, seine Finger streiften ihre und sie spürte die Berührung in jeder ihrer Poren.

Als sie an ihrem Auto angekommen waren, drehte sie sich um und lehnte sich gegen die Fahrertür.

James glitt mit seinen Fingerspitzen ihren Arm hinauf, strich über ihren Hals, bevor er sie in ihr Haar gleiten ließ. Callies Haut brannte unter seiner Berührung, doch sie war noch nicht bereit, ihr nachzugeben.

„Ich würde gerne ein paar Regeln festlegen“, flüsterte sie.

„Natürlich willst du das. “

„Kein Anfassen, keine Küsse und kein Sex während der Arbeitszeiten.“

James Mundwinkel verzogen sich nach oben. „Ich erkenne da eine große Hintertür.“

Sie hob die Schultern. „Ich kann nicht kontrollieren, was du in deiner Freizeit tust. Da bin ich nicht dein Boss.“

„Na, ein bisschen schon“, meinte er leise lachend, bevor er sich vorbeugte und mit den Lippen ihre streifte. Seine eine Hand blieb in ihrem Nacken, während er die andere in ihren Mantel schob und sich seine Zeit damit ließ, sie zu küssen.

Der Kuss war langsam und sorgfältig, als wolle James die Sekunden auskosten. Seine Bartstoppeln kratzten über ihre Wange, während seine Hand beinahe vorsichtig ihre Taille hinauffuhr.

Doch das war nicht das, was Callie wollte.

Sie brauchte keine Zärtlichkeit. Intimität. Diese Gefühle machten ihr viel zu große Angst.

„James?“, flüsterte sie ein wenig atemlos. „Das ist nur Sex, richtig?“

Er hielt inne und zog den Kopf zurück, um sie ansehen zu können. „Ich ... Ich weiß es nicht“, sagte er schließlich überrascht.

„Doch, du weißt es“, widersprach sie und sah ihn ernst an. „Denn es ist *nur* Sex. Verstanden?“

„Ist das ein weiterer deiner Vertragspunkte?“

„Ja, und er ist nicht verhandelbar.“

Einige endlose Ewigkeiten lang sah James sie nur an, dann seufzte er schwer. „Von mir aus“, seufzte er und presste sie im nächsten Moment gegen das Auto.

Er ließ ihren Nacken los, schob auch die zweite Hand in ihren Mantel und zog ihre Hüften an seine, während er sie küsste. Und diesmal nicht sorgfältig. Diesmal ... fast ein wenig wütend.

Augenblicklich entspannte Callie sich und legte die Arme um seinen Hals.

Nur Sex.

James' Hände fanden bloße Haut, seine Finger kalt auf ihrem erhitzten Oberkörper und die Gänsehaut breitete sich von ihrem Nacken auf ihrem ganzen Körper aus.

Ja. Damit konnte sie leben.

Kapitel 16

Es war überraschend schwer, ihre eigenen Regeln einzuhalten.

Das war es, was Callie die nächsten Wochen über jeden Tag aufs Neue bemerkte.

James während der Arbeitszeiten nicht anzufassen, stellte sich als große Selbstbeherrschungsprobe heraus, die ihr persönlicher Journalist mit Freuden dazu nutzte, sie wahnsinnig zu machen. Callie hatte den großen Fehler begangen, zuzugeben, dass sie auf seine Brust stand, und jetzt fand James, egal, was er tat, eine Ausrede dafür, sein T-Shirt auszuziehen. Um unsichtbaren Dreck vom Stoff zu wischen. Um sich beim Streichen nicht schmutzig zu machen. Um einen blauen Fleck auf seinem Bizeps besser studieren zu können.

Es war lächerlich! Er machte sich komplett zum Affen ... und Callie sprang auch noch darauf an. Sie hätte es ihm gern schwerer gemacht, sie ins Bett zu bekommen, aber als sie am dritten Tag in Folge im Wohnwagen landeten und es auf der ungemütlichen Couch miteinander trieben, sah sie ein, dass es hoffnungslos war und sie auch gleich zu ihm in die Wohnung hätten fahren können. Dort gab es wenigstens ein Bett.

Und es war okay. Denn obwohl sie erschreckend leicht zu haben war, wenn es um James Galway ging, ließ er sie sich nie billig fühlen. Im Gegenteil. In seiner Gegenwart war sie ... wunderschön. Klug. Witzig.

Ihre Angst, dass James einer dieser hübschen Kerle sein könnte, der ihr das Selbstbewusstsein nahm, war vollkommen unbegründet gewesen. Wenn überhaupt erzielte James den gegenteiligen Effekt. Sie fühlte sich wunderbar in seiner Gesellschaft – und hatte sie das nicht verdient?

Es war natürlich klar, dass sie niemandem davon erzählte, dass sie mit James schlief. Aus drei einfachen Gründen.

Erstens: Es war unethisch, mit einem Mitarbeiter – oder was auch immer er war – ins Bett zu steigen. Zweitens: Ihre Familie würde nicht entzückt darüber sein, dass sie wortwörtlich im feindlichen Lager schlief. Drittens: Wenn sie es aussprach, wäre es real. Und Realität hatte nichts in ihrem Sexleben zu suchen.

Mit James zusammen zu sein, war wie Urlaub von ihrem überfüllten Kopf zu nehmen, und das genoss sie zu sehr, um zu riskieren, es kaputtzumachen.

Deswegen hatte sie noch nicht einmal Lexie davon erzählt. Ihre beste Freundin aus L. A. hätte nach zu vielen Einzelheiten gefragt, über die Callie lieber gar nicht erst nachdachte.

Ob sie nicht Angst davor hätte, dass das Ganze in einem Desaster endete, zum Beispiel. Oder ob sie wusste, was sie da tat. Oder ob es nicht klüger gewesen wäre, sich ein Sex-Toy im Internet zu bestellen.

Alles äußerst legitime Fragen, denen Callie gekonnt aus dem Weg ging. Unter anderem indem sie ihre erste Regel durch ein paar andere ergänzte.

Sie bestand zum Beispiel darauf, nicht auf Dates zu gehen. Kein Kino, kein Essen, keine Spaziergänge am Hafen von Philadelphia. Ihre Beziehung beschränkte sich auf die Zusammenarbeit für die Artikel und ... nun, Sex.

Als sie am dritten Tag in Folge nachts aus Coops Wohnung schlich, fragte ihr Bruder sie am nächsten Morgen, ob er sich Sorgen machen müsse, dass sie einer Gang beigetreten sei.

„Einer Gang?", fragte Callie nachdenklich. „Was für eine Gang stellst du dir vor?"

„Die nackte Gang, die Orgasmen verteilt", war seine trockene Antwort.

„Da ist was Wahres dran. Ich habe mir nämlich ein wundervolles Sexobjekt gesucht."

„Alles klar, dieses Gespräch ist beendet", kommentierte er, bevor er zur Arbeit fuhr, die zurzeit daraus bestand, mit College-Kids aus dem Flugzeug zu springen und sie in die Geheimnisse des Fallschirmspringens einzuweihen.

Callie war dankbar für diese gesunde Einstellung gegenüber ihrem Liebesleben und machte sich am nächsten Morgen nicht mehr die Mühe, zum Frühstück wieder hereinzuschleichen.

Die Arbeit auf der Baustelle ging derweil gut voran. Sie war anstrengend, aber auch unglaublich zufriedenstellend. Callie hatte jeden Morgen das Gefühl, etwas von Bedeutung zu tun, und während die Bauarbeiter Schritt für Schritt ihre Vision verwirklichten, nutzte sie ihre Zeit, den Garten in ein provisorisches Baseballfeld zu verwandeln und das Benefizspiel zu planen.

Als durchgesickert war, dass Jake Braker, Luke Carter und Dexter O'Connor, die drei prestigeträchtigsten Spieler der Delphies, mit von der Partie waren, hatten die Sponsoren ihr die Tür eingerannt. Innerhalb eines Tages hatte sie einen kostenlosen Getränkestand, Hot-Dog-Stand, Popcorn-Stand, eine Dosenwurfbude und diverse andere Spenden an Land gezogen, deren Einnahmen alle ihrem Projekt zugutekommen würden.

Sie war kurz davor gewesen, ihren Vater anzurufen und „Fick dich, ich habe Erfolg!" in den Hörer zu schreien. Doch letztendlich entschied sie sich dagegen. Sie würde sich damit begnügen, sein beeindrucktes Gesicht zu sehen, wenn er am Samstag kam.

Sie lag gut im Zeitplan – dank James, auch wenn sie ihm das nicht sagen würde –, und das Einzige, das ihr ein paar Stunden vom Tag klaute, war ihre Abmachung mit Cal.

Da sie noch immer sein Auto fuhr, war sie unfreiwillig zu seiner Haushälterin geworden, die die undankbare Aufgabe besaß, sein Überleben zu sichern, indem sie ihm Essen brachte. Wenn sie es nämlich nicht tat, würde er womöglich überhaupt nichts zu sich nehmen. Callum war schon immer unglaublich schlecht darin gewesen, sich um sich selbst zu kümmern, was zu dem ein oder anderen Krisengespräch zwischen den Geschwistern geführt hatte.

Als Cole versucht hatte, Cal in seiner sanften Manier beizubringen, dass sie sich Sorgen machten – „Was für ein Scheißtod ist es bitte, zu verhungern, wenn der Supermarkt dreihundert Meter weit weg liegt?" –, hatte Callum ihnen allen lediglich einen Mittelfinger-Emoji geschickt.

Sie hatte sich schließlich mit Coop und Cole darauf geeinigt, dass sie im Drei-Tages-Rhythmus bei ihm anriefen, um sich davon zu überzeugen, dass er noch lebte. Was er bis jetzt immer getan hatte.

Den Donnerstagmittag, zwei Tage vor dem Benefizspiel, den sie eigentlich dafür hätte nutzen können, den Aufbau der Fressbuden zu beaufsichtigen oder die am Vortag fertiggestellte Küche zu streichen, verbrachte sie also damit, einzukaufen und zu Callums Wohnung zu fahren.

Sie hatte ihre Macht über seinen Kühlschrank schamlos ausgenutzt. Ihre Einkaufstaschen waren gefüllt mit gesunden Dingen, die Callum allesamt hassen würde. Er ernährte sich von Cornflakes, Instantnudeln und Erdnussbutter – manchmal schien er zu vergessen, dass er keine zwölf mehr war.

Sobald Callie vor der Tür geparkt hatte, ließ sie die Haustür links liegen und ging um den Apartmentkomplex herum, in dem Callum die gesamte untere Etage bewohnte.

Es lohnte sich nicht, zuerst in seinem Wohnzimmer oder gar in seiner Küche nach ihm zu suchen. Callum lebte in seiner Werkstatt. Sie war seine große Liebe, und irgendwann würde er mit ihr lauter süße kleine Drohnen bekommen, denen er Namen geben, die er mit Daten füttern und in ferne Länder schicken würde, sobald sie erwachsen waren.

Hinter dem Haus lag ein kleiner Hof, auf der sich ein Berg Metallschrott türmte, der fast die Tür verbarg, die in Callums Heiligtum führte.

Ihr Bruder schloss seine Tür tagsüber nie ab. Er hörte seine Klingel ohnehin nicht, und bevor irgendwer die

Feuerwehr rief, weil er glaubte, er sieche auf dem Boden seiner Werkstatt dahin, ließ er lieber jeden ein, der eintreten wollte. Das entsprach nicht unbedingt der höchsten Sicherheitsstufe – vor allem, wenn man bedachte, welch wertvolle Gerätschaften Cal besaß –, doch ihr Bruder meinte immer, dass zu viele eingetretene Türen sein Budget sprengen würden.

Callie legte die Hand an die Klinke, doch bevor sie die Tür öffnen konnte, drangen zwei Stimmen durch sie hindurch.

„… kann verdammt noch mal anfassen, was ich will, mir gehört die Hälfte des Equipments!" Das war eine zornige, weibliche Stimme, die Callie noch nie in ihrem Leben gehört hatte.

„Dir gehört überhaupt nichts", erwiderte Callum laut. „Deine Firma zahlt."

„Die Firma, die *ich* repräsentiere!"

„Du bist nicht der verdammte CEO, Lara! Du bist der *Affe* des CEOs. Und was genau ist dein Problem? Ich arbeite, ich tue alles so, wie wir es abgemacht haben."

„Aber woher sollen wir das wissen?", rief sie entgeistert.

„Na, ich habe gesagt, dass ich es tue. Was willst du denn noch? Ich verstehe dich nicht."

„Natürlich nicht", fuhr die Stimme – Lara? – auf. „Gott, ich weiß, du hältst dich für ein Genie, aber du bist anscheinend nicht einmal ansatzweise klug genug, um die Situation, in die du mich bringst, nachvollziehen zu können!"

„Da hast du recht, denn Verrückte sind nun einmal schwer zu verstehen! Kannst du nicht einfach aufhören, mir auf den Sack zu gehen?"

„Nein!" Die Stimme klang so wütend, dass Callie automatisch einen Schritt nach hinten machte. „Es ist mein verdammter Job, Callum. *Du* bist mein verdammter Job. Ich trage die Verantwortung für alles, was du tust. Ich mag der Affe des CEOs sein, aber du bist *meiner* – also halt die Klappe und hör auf, dich so anzustellen! Ich will keine Kameras hier installieren, ich will lediglich einen wöchentlichen Bericht über deinen Fortschritt."

„*Wöchentlich?*", erwiderte Callum entgeistert. „Warum rufe ich dich nicht gleich jeden Abend an und lese dir eine Gute-Nacht-Geschichte vor?"

„Das wäre ganz wunderbar. Tu das doch. Am liebsten mag ich die Geschichten über Füchse und Wölfe."

Cal schnaubte verächtlich. „Ich sage das in deinem eigenen Interesse, Lara: Verschwinde, bevor ich anfange, richtig wütend zu werden. Deine Anwesenheit wird den Prozess nicht beschleunigen!"

„Nein, aber offensichtlich gehe ich dir auf die Nerven – mein Besuch lohnt sich also."

„Muss ich erst meine beschissene Drohne auf dich hetzen?", fuhr Cal sie an. „Aber dann bist du vielleicht sogar zufrieden, weil du siehst, dass sie funktioniert!"

Verblüfft öffnete Callie den Mund. Dieses ganze Szenario beunruhigte sie zutiefst. Callum rastete nicht aus. Nie. Er hasste Streit. Er ging Konfrontationen so gut es ging aus dem Weg. Er war das ruhige Geschwisterkind. Die Löschdecke, nicht der Zünder.

„Oh, fick dich doch, Callum. Wenn ich bis nächste Woche Montag keinen Zwischenbericht in meinem Mailpostfach habe, komme ich wieder. Und das werde ich jede Woche tun, bis ich vielleicht doch ein paar Kameras mit im Gepäck habe!"

„Wundervoll. Dann tu das doch", erwiderte Cal gepresst. „Ich hoffe, deine zukünftigen Aufenthalte in Philadelphia sind dann genauso zufriedenstellend wie der heutige."

„Oh ja, es ist immer eine Freude, sich zwei Stunden durch den Verkehr zu wühlen, um mit einem uneinsichtigen Vollidioten-Genie zu diskutieren, in dessen Händen ein Millionenprojekt liegt, das über meine Karriere entscheiden wird. Ich bin entzückt!"

Im nächsten Moment knallte die Tür der Werkstatt auf und Callie war sehr froh, ein paar Schritte zurückgemacht zu haben. Ihr Kopf wäre sonst womöglich nicht mehr derselbe gewesen. „Oh. Entschuldigung", sagte die kleine blonde Frau mit hochrotem Kopf und grauem Hosenanzug, die aus der Tür gestürmt war, als sie Callie erblickte. „Ich hatte nicht damit gerechnet, dass es außer mir noch jemanden gibt, der lebensmüde genug ist, sich in die Madcave zu wagen! Viel Glück Ihnen." Sie nickte ihr zu und verschwand im nächsten Moment mit spritzendem Kies unter ihren Schuhen ums Haus herum.

Callie starrte ihr mit offenem Mund hinterher. Schließlich wandte sie sich um und starrte zu Cal hoch, der mittlerweile in der Tür stand, sein Gesicht nicht minder wutverzerrt.

„Wer zum Teufel war das?", fragte sie perplex.

„Mein schlimmster Albtraum", sagte er düster und trat beiseite. „Komm rein."

Callie folgte seiner Anweisung, auch wenn sie sich vorsichtshalber noch einmal umwandte, falls die Frau von eben noch einmal mit erhobener Waffe ums Haus preschen sollte. „Scheiße, sie war wütend", murmelte sie kopfschüttelnd. „Was hast du getan, um sie so anzupissen?“

„Ich habe da wohl einfach ein Talent“, bemerkte er trocken und nahm ihr die Einkaufstüten ab. „Hast du Energydrinks mitgebracht?“

„Nein, Herzinfarkte und Karies verteile ich heute nicht.“

Düster sah Callum sie an, während er sich auf den Boden hockte, um den Inhalt der Tüten zu inspizieren.

„Das ist fast nur Gemüse“, meinte er ungläubig.

„Gemüse ist gesund.“

„Ich gebe dir mein Auto und krieg dafür Karotten?“ Vorwurfsvoll hob er die Möhren aus dem Korb und wedelte damit vor ihrem Gesicht herum.

„Und Tomaten mit dazu“, sagte Callie fröhlich.

„Du hast nicht einmal Nudeln mitgebracht!“

„Ich habe dir letzte Woche drei Kilo gekauft.“

„Die sind seit vier Tagen leer.“

Sie schnaubte. „Das ist nicht dein Ernst.“

„Ich scherze nicht über Nudeln“, stellte er klar und fuhr damit fort, die Habseligkeiten auszupacken. „Callie, das alles hier wird schlecht werden“, sagte er kopfschüttelnd und deutete auf den Salat und die Eier. „Ich koche nicht. Frisches Gemüse vergammelt bei mir schneller als Hackfleisch bei einem Veganer.“

Sie seufzte schwer. „Wenn du so weitermachst, stirbst du mit vierzig, Cal!“

Schnaubend stand er auf und deutete an sich hinab. „Sehe ich ungesund aus?“

Nein. Nein, sah er nicht.

Cal trug eine Jeans und ein weißes NASA-T-Shirt, das lose an ihm hinabhing. Er war schon immer etwas zu dünn gewesen, doch das hatte ihn nie gestört. Stemmbänke und Hanteln hielt er für Zeitverschwendung, seine einzige sportliche Droge war das Joggen, denn es half ihm dabei, seinen Kopf freizubekommen.

Seine Brille lag auf dem Schreibtisch und manchmal vermutete Callie, dass er sie eigentlich gar nicht brauchte, aber gerne das Klischee des Nerds erfüllte, weil die Leute viel besser mit Klischees als mit Individuen umgehen konnten.

„Es schadet dir trotzdem nicht, ein paar Vitamine zu dir zu nehmen."

„Das ist Lebensmittelverschwendung, Callie."

„Nicht, wenn du sie isst."

„Das werde ich aber nicht tun! Weißt du, wie lange Kochen dauert? Das ist eine halbe Stunde, die ich nie wiederbekomme!"

Sie verdrehte die Augen. „Du stellst dich unnötig an."

„Nein, du versuchst mich zu manipulieren, und Frauen, die mich dazu bringen wollen, etwas zu tun, das ich verabscheue, stehen derzeit nicht weit oben auf meiner Prioritätenliste."

„Redest du von dieser Lara?", wollte sie interessiert wissen.

„Nein, gerade rede ich von dir!"

„Mhm. Können wir trotzdem noch einmal über diese Lara von eben –"

„Nein", unterbrach er sie. „Sie ist die größte Nervensäge der Welt, aber leider für das Projekt zuständig, das ich gerade leite, also ... was soll's."

„Was für ein Proj–"

„Mom war hier", schnitt er ihr das Wort ab, räumte die Einkäufe zurück in die Tüte und schlenderte damit zum Kühlschrank, der auf der anderen Seite der Werkstatt stand. Er hatte auch in der Küche einen, aber Callie würde jeden Cent ihres nicht mehr vorhandenen Vermögens darauf wetten, dass er komplett leer war. „Wusstest du, dass sie wieder in der Stadt ist?"

Callie seufzte und sank auf die Couch hinter ihr, die Callum viel zu oft als Schlafplatz missbrauchte. „Ja. Wusste ich."

Sie hatte die vergangenen Wochen zweimal mit ihrer Mutter telefoniert, doch beide Male gesagt, dass sie erst nach Beendigung der Renovierung des Jugendzentrums Zeit hätte, sich persönlich mit ihr zu treffen. Das war nicht ganz wahr – ein Haufen Sex mit James bekam sie schließlich auch noch in ihren Zeitplan gequetscht –, doch ehrlich gesagt hatte Callie sie einfach nicht sehen wollen.

Das Durcheinander, das das Fünf-Minuten-Gespräch mit ihr verursacht hatte, war zu groß gewesen, als dass Callie scharf darauf gewesen wäre, es zu wiederholen. Ja, das war feige. Ja, sie würde sich über die Gefühle, die sie in ihr ausgelöst hatte, Gedanken machen müssen.

Aber nicht jetzt.

Außerdem würden sie sich schon früh genug sehen. Sie hatte angekündigt, dass sie zusammen mit Clint dem Benefizspiel beiwohnen würde.

„Was wollte sie?", fragte Callie neugierig.

„Wissen, wie es mir geht. Was ich mache. Ob ich nicht endlich eine nette Frau kennengelernt hätte, die es mit mir aushält. Das Übliche."

Callum verstaute die frischen Dinge im Kühlschrank und schrieb sich einen Notizzettel, den er an seinen Computer heftete.

stand da.

Callie lächelte verstohlen, kommentierte es aber nicht. Stattdessen sagte sie: „Und? Was hast du ihr geantwortet?"

„Dass ich mich nicht beklagen kann, dass ich mit Drohnen die Weltherrschaft an mich reißen werde und dass die Frau, die mit meinen Arbeitszeiten zurechtkommt, wohl noch nicht geboren wurde."

„Das Übliche also?", schloss Callie den Kreis.

„Genau." Er ließ sich neben sie sinken, und an der Art und Weise, wie er mit den Fingern auf seine Beine trommelte, konnte Callie erkennen, dass er etwas fragen wollte, aber noch nicht sicher war, ob es klug wäre.

Egal, was Callum von sich selbst behauptete: Er war der sensibelste, empathischste Mensch, den Callie kannte. War er als zwölfjähriger Junge gewesen, der wissen wollte, warum es ihr schlecht ging, und auch als dreißigjähriger Mann hatte sich das nicht geändert.

Deswegen wunderte sie die nächste Frage nicht einmal.

„Wie …" Er zögerte, bevor er sich zu ihr umwandte, um ihr ins Gesicht zu sehen. „Wie geht es dir damit, dass sie hier ist?"

„Keine Ahnung. Ich habe mich eigentlich gefreut, sie zu sehen, aber … ich glaube, ich habe mich absichtlich nur an ihre guten Seiten erinnert."

Denn ihr Vater war nicht der Bösewicht gewesen. Nicht nur. So sehr sie sich das auch eingeredet hatte. Es war die Kombination der beiden gewesen, die sie immer so verunsichert hatte.

„Ja, sie war nicht gerade die Beste darin, unser Selbstvertrauen zu stärken“, murmelte Cal.

„Dich schienen all ihre Worte nie sonderlich gestört zu haben.“

„Nein, haben sie auch nicht. Aber es war leichter für mich, weil ich drei Geschwister hatte, die so dermaßen talentiert waren, sich in Schwierigkeiten zu bringen, dass auf mich kaum jemand geachtet hat.“

Callie musste lächeln. „Gern geschehen. Und Cole war gar nicht so schlimm.“

„Nein, aber er war der goldene Junge, der darauf vorbereitet werden musste, das Familienunternehmen zu übernehmen. Er hat auch viel Aufmerksamkeit benötigt.“

Das stimmte natürlich. Jetzt, da Callie darüber nachdachte, hatte Callum mehr als recht. Normalerweise bekam man als jüngstes Kind die meiste Aufmerksamkeit, doch Cal war irgendwie durch die Ritzen gerutscht.

„Callie, damals, als du im Krankenhaus gelandet bist ... was genau ist da eigentlich an dem Tag passiert?“

Sofort versteifte sie sich, bevor sie sich verwirrt zu ihm umwandte. „Wie kommst du jetzt darauf?“

„Es ist eine Frage, die ich dir schon immer mal stellen wollte“, sagte er schlicht.

Sie nickte. Natürlich. „Na ja, da gibt es nicht viel zu erzählen. Ich habe Drogen genommen, war viel zu dünn und habe den Mix deswegen nicht vertragen.“

„Ja, schon klar. Aber *warum* hast du Drogen genommen?“

Automatisch fühlte sie sich in der Zeit zurückversetzt. Sie stand wieder auf dem Minigolfplatz, und ihr zwölfjähriger Bruder wollte wissen, warum sie so viel getrunken hatte. Callum war schon immer so viel mehr daran interessiert gewesen, *warum* etwas passierte, als zu erörtern, *was* passierte. Er hatte ihr mal erzählt, dass hundert Wege zum selben Ergebnis führen konnten ... warum sollte man sich dann das Ergebnis angucken, wenn die Wege doch augenscheinlich so viel vielfältiger waren?

„Kein besonderer Grund", wich sie aus und sah sich interessiert in der Werkstatt um. „Mein Freund hat mich dazu überredet."

Sie spürte, wie Cal ihren Bewegungen mit dem Blick folgte. „Aber er hat doch sicher hundert Mal versucht, dich dazu zu überreden. Warum hast du genau an diesem Tag nachgegeben."

Callie hob die Schultern. „Ich weiß es nicht."

Es war gelogen. Natürlich war es gelogen. Doch sie hatte niemandem erzählt, was an diesem Tag passiert war, und es war ein Geheimnis, dass sie und ihr Vater mit ins Grab nehmen würden.

Callum seufzte leise. „Na schön. Ich lass dich in Ruhe. Aber nur, weil du im Moment wirklich sehr glücklich aussiehst und ich dir das nicht kaputtmachen will."

„Ich bin sehr glücklich", sagte Callie und wurde rot, als sie die zufriedene Miene ihres Bruders erkannte. Als müsse sie sich dafür schämen, dass es ihr so gut ging. „Die Vorbereitungen laufen ... hervorragend."

„Das freut mich. Und wie steht es mit der Zusammenarbeit mit dem Journalisten?"

Gott sei Dank war sie schon rot, sodass kaum auffiel, wie sich ihre Gesichtsfarbe noch intensivierte. „Öhm …“ Sie dachte an gestern, als James herausgefunden hatte, dass sie Thomas heimlich seine geliebten Turnschuhe gekauft hatte. Er war überraschend wütend gewesen.

„Du hättest ihm die Teile nicht besorgen sollen!“

„Ich hätte es auch *dir* gestern nicht besorgen sollen“, hatte sie verärgert erwidert, „und trotzdem habe ich es getan!“

James hatte geschnaubt, doch ein Lächeln nicht verbergen können. „Das ist etwas anderes. Er sollte nicht dafür belohnt werden, dass er Mist gebaut hat. Ich hingegen hatte die Belohnung von dir verdient.“

Und dann fuhr er damit fort, ihr zu erzählen, was er am Abend noch alles verdient habe, bis Callie den Rest des Tages nur daran hatte denken können, genau das zu tun, was er ihr vorgeschlagen hatte.

„… die Zusammenarbeit läuft auch hervorragend“, brachte sie schließlich hervor. „James ist … unerwartet gründlich und zuvorkommend.“ In jeder Hinsicht.

Callum verengte die Augen, doch bevor er weiter nachhaken konnte, meinte Callie: „Hey, kommst du Samstag eigentlich?“

„Samstag“, überlegte Callum langsam. „Was war noch gleich Samstag …“

Sie schlug ihm mit der Faust gegen den Oberarm. „Blödmann.“

Er lachte. „Ich überleg es mir. Ich weiß, dass es dir wichtig ist, aber … meine Güte, es werden so viele beschissene Leute da sein.“

„Aber auch gute Leute. Nicht nur beschissene.“

Er zog eine Grimasse. „Mom und Dad werden da sein. Gemeinsam."

Ja, sie verstand ihn. Das war die Tatsache, die sie am meisten beunruhigte. Ebenso war ihr klar, dass Callum alles an dem Benefizspiel hassen würde ... kommen sollte er trotzdem.

„Du brauchst dir keine Sorgen zu machen. Cole ist da, um den Puffer zu spielen."

„Cole sollte nicht mehr da sein müssen, um den Puffer zu spielen. Wir sind keine Kinder mehr."

Natürlich nicht, aber sie brauchte ihn trotzdem.

„Wie gesagt, ich überlege es mir", meinte Callum erneut und stand von der Couch auf. Mehr würde sie von ihm nicht bekommen, das wusste sie.

„Okay, ich freu mich auf dich", sagte sie leichthin und erhob sich ebenfalls. „Dann arbeite du mal schön weiter." Sie lächelte und umarmte ihn. „Ich hab dich lieb, Callum."

„Emotionale Erpressung funktioniert bei mir nicht", wisperte er an ihrem Ohr, drückte sie aber ebenfalls.

„Versuchen musste ich es trotzdem", bemerkte sie lachend, bevor sie seine Werkstatt verließ.

Noch zwei Tage bis zum Benefizspiel und sie hatte alles im Griff. Nichts konnte mehr schiefgehen.

Kapitel 17

„Was soll das heißen, wir haben keine Baseballschläger? Das hier ist ein Baseballspiel! Wir brauchen Schläger."

James erkannte, wie die Ader an Callies Stirn anfing zu pochen, und da das bei ihr kein gutes Zeichen war – das letzte Mal hatte diese Ader dazu geführt, dass ein schlampig arbeitender Dachdecker gefeuert wurde –, schritt er schleunigst ein.

„Hey", sagte er sanft zu dem zitternden Jugendlichen, der aussah, als stünde er kurz vor einem Heulkrampf. „Was genau ist das Problem?"

„Wir haben keine Schläger", bemerkte Callie kurzatmig. „Wir haben drei Dutzend Bälle, aber keine Schläger. In zehn Minuten ist Einlass!" Sie fuhr zu dem Jugendlichen herum, der von seinem Chef ganz offensichtlich die undankbare Aufgabe aufgedrückt bekommen hatte, diese Hiobsbotschaft zu überbringen. „Die Leute erwarten ein Baseballspiel! Wie soll das gehen, wenn es keine Schläger gibt?"

„Ich weiß es nicht, Ma'am", sagte der Jüngling und hob die Schultern. „Wir könnten ein paar Stöcke sammeln?"

Callies Blick wurde immer düsterer, ob wegen des Stock-Vorschlags oder weil der Junge sie Ma'am genannt hatte, konnte James nicht sagen – so oder so sollte er sie beruhigen.

„Ein paar der prominenten Spieler sind schon hier", meinte er hastig. „Sie werden sicherlich ihre Schläger mitgenommen haben, und die Kids werden außer sich sein, wenn sie die Schläger ihrer Idole benutzen dürften. Soll ich nachfragen?"

Erleichterung flutete Callies Gesicht und verdrängte einen Teil der Panik, die es zuvor vereinnahmt hatte. „Würdest du das tun?"

„Klar", meinte er leichthin. „Sonst noch etwas?"

Sie schüttelte den Kopf und ließ die sichtbar angespannten Schultern kreisen. „Nein, das ist alles, glaub ich." Nervös kaute sie auf der Unterlippe herum, während sie angestrengt die Stirn runzelte, offenbar auf der Suche nach etwas, das James noch erledigen könnte.

Er hatte das plötzliche Bedürfnis, sie fest in die Arme zu ziehen, ihr auf den Scheitel zu küssen und ihr ins Ohr zu flüstern, dass alles gut werden würde. Doch das hätte sie womöglich noch aggressiver gemacht. Sie lebte nämlich in der ständigen Angst, irgendetwas könne ihre Autorität untergraben. Was Blödsinn war. Die eine Hälfte der Arbeiter hatte Angst vor ihr und die andere war in sie verliebt. Der schleimige Bauleiter hatte ihr gestern so ungeniert auf den Arsch geguckt, dass es James in den Fäusten gejuckt hatte.

„Nein, nein, mehr weiß ich gerade nicht", sagte sie. „Aber komm zurück, wenn du die Antwort hast, ja?"

Er nickte und lief an ihr vorbei in Richtung des Hauses. Vor dem provisorischen Tor, das sie neben dem baldigen Jugendzentrum aufgebaut hatten, hatte sich bereits eine riesige Menschenmenge versammelt. Die engagierte Security hatte allerhand damit zu tun, die Leute in ihre Schranken zu weisen.

Auch wenn die Veranstaltung eigentlich kostenlos hatte sein sollen, hatte Callie letzte Woche Ticketverkäufe veranlasst. Einige hatten sich darüber beschwert, aber zu viele Menschen hatten Interesse an dem Benefizspiel geäußert und wenn hier zehntausend Leute auftauchten, wäre der Garten, den sie die letzten Wochen über so feinsäuberlich hergerichtet hatten, am Ende ein Acker. Es war eine gute Entscheidung gewesen, denn innerhalb von drei Tagen war auch die letzte Karte verkauft gewesen und mit den Einnahmen der Tickets hatte Callie die kompletten Kosten des Baseballfeldes, des Zubehörs und den Security-Aufwand decken können.

Sie hatte ihm letzte Nacht vorgerechnet, wie viel Geld sie heute einnehmen und wie viele große Investoren sie für sich gewinnen musste, um das Projekt für die nächsten fünf Jahre zu einem sicheren Erfolg zu machen. Leider hatte sie sich dabei ausgezogen und er war zu abgelenkt von ihren Brüsten gewesen, um auch nur eine Einzelheit zu behalten. Beeindruckend waren ihre Kopfrechenkünste dennoch gewesen.

Er durchquerte den Garten, stieg über die Kreidestriche, die das Feld markierten, und hielt auf das Haus zu, in dem sich ihre VIP-Gäste verbarrikadierten. Bevor er jedoch durch die Terrassentür in den zukünftigen Gruppenraum trat, wandte er sich noch einmal um.

James war bewusst, dass das hier Callies Projekt war. Er hatte herzlich wenig Anspruch darauf, sich als Mitveranstalter zu fühlen. Dennoch war er absurderweise stolz, als er sich auf dem provisorischen Baseballfeld umsah und die vier Buden betrachtete, die hier aufgestellt worden waren.

Er war stolz darauf, Teil davon gewesen zu sein … und stolz auf Callie, weil sie einen so verdammt guten Job gemacht hatte. Ja, er war ihr Gigolo, nicht ihr Freund, er sollte überhaupt nichts in der Art fühlen. Sollte sein Gehirn seine Emotionen doch verklagen – er konnte es nicht ändern.

Er hätte verdammt glücklich sein können, wären da nicht zwei Dinge gewesen, die ihm keine Ruhe ließen.

Erstens: Er mochte Callie. Sehr. Aber sie weigerte sich sogar, Netflix mit ihm zu sehen, weil das zu *„heimelig"* wäre.

Zweitens: Ihm fehlte noch immer das Interview.

Das Interview, das Callie partout nicht geben wollte.

James hätte in den letzten Wochen mehr als genug Chancen gehabt, sie daran zu erinnern – so wie es sein Chef jeden verdammten Tag tat –, doch hatte er diese Momente so viel lieber dafür verwendet, ihr die Worte von den Lippen zu küssen.

Ja, das, was er tat, war mehr als unprofessionell … aber ganz ernsthaft, wen kümmerte es? Er genoss die Zeit mit Callie zu sehr, als dass er es bereuen könnte.

Das Einzige, das ihn wurmte, war, dass sie nicht mit ihm ausgehen wollte.

„Das ist nur Sex, richtig?"

James war fünfunddreißig, er hatte in seinem Leben genug nur Sex gehabt. Aber sobald das Projekt beendet war, würde Callie doch ohnehin wieder nach Los Angeles verschwinden, oder? Es lohnte sich also gar nicht, sich darüber Gedanken zu machen, dass sie ihn nicht einmal für eine Beziehung in Betracht zog. Im Moment war er nichts weiter als ihr Call-Boy – und damit sollte er zufrieden sein.

„Beschissene Regel", murmelte er, bevor er durch die Glastür in das Innere des Hauses trat.

Sechs Gestalten standen dort und besahen sich die frisch gestrichenen Wände und den heute Morgen noch ausgelegten Teppich. Callie würde mittags ein paar Sponsoren durch die Innenräume führen und hatte es gemütlicher aussehen lassen wollen.

James war immer eher der Basketball-Typ gewesen, aber man musste in Philadelphia schon unter der Erde leben, um Luke Carter, Dexter O'Connor und Jake Braker nicht zu erkennen. Die Frauen, die neben den Baseballern standen, hatte er auch jede einzelne schon einmal gesehen, manche von ihnen sogar schon interviewt. Als Journalist aus der Klatschbranche war das unvermeidlich. Das Baby, das Lukes Ehefrau Emma Carter auf dem Arm trug, war ihm jedoch gänzlich unbekannt.

„Hör auf, das Baby so anzulächeln, Dex", meinte die Brünette neben dem Second Baseman – Kaylie Thompson, sie hatte ihren Namen nach der Hochzeit behalten – und stieß mit dem Ellenbogen in seine Seite. „Du kriegst noch keins."

„Hey, wenn du so scharf auf ein Baby bist, leihen wir dir Stinker gerne für ein Wochenende aus, Dex. Überhaupt kein Problem", meinte Luke.

„Nenn ihn nicht Stinker", meinte Emma seufzend. „Den Namen wird er in der Highschool nie wieder los."

James konnte das nur bestätigen. Als Windelkönig in die Schulgeschichte einzugehen, war traumatisch gewesen.

„Moment ... er heißt nicht Stinker?", wollte Jake verwirrt wissen. „Ich habe euch letztens noch für eure Kreativität bewundert."

„Jake, du bist der unaufmerksamste Mann, den ich kenne", meinte Kaylie seufzend. „Und das obwohl mein Vater mich gestern gefragt hat, ob ich Weingummi schon immer möge!"

„Er ist nicht unaufmerksam. Er versucht nur witzig zu sein", meldete sich die kleine Blondine neben Jake zu Wort, über die James innerhalb der letzten Monate bestimmt drei Artikel verfasst hatte. Dass Jake Braker jemanden seine feste Freundin nannte, war eine fette Schlagzeile wert gewesen.

Der junge Baseman verzog das Gesicht. „Liv, du machst es nicht besser."

„Oh, das war nicht mein Ziel", bemerkte sie fröhlich.

James musste lächeln und entschloss, dass er genug gelauscht hatte. Er räusperte sich, und augenblicklich wandten sich alle zu ihm um.

„Hey. Ich bin James Galway, ich helfe Callie heute ein wenig aus, und sie hat ein kleines Problem. Die Schläger, die eigentlich für das Spiel geliefert werden sollten, sind irgendwo hängen geblieben, also ..."

„Oh, das ist kein Ding", unterbrach Luke ihn sofort. „Wir haben für jeden Jugendlichen einen Schläger von den Delphies unterschreiben lassen. Die können sie benutzen."

Erleichtert ließ er die Schultern sinken. „Danke, das hilft sehr."

„James Galway ...", meinte Emma und musterte ihn nachdenklich. „Du kommst mir bekannt vor. Sind wir uns schon mal begegnet?"

„Er ist Journalist", drang eine Stimme hinter James' Rücken hervor, und als er sich umwandte, erkannte er einen schwarzhaarigen Mann mit blauen Augen, der durch die Terrassentür trat. Cooper Panther, Callies Zwillingsbruder.

Die beiden sahen sich so verdammt ähnlich, dass James sich zwanghaft davon abhalten musste, ihn anzustarren. „Er wird sicherlich schon den ein oder anderen Dreck über euch ausgepackt haben."

Es war offensichtlich, dass Callies Bruder kein Fan von ihm war, und augenblicklich wanderten James' Gedanken zu jedem Wort, das er schon über die Spieler der Delphies geschrieben hatte. Er war sich ziemlich sicher, dass er Luke Carter vor ein paar Jahren als männliche Schlampe bezeichnet und infrage gestellt hatte, ob er sich vor sich selbst noch retten konnte. Aber zu seiner Verteidigung: Luke hatte einem Minderjährigen Bier gegeben und war dann mit zwei halb nackten Frauen nach Hause verschwunden. Diesen Artikel konnte der Pitcher ihm wirklich nicht übel nehmen.

„Oh ja, jetzt weiß ich", rief Emma und ihr Gesicht erhellte sich. „Du hast vor ein paar Jahren ein Interview mit mir geführt. Du warst der einzige Journalist, der kein Arschloch war und mich gefragt hat, ob Luke hinter meinem Rücken schon mit den Cheerleadern vögeln würde."

„Ja, das war ich." Was sagte man dazu? Jemand, der *nicht* dachte, er wäre ein Arschloch. Er hoffte sehr, dass das seinem Ruf nicht schadete.

„Bist du nicht auch der Typ, der gerade die Artikelreihe über Callie schreibt?", hakte Jake Braker nach und runzelte die Stirn.

„Ja …"

„Du hast sie verdammt gut eingefangen, wenn ich das bemerken darf", meinte der Baseman anerkennend. „Es ist, als ob ich mit ihr reden würde."

„Oh, ich liebe die Artikel", schaltete sich Kaylie ein. „Ich musste so lachen, als du geschrieben hast, wie Calliope mit den Bauarbeitern umgeht, als wären sie ihre Stofftiersammlung. Zärtlich, aber streng."

„Ähm … danke", sagte er ein wenig irritiert. James war es nicht gewohnt, dass Leute seine Arbeit lobten. Aggressive Anrufe und Hassbriefe waren sein tägliches Brot – nicht Dankeskarten.

„Meine Kindergartenkinder wollen alle für ihr Projekt spenden", meinte Olivia, Jakes Freundin, amüsiert. „Sie lieben die gute Fee, die den Jugendlichen ihre Sorgen wegzaubern will."

Die Baseballer lachten leise … nur Cooper Panther verzog keine Miene. Er stand schweigend neben ihm und musterte ihn berechnend. Die Arme vor der Brust verschränkt, den Kiefer verhärtet.

Als wüsste er, dass James gestern unsägliche Dinge mit seiner Schwester getrieben hatte.

Unwohl rieb er sich den Nacken. Callie hatte doch nichts erzählt, oder?

„Ich glaub, ihr solltet langsam raus", sagte Emma mit Blick auf ihre Uhr. „Sie öffnen gleich das Tor."

Luke nickte, nahm ihr das Baby aus dem Arm und zog eine Grimasse vor dem Gesicht seines Sohnes, der begeistert gluckste. „Du schützt mich vor den Fans, okay, Stinker?", flüsterte er, bevor er an James vorbei nach draußen ging.

„Kein Jahr alt und schon fängt die Kinderarbeit an." Jake schüttelte missbilligend den Kopf, griff nach einem großen Sack, in dem James die Schläger vermutete, und folgte ihm.

James hatte fest damit gerechnet, dass Callies Bruder ihnen folgen würde, doch er wurde überrascht. Cooper blieb genau dort, wo er war, den Blick noch immer kühl auf ihn gerichtet.

Fragend wandte James sich zu ihm um. „Kann ich dir helfen?"

„Ja", sagte er langsam und verengte die Augen. „Ich habe eine Frage an dich: Wie genau hast du Callie dazu gebracht, dir zu vertrauen?"

Mit Sex. Einer Menge Sex. „Ich bin ein vertrauenswürdiger Typ."

„Nein, bist du nicht", sagte Cooper kühl.

Ja, er hatte recht. James seufzte leise. „Ich weiß ja, dass ihr denkt, Callie sei eine zerbrechliche Blume, aber sie kann gut auf sich selbst aufpassen. Du hast also keinen Grund zur Sorge."

„*Ihr?* Wer ist ihr?"

„Na, du und deine Brüder."

„Ah. Nun, du liegst falsch. Mir ist vollkommen bewusst, dass Callie auf sich achtgeben kann."

James schnaubte. „Ach ja? Da hat sie mir was anderes erzählt."

Coopers Kiefer knackte. „Was soll das denn heißen?"

James wusste, dass es nicht unbedingt klug war, den Bruder der Frau zu reizen, in die er unglaublich verknallt war, doch er war unfähig dazu, den Mund zu halten. „Das soll heißen, dass ihr eurer Schwester eine Entschuldigung schuldet."

Cooper lachte leise. „Bitte was?"

„Du hast mich verstanden", sagte James kühl und zwang seine Stimme zur Ruhe. „Ihr habt ihr eingeredet, dass sie schwach sei. Dass sie sich nicht verändert hat. Und eure Meinung ist ihr wichtig, also hat sie sie sich natürlich zu Herzen genommen. Fälschlicherweise. Und dafür solltet ihr euch entschuldigen."

James wandte ihm den Rücken zu, doch bevor er zurück nach draußen gehen konnte, rief Cooper ihn zurück.

„Hey, seit wann bist du der Experte?", wollte er feindselig wissen.

„Seitdem ich nichts anderes tue, als über sie zu schreiben." *Und nachzudenken.*

Er trat an die kalte Dezemberluft, die selbst die fleißige Sonne nicht aufwärmen konnte, und biss die Zähne aufeinander. Das war möglicherweise nicht klug gewesen. Cooper schien ihn ohnehin schon nicht sympathisch zu finden, und er bezweifelte, dass er diesen Umstand mit seinen Worten geändert hatte. Aber irgendwer hatte es ihrer Familie sagen müssen! Denn dass sie Callie nichts zutrauten, war lächerlich.

Schwer atmete er durch und ließ den Blick schweifen. Er entdeckte Callie nahe des Schlagmals, an dem sie den Baseballspielern irgendetwas erklärte.

James lächelte, als er sah, dass sich eine steile Falte der Konzentration zwischen ihren Augenbrauen gebildet hatte und sie Jake hinters Ohr schnipste, als er das Gesicht verzog. Sie hatte alles unter Kontrolle – und jeder, der etwas anderes dachte, war ein Vollidiot.

Er schlenderte in ihre Richtung, besah sich den weitläufigen Garten, der aussah, als wäre er bereit für die ersten Besucher, und blickte dann zum Tor, durch das vereinzelte besondere Gäste bereits durchgelassen worden waren.

Ein Fernsehteam, das einen Shot des Feldes ohne Spieler aufnahm. Ein paar schwangere Frauen und Leute im Rollstuhl. Und eine bunte Mischung an Leuten, die –

Moment. Abrupt blieb er stehen. Er kannte die Menschen, die sich da neugierig die Dosenwurfbude besahen.

„Okay, die Schlägerkrise ist bewältigt, alle sind bereit." Callie tauchte neben ihm auf und rang nervös die Hände ineinander. „Ich kann der Security sagen, dass sie die Tore aufmachen soll, oder?"

„Was zum Teufel macht meine Familie hier?", ignorierte er sie und nickte schockiert in Richtung seines Vaters, seiner Mutter, seiner Schwester und Thomas.

„Ich habe sie eingeladen", erwiderte Callie verwirrt.

Ungläubig sah er sie an. „*Warum?*"

„Nun, du hast die letzten Wochen so hart gearbeitet und ... sie sollten sehen, was du hier auf die Beine gestellt hast."

„Nein, sollten sie nicht."

„Doch. Du meintest, dass es nicht viele Dinge an dir gibt, die sie mögen könnten ... das, was du hier geschafft hast, müssen sie lieben. Es wird dir helfen.“

„Wie sollte ein Schlaganfall mir helfen!?“

Sie schnaubte, doch ihre Mundwinkel zuckten. „Sei nicht albern. Außerdem sind sie nicht nur deinetwegen gekommen. Dein Neffe wird nachher auf dem Spielfeld stehen, für ihn sind sie auch da.“

Er seufzte schwer und sah sie eindringlich an. „Callie, es ist anstrengend, mit meiner Familie zu reden.“

„Ich bin mir sicher, dass das nicht stimmt.“

„Doch! Tut es. Alles, was ich sage, finden sie langweilig.“

„Na, ein paar deiner Geschichten sind schon ein wenig trocken“, gab sie zu bedenken und tätschelte seinen Arm. „Aber das kriegen wir schon hin.“

Zu seinem Entsetzen nickte sie fest und stakste im nächsten Moment entschlossen durch den Garten auf die Dosenwurfbude zu, vor der sein Vater gerade hockte, um das Gras unter seinen Füßen näher zu beäugen.

„... frage mich, ob der echt ist“, hörte James ihn sagen. „Oder meint ihr, er ist ausgerollt?“

Großer Gott.

„Er ist echt“, meinte Callie, sobald sie vor ihnen stand. „Sehr echt. Hat James einen ganzen Tag gekostet, ihn zu mähen.“

„Oh.“ Sein Vater erhob sich hastig und lächelte, als er seinen Sohn erkannte. „Wirklich?“

James seufzte innerlich, nickte jedoch pflichtbewusst. „Die Steine waren das Problem. Ich musste sie wegräumen, bevor ich richtig anfangen konnte, weil sie sonst den Mäher kaputtgemacht hätten."

„Ah", seine Mutter nickte verständnisvoll, während Serena murmelte: „Bitte frag nicht, was für ein Rasenmäher das genau war, Dad."

Callie lächelte nur breit und reichte allen nacheinander die Hand, Thomas wuschelte sie durch die Haare, sodass er angemessen das Gesicht verzog. „Hey, ich bin Callie Panther. Diejenige, die James praktisch dazu gezwungen hat, bei diesem Projekt mitzuhelfen. Und er hat viel zu viel getan, dafür dass er eigentlich nur ein paar Artikel über mich verfassen sollte." Sie lächelte ihm warm zu. „Und dafür bin ich ihm sehr dankbar, ohne ihn wäre ich nämlich nicht fertig geworden."

„Das hast du ja gar nicht erzählt, Jamie", bemerkte seine Mutter verblüfft.

Nein, hatte er nicht. Er hatte aber auch nicht das Gefühl gehabt, dass es irgendwen interessierte. „Es macht Spaß, mit den Händen zu arbeiten", sagte er etwas lahm, aber er wusste, dass sein Vater darauf anspringen würde.

Callie warf ihm einen merkwürdigen Blick zu, eine Mischung aus *Hä?* und *Du benimmst dich merkwürdig*, doch wie erwartet erhellte sich das Gesicht seines Dads.

„Das ist das, was ich seit Jahren predige", sagte er fast stolz. „Nichts gibt einem eine solche Genugtuung, wie etwas im Angesicht seines Schweißes zu bauen. Wie damals das Baumhaus."

Das sogenannte Baumhaus, das James sehr lebendig als Bretterberg in Erinnerung hatte, war eine Tortur gewesen. Er war neun gewesen und hatte auf dem Liegestuhl liegen und lesen wollen, doch sein Vater und sein Bruder waren der Meinung gewesen, dass es Zeit für ihn wurde, wie ein richtiger Mann den Hammer zu schwingen. Er hatte es gehasst. So sehr, dass er sich absichtlich mit dem Hammer auf den Finger geschlagen hatte, um sich selbst arbeitsunfähig zu machen.

Dennoch hörte er sich sagen: „Ja, das ist eine schöne Erinnerung."

„Du hast ein Baumhaus gebaut?", fragte Thomas skeptisch. „Als ich dich gefragt habe, ob wir eins machen können, meintest du, dass du mir eine Playstation kaufst, wenn ich es nie wieder erwähne."

Eine Playstation, die er soeben wieder verloren hatte! „Ich hatte Angst, dass du dich selbst verletzt", erklärte er.

Sein Vater sah ihn irritiert an, doch Gott sei Dank blieb es ihm erspart, diese Unterhaltung weiterzuführen, denn Callie meldete sich zu Wort.

„Also ich finde, dass es viele Dinge gibt, auf die man stolz sein kann. Selbst wenn man den ganzen Tag nur vor einem Computer sitzt."

„Natürlich", sagte seine Mutter, im Versuch, höflich zu sein.

„Haben Sie eigentlich einen der Artikel gelesen, die ihr Sohn in den letzten Wochen geschrieben hat?"

Seine Mutter und sein Vater wechselten einen schuldbewussten Blick. Früher hatten sie einiges von ihm gelesen, gerade zu seinen Anfangszeiten, aber James nahm es ihnen nicht übel, dass sie über die Zeit das Interesse daran verloren hatten.

„Ich hab sie gelesen“, sagte Thomas und reckte stolz das Kinn. „Und Mom auch.“

Überrascht sah James zu Serena, die nur die Augen verdrehte. „Thomas hat sie rumliegen lassen, deswegen habe ich mal reingesehen, das ist alles. Sie waren … ganz nett.“

„Ich finde sie großartig“, sagte Callie lächelnd. „Dabei hasse ich es, von mir selbst zu lesen.“

James’ Mundwinkel zuckten. Es war das erste Mal, dass sie das zugab … und auf absurde Weise ließ ihn das verlegen und stolz zugleich fühlen.

Er wusste, dass er gut war. Die Arroganz gestand er sich zu. Aber er war schon lange nicht mehr stolz darauf gewesen.

„Nun, vielleicht sollten wir uns die Artikel dann noch mal ansehen“, sagte seine Mutter und stieß ihrem Mann mit dem Ellbogen in die Seite, der pflichtbewusst nickte.

„Das sollten sie“, bestätigte Callie freundlich. „Und jetzt entschuldigen Sie mich, ich muss das Tor öffnen. Aber viel Spaß heute.“ Sie winkte, legte im Vorbeigehen sacht eine Hand auf seinen Rücken und verschwand zu ihren Security-Männern.

„Wir suchen uns am besten auch schon einen Platz auf den Tribünen“, meinte Serena und nickte zu den Bierbänken, die heute die Zuschauerränke ersetzten.

„Setzt euch ganz vorne hin, sonst könnt ihr mich nicht sehen!“, meinte Thomas.

„Wird gemacht", versprach seine Mutter, lächelte ihm zu, würdigte James mit einem Nicken und schleifte ihre Eltern im nächsten Moment zu den noch leeren Bänken.

Thomas blieb neben James stehen und ließ den Blick aufgeregt zu der Meute an Menschen schweifen, die durch das nun offene Tor strömten. „Mann, das sind voll viele Leute", meinte er kopfschüttelnd. „Meinst du, die werden alle zusehen?"

James konnte nicht ganz erkennen, ob er panisch oder hoffnungsvoll klang, deswegen sagte er nur: „Bestimmt viele, aber nicht alle."

Thomas nickte und trat von einem Bein auf das andere. James sah auf die Füße seines Neffen und musste ein Schnauben unterdrücken. „Schicke Turnschuhe."

Sein Neffe grinste breit. „Ja, oder? Deine Callie ist echt cool."

„Sie ist nicht *meine* Callie."

Thomas schnaubte. „Aber du wünschst dir, sie wäre es."

Misstrauisch verengte James die Augen. Manchmal war sein Neffe zu klug für sein eigenes Wohl. „Wieso glaubst du das?"

„Weil du sie ansiehst, als wäre sie dein ganz persönliches Paar Turnschuhe."

James schnaubte und fragte sich, ob Callie es gefallen würde, mit Schuhen verglichen zu werden. Womöglich nicht. „Ich mag sie, das ist alles", meinte er vage.

„Wie sehr magst du sie?"

Sehr, sehr. „Ein wenig."

„Lügner." Thomas grinste. „Du bist voll verliebt, oder?"

Schwer seufzte er. Vielleicht. Vielleicht auch nicht. Er wusste es doch selbst nicht.

„Hey, ich bin voll dafür. Sie ist wirklich mega cool."

Ja, das fand James auch.

„Also … seid ihr jetzt zusammen, oder was?"

James hob eine Schulter. „Es ist nicht so einfach."

„Warum nicht?"

„Na ja, ich bin nicht so wirklich der Affären-Typ."

„Das ist doch gut."

„Ja, aber Callie ist nicht offen für eine Beziehung und sie ist in ein paar Monaten weg, also …"

„Na und?", fragte Thomas irritiert. „Wenn man jemanden mag, dann mag man jemanden und sollte sich zusammenreißen. Das hast du mir letzten Monat selbst noch gesagt!"

Ja, aber es war sehr viel einfacher, solch wertvolle Ratschläge zu verteilen, als sie selbst zu befolgen. „Ich weiß nicht", meinte er langsam.

„Ob du sie genug magst?"

Oh, nein, das war nicht das Problem. „Nein. Ob ich ihr nicht zu viel Angst einjage, wenn ich ihr sage, dass ich … mehr will."

Und war das nicht das Problem, das ihn ständig begleitete? *Mehr* zu wollen?

„Wenn du es ihr nicht sagst, wirst du es nie erfahren", sagte Thomas schlicht und klopfte ihm auf die Schulter. „Okay, ich muss jetzt los, sie pfeifen das Spiel an und ich bin direkt im zweiten Inning dran." Sein Gesicht erhellte sich. „Alter, du hättest die Gesichter meiner Mitschüler sehen sollen, als ich ihnen erzählt habe, dass ich mit Jake Braker Baseball spielen werde! " Breit grinsend drückte er James' Schulter, bevor er an ihm vorbei zu Callie sprintete, die gerade die letzten Anweisungen vor Spielbeginn an eine Gruppe von Jugendlichen gab.

Sie fuchtelte mit den Armen herum und lächelte breit, als einer der Jugendlichen ihr seine Kappe gab, weil sie die Augen vor der Sonne zusammenkneifen musste.

Sie sah ... glücklich aus. Zufrieden.

James' Herz wurde schwer und er hätte beinahe laut angefangen zu lachen, denn wenn er sie ansah, spürte er nicht nur Verlangen, sondern auch Sehnsucht. Und Sehnsucht war eine Emotion, mit der er sich überhaupt nicht anfreunden konnte.

„Sag mal, hältst du es für klug, dir all deine Beziehungstipps von einem Vierzehnjährigen zu holen?"

James schrak zusammen und wandte sich um. Lana stand neben ihm, die roten Haare zu einem Zopf geflochten, ein freundliches Lächeln auf ihrem Gesicht.

Er hätte damit rechnen sollen, dass sie auch kommen würde. Überall wo seine Familie war, war sie ebenfalls. Die Frage war nur ... Was genau hatte sie gehört?

„Thomas ist sehr sensibel", meinte er und zuckte mit den Achseln. „Er weiß, wovon er spricht."

„Er hat wahrscheinlich noch nicht einmal ein Mädchen geküsst."

„Das ist die Schuld der Mädchen, nicht seine."

Lana lachte. „Du solltest dir ein paar erwachsene Freunde suchen, James. Das habe ich dir schon immer gesagt."

Sein Blick fuhr automatisch zu Callie, die neben dem Schiedsrichter des gerade angepfiffenen Baseballspiels stand. „Ich habe neue ... Freunde."

„Freunde, mit denen du nicht *schläfst*, James."

Ach so. Ja, da hätte sie schon spezifischer sein müssen. Er zog eine Grimasse. „Ist das so offensichtlich?"

„Für jeden, der dir gerade gelauscht hat ... ja. Übrigens keine große Leistung von dir, mit deinem Auftrag ins Bett zu hüpfen."

Nein, aber jeden moralischen Zweifel wert. „Weißt du, ich habe auch andere Freunde ..."

„Wen?"

„Dich. Serena."

Lana seufzte schwer. „Oh, James ... wir können nicht beste Freunde bleiben. Es ist merkwürdig, mit der Ex rumzuhängen. Und Serena ist gerade nicht dein größter Fan."

Damit hatte sie leider recht. „Was schlägst du vor? Ich hänge auf Basketballplätzen herum und quatsche Typen an, um sie zu einem Bier mit mir zu drängen?"

„Das wäre eine Möglichkeit ... könnten wir noch mal auf dein unmoralisches Sex-Verhalten zurückkommen?"

„Ich rede da nicht mit dir drüber, Lana! Das ist noch merkwürdiger, als würden wir miteinander befreundet bleiben."

„Na, du hast aber keinen anderen besten Freund, also bin ich das Einzige, was dir zur Verfügung steht."

Ungläubig schüttelte James den Kopf. „Warum willst du das überhaupt wissen?"

„Weil ich will, dass du glücklich bist", sagte sie stur. „Weil ich das Gefühl habe, dich lange genug aufgehalten zu haben. Weil du ..."

„Weil ich was?"

Sie seufzte schwer. „Weil du unfähig dazu bist, dir selbst zu helfen, James. Weil du es dir zu deiner Aufgabe machst, möglichst wenig über dein Leben nachzudenken ... und ich das viel zu lange unterstützt habe."

„Was redest du da? Du hast es nicht unterstützt."

„Doch, habe ich." Sie verzog das Gesicht. „Ich wusste, dass wir nicht miteinander alt werden würden, James. Schon anderthalb Jahre bevor du Schluss gemacht hast. Ich habe es nur nicht angesprochen, weil ich deine Familie nicht verlieren wollte. Aber ebenso wusste ich, dass du noch lange brauchen würdest, um darauf zu kommen. Weil du nicht mit dir selbst redest."

Ja, das war ihm bewusst. Das brauchte sie ihm wahrlich nicht unter die Nase zu reiben. „Was willst du von mir hören, Lana?", sagte er ungeduldig.

Sie lächelte schwach. „Dass du es mit ihr versuchst, wenn du sie wirklich so sehr magst. Moral hin oder her."

„Nun, das liegt nicht allein in meinen Händen, oder?"

Lana griff nach seiner Hand und drückte sie, bevor sie murmelte: „Aber zu großen Teilen, Jamie."

Er seufzte schwer und hielt sich davon ab, den Blick wieder zu Callie schweifen zu lassen. „Ich bin nicht begabt darin, ein fester Freund zu sein. Ich möchte Callie nicht in ihr Verderben reiten."

„Was redest du da?", fragte Lana verblüfft. „Du warst ein hervorragender Freund, Jamie. Du hast keinen meiner Geburtstage vergessen, du hast für mich gekocht, hast mich mit Fußmassagen verwöhnt ..."

Er lachte trocken auf. „Es gibt Wichtigeres in einer Beziehung als die Fähigkeit, die richtigen Druckpunkte am Fuß zu finden."

„Sprich für dich selbst.“

„Lana … ich habe dich nicht so geliebt, wie ich es sollte.“

„Aber du *hast* mich geliebt, James.“

Er nickte und schob die Hände in die Hosentaschen. „Es war nicht genug.“

„Ja, ich weiß.“ Sie lächelte matt. „Aber das lag nicht nur an dir. Wir hatten eine … stumme Liebe. Leise, zufriedene Liebe. Keine laute, vereinnahmende. Und ich beschwere mich nicht, mir ging es genauso.“

Er nickte und schloss einen kurzen Moment lang die Augen. „Du warst immer meine beste Freundin, weißt du?“, flüsterte er. „Ich wollte dich so lieben, wie du es verdient hättest.“

„Aber du konntest nicht“, flüsterte sie, drückte seine Hand und lächelte. „Ich weiß. Und ich habe deine Familie geliebt und gehofft, dass das für uns reicht.“

„Aber das konnte es nicht“, sagte er.

„Nein. Dabei schienen wir so gut zusammenzupassen! Jeder hat erwartet, dass wir heiraten und für immer und ewig glücklich sein werden.“

„Sieht so aus, als wollten alle etwas wahrhaben, das nicht existiert hat.“

„Ja.“

Sie sahen einander an, waren sich so unendlich vertraut. James kannte Lana besser als jeden anderen Menschen – und er liebte alles an ihr. Er war nur nicht *verliebt* in sie. Und vielleicht war er das nie gewesen.

„Ich war nie das richtige Mädchen für dich“, wisperte Lana und wischte sich eine Träne unter dem Auge weg. „Ich war nie abenteuerlich, habe nie mehr gesehen als den Garten vor meiner Tür. Wir wollten schon immer andere Dinge. Wenn du ausgehen wolltest, wollte ich auf der Couch liegen. Wenn du in den Wanderurlaub fliegen wolltest, wollte ich eine ruhige Woche am Pool."

„Nein. Es ist andersherum. Ich war nie der richtige Mann für dich. So musst du es sehen."

„Aber du bist wunderbar", sagte sie mit belegter Stimme. „Und ..." Sie schluckte. „Und ich weiß, dass du mich nicht betrogen hast. Ich habe es nur ausgenutzt, weil ich deine Familie nicht verlieren wollte. Weil es ... auch meine ist. Und mir ist klar, dass das unfair und selbstsüchtig ist, aber ... ich liebe sie."

„Ich weiß. Und das ist in Ordnung", meinte James und hob die Achseln.

„Nein, ist es nicht. Aber danke, dass du das sagst."

Einige Herzschläge lang schwieg sie, bevor sie murmelte: „Kannst du mir einen Gefallen tun?"

Überrascht hob er die Augenbrauen. „Was für einen?"

„Kannst du deine Fehler nicht wiederholen?"

„Was meinst du?"

„Verschwende deine Zeit nicht mit den falschen Frauen, Jamie."

Er biss die Zähne aufeinander und starrte sie kühl an. „Denkst du, das ist es, was Callie ist?"

„Sag du es mir."

„Sie ist nicht *falsch*", sagte er gereizt. „Sie ist die klügste, mutigste und einfühlsamste Frau, die ich kenne. Sie ist ..."

„... das Beste, was dir seit Langem passiert ist?", schlug Lana unschuldig vor.

„Ja."

Leise seufzend tätschelte Lana seine Hand. „Okay, dann bitte ich dich um einen weiteren Gefallen."

„Was denn jetzt schon wieder?“

„Nun, wenn du Gefühle für Callie hast“, sagte sie langsam. „*Richtige* Gefühle … Wenn sie die Frau ist, die dir alles geben und zeigen kann, was ich nie konnte – dann vermassele es nicht. Sag ihr einfach, wie du fühlst.“

Er lachte freudlos auf und fuhr sich durch die Haare. Ja, wahrscheinlich sollte er das tun. Er hatte nur die Sorge, dass jede Emotion, die er preisgab, die sein könnte, die Callies Fluchtinstinkt wachrief. Und Calliope Panther konnte verdammt schnell rennen …

Kapitel 18

„Tante Emma. Ich langweile mich."

„Ich weiß, Randy", sagte die Blondine und Ehefrau von Luke Carter mit einem schweren Seufzer. „Aber das ist nun einmal Baseball. Man denkt, jetzt müsste es doch endlich vorbei sein ... dabei hat es gerade erst angefangen."

„Es ist so bescheuert", sagte Liv verärgert, Jakes neue Freundin, die Callie gerade erst kennengelernt hatte. „Sie gucken selbst zur *Entspannung* Baseball. Von wegen, sie bringen ihre Arbeit nicht mit nach Hause! Wenn Jake mich zwingt, auch nur ein weiteres Video des Yankee-Catchers anzusehen, trenne ich mich auf Probe von ihm."

Callie unterdrückte ein Lächeln und wandte das Gesicht ab. Schön zu wissen, dass die Frauen der Baseballer hinter dem Sport ihrer Männer standen.

Emma antwortete irgendetwas Mitfühlendes, und Callie nutzte die Gelegenheit, um von der Bank aufzustehen und sich unbehelligt in Richtung Haus zu bewegen. Das Spiel war im vollen Gange, und so sehr sie die Begeisterung ihrer Familie für den Sport respektierte ... es gab zu viele Dinge, um die sie sich noch kümmern musste, um einfach nur zuzusehen. Auch wenn sie es liebte, die Jugendlichen dabei zu beobachten, wie sie begeistert mit einem Holzstock auf einen Ball eindroschen.

Sie machte eine Runde durch den Garten, versicherte sich, dass bei den Ständen alles in Ordnung war, fragte die Security-Leute, ob sie etwas zu beanstanden hätten … und hielt unterbewusst nach James Ausschau. Sie hatte ihn schon eine ganze Weile nicht mehr gesehen und fragte sich, was er tat. Ob er die Zeit nutzte, um Bilder zu machen und seine Eindrücke aufzuschreiben … oder mit irgendeinem Gast zu flirten.

Sie zog eine Grimasse bei dem Gedanken und schüttelte über sich selbst den Kopf. Das war etwas, über das sie sich wirklich keine Sorgen machen sollte – und trotzdem reckte sie den Hals, um durch die verglaste Terrassentür in das Innere des Hauses zu sehen. Das Haus war für die Gäste – abgesehen von den VIP-Sportlern und ihren Familien – tabu, aber James hatte einen Schlüssel, deswegen könnte er …

„Na, was habe ich verpasst? Ich hoffe, eine Menge."

Callie drehte sich zu der Stimme um – und öffnete verblüfft den Mund. „Du bist gekommen!"

Callum verdrehte die Augen. „Jaja, ich bin ein Held – und ich bleibe eine halbe Stunde."

„Aber du bist gekommen", wiederholte sie im Flüsterton und ignorierte das Brennen in ihren Augen, bevor sie fest die Arme um ihn schloss. Callum hasste nichts mehr als Menschenansammlungen – und die fingen ab vier Personen an. Dass er hier war, war ein großer Liebesbeweis.

Cal seufzte leise und tätschelte ihren Rücken. „Ich bin froh, dass du wieder hier bist, Callie", sagte er leise. „Wir brauchen dich hier. Coop und Cole sind solche Hampelmänner, wenn du nicht da bist, um sie zur Vernunft zu bringen.“

Sie lachte und schluckte den Kloß in ihrem Hals hinunter. „Ich bin auch froh, wieder hier zu sein“, wisperte sie – und es war die Wahrheit.

„Wen nennst du hier Hampelmann?“, drang eine Stimme hinter ihrem Rücken hervor. Sie gehörte zu Coop, der mit griesgrämiger Miene auf sie zugestapft kam, Cole an seiner Seite.

„Euch beide, wenn es hilft“, meinte Cal leichthin.

Cole schnaubte. „Ich fasse es nicht, dass du hier bist. Immer wenn ich dich ins Stadion einlade, gibst du vor, deine Periode zu haben.“

„Ja und das wird auch weiter so bleiben. Das hier ist eine Ausnahme.“

Callie grinste verstohlen. „Außer zur Eröffnung des Jugendzentrums nächste Woche. Dazu wirst du natürlich auch kommen, richtig?“

„Nein“, sagte Cal ungläubig. „Meine Güte, da reicht man dir einmal den kleinen Finger ...“

„Doch, du wirst kommen“, sagte Callie und winkte ab. „Das wird ein obligatorisches Familienevent. Cole wird sogar eine Rede halten.“

Der leidende Gesichtsausdruck ihres ältesten Bruders hätte besser in das Gesicht eines Dreijährigen gepasst. „Einen Scheiß werde ich.“

„Aber denk doch mal darüber nach, Cole“, meinte sie unschuldig. „Das ist der einzige Weg, mit dem du mir zeigen kannst, dass ich dir wichtiger bin als dein Lampenfieber ...“

„Ich habe kein Lampenfieber, ich habe nur keinen Bock!"

„Und diesen Beweis brauch ich wirklich, nachdem du mich all die Jahre nicht besucht hast."

„Du hast mir deine verdammte Adresse nicht gegeben!", meinte er ungläubig.

„Ihr Opfer", meinte Coop nur grinsend.

„Oh bitte. Du wirst den Jugendlichen, die zur Eröffnung erscheinen, von all den tollen Dingen berichten, die das Zentrum zu bieten hat. Deine Aufgabe wird die beschissenste sein, denn wenn du nicht die ganze Zeit lächelst, erzähle ich Mom, mit wie vielen Frauen du schläfst."

Callum und Cole nickten zufrieden, während Coop ihr den Mittelfinger wahrscheinlich nur nicht zeigte, weil so viele Kinder anwesend waren. Das war okay für Callie, sie wusste schon, wie er aussah.

„Mann, ich muss sagen, du hast ganze Arbeit geleistet", meinte Cole.

„Womit? Euch zu dressieren?"

Seine Mundwinkel zuckten, doch er schüttelte den Kopf. „Nein. Mit der Veranstaltung heute." Er nickte zum Baseballfeld, auf dessen Wurfmal Luke Carter gerade rüde Gesten in Richtung seiner Frau machte, die: „Es ist erst ein Out, wenn der Schiedsrichter es sagt, Luke!", schrie.

Hitze stieg in ihre Wangen und sie hob die Schultern. „Es ist okay", meinte sie vage, auch wenn sie so verdammt stolz war, dass es ihr schwerfiel, nicht zu tanzen.

Sie hatte so viele interessierte Investoren, die Spenden ans Jugendzentrum als gut investierte Steuerentlastung ansahen, dass sie sie nicht mehr an ihren Fingern abzählen konnte. Die sicheren Zusagen würde sie erst zur Eröffnung des Zentrums in einer Woche bekommen, aber sie war überzeugt davon, dass sie genug Geld für die ersten fünf Jahre zusammenbekommen würde.

„Es ist nicht *okay*, es ist … fantastisch", stellte Coop klar und kratzte sich im Nacken. „Und es tut uns leid, dass wir dir nicht vertraut haben." Zögerlich hob er eine Schulter. „Also, falls du dich durch das, was wir gesagt haben, schwach gefühlt haben solltest, das war nicht unsere Absicht und wir …"

„Schämen uns?", schlug Callum vor.

Coop zeigte mit dem Finger auf ihn. „Genau. Schämen. Ich benutze das Wort so selten, da ist es mir entfallen. Gut, dass du damit mehr Erfahrung hast, Cal."

„Ja, Coop hat recht", meinte Cole und seufzte. „Im Gegensatz zu ihm bist du erwachsen, und ich werde mir Mühe geben, das von jetzt an nicht mehr zu vergessen."

Callies Hals wurde wieder eng, während sie zwischen ihren Brüdern hin- und hersah, und es fiel ihr schwer, die Tränen zurückzuhalten, die sich unaufhörlich aus ihren Augen drängen wollten. Sie hatte Philadelphia damals hinter sich lassen wollen, nicht ihre Familie, und es war schön, daran erinnert zu werden, dass sie eine so wundervolle hatte. Wer brauchte ihre Eltern, wenn sie ihre Geschwister hatte?

Ein warmes, kuscheliges Gefühl machte sich in ihrer Brust breit. Ein Gefühl, das sie an … zu Hause erinnerte. Wo immer das auch sein mochte.

„Danke“, flüsterte sie und wischte sich einen Ausreißer von der Wange. „Das … bedeutet mir sehr viel.“

„Oh, großer Gott“, sagte Cole, verzog das Gesicht und nahm sie unbeholfen in die Arme. „Es ist alles gut. Pscht. Hör auf zu weinen. Sonst weine ich auch.“

„Wirklich, Callie, nicht weinen“, bestätigte Callum, Panik in seiner Stimme. „Niemand ist so hässlich wie Cole, wenn er flennt.“

Callie lachte und tätschelte Coles Rücken. „Es sind Freudentränen, du musst also nicht weinen.“

„Okay“, murmelte er verlegen und ließ sie wieder los. Er gab sich Mühe dabei, Callums oder Coops Blick nicht zu begegnen, und Callie musste lachen. Liebe Güte, ihre Brüder waren solche Softies!

„Wisst ihr, egal, was mit Mom und Dad ist … ich finde, wir sind eine sehr funktionale Familie“, meinte Coop und hob die Schultern.

„Ja, nur sind manche funktionaler als andere“, bemerkte Cal abwesend. „Und bin ich der Einzige, der es gruselig findet, dass Mom und Dad sich so gut verstehen, obwohl sie sich kaum sehen?“

Er nickte nach rechts und sie alle folgten seinem Blick. Tatsächlich standen Clint und Evelyn Panther keine zehn Meter von ihnen entfernt nahe dem Eingang zum Haus. Ihr Dad hatte einen Arm leger um die Schultern seiner Frau gelegt, während sie sich mit einem beleibten Mann unterhielten, der mit dem Rücken zu ihnen stand.

„Sie verstehen sich so gut, *weil* sie sich kaum sehen“, korrigierte Coop ihn. „Das ist, glaube ich, das Geheimnis einer guten Ehe.“

Cole schnaubte. „Nein. Das ist das Geheimnis dafür, wie man sich am leichtesten etwas vormachen kann. Ich würde durchdrehen, wenn ich nur alle paar Wochen mit Savannah reden könnte."

Ja. Aber Cole liebte Savannah ja auch.

Callie beobachtete, wie ihr Vater ein kühles Lächeln aufsetzte, als der dicke Mann vor ihm sich grinsend umwandte.

Ungläubig öffnete Callie den Mund. Sie erkannte ihn. Es war Dave Chesterfield. Der Journalist, der für den schrecklichen Artikel verantwortlich war, der erst letzte Woche noch einmal frisch publiziert worden war. Callie hatte ihn nicht noch einmal gelesen und fast gar nicht daran denken müssen. Sex mit James war eine sehr effektive Ablenkung gewesen.

Chesterfield hielt einen Notizblock in seinen geröteten Wurstfingern und schrieb fleißig irgendetwas auf, während ihr Vater redete.

Das Zu-Hause-Gefühl verflüchtigte sich und wurde durch Unsicherheit ersetzt. Eine tiefe, an ihr nagende Unsicherheit, die sie so sehr hasste, dass sie für einige Momente das Atmen vergaß.

Nein, es reichte. Sie würde sich nicht länger einschüchtern lassen. Nicht von ihren Eltern und schon gar nicht von einem blöden Journalisten!

„Entschuldigt mich kurz", sagte sie abwesend, bevor sie ihre Brüder zurückließ, die noch immer darüber diskutierten, wann eine Beziehung gut und wann schlecht war. Das war, als würden sich drei Goldfische darüber unterhalten, wie man am besten Fahrrad fuhr, aber den Kommentar behielt Callie für sich.

Stattdessen streckte sie den Rücken durch, atmete schwer aus und konzentrierte sich auf das kleinere Übel vor ihr. Den Reporter, der ihr Leben zur Hölle gemacht hatte.

„Mr Chesterfield", begrüßte sie ihn kühl. „Sie scheinen besessen von mir zu sein. Kann ich Ihnen vielleicht die Nummer eines guten Exorzisten empfehlen? Die eines guten Therapeuten hätte ich auch, das wäre ja schon mal ein Anfang."

Der Journalist wandte sich zu ihr um und ein entzücktes Lächeln glitt über seine Züge. „Calliope Panther. Haben Sie aufgehört, mir aus dem Weg zu gehen?"

„Mir erschien es klüger, meinen Stalker persönlich zu konfrontieren. Denn sonst lernt er vielleicht nie, dass es äußerst unangebracht ist, was er tut."

„Mir schreibt er auch jeden zweiten Tag", sagte ihr Vater eisig.

Callie seufzte theatralisch auf, sah ihn jedoch nicht an. Blickkontakt mit ihren Eltern würde ihr womöglich den Mut nehmen. „Wirklich? Und da dachte ich, ich wäre etwas Besonderes."

„Sie können mir keinen Vorwurf machen. Ihre Familie ist einfach unglaublich interessant", gab Chesterfield zu bedenken. „Und so geheimniskrämerisch. Niemand weiß, was hinter den Mauern Ihres Anwesens vor sich geht."

„Nun, dafür sind Mauern da, oder nicht?", meinte Callie trocken.

„Mr Chesterfield, ich verstehe nicht ganz", schaltete sich nun ihre Mutter ein. „Was genau ist so interessant an uns? Wir sind wie jede andere amerikanische Familie auch."

Chesterfield schnaubte laut, und Callie konnte es ihm nachfühlen. Denn das, was ihre Mutter sagte, war lächerlich. So wie die Tatsache, dass sie die Hand beinahe zärtlich auf den Arm ihres Ehemannes gelegt hatte.

Callie konnte nicht anders, als dorthin zu starren.

Sie verstand es nicht. Sie verstand *nichts* an ihrer Beziehung. Es standen so viele unterdrückte Gefühle zwischen den beiden, dass sie sich wunderte, dass sie nicht daran erstickten.

Doch gleichzeitig hätte sie beinahe angefangen zu lachen, weil sie selbst genauso schlimm war. Die unterdrückten Gefühle, die sie gegenüber ihren Eltern hatte, hätten nicht in zehn Heißluftballons gepasst. Und das machte sie wahnsinnig! Das war der Grund, warum sie ihre Anwesenheit nur so schwer ertragen konnte. Weil sie sich jedes Mal wie der größte Feigling und Lügner fühlte.

Callie hatte geglaubt, dass sie ein Gefühl der Genugtuung empfinden würde, sobald sie ihre Eltern auf dieser Veranstaltung traf. Dass sie stolz sein würde, dass sie das Bedürfnis dazu haben würde, ein wenig mit ihrem Erfolg anzugeben. Aber das Einzige, was sie fühlte, war Unzufriedenheit. Ein stetiger Druck auf ihrer Brust, der ihr zu verstehen gab, dass sie hier nicht gewinnen konnte.

Dass das Bedürfnis, sie stolz machen zu müssen, ein Schritt nach hinten und nicht nach vorne war. Das *alles*, was mit ihren Eltern zu tun hatte, sie sich im Kreis drehen ließ.

Sie war ein anderer Mensch. Und sie sollte nicht die Bestätigung ihrer Eltern brauchen, um das einzusehen. Warum suchte sie dann noch immer danach?

„Oh, Mrs Panther, nichts an Ihrer Familie ist gewöhnlich“, meinte Chesterfield großspurig. „Wenn Sie bereit wären, mir ein Interview zu geben, könnten wir gerne über die Einzelheiten Ihrer Besonderheiten reden.“

„Nein danke“, sagte Evelyn freundlich. „Clint, ich würde gerne etwas trinken.“ Im nächsten Augenblick hatte sie ihren Ehemann von ihnen weggezogen.

Callie war beinahe froh drum. Jedes höfliche Wort, das sie mit ihnen gewechselt hätte, hätte sie nur weiter deprimiert.

„Nun, dann bleiben wohl nur noch wir zwei übrig“, sagte Chesterfield, sein Lächeln wölfisch.

Schwer seufzend sah sie ihn an. „Was wollen Sie von mir, Mr Chesterfield?“

„Ich möchte nur mit Ihnen reden, so wie jeder andere Reporter“, sagte er unschuldig.

„Blödsinn. Sie sind auf der Suche nach Dreck über mich. Aber ich muss Sie enttäuschen – mein Leben ist verdammt sauber.“

„Das glauben alle Menschen“, sagte er leichthin. „Und sie sind allesamt Lügner.“

„Na, Sie müssen es ja wissen.“

Chesterfield lachte. „Miss Panther. Sie dürfen nicht immer direkt vom Schlechtesten ausgehen. Wenn Sie sich bereiterklären würden, mir ein paar Fragen zu beantworten, würden Sie sehen, dass ich nichts als einen neutralen Bericht über Ihre derzeitige Lebenssituation sowie die Pläne für Ihre Zukunft verfassen möchte.“

Callie schnaubte. Sie glaubte ihm kein Wort. „Nun, ich fürchte, ich kann Ihnen keinerlei Informationen geben. Selbst wenn ich wollte – und ich kann nicht genug betonen, dass das nicht der Fall ist –, ich habe mit

James Galway einen Exklusivvertrag. Also ..." Sie hob die Schultern.

„James Galway", sagte er verächtlich. Chesterfields Miene verdüsterte sich und sein Blick glitt nach rechts zum Tor – und tatsächlich. Dort stand James. Doch er war nicht allein. Eine kleine, rothaarige Frau stand neben ihm, die Hand auf seinen Bizeps gelegt, der Blick eindringlich, während James lachend den Kopf schüttelte.

Ein abruptes Fallgefühl setzte in Callies Magen ein, nur um von einem roten Feuerball, der durch ihren Körper in ihren Hals schoss, gestoppt zu werden. Die Frau berührte James, als wäre er ein alter Freund, während ihr Blick so vertraut war, dass Callie ein wenig übel wurde.

Wer zum Teufel war das? Und warum nahm sie nicht endlich ihre beschissene Hand von James' Körper?

„Miss Panther, lassen Sie mich Ihnen einen Rat geben", murmelte Chesterfield gepresst, und sie zwang ihre Aufmerksamkeit zurück zu dem Journalisten.

„Einen Rat?", fragte sie perplex.

„Ja. Galway ist ein Mistkerl. Ich weiß, dass er charmant ist und die Ladys auf ihn fliegen ... aber Sie sollten sich wirklich überlegen, ob Sie dem richtigen Menschen vertrauen."

Callie presste die Lippen aufeinander. „Mein Urteilsvermögen ist fantastisch, aber vielen Dank."

Chesterfield schüttelte den Kopf und schürzte verächtlich die Lippen. „Nein, ist es nicht. Denn ja, einige Klatschreporter sind skrupellos. Aber James Galway ist ihr König. Jedes Wort, das aus seinem Mund kommt, ist kalkulierte Scheiße."

Callie schnaubte. „Vielen Dank für Ihre professionelle Einschätzung, wenn das dann alles ist, würde ich mich sehr darüber freuen, wenn Sie mich einfach in Ruhe lassen könnten."

„Schön", sagte Chesterfield und jede falsche Freundlichkeit war aus seinem Blick verschwunden. „Aber denken Sie an meine Worte. Ihr Leben mag sauber sein, aber das von Galway ist es nicht." Und mit diesen Worten verabschiedete er sich, rempelte sie noch einmal an und kämpfte sich zum Spielfeldrand durch.

Mit zusammengepressten Lippen starrte Callie ihm hinterher. Natürlich würde er James vor ihr schlechtmachen. Er war sein größter Konkurrent – und hatte ihn erfolgreich ausgestochen. Doch als ihr Blick zu James fuhr, der noch immer mit der Rothaarigen sprach, keimten Zweifel in ihr auf. Er wusste so viel über sie. Mehr als sie ihn je hatte wissen lassen wollen. Persönliche Dinge, die nichts in der Zeitung verloren hatten ... Wie hatte ein Klatschreporter es geschafft, dass sie ihm vertraute?

War das nicht unvorsichtig von ihr? Gerade im Angesicht der Tatsache, dass er mit einer fremden Frau flirtete?

Na gut, sie hatten nie darüber geredet, ob sie sich mit anderen Leuten treffen durften. Aber Callie war eben einfach davon ausgegangen, dass sie die Einzige war. Es kümmerte sie auch gar nicht wirklich, nur ... die verfluchte Hand der Rothaarigen war so hartnäckig, dass man vielleicht mit einem Hackebeil nachhelfen sollte!

Ach, sie sollte sich nicht so aufregen, die beiden einfach allein lassen und sich bei noch ein paar Investoren einschleimen.

Zielsicher lief sie auf James zu.

Sie war noch nie besonders gut darin gewesen, auf sich selbst zu hören.

Leider sprachen die beiden so leise, dass sie nicht verstehen konnte, was sie sagten, und als sie nah genug dran war, hatten sie sie bereits bemerkt.

James' Mundwinkel hoben sich, als er sie sah – doch sein Lächeln war nicht so breit wie noch vor einer Minute, und das verunsicherte Callie so sehr, dass sich ein kleiner schwarzer Stein in ihrem Magen formte.

„Hey", sagte James leichthin. „Genug von dem Baseballspiel?"

Sie nickte, hielt den Mund jedoch geschlossen, aus Angst davor, dass nur hässliche Worte herauskommen könnten.

„Ach, das hier ist übrigens Lana", fügte James hinzu. Er deutete auf die Rothaarige, so als hätte er vergessen, dass er nicht allein war. „Lana, Callie. Callie, Lana."

„Oh." Verblüfft öffnete Callie den Mund. Lana. Seine Ex-Freundin?

„Hey", sagte die kleine, zierliche, viel zu hübsche Rothaarige freundlich und streckte die Hand aus. „Schön, dich kennenzulernen. Ich habe die Artikel von James gelesen, und wenn auch nur die Hälfte der Dinge stimmen, die er sagt, bist du verdammt beeindruckend."

„Ähm, oh. Danke", stammelte Callie unsicher, während der Stein in ihrem Magen an Fahrt aufnahm und sich ihren Hals hochzuarbeiten versuchte. Sie wäre sehr viel besser damit zurechtgekommen, wenn Lana ihr den Mittelfinger gezeigt hätte. Die Frau, die James einmal geliebt hatte, sollte gemein sein. Am besten auch noch oberflächlich und ein wenig dumm. Doch alles, was Callie in den braunen Augen ihres Gegenübers lesen konnte, waren Intelligenz, Wärme und Freundlichkeit.

Gott, sie hasste sie.

„Ich habe auch schon … einiges über dich gehört", sagte sie ungelenk, als ihr auffiel, dass sie vielleicht etwas erwidern sollte.

Auch wenn das nicht wirklich stimmte. James war nie in die Details seiner Beziehung gegangen.

Lana zog eine Grimasse. „Glaub ihm kein Wort. Er wird nur erzählt haben, wie süß und unschuldig ich bin, dabei sollte er sich wirklich mehr Mühe geben, mich zu hassen. Ich bin schließlich der Grund, warum er es so schwer mit seiner Familie hat."

Callie öffnete den Mund … doch wusste wirklich nicht, was sie darauf sagen sollte.

„Du *bist* unschuldig und süß, Lana", meinte James achselzuckend. „Das entspricht nun einmal den Tatsachen."

„Hey, das ist nicht fair. Ich habe einem der Väter meiner Grundschulkinder gestern gesagt, dass er sich wie ein Disney-Bösewicht verhält. Das war ziemlich gemein von mir."

James lachte leise, und auch Callies Mundwinkel zuckten unfreiwillig.

Klasse. Witzig war sie auch noch. Warum war James gleich noch nicht mit ihr verheiratet?

„Na ja, ich geh mal deine Familie suchen", meinte sie lächelnd. „Ich hab dich lang genug in Beschlag genommen! Nett, dich kennenzulernen, Callie." Sie drückte James' Arm, nickte ihr freundlich zu und verschwand dann in Richtung der Tribünen.

James sah ihr kurz nach, bevor er sich wieder Callie zuwandte. „Wolltest du was Bestimmtes?"

Ja, sie wollte, dass er ihr jetzt sofort sagte, dass er Lana zum Kotzen fand und aus reiner Höflichkeit mit ihr gesprochen hatte. Doch natürlich tat er nichts dergleichen. Warum sollte er auch?

„Sie ist … nett", sagte Callie zögerlich und ignorierte somit seine Frage. „Und hübsch."

„Ja, ich weiß."

„Aha", sagte sie hölzern. Sie sollte das Thema fallen lassen. Einfach nicht darüber nachdenken. James konnte machen, was er wollte … „Hast du aus Gewohnheit mit ihr geflirtet oder weil du nicht über sie hinweg bist?"

„Was?", fragte James verblüfft.

„Du hast mich schon verstanden."

„Ich habe nicht geflirtet", sagte er verwirrt. „Wir haben uns unterhalten."

„Worüber?"

Er zögerte …

„Alles klar", sagte Callie knapp und wandte sich auf dem Absatz um. Gott, sie musste Abstand zwischen sie bringen. In seiner Gegenwart machte sie sich ja doch nur zum Deppen.

Auf geradem Wege lief sie zum Haus – es gab sicherlich irgendetwas, um das sie sich drinnen kümmern konnte – und öffnete die Terrassentür. Sie hatte noch keinen zweiten Schritt ins Wohnzimmer gesetzt, als eine Hand sie sanft, aber bestimmt an der Schulter zurückzog.

„Callie, was passiert hier gerade?", wollte James verwirrt wissen.

„Gar nichts", sagte sie gepresst und lief weiter. „Mir ist nur eingefallen, dass ich noch ... was erledigen muss."

Doch James ließ sich nicht abschütteln. „Was genau ist dein Problem?", fragte er belustigt, sobald sie die Küche erreicht hatte, die letzte Woche erst mit Strom und Wasser versorgt worden war. Die Fenster waren mit Pappe abgeklebt, damit niemand von außen hineinsehen konnte, weshalb sie das Licht anschaltete und mit dem Fuß verärgert die Tür hinter ihnen zutrat, bevor sie seinen Arm abschüttelte und hitzig zu ihm herumfuhr. „Ich habe kein Problem!"

„Die Ader, die auf deiner Stirn pocht, sagt mir etwas anderes."

Abrupt schlug Callie die Hand darüber. „Der Tag stresst mich, deswegen *wirkt* es vielleicht so, als hätte ich ein Problem, während ich in Wirklichkeit nur akut hohen Blutdruck habe, der durch die verschiedensten Umweltfaktoren ausgelöst werden könnte ..."

Langsam verengte James die Augen. „Du faselst."

Shit, er hatte recht. Callie schloss die Augen und ließ die Hand von ihrer Stirn darüber gleiten. „Ich habe kein Problem", wiederholte sie leise. „Nur musst du ja auch nicht mit ..." Sie brach ab, sammelte sich neu, holte tief Luft. „Du solltest nicht mit deiner Ex ... und so mit ihr ... du weißt schon!" Sie fuchtelte ungeduldig mit der Hand vor seinem Gesicht herum.

James' verwirrtem Gesichtsausdruck nach zu urteilen, wusste er es nicht. „Wovon redest du?"

„Du hättest nicht mit ihr vor allen Leuten flirten müssen, James!“, fuhr Callie ihn an. „Das war … unangebracht, das ist alles. Die Leute … deine Familie … könnte das wütend machen.“

„Die Leute oder dich?“, fragte er interessiert.

„Ich bin ein Teil der Leute, oder nicht?“, sagte sie gereizt und wandte den Blick ab. „Es könnte den falschen Eindruck vermitteln, wenn ihr … kuschelt.“

James lachte leise, und das machte Callie nur noch wütender. „Kuscheln? Wir haben uns kaum berührt!“

„Oh bitte“, fuhr sie ihn an und verschränkte die Arme vor der Brust. „Sie hat dich am Arm gepackt, als wärst du ihr Eigentum.“

„Callie“, sagte er ernst und legte eine warme Hand auf ihre Wange, um sie dazu zu zwingen, ihn anzusehen. „Zwischen mir und Lana läuft nichts mehr. Wir sind befreundet, das ist alles.“

„Du warst sieben Jahre mit ihr zusammen und bist jetzt mit ihr *befreundet*?“, meinte sie ungläubig. „Das ist merkwürdig, James.“

„Nein, merkwürdig ist, dass es dich so sehr aufregt.“

„Ich rege mich nicht auf!“, regte sie sich auf.

James’ Lächeln wurde breiter. „Du bist eifersüchtig, Callie.“

„Nein!“, erwiderte sie hitzig. „Nur … besorgt.“

„Besorgt, weil du eifersüchtig bist und dich das unsicher macht?“, mutmaßte er.

Sie presste die Lippen aufeinander. „Du bist ein Arschloch, James!“

„Tendenziell manchmal schon, aber jetzt gerade nicht. Wenn überhaupt benimmst du dich wie ein

Arschloch, weil ich nichts getan habe, um deine Wut zu verdienen."

Shit, er hatte recht. Schade, dass sie dieser Umstand nur noch zorniger machte. „Mir ist egal, mit wem du flirtest, James", sagte sie in einem versucht sachlichen Tonfall. „Du kannst küssen, wen du willst, du kannst schlafen, mit wem du willst ..."

„Ich will aber nicht schlafen, mit wem ich will", unterbrach er sie, und seine Hand rutschte in ihren Nacken. „Ich möchte mit *dir* schlafen. *Dich* küssen. Ich bin es nicht, der die bescheuerte *„Es ist nur Sex, James"*-Regel aufgestellt hat."

Callies Magen zog sich zusammen, und ihr Herz rutschte eine Etage tiefer. Sie wusste nicht, ob sie die Antwort wirklich hören wollte, aber sie musste dennoch fragen: „Du ... du bist offen für mehr als Sex?"

Er nickte langsam. So als könne ein schnelles Nicken sie verschrecken. „Und fürs Protokoll: Ich betrüge meine Bekanntschaften nicht."

„Stimmt, du erzählst es ihnen nur, obwohl es nicht stimmt."

„Richtig", meinte er leichthin und legte auch die andere Hand in ihren Nacken. „Und wenn ich das bemerken darf: Du bist süß, wenn du eifersüchtig bist."

„Halt die Klappe", sagte sie verärgert, packte ihn am Kragen und küsste ihn.

Seine Lippen waren hart unter ihren, während er überrascht von dem Angriff nach vorne stolperte und sie gegen die Anrichte hinter ihr stieß. Sie ließ die Hände über seine starken Schultern, seine Brust hinabwandern und krallte die Fingernägel in den Stoff, um ihn näher bei sich zu halten. Sie wollte nicht darüber nachdenken, was sie fühlte. Sie wollte spüren.

„Deine Argumentation ist einwandfrei“, murmelte James an ihren Lippen und erwachte endlich zum Leben. Doch nicht so, wie sie es gerne von ihm gewollt hätte. Sein Kuss war nicht stürmisch oder hart. Nein. Anstatt sich ihrem Rhythmus anzupassen, verlangsamte er ihn. Er strich mit den Lippen gemächlich über ihre, küsste sie fast zärtlich und hielt unschuldig ihre Hüften fest, die sie gegen seine pressen wollte.

Was sollte das?

„Du bist mir nicht schnell genug“, sagte sie ungeduldig, zog ihre Hände seine Brust hinab, wollte damit unter seinen Mantel und T-Shirt fahren ... wurde jedoch aufgehalten.

„Pech gehabt“, meinte James schlicht, verschränkte die Finger mit ihren und ließ die Lippen noch gemächlicher ihren Hals hinunterwandern „Du musst mit dem arbeiten, was du bekommst.“

Bestimmt legte er ihre Hände auf der Anrichte hinter ihr ab, bevor er damit fortfuhr, ihr jeden Widerspruch von den Lippen zu küssen. Mit den Fingerknöcheln streifte er ihre Taille, während er sie küsste wie ein Teenager, der noch nie die zweite Base gesehen hatte. Seine Zunge unschuldiger als die Jungfrau Maria. Und immer, wenn Callie versuchte, den Kuss zu vertiefen, die Hände auf seinen Körper zu legen, um ihn näher an sich heranzuziehen, fing James sie ab.

„Du bist nicht mein Boss, Callie“, flüsterte er, während er das Bein von seiner Hüfte schob, das sich wie von selbst um ihn geschlungen hatte.

„Na ja, technisch gesehen ...“

„Jetzt gerade bist du nicht mein Boss.“

Seine Finger flogen federleicht über den Stoff ihrer Bluse und als er fast wie aus Versehen mit dem Daumen über ihre Nippel strich, erschauderte sie.

Das Verlangen, das sich langsam in ihr aufstaute, sammelte sich heiß in ihrem Unterleib, und frustriert stöhnte sie auf, als James seine Hände wieder wegnahm, um sie in ihren Haaren zu versenken.

„Ich will mehr“, wisperte sie unzufrieden.

„Ich weiß, ich auch. Aber einer von uns beiden weigert sich, über *mehr* nachzudenken.“

„Ja. Du.“

James lachte leise und schüttelte den Kopf. „Oh, nein. Glaub mir. Ich bin bereit, mehr zu geben.“

Im nächsten Moment packte er sie an den Hüften und hob sie auf die Anrichte. Er trat zwischen ihre Schenkel und als sie diesmal die Beine um ihn schloss, hielt er sie nicht davon ab. Im Gegenteil. Er streifte die Jacke von ihren Schultern, fuhr mit den Fingern endlich unter ihre Bluse und presste seine Erektion so schamlos gegen sie, dass Callie überrascht aufkeuchte. Seine heißen Finger kletterten über ihre bloße Haut und sein Kuss verwandelte sich von lauwarm in heiß in unter zwei Sekunden.

Zufrieden seufzte Callie an seinen Lippen, genoss das Ziehen in ihrem Unterleib, das mit jeder seiner Berührungen stärker wurde ... als er alles kaputtmachte.

„Geh mit mir auf ein Date, Callie.“

„Was?“, fragte sie atemlos und zog den Kopf nach hinten, um ihn anzusehen.

Er strich mit gespreizten Fingern ihren Oberschenkel hinab, seine grünen Augen so dunkel, dass sie fast schwarz erschienen. „Geh mit mir auf ein Date“, wiederholte er.

„Aber ... warum?“

„Weil ich es will.“

Ihre Hände fielen von seinem Körper. „Ich aber nicht.“

„Warum nicht?“

„Weil es zu ... zu intim ist.“

Er lachte freudlos auf. „Intimer, als dass ich kurz davor bin, dich direkt auf dieser Anrichte zu vögeln?“

„Ja! Es wäre zu real.“

„Callie, wir *sind* real.“

„Nein, wir sind ein kleines, dreckiges Geheimnis.“

James schnaubte. „Wovor hast du Angst, Callie?“

Vor Veränderung. Vor Gefühlen. Davor, was *mehr* wirklich bedeutete. Davor, ihre Balance zu verlieren. Davor, dass James die Fähigkeit hatte, sie all das vergessen zu lassen.

Sie schluckte und hob die Schultern. „Ich weiß es nicht.“

„Doch, du weißt es“, widersprach er ungeduldig. „Denn im Gegensatz zu mir bist du einer dieser reflektierten Menschen, die andauernd über ihr Leben nachdenken.“

Ja. Ja, das war sie. Aber sie konnte ihm die Wahrheit nicht sagen. Denn er würde ihr ihre Angst nehmen ... und dann? Dann würde sie etwas Dummes tun, wie sich in ihn zu verlieben und all die über die Jahre hart erarbeitete Kontrolle aufzugeben. Und das konnte sie nicht riskieren.

„Du läufst schon wieder weg, Callie", sagte er eindringlich. „Du rennst weg, obwohl du gar nicht mehr verfolgt wirst."

„James ...", wisperte sie, zog ihn mit den Beinen enger an sich und fuhr mit den Händen in seine Haare. „Können wir nicht einfach so weitermachen wie zuvor? Ich meine ... es funktioniert, oder?" Sie küsste seine rechte, seine linke Wange, seine Lippen. „Es funktioniert *so gut.*"

Sie zog seinen Kopf wieder zu sich heran, ließ sich Zeit damit, die Lippen über seinen Kiefer zu ziehen, erneut seinen Mund für sich zu beanspruchen ...

„Na, das nenne ich mal investigativen Einsatz."

Erschrocken zuckte sie zusammen. Ihr Blick flog zur Tür, die aufgegangen war, und das Blut floss ihr aus dem Gesicht, als sie Coop erkannte.

„Shit", fluchte sie laut und schubste James von sich weg, der überrascht nach hinten stolperte.

Coop verzog das Gesicht. „Das kann nicht dein beschissener Ernst sein, Callie. *Er* ist dein Sexobjekt?"

„Ich bin dein was?", fragte James verwirrt und starrte sie stirnrunzelnd an.

Doch Callie ignorierte ihn. Stattdessen zog sie hastig ihren Mantel wieder über und sprang von der Anrichte. „Es ist nichts, Coop. Hör auf, dich aufzuregen."

„Nichts?", wiederholte James und verengte die Augen, bevor er trocken auflachte, die Hand an seiner Stirn. „Fuck, was tue ich hier eigentlich?"

„Das wäre auch meine Frage gewesen", meinte Coop kühl, die Arme vorm Körper verschränkt.

James seufzte schwer und schüttelte den Kopf. „Weißt du was, Callie? Ich habe keinen Bock mehr.

Dann lassen wir es doch einfach. Dann verändert sich nichts, du musst keine Angst haben, ich mache meinen Job einen Tick professioneller und niemand hat ein Problem. Ich bin hier für heute ohnehin fertig."

Und bevor sie ihn aufhalten konnte, schob James sich an ihrem Bruder vorbei und verschwand aus der Tür.

Ihr Hals zog sich unangenehm eng zusammen und ein flaues Gefühl setzte in ihrem Magen ein. „James, ich …" Doch sie wusste nicht, was sie sagen sollte, und deshalb blieb sie einfach mit leicht geöffneten Lippen stehen und starrte ihm hinterher.

Hatte er gerade mit ihr Schluss gemacht? Und das, obwohl sie nie zusammen gewesen waren?

Ihr Herz wurde schwer, und erst als Coop sich vernehmlich räusperte, fiel ihr wieder ein, dass sie nicht allein war.

„Was sollte das, Coop?", fuhr sie ihn feindselig an. „Hättest du nicht klopfen können?"

„Ich bin es, der etwas falsch gemacht hat?", meinte er ungläubig. „Du schläfst mit deinem Journalisten, Callie!"

„Ja, ich weiß", sagte sie angespannt. „Und das ist *meine* Sache."

„Das ist eine *dumme* Sache", korrigierte Coop sie kopfschüttelnd. „Und ich fasse nicht, dass ich dir das erzählen muss. Du bist es, die die Presse mehr hasst als Minzschokolade. Weißt du überhaupt, was du da tust? Scheiße, Callie, es gibt so viele Männer in Philadelphia!"

Ja, aber nur einen James. „Es ist nicht so, wie du denkst, Coop. Es ist nichts. Es ist nur Sex!"

Langsam schüttelte Coop den Kopf. „Nein. *Ich* habe nur Sex. Du hast *Beziehungen*. Du hast *Gefühle*."

„Das war früher vielleicht mal wahr, aber so ist das nicht mehr.“

„Wirklich?“ Coop schien nicht überzeugt. „Ich erinnere mich nämlich noch an etwa zehn Reden von dir, dass Sex mit Gefühlen so viel mehr Spaß macht als der bloße Akt. Also, erzähl mir doch mal, Callie: Wie viel Spaß macht der Sex mit James?“

Sie schnaubte laut und biss die Zähne aufeinander. „Lass es gut sein, Coop. Es ist meine Entscheidung. Ich kann schlafen, mit wem ich will. Du musst mich nicht mehr beschützen. Wir sind keine zwölf mehr!“

„Das weiß ich“, sagte er abgehackt und sah sie eindringlich an. „Ich vertraue dir, Callie. Aber er ist noch immer ein Klatschreporter und du die größte Story seines Lebens.“

Sie schluckte und legte die Arme um ihre Mitte. „Er ist nicht so, wie alle denken. Er ist …“

„Anders? Besser?“, bot Coop an.

Sie nickte.

Ihr Bruder seufzte und fuhr sich mit Daumen und Mittelfinger über die Augen. „Und jetzt sag mir noch mal, dass du keine Gefühle für ihn hast, Callie“, murmelte er, wandte sich um und ging.

Callie starrte ihm hinterher, während ihr Herz so tief sank, dass sie es in ihren Zehen zu spüren meinte. Denn Coop hatte recht. Sie hatte keine Ahnung, was sie da tat.

Kapitel 19

Callie schlief so unruhig, dass sie nachts mehrfach aufwachte und feststellte, dass sie kurz davor war, sich mit ihrer Decke zu erdrosseln. Als dann endlich die Sonne aufging, fühlte sie sich, als hätte ein Laster sie überfahren. Diverse Albträume hatten sie verfolgt, der eine absurder als der andere.

James, der ihr Gesicht als Dartscheibe benutzte. James, der in einem Artikel schrieb, wie schlecht sie im Bett war, und das mit diversen Fotos untermauerte. James, der sie in die Arme nahm, eine Clownsnase im Gesicht, und ihr erklärte, dass alles gut werden würde.

Ja, sie bemerkte selbst, dass die Träume eine eindeutige gemeinsame Komponente verband, deuten konnte sie sie trotzdem nicht.

Coop war nirgendwo aufzufinden, und sie meinte sich daran zu erinnern, dass er ihr erzählt hatte, er müsse früh arbeiten – also setzte sie sich allein an den Frühstückstisch und schaufelte Cornflakes in sich hinein, die nach feinster Pappe schmeckten. Der gähnend leere Sonntag erstreckte sich vor ihr, und der Gedanke, dass sie ihn nur in eigener Gesellschaft verbringen würde, stieg wie Säure ihren Hals hinauf. Dabei war sie doch selbst schuld! Gott, sie fühlte sich mies.

Kurz nach dem Gespräch mit Coop gestern war sie nach draußen gestürmt, um James abzufangen, doch sie hatte ihn nicht mehr finden können. Das hatte sie gleichermaßen wütend und traurig gemacht.

Was dachte er sich dabei, sie daten zu wollen? Sie hatte doch mehr als deutlich gemacht, was sie von ihm wollte. Es war nicht fair, dass er jetzt auf einmal die Regeln änderte.

Gleichzeitig jedoch konnte sie verstehen, warum er sich nicht unbedingt darüber freute, als kleines dreckiges Geheimnis bezeichnet und im nächsten Moment auch genauso behandelt zu werden. Sie sah ein, dass das keine Sternstunde ihrerseits gewesen war, doch sie hatte ebenso keine Lösung für ihren Schlamassel.

Der Gedanke, James' Gefühle verletzt zu haben, breitete sich wie Pech in ihren Adern aus. Wann hatte sie die Macht dazu bekommen? Wusste James nicht, dass ihr mit Gefühlen nicht zu trauen war?

Gleichzeitig jedoch ... wäre es so furchtbar, wenn James Gefühle für sie hätte?

Sie ließ den Löffel zurück in ihre Cornflakes sinken und atmete tief ein und aus. Panik kroch durch ihren Körper, und als ihr Handy aufgrund einer eingegangenen Nachricht vibrierte, zuckte sie erschrocken zusammen.

Sie erwartete fast – oder hoffte vielleicht –, dass es James war, der ihr erklärte, dass er gestern überreagiert habe und sie natürlich so weitermachen konnten wie zuvor. Doch es war ihre Mutter, die schrieb.

Hättest du Donnerstag Zeit, mit mir mittagzuessen?

Callie starrte die Worte an und ließ das Handy sinken. Es war eine schlichte Zeile, die nicht halb so viele Emotionen lostreten sollte, wie sie es tat.

Denn Callie wollte nicht mit ihrer Mutter essen. Sie wollte keinen verkrampften Small Talk führen, so tun, als wäre alles bestens, während sie nur daran denken konnte, dass ihre Mutter diesen Titel nicht verdient hatte.

Sie wollte sich nicht von ihr kritisieren lassen, sie wollte nicht fragen, wie es ihr ging, wenn sie doch ohnehin keine ehrliche Antwort bekommen würde. Sie wollte nicht lachen, wenn sie sich nicht danach fühlte, sie wollte nicht auf Zehenspitzen durch den Scherbenhaufen laufen, den ihre Mutter leugnete.

Aber ebenso wenig wollte sie ihre Mutter anschreien. Ebenso wenig wollte sie die Wahrheit hören. Ebenso wenig wollte sie ihr ehrlich sagen, was sie fühlte – denn ihre Gefühle waren bei ihr nicht gut aufgehoben.

Letztendlich war ihre Mutter schlimmer als ihr Vater. Clint Panther gestand sich wenigstens ein, dass die Beziehung zu seinen Kindern nicht optimal war. Ihre Mutter jedoch machte sich vor, dass alles bestens sei. Und Callie hatte Angst vor dem, was passieren würde, wenn sie ihre Seifenblase zum Platzen brachte. So verdammt große Angst, dass sie lähmend in ihren Gliedern saß.

Zitternd atmete sie ein.

James hatte recht. Sie lief noch immer davon. Obwohl sie sich schon so oft bewusst dagegen entschieden hatte, fürchtete sie sich vor jeder Konfrontation, die sie aus dem Gleichgewicht bringen könnte. Sie war hergekommen, um ihre Vergangenheit aufzuarbeiten, aber hatte bis jetzt nichts anderes getan, als ihr aus dem Weg zu gehen.

Und ihr Verhältnis zu ihrer Zukunft war nicht gerade vielversprechender! Vor der versuchte sie sich nämlich auch zu schützen.

Gott, was war sie nur für ein nervliches Wrack? Sie würde nie zu der Person werden, die sie sein wollte, wenn sie sich bei jedem Anzeichen eines Problems zu Tode ängstigte.

Tief holte sie Luft und antwortete ihrer Mutter, dass sie sich um ein Uhr treffen könnten, bevor sie eine Nummer wählte und das Handy an ihr Ohr hielt. Sie hatte das Gefühl, sie schuldete James etwas. Ehrlichkeit? Eine Entschuldigung?

„Galway", meldete er sich nach dem dritten Klingeln.

Callie hielt inne, drehte und wendete die Worte in ihrem Kopf, bevor sie sagte: „Weißt du, was ich hasse? Sonntage."

Einige Momente lang war es still auf der anderen Seite, bevor sie James leise seufzen hörte. „Was willst du, Callie?"

„Willst du ... willst du gar nicht wissen, warum ich Sonntage hasse?"

„Ich weiß, warum du sie hasst. Weil sie so leer sind und dich daran erinnern, dass du einsam bist. Aus welchem Grund solltest du mich sonst anrufen?"

Ihr Mund wurde trocken und ihr Hals gleich mit. James kannte sie besser, als sie es wahrhaben wollte. Sie räusperte sich. „Weißt du, ich ... ich dachte, wir könnten heute vielleicht das Interview machen."

Erneute Stille war die Antwort. Dann fragte James: „Meinst du das ernst?"

„Ja. Ich bin in einer halben Stunde da.“

Callie war schon mehrfach in James’ Wohnung gewesen, aber noch nie bei Tageslicht. Als das Apartment nur durch das gedämpfte Licht der Deckenlampe beleuchtet worden war, war es ihr kaum aufgefallen, aber als sie an diesem Tag in seinen Flur trat, schrien ihr die nackten Wände und die unpersönlichen Möbel beinahe entgegen. James’ Wohnung war so ungemütlich wie ein Schuhkarton gefüllt mit Nägeln.

Doch all das rückte in den Hintergrund, als die Tür ganz aufschwang und James im Rahmen erschien.

Er trug Jeans und T-Shirt und seine Haare waren noch feucht, so als sei er gerade erst aus der Dusche gestiegen. Callie kam es vor, als würde er mit jedem Tag attraktiver werden, und das Verlangen, ihn zur Begrüßung zu küssen, war so groß, dass sie die Lippen zusammenpressen musste.

Das hier war ein Businessmeeting … und James hatte gestern sehr deutlich gemacht, dass er den Sex-Part ihrer Beziehung beenden wollte.

„Hey“, sagte sie etwas außer Atem, die Hände in den Hosentaschen.

James nickte nur, trat beiseite und ließ sie ein.

Callie zog Schuhe und Mantel aus und lief automatisch ins Wohnzimmer, der einzige Raum mit halbwegs komfortabler Sitzmöglichkeit. Sie hatte die Auswahl zwischen der Couch und dem Boden und entschied sich für die gemütlichere Variante.

James nahm auf der anderen Ecke des Sofas Platz und positionierte ein Diktiergerät zwischen ihnen.

Unangenehm berührt starrte Callie den schwarzen Gegenstand an. „Man, du kommst schnell zur Sache", murmelte sie.

„Nun, das ist doch der einzige Grund, warum du hier bist, oder nicht?", fragte er und sah sie auffordernd an.

Sie hasste es, dass er so förmlich war, und wusste, dass jetzt der Moment gekommen war, in dem sie sich entschuldigen sollte ... doch stattdessen nickte sie nur. Denn sie wusste nicht genau, was ihr leidtat. Und das sollte sie wissen, bevor sie es aussprach, oder?

„Gut", sagte James knapp und schlug eine Seite in seinem Notizbuch um. „Aber bevor wir anfangen, musst du mir etwas versprechen."

„Was?"

„Du musst ehrlich sein."

Sie nickte und schluckte. „Okay. Kannst du mir etwas im Gegenzug versprechen?

„Was?"

„Du ..." Sie räusperte sich, verschränkte die Hände in ihrem Schoß, starrte auf ihre Fingernägel und hob erneut den Blick. „Tu mir nicht weh, James."

„Was?" Überrascht hob er die Augenbrauen.

„Du hast mich gehört."

„Ich habe nicht vor, dir wehzutun", sagte er verwundert. „Es sind nur Fragen, Callie. Nur Worte."

„Worte allein sind es doch, die man braucht, um etwas zu zerstören", meinte sie und lächelte matt.

„Callie", sagte er ernst und sah sie eindringlich an. „Du kannst mir vertrauen."

Sie nickte, denn das wusste sie. Das *tat* sie. Das war es doch gerade, was sie so verunsicherte.

„Okay“, sagte sie vorsichtig. „Ich bin bereit. Dann leg mal los.“

Und das tat er. So ausschweifend und kleinschrittig, dass Callie fast vermutete, er wolle ihre Memoiren schreiben.

Er fragte sie nach ihrer Kindheit. Nach der Beziehung zu ihren Geschwistern, zu ihren Eltern, Lehrern. Danach, was ihre Träume gewesen waren und wie sie sich jetzt geändert hatten. Er wollte wissen, wann sie das erste Mal Drogen genommen hatte und ob sie in Therapie hatte gehen müssen.

Die Fragen waren unangenehm und aufwühlend – und doch kam Callie mit ihnen zurecht. Weil James ihr Zeit ließ. Sie nicht drängte, schnell zu antworten, sondern aufmerksam und stumm dasaß, bis sie ihre Worte zurechtgelegt hatte.

Callie hatte versprochen, ehrlich zu sein, und das war sie. Auch wenn sie einige Einzelheiten, mit denen sie sich nicht wohlfühlte, unter den Tisch fallen ließ. Sie wusste, dass James das klar war, doch er kommentierte diesen Umstand nicht.

Callie erzählte von Los Angeles, davon, wie sie sich aufgefangen hatte, wie sie allein hatte sein müssen, um sich zu retten, und wie schwer es gewesen war, sich von der Magersucht loszueisen. „Es ging nicht ums dünn sein … na ja, nicht nur. Es ging um die Kontrolle. Alles in meinem Leben wurde von meiner Familie oder den Medien kontrolliert, aber mein Gewicht lag in meiner eigenen Hand. Ich musste nie in eine Klinik. Ich habe es allein unter Kontrolle bekommen, bevor es eskaliert ist … aber das heißt nicht, dass ich vor einem Rückfall sicher bin. Zurzeit habe ich keine Probleme, aber das kann sich von heute auf morgen ändern. Mit solchen Dingen schließt man *nie* ab. Sie sitzen die ganze Zeit unter der Oberfläche und lauern darauf, dass man zu schwach wird, um sich zu wehren."

Und es fühlte sich gut an, darüber zu reden. Offen damit umzugehen, damit andere Mädchen, die durch dieselben Selbstbildprobleme gingen, vielleicht eher bereit waren, sich helfen zu lassen.

Das Interview fühlte sich ganz anders an, als sie erwartet hatte. Eher befreiend als beengend. Indem sie die Worte laut aussprach, akzeptierte sie sie. Egal, welche Dinge sie aus ihrem Leben verschwieg, sie waren dennoch passiert, und es war schlimmer, sie unter Verschluss zu halten und somit zuzugeben, dass man sich für sie schämte, als sie offen darzulegen und zu seinen Taten zu stehen.

Zumindest dachte sie das, bis James zu einer seiner letzten Fragen kam.

„Du hast gesagt, dass du in deinem Leben nur einmal Drogen genommen hast. An dem Tag, als du im Krankenhaus gelandet bist", sagte er sachlich. „Warum? Was ist damals passiert? Warum ist dein Leben gerade an diesem Tag dermaßen eskaliert?"

Ihr Zwerchfell zog sich zusammen, und mit leicht geöffneten Lippen starrte sie ihn an. Die Frage hörte sie nicht zum ersten Mal. Callum hatte sie ihr erst vor ein paar Tagen gestellt. Doch in ihrem ganzen Leben hatte sie sie noch nicht beantwortet.

Ihr Blick huschte flüchtig zum Diktiergerät und dann wieder zu James' Augen.

„Ich hab dir versprochen, ehrlich zu sein", sagte sie langsam. „Aber wenn ich es dir verrate, darfst du es trotzdem nicht drucken. Weil es nicht mein Geheimnis ist. Ich werde es *dir* erzählen. Aber nicht der Welt. Ist das okay?“

„Okay.“ Er nahm das Diktiergerät und schaltete es aus.

Sie zog die Füße unter ihren Po und seufzte schwer.

„Du musst es mir nicht sagen, Callie“, meinte James sanft.

„Doch. Doch, ich will“, meinte sie kopfschüttelnd. „Ich trage das schon viel zu lange mit mir herum und du ... du hast gefragt, oder? Und wenn ich dich etwas frage, antwortest du auch, also ... erscheint es nur fair.“ Sie versuchte sich an einem Lächeln, bevor sie die Haare aus der Stirn strich und fest nickte. „Es ist auch eigentlich keine große Sache. Ich ... ich bin vom College nach Hause gekommen, habe meinen Vater gesucht und ihn mit einer fremden Frau im Bett erwischt.“ Sie sagte die Worte so schnell, dass sie in einer einzigen Masse aus ihrem Mund kamen.

Doch James schien jedes Wort verstanden zu haben. Einige Wimpernschläge sah er sie nur an, dann fragte er: „Was hat er gemacht, als er dich bemerkt hat?“

Callie zog zynisch die Mundwinkel nach oben. „Ich weiß nicht, was er *direkt* gemacht hat. Dafür habe ich nicht lang genug im Türrahmen gestanden. Ich bin sofort wieder rausgerannt ... Er ist mir gefolgt, hat mich ernst angesehen und gemeint, dass es vielleicht besser wäre, wenn keiner von uns je wieder ein Wort darüber verliert, was ich soeben beobachtet habe. Dann ist er zurück ins Haus gegangen.“ Zitternd atmete sie aus. „Und ich war nicht einmal überrascht, dass er Mama betrog. Das war es nicht, was mich so fertig gemacht hat. Es war die Tatsache, dass er mir ein Gefühl in die Hand drückte, das ich doch bitte herunterschlucken sollte. Dass er es nicht einmal für nötig hielt, mich zu fragen, ob ich darüber reden wollte. Ich habe es nicht ertragen. All die unausgesprochenen Worte, die ich mit mir herumschleppen musste." Wieder atmete sie durch und lehnte sich seitlich gegen die Couchlehne. James sah sie noch immer unentwegt an, sagte jedoch nichts.

„Nun, das war's", meinte sie, um die Stille zu füllen. „Jetzt kennst du all meine tragischen Hintergründe. Das war der Tropfen, der mein Fass zum Überlaufen gebracht hat. Und zwölf Jahre später schweige ich meine Eltern noch immer an. Ein Mitglied der Familie Panther durch und durch."

Unsicher sah sie zu James, der noch immer regungslos dasaß, seine grünen Augen so undurchdringlich wie die weiße Wand hinter ihm.

Schließlich, ganz langsam, nahm James das Diktiergerät von der Couch und legte es auf den Tisch daneben – bevor er sich hinkniete, zu ihr hinüberbeugte, ihr Gesicht mit den Händen umschloss und sie küsste. Die Lippen genauso weich wie seine Finger auf ihrer Haut.

„Du bist nicht ein bisschen wie deine Eltern, Callie", wisperte er. „Nicht einmal ansatzweise. Du trägst deine Gefühle auf der Zunge und in deinem Gesicht."

Sie schluckte und schüttelte den Kopf. „Nein, das stimmt nicht", flüsterte sie und blinzelte die Tränen weg, die sich in ihren Augen sammelten. „Ich gehe jeder Konfrontation aus dem Weg."

„Nicht mit den Bauarbeitern. Nicht mit den Presseleuten ..."

„Aber mit den Leuten, die mir wichtig sind! Mit meinen Brüdern, meinen Eltern … mit dir. Ich habe dir nicht gesagt, dass es mir leidtut, wie ich gestern mit dir umgegangen bin – obwohl ich es mir vorgenommen hatte. Ich habe dir nicht gesagt, wie viel Angst es mir einjagt, wie sehr ich dich mag. Ich habe dir nicht gesagt, dass wir jetzt irgendwie doch befreundet sind …"

„Das brauchst du mir nicht zu sagen", meinte er kopfschüttelnd und strich mit den Daumen die Tränen von ihren Wangen. „Das weiß ich alles schon."

Erneut fanden seine Lippen ihre und wieder küsste er sie. Doch diesmal nicht sanft. Diesmal lang und tief und ausgiebig. Als er wieder von ihr abließ, starrte Callie verwundert zu ihm hoch. „Wofür … wofür war das jetzt?"

„Ich kann nichts dafür. Es macht mich an, dass du zugibst, mit mir befreundet zu sein. Dass du mir vertraust", wisperte er, küsste ihren Nacken, die Stelle hinter ihrem Ohr.

„Oh", sagte sie, während eine Gänsehaut ihre Wirbelsäule hinabkletterte. „Mir war nicht klar, dass Vertrauen so … erotisch für dich ist."

„Mir auch nicht", meinte James kopfschüttelnd – bevor er ihr die Beine unterm Körper wegzog, sodass sie auf dem Rücken lag, ihre Beine zu beiden Seiten seiner Hüfte.

„Aber ich dachte, du wolltest das nicht mehr", meinte sie atemlos, bevor sie seinen Kopf zu sich heranzog, um dort weiterzumachen, wo er gerade aufgehört hatte.

„Ja", murmelte er. „Aber meine Selbstbeherrschung ist offensichtlich ein Witz, also …"

Callie lächelte. Das wusste sie zu schätzen.

Kapitel 20

Callies Kopf lag schwer auf seiner Brust, und ein Gefühl der Zufriedenheit überkam James, das er bis in die Zehenspitzen spürte.

Denn er wusste, was er im Leben wollte. Das hier. Mit Callie in seinen Armen im Bett liegen und ihre Atemzüge zählen. Die Unruhe und Rastlosigkeit, die er die letzten Monate empfunden hatte, waren verschwunden und durch ein sanftes Rauschen ersetzt worden, das seinen Herzschlag antrieb.

Er hätte alles dafür gegeben, in diesem Moment in Callies Kopf sehen zu können. Doch sie schwieg, fuhr mit dem Zeigefinger seine Rippen nach, das Bein besitzergreifend um seine Hüfte geschlungen. Also schloss er die Augen und gab sich mit den stetigen, kaum wahrnehmbaren Atemzügen zufrieden, die warm über seinen Hals strichen.

Ja, er hatte das Ganze beenden wollen, bevor er den Kopf verlor – aber dafür war es jetzt ohnehin zu spät, warum sich also nicht einfach ins Chaos stürzen?

„Deine Wände sind kalt."

Blinzelnd öffnete er die Augen. „Was?"

„Deine Wände sind sehr weiß, James."

„Ja. Weil ich weiße Farbe benutzt habe."

Er spürte ihr Lächeln an seiner Brust. „Du bist ein Klugscheißer."

„Ich weiß. Das haben wir gemeinsam."

„Ich bin kein Klugscheißer. Ich weiß es wirklich besser."

„Na dann … Was würdest du an die Wände hängen?"

Callie schob ihren kalten Fuß zwischen seine Waden und drehte den Kopf, sodass sie ihn ansehen konnte. „Es sind *deine* Wände! Du musst das entscheiden. Was willst *du* an die Wände hängen?"

„Ich habe keine Ahnung. Wer hat Zeit, sich darüber Gedanken zu machen?"

Sie schnaubte. „Dir ist nicht zu helfen. Aber ich denke, ich weiß, warum du deine Wohnung noch nicht eingerichtet hast."

Überrascht hob er die Augenbrauen. „Ach ja?"

„Ja. Du weißt nicht, was du willst … Und eine Wohnung, die dir gefällt, wie sie ist, würde dich zu sehr in deiner Auswahlmöglichkeit einschränken."

Er seufzte und runzelte die Stirn. Vielleicht hatte sie recht. Ihm war tatsächlich noch nicht klar, wo er in seinem Leben landen wollte, und so viel Zeit wie möglich mit Callie im Bett zu verbringen, konnte nicht sein einziges Lebensziel sein. Klar, er wollte raus aus dem Klatschkolumnen-Business und Porträts schreiben. Aber er hatte das vage Gefühl, dass sein Arbeitsleben nicht das war, worauf Callie anspielte. Sein Job war nie das Problem gewesen.

„Was magst du denn?", wollte sie wissen.

„Ich weiß es nicht."

Callies Mundwinkel zuckten. „Du musst doch wissen, was du magst. Was für Bilder gefallen dir zum Beispiel?"

„Kann ich mir nicht einfach ein Nacktbild von dir aufhängen?“

Sie schnaubte. „Hör auf, blöd zu sein. Das war eine ernste Frage.“

„Und ich habe keine ernste Antwort.“

Unzufrieden kaute sie auf ihrer Unterlippe herum. „Wo möchtest du in deinem Leben denn noch gerne hin? Welche Orte möchtest du sehen?“

„Ich ... habe keine Ahnung.“

Kopfschüttelnd sah Callie ihn an. „James ... du solltest wirklich mal über dein Leben nachdenken.“

Das Gefühl bekam er langsam auch. Doch wozu die Arbeit? „Mein Leben ist nicht allzu reich, es würde sich nicht lohnen, darüber nachzudenken. Das Selbstgespräch wäre sehr kurz.“

„Das stimmt nicht. Du besitzt so unglaublich viel. Einen Job, den du liebst. Einen Neffen, der dich vergöttert. Geschwister, Familie ...“

Nein, sie lag falsch. Er hatte einen Job, den er begann zu hassen. Einen Neffen, der ein besserer Mensch war als er. Geschwister, denen es schwerfiel, ihm in die Augen zu sehen, und Eltern, die nichts mit ihm gemein hatten. Außerdem hatte er eine Callie, die in Panik ausbrechen würde, wenn er ihr erzählte, dass er dabei war, sich Hals über Kopf in sie zu verlieben.

Keine besonders guten Aussichten, wenn man ihn fragte.

Er schwieg und Callie deutete seine Stille falsch.

„Weißt du, ich bin mir sicher, du kannst mit deiner Schwester noch einmal reden“, flüsterte sie. „Sie schien bereit für ein aufklärendes Gespräch. Ich glaube, wenn du deine Unsicherheiten mit der Familie aus dem Weg schaffst –"

„Meine Unsicherheiten?", unterbrach er sie verwirrt. „Wovon redest du?"

„Na ja, davon, dass du dich unglaublich merkwürdig in Anwesenheit deiner Eltern verhältst." Sie hob den Kopf von seiner Brust und stützte sich auf den Ellenbogen. „Ich fange erst jetzt an zu verstehen, warum es dir so leichtfällt, mich nachzuvollziehen ... du bist wie ich!"

Stirnrunzelnd setzte sich James aufrechter hin, sodass sein Rücken an dem kalten Bettkopf anlag. „Was?"

„Na, du stehst vor ihnen und kriegst keine vernünftigen Worte mehr raus. Weil du permanent daran denkst, was sie von dir denken könnten."

„Das ist Schwachsinn."

„Ist es nicht. Du hast Angst, dass sie dich nicht mögen, und schweigst deswegen oder versuchst mit jedem Wort, sie dazu zu bringen, dich mehr zu lieben."

„Diese Psychoanalyse ziehst du aus einem einzigen Gespräch, das du mich mit ihnen hast führen sehen?"

„Ja, so ziemlich."

„Es waren vielleicht vier Sätze, die wir miteinander ausgetauscht haben!"

„Ja, aber es ist ein mir bekanntes Muster. Kinder, die ihren Eltern erzählen, was sie alles Tolles erreicht haben. Die sie beeindrucken wollen."

„Und schon hast du mich auf das Niveau eines Kindergartenkindes degradiert."

„Nicht *dich*. Nur deine Emotionswelt."

„Klasse", meinte er schnaubend. „Da fühl ich mich doch gleich besser."

„James", meinte Callie sanft und legte die Hand auf seine nackte Brust. „Das ist nichts Schlimmes. Jeder macht das! Ich glaube nur, dass du davon profitieren könntest, wenn du diese Unsicherheiten aus dem Weg schaffst."

„Meine Güte, du hast bei deiner Therapeutin wirklich sehr gut zugehört, oder?"

Sie zuckte die Achseln. „Sie hat einige sehr kluge Dinge gesagt."

„Dir ist aber schon klar, dass du in einem sehr brüchigen Glashaus sitzt, oder?"

Callie zog eine Grimasse. „Ja. Im Gegensatz zu dir gehe ich sehr reflektiert durch die Gegend. Das ist ja der Grund, warum ich denke, dass es dir leichter fallen würde, zu erkennen, wer du bist und was du vom Leben willst, wenn du diesen ... Stolperstein aus dem Weg schaffst."

„Selbst wenn ich wüsste, was ich will", meinte er kopfschüttelnd. „Ich hätte nicht die Macht, eigenhändig dafür zu sorgen, dass ich es bekomme."

„Natürlich hättest du das. Es ist *dein* Leben, James! Du musst es aber auch ... leben. Nicht nur existieren." Seufzend zog sie ihr Bein von seinem und sank zurück in die Kissen.

James starrte seine leeren Wände an und dachte über ihre Worte nach. Natürlich hatte sie recht. Innerhalb der letzten Jahre hatte er sich von seinem Leben mitreißen lassen, obwohl er es hätte dirigieren sollen. Aber es war so viel einfacher gewesen.

Langsam sank er den Bettkopf hinab, bis er wieder neben ihr lag. Er nahm ihre Hand und legte sie zurück auf

seine Brust, direkt über sein Herz, dort wo sie hingehörte. Er spürte ihre Lippen an seinem Bizeps und atmete ihren Duft nach Pfirsich und Vanille ein, um seine
Ruhe wiederzufinden – doch er war nicht erfolgreich.

„James?“, flüsterte Callie nach einer Weile. „Warum
willst du nicht herausfinden, wer du bist?“

Er seufzte und schloss die Augen. „Was ist das überhaupt für eine Frage? Wer ich bin. Ich bin James.“

„Ja, aber du denkst nicht darüber nach, ob du glücklich oder unglücklich bist. Was dich definiert. Was du
besser machen kannst. Was du dir von deinem Leben
wünschst.“

Gott. Callie stellte nie die leichten Fragen. „Es ist anstrengend“, meinte er vage.

„Warum denkst du das?“

„Weil … weil ich Angst davor habe, was ich finden
werde“, murmelte er. „Ich mache Witze darüber, dass
ich ein Arschloch bin … aber was, wenn es die Wahrheit
ist? Wenn mir klar wird, was für selbstsüchtige Taten
meinen Weg pflastern. Wie lebt man mit sich selbst,
wenn man nicht mit seinem Selbst leben kann?“

„Was für selbstsüchtige Taten?“

„Alle, die mich reicher gemacht und andere Leute verletzt haben.“

„Dinge, die du für deinen Job getan hast?“, folgerte sie.

Er nickte. „Ich hatte so viele Ziele als Jugendlicher. So
viele Träume. Ich wollte die Welt sehen und Geheimnisse aufdecken. Das war alles. Doch irgendwann … irgendwann habe ich meinen Plan vergessen, und bevor
man sich’s versieht, wacht man eines Tages auf,
schreibt, was man nie schreiben wollte, lebt mit einer

Frau zusammen, die all die Dinge will, die einen unglücklich machen, und versucht sich daran zu erinnern, wie das passiert ist."

„Es ist nie zu spät für einen neuen Traum."

Er schnaubte. „Ich wüsste nicht einmal, wovon ich überhaupt träumen sollte!"

Callie nickte, und er war froh, dass er ihr nicht in die Augen sehen konnte. „Was war denn damals dein größtes Ziel?"

„Erfolgreich sein", war die einfache Antwort. „Gott, ich wollte es so sehr. Ausziehen. Meiner Familie beweisen, dass es sich lohnt, *mehr* zu wollen. Dass ich keinem sinnlosen Phantom hinterherjagte. Ich wollte, dass sie mich *verstehen*. Dass sie wussten, wofür ich so hart arbeitete. Ich war damals so verdammt ... hungrig."

„Und das Gefühl hast du nicht mehr?", fragte sie leise.

„Nein. Ich fühle mich eher ... stumpf. Aber das ist okay. Die Person, die ich damals war, möchte ich bei Gott nicht noch mal sein. Ich war ein Arschloch." Genauso wenig wie er die Person sein wollte, die er jetzt gerade war. In genau diesem Moment. Er hatte das Gefühl, Callie mit jedem Atemzug zu belügen. Und die Schuld brannte in seiner Lunge wie Eiswasser. Vielleicht sollte er es ihr einfach sagen. Vielleicht sollte er einfach seine verdammte Klappe aufmachen und es ihr erzählen. Dass er es war, der damals die Infos an Chesterfield weitergegeben hatte.

„Du bist kein Arschloch, James", sagte Callie leise und küsste seine Brust. „Du bist ... fair. Versuchst es zumindest zu sein. Du musst dich dafür manchmal wie eines benehmen, aber das macht dich nicht zu einem schlechten Menschen."

Vielleicht erzählte er es ihr auch ein anderes Mal ...
„Shit, ich kann nicht", stellte er fest und kniff die Augen
zusammen.

„Was kannst du nicht?", fragte Callie verwundert.

„Die Klappe halten. Das wäre unfair von mir." Er
strich sich fahrig mit der Hand über die Stirn. Er schuldete ihr die Wahrheit. „Ich muss dir was sagen."

„Oh." Sie runzelte die Stirn und setzte sich hin. „Was
Ernstes?"

„Ja."

Er folgte ihrem Beispiel und atmete tief durch. Er
hatte das Gefühl, einen Sack voller Scherben auszulee-
ren, in denen er sich würde wälzen müssen, doch was
blieb ihm für eine Wahl? Sie würde es herausfinden. Irgendwann, zum unpassendsten Zeitpunkt. So etwas
kam immer ans Licht. Und auch wenn es ewig her
war ... es war von Bedeutung für sie und somit auch für
ihn.

„Es wird dir nicht gefallen", meinte er langsam und
rieb sich mit den Fingerknöcheln übers Kinn.

Callie sah ihn verwirrt an und zog die Decke höher ihren Oberkörper hinauf. „Du machst mir Angst, James."

Ja, er sich auch. Erneut nahm er einen tiefen Atemzug,
bevor er sagte: „Okay. Weißt du noch, der Artikel von
Chesterfield vor zwölf Jahren?"

„Der grässliche Artikel, der meine psychischen Probleme ans Licht gezerrt hat und letzte Woche noch einmal veröffentlicht wurde?", bemerkte sie schnaubend.
„Ja, danke der Nachfrage. Das weiß ich noch."

„Ja, klar. Es ist nur ..." Ach, scheiße, es würde ja doch
nicht einfacher werden. „Ich hab Chesterfield damals
die Informationen gegeben."

„Was?" Sie zog die Augenbrauen zusammen. „Ich verstehe nicht."

„Ich habe mitbekommen, dass du ins Krankenhaus eingeliefert wurdest. Ich war jung und dumm und wollte so gern erfolgreich sein – und du warst eine sichere Schlagzeile. Also bin ich zum Krankenhaus gefahren, habe eine Krankenschwester bestochen, mir zu sagen, was mit dir passiert ist, habe das schreckliche Foto von dir geschossen und die Informationen an den Höchstbietenden verkauft."

Callie wurde bleich. „An Chesterfield", sagte sie tonlos.

„Ja. Ich bin nicht stolz darauf, ich kannte dich nicht – ich war ein selbstsüchtiges Arschloch, das groß rauskommen wollte –, aber das alles ändert nichts daran, dass ich es getan habe. Und ich dachte, das solltest du wissen, bevor ..."

„Bevor was?", fragte sie leise.

„Bevor ...", ... sie eine Beziehung eingingen. „Bevor es zu spät ist."

Callie krallte die Finger in die Bettdecke, sodass ihre Fingerknöchel weiß hervortraten, und schüttelte mit offenem Mund den Kopf. „Warum erzählst du mir das *jetzt*? Warum erzählst du mir das *überhaupt*?!"

„Weil du ehrlich zu mir warst und ich auch ehrlich sein wollte", sagte er unruhig und strich sich fahrig die Haare aus der Stirn. „Weil ... ich dich mag, okay? Weil es nicht mehr von Bedeutung ist, dass ich es getan habe, weil ich ein anderer Mensch bin, aber es trotzdem eine Information ist, die wichtig für dich sein könnte, also ... gebe ich sie dir. Mach damit, was du willst."

Sie lachte freudlos auf und rückte etwas von ihm weg. „Das heißt, du kanntest mich. Als du vor meiner Tür standest und mir das Angebot gemacht hast, kanntest du mich bereits.“

„Nicht mehr als jeder andere Journalist auch, Callie“, sagte er ruhig. „Und es ist ewig her. Ich war … so dumm und gierig. Ich weiß, das ist keine Entschuldigung, aber heutzutage würde ich solche Infos nie mehr verkaufen.“

„Nein, du würdest die Story selbst schreiben“, bemerkte sie trocken und schwang die Beine aus dem Bett.

James streckte die Hand aus, um sie aufzuhalten, doch das musste er gar nicht. Sie stand nicht auf. Mit dem Rücken zu ihm gewandt blieb sie an der Bettkante sitzen und bewegte sich nicht.

„Callie?“, fragte er vorsichtig, als sie nach geschlagenen drei Minuten noch immer nichts gesagt hatte. „Es tut mir leid, das weißt du, oder? Es gab keine Woche in den letzten zwölf Jahren, in denen ich mich nicht für meine Tat geschämt hätte.“

„Warum?“, wisperte sie. „Warum schämst du dich?“

„Weil ich hätte ahnen müssen, was für Wellen diese Informationen schlagen würden, und ich nicht das Recht hatte, sie preiszugeben.“

Sie nickte, die Stirn in ihre Hand gelegt. „Wie viel Geld hast du dafür bekommen?“

Er verzog das Gesicht. „Zehntausend Dollar.“

Zu seiner Überraschung schnaubte sie laut. „Gott, du warst wirklich jung und dumm. Du hättest mindestens das Doppelte verlangen können! Chesterfield hat dich beschissen.“

„Ja, das weiß ich mittlerweile auch."

Callie seufzte laut. „Weißt du … ich bin nicht wütend", flüsterte sie. „Es ist absurd, ich habe das Gefühl, ich sollte wütend sein … aber ich bin es nicht. Eher überrascht und verwirrt."

Hoffnung keimte in James auf und hastig setzte er sich neben sie. „Vielleicht, weil du mit dem Artikel abgeschlossen hast und er nicht mehr wichtig für dich ist."

„Vielleicht", bemerkte sie stirnrunzelnd und sah ihn von der Seite her an. „Du hättest mir das wirklich nicht erzählen müssen, James."

„Doch, hätte ich. Ich will nicht, dass irgendetwas zwischen uns steht."

„Warum nicht?"

„Weil … ich lange nicht mehr so glücklich war wie in den Momenten, in denen keine Zeitung mehr zwischen uns passt."

Sie lächelte. Es war nur ein kleines Lächeln, unschuldig beinahe, doch die Erleichterung, die James deswegen verspürte, stieg ihm zu Kopf und ließ ihn wieder frei atmen.

„Okay", murmelte sie. „Danke, dass du es mir gesagt hast."

James nickte und sah sie weiterhin von der Seite her an. Sie bewegte sich immer noch nicht. Die Augenbrauen hatte sie tief in ihr Gesicht gezogen, die Hände auf ihrem Schoß verschränkt. Als säße sie vor einer besonders schweren Matheaufgabe.

„Ist wirklich alles okay?", fragte er zögerlich.

Sie schüttelte den Kopf. „Nein. Ich fühle mich irgendwie … falsch."

„Inwiefern falsch?“

„Ich weiß es nicht.“ Sie zog die Knie an und rückte zurück auf die Matratze. Ihr Blick lag auf James’ Händen, die sich neben ihrer Hüfte befanden. „Als wäre ich grün, obwohl ich orange sein müsste. Ergibt das Sinn?“

James’ Mundwinkel zuckten. „Nein. Nicht einmal ein bisschen.“

Das Lächeln, das sich dieses Mal über ihre Züge ausbreitete, war nicht mehr klein. „Nun, ich bin nicht wütend auf dich, ich hasse die Stadt nicht mehr, die Presse macht mir nicht mehr wirklich zu schaffen und vielleicht bekomme ich es sogar hin, mit meinen Eltern Frieden zu schließen. Wenn das nicht mehr Grün als Orange ist, dann weiß ich auch nicht.“

James lachte leise, nickte jedoch. „Du hast recht. Ich weiß nicht, wie ich das übersehen konnte.“

Sie nickte und sank zurück auf den Rücken. „James ...“

„Ja?“

„Ich glaube ... ich glaube, ich bin bereit für das Date, um das du mich gebeten hast.“

Seine Augenbrauen fuhren in die Höhe. „Was?“

„Na, das Date“, sagte sie leise und ihre Miene war so unsicher, dass es ihm das Herz brach. „Du wolltest doch mit mir ausgehen, also ... Essen. Spazieren. Ins Kino. Irgendetwas, bei dem wir keinen Sex haben, sondern nur ... zusammen sind.“

Seine Lippen verzogen sich zu einem breiten Lächeln. „Ich habe nie gesagt, dass wir nach dem Date keinen Sex haben könnten.“

Sie verdrehte die Augen, lächelte jedoch. „Das können wir dann ja sehen. Willst du jetzt auf ein Date mit mir gehen, oder nicht?“

Es kam ihm gemein vor, sie weiter auf die Folter zu spannen, deswegen nickte er. „Nichts würde ich lieber tun."

„Gut. Das ist … gut." Sie holte tief Luft, rutschte die Matratze wieder nach oben und legte sich zurück auf das Kissen, den Rücken zu ihm gewandt.

James legte sich neben sie, schlang den Arm um ihre Hüfte und zog sie an seine Brust. „Wie schwer war das für dich?", wollte er wissen.

Er konnte sie leise seufzen hören. „Du hast keinen Schimmer."

Ein leises Lachen drang über seine Lippen, bevor er ihren Nacken küsste. Doch, er hatte eine ungefähre Vorstellung.

Kapitel 21

Mit James Galway auf ein Date zu gehen, war wie den besten Haar-Tag aller Zeiten zu haben.

Am Sonntagabend gingen sie ins Kino, auch wenn Callie sich beim besten Willen nicht daran erinnern konnte, welchen Film sie gesehen hatten. James hatte nach zehn Minuten ihre Hand genommen und diese unschuldige Geste hatte zu viel von ihrem Gehirn in Anspruch genommen, als dass sie sich noch auf etwas anderes hätte konzentrieren können. Montag nahm er sie in ihrer Mittagspause zu einem Mexikaner mit, und obwohl es nur ein einfaches Essen war, fühlte es sich nach einem Date an. Es hatte schließlich eine Kerze auf dem Tisch gestanden!

Dienstagabend hatte sie schließlich erfolgreich vergessen, dass sie sich unwohl mit der ganzen Dating-Sache fühlte, und sie gingen zum Hafen und spazierten am Pier entlang. Philadelphia hatte eine der hässlichsten Promenaden der USA, fand Callie, trotzdem kam ihr der Ort mit James auf einmal schrecklich romantisch vor. Er erzählte ihr von seinen Reisen. Sie erzählte ihm von dem Job, den sie in Los Angeles gehabt hatte ... eigentlich taten sie nichts anderes als sonst auch. Abgesehen davon, dass sie angezogen waren.

James war so anders, als Callie zu Anfang gedacht hatte. Er war keiner dieser Männer, in dessen Gegenwart sie sich unsicher fühlen musste. Er war nicht oberflächlich – und egal, was er behaupten mochte, er war kein Arschloch. Er war sogar verdammt anständig.

Callie hatte einen Tag lang gebraucht, um vollends zu verstehen, warum sie seine Offenbarung am Sonntag nicht wütend gemacht hatte, doch jetzt wusste sie es: Weil es sie nicht kümmerte, wer James gewesen war. Es reichte ihr, den Mann zu kennen, der er jetzt war. Alles andere war unwichtig. Weil er ihr vertraute. Weil er es ihr nicht hätte erzählen müssen und es trotzdem getan hatte. Weil sie ihm glaubte. Dass er ein anderer Mensch war. Dass er so etwas Furchtbares heute nicht mehr tun würde.

Und vielleicht auch, weil sie wirklich über den Artikel hinweg war. Vielleicht hatte sie erst mit einem Journalisten schlafen müssen, um zu verstehen, dass in Zeitungen abgedruckte Worte keine Macht über sie hatten. Die Reporter waren auch nur Menschen, die irgendwie ihr Geld verdienen mussten. Und was kümmerte es sie, dass die Zeitung schrieb, dass sie immer dicker werden würde, wenn James ihr jeden Abend ins Ohr flüsterte, dass sie wunderschön war?

Am Donnerstagmittag war ihr Magen deswegen nur mit ein paar kleinen Kieselsteinen anstelle einer Menge Backsteinen gefüllt, als sie mit ihrer Mutter in einem Restaurant in der Innenstadt saß und sich einen missbilligenden Blick einfing, als sie keinen Salat, sondern einen Burger bestellte.

„Weißt du, wie viele Kalorien so ein Gericht hat?", fragte Evelyn Panther entsetzt.

„Na, ich hoffe eine Menge“, erwiderte sie trocken. „Ich habe nämlich verdammt viel Hunger.“

Sie nahm einen Schluck von ihrem Wasser und betrachtete ihre Umgebung. Große rote Lampenschirme hingen von der Decke und erhellten die rustikalen Tische, die nicht von der Mittagssonne erreicht wurden. Vor dem Fenster erwachte ein Springbrunnen zum Leben und malte Muster in den Himmel. Es sah hübsch aus. Sie hatte vergessen, dass Philadelphia auch eine Menge schöne Ecken hatte.

„Wie geht es dir, Callie, wie läuft das Projekt?“, riss ihre Mutter sie aus den Gedanken, und sie zwang sich zurück in die Realität.

Sie betrachtete Evelyn über den Rand ihres Wasserglases hinweg und hatte James’ Stimme im Ohr: *Sag ihr doch einfach, wie unzufrieden du mit eurer Beziehung bist. Woher soll sie es wissen, wenn du es nicht laut aussprichst?*

Er sagte das so leicht!

„Mir geht es gut. Wir sind in den Endzügen der Bauarbeiten am Haus, bis Freitagabend muss alles fertig sein, aber wir haben immer noch ein paar Probleme.“

„Ach, ich bin sicher, dass du sie gelöst bekommst“, sagte ihre Mutter zuversichtlich und nippte an ihrer Weinschorle.

Sie fragte nicht, was das für Probleme waren. Wie Callie vorhatte, sie aus dem Weg zu räumen. Nichts dergleichen. Die Themen wären ihr wahrscheinlich zu deprimierend gewesen. Ihr Probleme zu realistisch. Die Frage, die sie gestellt hatte, war nichts als reine Höflichkeit gewesen. Sie wollte die Antwort nicht wirklich wissen.

„Ich habe vergangenen Sonntag einen Tag im Spa verbracht. Wusstest du, dass es neue Gel-Nägel gibt, die
täuschend echt aussehen?" Sie zeigte ihr ihre Fingernägel. „Oder erkennst du den Unterschied?"

Callie starrte auf die pinken Nägel ihrer Mutter und
die Kieselsteine in ihrem Magen begannen, aneinander
zu reiben.

Belanglos. Alles an ihren Worten war belanglos und
unwichtig. Konnte sie nicht einmal etwas von Bedeutung sagen? Der Drang, ihre Mutter herauszufordern,
ihr irgendeine ehrliche, aufrichtige Emotion zu entlocken, war auf einmal so übergroß, dass die nächsten
Worte ihr einfach so von den Lippen rollten.

„Wusstest du, dass Dad dich betrogen hat, Mom?"

Die Augen ihrer Mutter weiteten sich und sie öffnete
schockiert den Mund, bevor sie sich hastig im Raum
umsah, der fast leer war. „Senke doch bitte deine
Stimme, Calliope!"

„Wusstest du es?", wiederholte sie laut.

Evelyn seufzte schwer, bevor sie einen großen
Schluck aus ihrem Glas nahm. „Ich wüsste nicht, wieso
das jetzt von Relevanz wäre. Was sagst du nun zu meinen Nägeln?"

„Mom", sagte Callie gereizt und streckte ihren Rücken
durch. „Ich habe dir eine einfache Frage gestellt. Wusstest du, dass Dad –"

„Natürlich wusste ich es", schnitt ihre Mutter ihr ungeduldig das Wort ab. „Auch wenn mir nicht klar ist,
von welchem Mal du genau sprichst, ich bin auch nicht
nur wegen des guten Wetters in den Hamptons, also …
Ich mache deinem Vater keinen Vorwurf und er mir
ebenso wenig. Darüber solltest du dir keine Gedanken

machen." Sie machte eine wegwerfende Handbewegung.

Mit offenem Mund starrte Callie sie an. „Was?"

Sie sollte sich keine Gedanken machen? Als sie ihren Vater mit einer anderen Frau erwischt hatte, hatte sie das zerstört! Und ihre Mutter wollte, dass sie nicht weiter darüber nachdachte?

„Na ja, es ist keine große Sache, Calliope. Dein Vater ist nicht fremdgegangen. Nicht wirklich. Wir haben da eine stumme Übereinkunft ..."

Callie war auf einmal kalt und sie zog ihre Strickjacke enger um die Schultern. „Wovon redest du?"

„Eine Ehe ist anstrengend, Calliope. Da hilft es ... sich hin und wieder zu entspannen. Dein Vater und ich wissen das."

„Aber ... aber warum trennt ihr euch dann nicht?"

Sie seufzte schwer. „Eine Scheidung würde so viel dreckige Wäsche zutage fördern. Außerdem respektiere ich deinen Vater. Wir haben euch zusammen. Ich bin keine zwanzig mehr. Es lohnt sich nicht wirklich, neu anzufangen, denkst du nicht auch?"

„Nein", sagte sie steinern. „Das denke ich nicht."

All die Jahre hatte sie ihre Mutter vor ihrem Vater verteidigt! All die Jahre hatte sie geglaubt, dass Clint Panther sie davongestoßen hatte ... doch es war ganz anders gewesen.

Wir haben da eine stumme Übereinkunft ...

„Mom, ich bin damals deswegen im Krankenhaus gelandet. Ich habe Dad mit einer anderen erwischt und habe deswegen die Drogen genommen."

Ihre Mutter zog die Augenbrauen zusammen, sodass sie sich über ihrem Nasenrücken trafen. „Du solltest wirklich nicht die Schuld von dir schieben, Liebling. Du warst jung und dumm und es war ein Ausrutscher deinerseits. Keine große Sache – aber belaste deinen Vater nicht damit."

„Es *war* eine große Sache, Mom", sagte sie und ihre Stimme zitterte. „Ich war magersüchtig und depressiv."

Evelyn seufzte schwer. „Du warst nicht magersüchtig. Du warst nur sehr trainiert. Und du hast schon immer die Eigenschaft gehabt, dich deinen schlechten Emotionen exzessiv hinzugeben. Aber das macht dich nicht depressiv."

Callie lachte trocken auf. Wie konnte man nur so verblendet sein? „Ich war ein psychisches Wrack, Mom", sagte sie eindringlich. „Ich war krank. Ich habe meinen Körper gehasst, ich habe mein Leben gehasst. Ich weiß, dass du dich weigerst, diese hässliche Realität anzuerkennen, weil du dann nicht mehr so tun könntest, als ob alles okay wäre, aber das ist die Wahrheit."

„Calliope …"

„Nein, ich bin noch nicht fertig. Egal, was du dir einredest, es war *nicht* alles okay. Und das ist es immer noch nicht! Unsere Familie ist ein Scherbenhaufen. Dad und du … ihr seid ein furchtbares Paar. Zusammen noch viel schlimmer als allein, und darunter haben wir alle gelitten."

„Beruhige dich, Calliope", sagte ihre Mutter geduldig und verzog keine Miene. „Ich weiß nicht, woher dein plötzlicher Drang kommt, mich zu attackieren, aber ich möchte, dass du jetzt damit aufhörst."

„Aber das will ich doch gar nicht!", fuhr Callie auf und schüttelte den Kopf in Richtung des Kellners, der sich ihnen mit ihrem Essen genähert hatte. „Ich möchte dich nicht *attackieren*, ich möchte mit dir *reden*. Wirklich reden. Doch du machst das unmöglich!"

„Wir reden doch gerade, oder nicht?"

„Nein! Tun wir nicht. Ich rede – und du hörst nicht richtig zu."

„Natürlich höre ich zu", sagte ihre Mutter scharf, und das Lächeln fiel von ihrem Gesicht. „Du erzählst mir, was für eine schreckliche Kindheit du in unserem warmen Haus hattest, in dem wir dir alles geboten haben, was du brauchtest."

„Es war nicht *warm*, Mom. Unser Haus war immer kalt."

„Du redest Unsinn, Calliope."

„Nein, ich sage dir das erste Mal, was ich denke."

Ihre Mutter schnaubte. „Du warst schon immer ein launisches Kind. Du warst nie zufrieden. Warst immer laut und hast mit Anschuldigungen um dich geworfen."

„Ja, du hast recht", sagte sie leise. „Ich war schwierig. Ich habe versucht, perfekt zu sein – aber es war nie genug, also habe ich aufgehört, es zu probieren. Und dafür muss ich mich entschuldigen. Ich weiß, dass ich euch viele Sorgen bereitet habe. Weil ich egoistisch und kindisch und zornig war. Ich weiß, dass ich es euch absichtlich schwer gemacht habe, und das tut mir leid. Aber das hat sich geändert. Ich bin erwachsen geworden, Mom. Und Erwachsene sollten es besser wissen, als ihre Gefühle hinunterzuschlucken, bis sie einen von innen heraus zerfressen."

Einige Herzschläge lang starrte ihre Mutter sie nur emotionslos an. Schließlich fragte sie: „Was versprichst du dir von diesem Ausbruch, Calliope?"

„Eine verdammte Reaktion von dir!"

Ihre Mutter schüttelte den Kopf. „Wie sollte ich auf all diese Anschuldigungen reagieren? Mir ist bewusst, dass ich nie die beste Mutter war, aber die Aufgabe liegt mir einfach nicht. Das habe ich früh erkannt. Ihr wart bei eurem Vater besser aufgehoben. Es tut mir leid, dass du das Gefühl hast, ich würde dir nicht zuhören, aber offen gesagt halte ich es nicht für klug, alte Geschichten aufzuwärmen. Die Vergangenheit sollte Vergangenheit bleiben. Und ich finde es kindisch von dir, mir mit diesem Trotzverhalten zu begegnen. Du dramatisierst.“

Callie starrte sie an und ließ langsam die Hände in den Schoß sinken. Was hatte sie erwartet? Einsicht? Verständnis? Eine Entschuldigung vielleicht?

Sie hatte sich etwas vorgemacht. Es gab diese Art von Beziehung zu ihrer Mutter oder gar keine.

Evelyn Panther würde sich nicht ändern. Sie würde sich nie wohl damit fühlen, über Probleme zu reden. Egal, was Callie tat.

Und dieser Gedanke war auf merkwürdige Art und Weise unglaublich befreiend.

Sie hatte es versucht, es hatte nicht funktioniert – und nun würde sie aufhören, es ihr Leben bestimmen zu lassen.

Langsam zog sie die Serviette von ihrem Schoß, legte sie auf den Tisch und stand auf.

„Ich kann euch nicht zu den Menschen machen, die ich gerne hätte. Vielleicht war es dumm, zu denken, dass ich es könnte. Egal, was ich tue ... es bringt nichts“, murmelte sie kopfschüttelnd.

Ihre Mutter sah sie irritiert an. „Was bringt nichts?“

„Zu versuchen, eine ernsthafte Unterhaltung mit dir zu führen! Probleme anzusprechen. Meine Gefühle mit dir zu teilen. Denn letztendlich tue ich mir nur selbst damit weh.“

„Ich verstehe nicht …“

„Ich fühle mich in deiner Gegenwart schlecht, Mom! Alles, was du sagst, wie du dich verhältst, lässt mich schlecht fühlen. Und ich weiß, das machst du nicht absichtlich, und ich liebe dich, denn du bist meine Mutter, aber … ich werde jetzt gehen“, sagte sie leise. „Und vielleicht ist es besser, wenn du nicht zur Eröffnung des Jugendzentrums kommst. Ich glaube, du würdest nur hingehen, weil du es als deine Pflicht ansiehst … so wie dieses Essen hier.“ Sie holte tief Luft, warf ein paar Scheine auf den Tisch und beugte sich dann zu ihrer Mutter hinunter, um ihr einen Kuss auf die Wange zu geben. „Egal wie alt man ist, es ist nie zu spät, neu anzufangen, Mom. Wenn du glücklich bist, dann ändere nichts. Wenn nicht … ich bin da, wenn du mich brauchst.“

Die Winterluft vor dem Restaurant schnitt kalt in Callies Haut, doch das machte ihr nichts. Sie fühlte sich seltsam leicht. Sie lächelte sogar ein wenig. Es machte sie traurig, dass ihre Mutter so in ihrer Persönlichkeit gefangen war, doch gleichzeitig war sie erleichtert, dass sie es endlich verstanden hatte.

Das Glück ihrer Mutter lag nicht in ihrer Verantwortung – und sie konnte es auch überhaupt nicht beeinflussen. Der Druck fiel von ihr ab wie eine zweite Haut, der sie entwachsen war. Sie war sehr viel erwachsener als ihre Mutter. Wenn überhaupt sollte Evelyn von ihr eingeschüchtert sein und nicht andersherum.

Sie zog ihr Handy aus der Tasche – sie hatte das Bedürfnis, James von dieser Eingebung zu erzählen – und schaltete es ein. Für das Essen mit ihrer Mutter hatte sie es ausgemacht.

Ungläubig öffnete sie den Mund, als ihr vierzehn verpasste Anrufe hektisch auf dem Bildschirm entgegenblinkten.

Was zum Teufel? Sie war keine halbe Stunde untergetaucht!

Kopfschüttelnd scrollte sie durch die Anrufer, während sie den Bürgersteig entlanglief, auf dem Weg zum Auto, das sie ein Stück die Straße hinab geparkt hatte.

Die Nachrichten waren allesamt von ihren Brüdern. Verwirrt wählte sie Coops Nummer und blieb an einem Kiosk stehen, der sie ein wenig vor dem Straßenlärm abschirmte. Doch noch bevor die Verbindung sich aufbaute, glitt das Telefon von ihrem Ohr und klatschte dumpf auf den Asphalt.

Ihr Blick war an einer Reihe von Zeitschriften hängen geblieben, die vor dem Kiosk auslagen. Ihr eigenes Gesicht prangte ihr entgegen, direkt neben dem ihres Vaters, das durch einen roten Blitz von ihrem getrennt war.

Affäre ihres Vaters trieb Calliope Panther in die Drogensucht!
Ein exklusiver Bericht auf Seite 12.

Mit offenem Mund starrte sie die Schlagzeile an, während Übelkeit in ihren Magen schwappte und sich ihren Hals hinaufdrängte.

Das war unmöglich! Niemand wusste davon.

Wie konnte ...?

Doch die Antwort auf die ungesagte Frage formte sich heiß in ihrer Brust und zerfraß sie von innen.

Sie hatte niemandem jemals von dem Vorfall damals erzählt. Niemandem ... außer James.

Wut, Scham und Schock sammelten sich zu einem ätzenden Kloß in ihrem Körper, und sie ballte die Hände zu Fäusten.

Wie hatte sie so dumm sein können? Er hatte sie ausgetrickst. Er hatte sie benutzt, sie glauben lassen, dass es ihre Idee war ... und sie von vorne bis hinten manipuliert. Bis sie ihm gegeben hatte, was er suchte: die Schlagzeile seines Lebens.

Sie hatte falsch gelegen. Alle anderen hatten recht gehabt. Und sie fühlte sich so dermaßen dumm und naiv, dass ihr die Tränen in die Augen schossen. Wie hatte sie sich so blenden lassen können? Natürlich war er hinter einer Story her gewesen. All das Gerede darüber, wie sehr er sie mochte, dass er mit ihr auf ein Date gehen wollte, war ein einziges Ablenkungsmanöver gewesen. Ein erfolgreiches noch dazu! Er hatte sich ihr Vertrauen erschlichen und sie dann hintergangen.

James Galway hatte gesagt, dass er ein Arschloch war – und er hatte verdammt noch mal Wort gehalten.

Kapitel 22

James' Kopf schlug beinahe gegen sein Lenkrad, so fest trat er die Bremsen durch.

Callie würde glauben, dass er es gewesen war.

Sobald er den Artikel gesehen hatte, war ihm klar gewesen, dass er auf ihn zurückfallen würde. Chesterfields Name prangte unter den hässlichen Worten, doch das würde Callie nicht kümmern. Weil sie nach einem Grund suchte, aus der Beziehung auszusteigen, und sie jeden Notausgang nehmen würde, den sie bekam.

James sprang aus dem Auto, gab sich nicht die Mühe, es abzuschließen, und schlüpfte durch das Sicherheitstor von Callies Apartmentblock, aus dem gerade eine alte Dame mit totem Pudel auf dem Kopf kam. Drei Stufen auf einmal nehmend sprintete er in den ersten Stock und hämmerte an die Tür.

Er musste das Ganze richtigstellen, bevor sie ihn aufgab. Bevor sie zu wütend wurde. Bevor sie ...

Eine Faust traf ihn mitten ins Gesicht, und überrascht taumelte er nach hinten gegen das Geländer.

Was zum ...?

Eine zweite Faust schoss auf ihn zu, doch diesmal war er vorbereitet. Er duckte sich unter dem Schlag weg und fing Callies Hand ab, bevor sie sich noch selbst verletzte.

„Ich war es nicht, Callie“, presste er zwischen den Zähnen hindurch und rieb sich über den schmerzenden Kiefer.

„Du verdammter Mistkerl!“, schrie sie ihn an, und der nächste Schlag traf ihn in die Rippen. „Gott, du warst es, der mir gesagt hat, dass ich meine Vorurteile vergessen muss! Dass ich dir eine Chance geben soll. Dass nicht jeder Journalist ein Arschloch ist!“

Shit. Er fischte auch ihre andere Hand aus der Luft und hielt sie fest, sodass er Callie das erste Mal vernünftig ansehen konnte.

Ihr Gesicht war rot vor Wut und ihre Augen versprühten so viel Hass und Ekel, dass sich James’ Eingeweide schmerzhaft zusammenzogen.

„Ja, und das habe ich auch so gemeint. Sieh mir in die Augen, Callie“, sagte er eindringlich. „Sieh mir in die Augen und hör mir zu: Ich habe nichts mit dem Artikel zu tun! Rein gar nichts. Ich weiß nicht, wie Chesterfield an die Informationen gekommen ist, aber er hat sie nicht von mir.“

„Natürlich sagst du das!“, fuhr sie ihn an und zog so ruckartig an ihren Händen, dass James ein paar Schritte vorstolperte und sie automatisch losließ. „Gott, du hast es hervorragend geplant, oder? Erst bringst du die dumme Millionärserbin dazu, sich in dich zu verlieben, damit sie dir vertraut. Dann erzählst du ihr etwas Schreckliches über dich, wie zum Beispiel, dass du vor zwölf Jahren mein Leben zerstört hast – damit ich dir noch mehr vertraue! Damit ich denke, dass du eine ehrliche Seele bist, und jetzt nicht glauben würde, dass du schon wieder Dreck über mich verkaufst. An denselben Journalisten wie damals?“ Ihre Gesichtsfarbe wechselte von Rot zu Weiß und die Tränen, die in ihren Augen glitzerten, waren wie Nadelstiche auf James' Haut. „Gott, ich bin so dämlich … selbst als du ehrlich warst, hast du noch gelogen. Du hast behauptet, dass du deine Ex-Freundin betrogen hast, und obwohl dich das zu einem schrecklichen Menschen machen sollte, hat es dich doch zu einem anständigeren gemacht! Dabei war das gelogen. Dabei hast du das nur gesagt, damit ich denke, dass du ehrlich bist! Damit ich das Gefühl habe, du würdest dich mir öffnen. Du würdest mir vertrauen. Damit ich dir den Gefallen erwidere. Dabei bist du ein mieser Scheißlügner. Du hast mich von vorne bis hinten manipuliert! Du hast mir deine angeblichen Schwachstellen gezeigt, damit ich dir vertraue!"

„Nein. Nein, das stimmt nicht", sagte er hastig und schluckte den Kloß in seinem Hals hinunter. „Also ja, in diesem einen Moment habe ich das vielleicht zu meinem Vorteil genutzt, aber anders als du denkst. Du warst scheiße zu mir, Callie. Du musstest mir mehr vertrauen. Aber ich wollte nicht …" Er stockte und Verzweiflung floss kalt durch seine Adern. „Ich wollte dich kennenlernen, ich wollte alles über dich wissen, dich genau studieren, damit ich dir gerecht werden konnte, ich –"

„Oh ja, du hast mich *sehr* intensiv studiert. Intensiver als jeder Journalist vor dir. Das auf alle Fälle", sagte sie zynisch. „Was für ein guter Deal! Ich mache dich reich und ficken kannst du mich auch noch."

Er zuckte anhand ihrer Worte zusammen. „Ich habe den Artikel nicht geschrieben, Callie …"

„Und ich glaube dir", sagte sie kalt. „Denn die Drecksarbeit überlässt du ja gerne Chesterfield! Du warst nur dafür da, die Informationen zu sammeln. Und herzlichen Glückwunsch, du hast den Jackpot gewonnen!“

„Callie, halt die Luft an!“ Seine Stimme wurde immer lauter, und er umfasste fest ihre Schultern. Sie musste ihm *zuhören*. „Das alles ist Schwachsinn. Du weißt, dass ich ihm die Informationen nicht verkauft habe! Du *weißt* es – denn du kennst mich.“

„Nein“, sagte sie und lachte bitter. „Ich kenne nur den James, den du mir vorgespielt hast.“

„Ich bin derselbe Mann, Callie! Derselbe Typ, der dich Sonntag in den Armen gehalten hat, als der Film im Kino zu gruselig wurde.“

„Du weißt doch nicht einmal selbst, wer du bist, James“, fuhr sie ihn an. „Wie kannst du behaupten, dass *ich* es wüsste? Kein Wunder, dass du nicht in dich selbst horchen willst, denn dein Inneres ist schwarz!“

„Das ist doch scheiße, Callie!“ Er hatte nicht schreien wollen, doch er konnte sich nicht zurückhalten. „Ich habe eine Menge Mist in meinem Leben gebaut, aber Chesterfield dabei zu helfen, den beschissenen Artikel zu schreiben, gehört nicht dazu! Ich habe *nichts* falsch gemacht. Gott, ich fasse nicht, dass ich dich auch noch davon überzeugen muss, obwohl wir beide wissen, dass du eine solche Angst vor einer Beziehung hast, dass du den Fuß schon aus der Tür hattest, bevor ich dich überhaupt eingeladen habe. Du hast Angst davor, dich zu verlieben. Veränderung zuzulassen. Einer anderen Person Macht über dich zu geben. Und jetzt suchst du einen Grund, unsere Beziehung zu sabotieren!“

„*Beziehung?* Von was für einer Beziehung redest du!“, schrie sie ihn an. „Wir haben keine Beziehung.“

Sein Kiefer knackte, so fest biss er die Zähne aufeinander. „Tu das nicht. Mach das, was wir hatten ... was wir *haben,* nicht unwichtiger, als es ist.“

Sie presste die Lippen aufeinander und schüttelte den Kopf. „Hör auf damit“, wisperte sie und machte einen Schritt zurück, sodass seine Hände von ihren Schultern fielen. „Hör auf, mich zu manipulieren. Hör auf, so zu tun, als wäre ich irgendetwas anderes als eine Schlagzeile für dich gewesen.“

„Aber das bist du. Du bist *alles.* Callie, ich liebe dich.“

Eine einzelne Träne verfing sich in ihren Wimpern, und ihre Augen waren mittlerweile so kalt, dass er fror. „Halt die Klappe, James. Ich weiß, dass du mit Worten umgehen kannst. Es ist dein verdammter Job. Doch deine Worte sind nichts wert!“

„Dann gib mir verdammt noch mal die Chance, meine Taten sprechen zu lassen!“

„Ich denke, das hast du schon getan.“ Sie wischte sich die Träne von der Wange und trat noch einen Schritt zurück. „Wir sind fertig, James. Du hast bekommen, was du wolltest. Ich kann dich nicht einmal verklagen, weil Chesterfields Name unter dem Artikel steht. Herzlichen Glückwunsch, du warst klüger als ich.“

Im nächsten Moment schloss sie die Tür vor seiner Nase.

James starrte auf das Holz, ein dumpfes Pochen in seinem Kopf.

Er fühlte sich nicht klüger als sie. Er fühlte sich wie ein Vollidiot.

Das konnte es nicht gewesen sein.

Er hatte die Wahrheit gesagt. Er liebte Callie – so sehr, dass es wehtat. So sehr, dass er nachts nicht schlafen konnte, ohne ihren Namen zu murmeln. Sie war das Erste, an das er morgens dachte, und das, was er am Abend als Letztes sehen wollte. Sie war sein Gegenstück. Er war schon öfter verliebt gewesen – aber nie *so*.

Und dass sie ihm nicht glaubte, dass sie ihre Beziehung so leichtfertig aufgab, machte ihn wütend. So wütend, wie nur Callie ihn wütend machen konnte.

Sie hatte Angst! Er verstand es. Doch das würde sich verdammt noch mal nicht bessern, wenn sie jeden Ausweg nahm, der sich ihr auftat. Shit, er würde sie nicht so einfach davonkommen lassen.

Zitternd sog er die Luft ein und wandte sich um, bevor er die Treppe hinunterschritt. Er würde sich eine neue Taktik zurechtlegen müssen, um sie von seiner Unschuld zu überzeugen. Wie zum Teufel war Chesterfield nur an die Infos gekommen?

Seine Wut auf den Schleimsack übertraf die auf Callie noch. Chesterfields Timing war beschissen!

James ging mit ruckartigen Schritten auf sein Auto zu.

Er musste sich beruhigen. Durfte nichts Dummes tun. Sollte gefasst und kontrolliert sein Problem analysieren und dann eine Lösung finden.

Eine halbe Stunde später saß er im Knast.

James war in den letzten dreißig Jahren äußerst erfolgreich darin gewesen, nicht über sein Leben nachzudenken. Aber als er jetzt auf der kalten Steinbank der Ausnüchterungszelle in der Innenstadt von Philadelphia saß und sich die blutigen Fingerknöchel an der Jeans abwischte, kam ihm der Gedanke, dass jetzt wohl der Zeitpunkt war, an dem er das ändern musste. Warum auch nicht? Er war allein, er hatte nichts vor, seine Zelle war ruhig.

Fasste er also zusammen: Sein Leben war scheiße. Und das nicht erst, seitdem Callie ihn aus ihrem geworfen hatte.

Er war seit Jahren nicht mehr zufrieden, er hatte sich nur nicht die Mühe gemacht, herauszufinden, warum. Doch als seine Faust Chesterfields Kinn getroffen hatte und der Wichser wie ein gefällter Baum hintübergekippt war, war er unruhig geworden. Denn ihn hatte das Gefühl übermannt, dass das die einzig gute Tat gewesen war, die er innerhalb des letzten Jahres begangen hatte.

Die Tatsache, dass einem Arschloch die Fresse zu polieren das Einzige war, das sein Karma verbesserte, ließ ihn etwas mulmig zumute werden.

Er hatte sich in den letzten Jahren wahrlich nicht mit Ruhm bekleckert. Sein Job hatte ihn dazu gezwungen, zu lügen, Menschen zu manipulieren und zu vergessen, was er eigentlich mal vom Leben gewollt hatte.

Und was war das noch gleich?

Callie, war das Erste, was ihm in den Kopf sprang. Er wollte Callie. *Brauchte* sie. Sie machte ihn zu dem besseren Menschen, der er so verzweifelt sein wollte.

Aber sie war nicht das Einzige, was seinem Leben fehlte. Er hatte keine Freunde. Er hatte kein Privatleben. Er war allein. Nicht einmal seiner Familie fühlte er sich wirklich zugehörig. Callie hatte recht gehabt. Er sagte vor seinen Eltern oftmals nicht das, was er sagen wollte, sondern das, was er glaubte, dass sie es hören wollten. Und er raubte ihnen so die Möglichkeit, ihn besser kennenzulernen.

Also ja, das wollte er auch.

Teil von etwas sein. Von seiner Familie. Von seinem eigenen Leben. Von Callies Leben.

Außerdem wollte er, dass die Menschen seine Arbeit mochten. So albern es war, er wollte für seine Artikel gelobt werden. So wie bei dem Artikel über das Benefiz-Baseballspiel.

Und er wollte Zeit.

Zeit, um herauszufinden, welches Bild er gerne aufhängen wollte. Zeit, um sich ein Hobby zu suchen. Er wollte Zeit haben, um wieder neu damit anfangen zu können, zu träumen.

Shit, er würde seinen Job kündigen und als Freelancer anheuern müssen. Wem machte er etwas vor? Die Zeitschrift, für die er gerade schrieb, zog nicht das Publikum an, das er sich vorstellte. Die Artikel, die er wirklich schreiben wollte, würden eine sehr viel kleinere Nische bedienen. Er würde bei weitem nicht so viel Geld verdienen wie jetzt – aber das wäre okay. Geld hatte ihn in den vergangenen Jahren auch nicht glücklich gemacht.

War das alles? Alles, was er wollte?

Er dachte über die Frage nach und stellte fest, dass er noch etwas vergessen hatte. Etwas Wichtiges.

Er wollte nicht länger als Arschloch bezeichnet werden.

Denn er war keins. Das hatte er in den letzten Wochen gelernt.

Er hatte nur oftmals das Gefühl, nicht dazuzugehören, und das machte ihn wütend. Seine Arbeit hatte ihn abgestumpft und auch das machte ihn wütend. Aber nur, weil er so oft wütend auf sich selbst war, machte ihn das noch lange nicht zu einem abgebrühten Arschloch. Deswegen würde er aufhören, sich wie eins zu verhalten.

„Sir? Sir!“

James blinzelte und sah auf. Ein Streifenpolizist stand vor ihm.

„Ja?“

„Sie dürfen einen Anruf tätigen, ist Ihnen das bewusst?“

„Ja, das wurde mir schon gesagt.“

„Oh. Nun ... warum rufen Sie dann niemanden an?“

Weil er nicht wusste, wen. „Kann ich nicht einfach hier sitzen bleiben? Ich denke gerade so schön nach.“

Perplex blinzelte der Polizist zu ihm hinunter. „Nein. Wir lassen Sie gleich raus. Es wurde keine Anzeige erstattet. Falls Sie also eine Mitfahrgelegenheit anrufen wollen ...“

Ach, richtig. Er war in einem Polizeiwagen hierher kutschiert worden. Dabei war Chesterfield nicht einmal bewusstlos gewesen. Seine Kollegin hätte wirklich nicht die Bullen rufen müssen.

Er seufzte schwer. „Alles klar, geben Sie mir das Telefon.“

Zwei Minuten später drang ein Tuten und dann ein Klicken an sein Ohr.

„Ja?“

„Hey, Serena.“

„Jamie, egal, was es ist: Ich will deine Hilfe nicht“, begrüßte sie ihn gereizt.

„Nein, ich weiß", sagte er erschöpft. „Aber ich brauche deine."

„Präg dir das Bild genau ein, Thomas. So sieht der schlechte Einfluss aus, den du auf deinen Onkel hast!", bemerkte Serena eine halbe Stunde später.

James schnaubte und verdrehte die Augen, ließ sich jedoch von seinem grinsenden Neffen umarmen. „Nur weil sich die coolen Kids bei etwas Dummem erwischen lassen, musst du das nicht direkt nachmachen, Jamie", meinte er neunmalklug und klopfte ihm auf den Rücken.

„Hey, ich hab nicht versucht, Schuhe zu klauen."

„Nein, du hast dich nur geprügelt", meinte Serena mitleidig.

Zu seiner Verteidigung: Es war keine wirkliche Prügelei gewesen. Chesterfield war überhaupt nicht zum Zug gekommen. Doch er hielt es für besser, diesen lustigen Fakt für sich zu behalten.

„Und ich dachte immer, du bist cool, Jamie", sagte Thomas kopfschüttelnd. „Dabei bist du ein Loser, der schnell seine Nerven verliert." Merkwürdigerweise klang er fast stolz bei dieser Aussage. Als wäre das etwas Gutes.

„Musstest du ihn mitbringen?", fragte er seine Schwester wehleidig.

„Oh, es wird noch besser", bemerkte sie fröhlich. „Mom sitzt nämlich im Auto."

Ungläubig sah er sie an. „Du hast Mom mitgebracht?"

„Sie ist Rentnerin. Sie kriegt nur noch selten witzige Dinge zu Gesicht, Jamie. Ich wollte ihr diese Chance nicht nehmen", sagte sie unschuldig.

Wieder schnaubte er. Serena machte ihn wütend –
aber gleichzeitig auch glücklich. Denn sie verhielt sich
ansatzweise wieder normal. Als wären sie ... Freunde.

„Haha, witzig.“

„Nein, witzig ist die Farbe, die dein Kiefer annimmt“,
korrigierte sie ihn und musterte interessiert sein Kinn.
„Meine Güte, der Journalist, den du gehauen hast, muss
ja ordentlich zugelangt haben.“

Nein, hatte er nicht. Den Regenbogen in seinem Gesicht hatte er Callie zu verdanken, die definitiv zu viel
Übung darin hatte, Kinnhaken zu verpassen. Aber das
hätte er sich denken können. Sie war mit drei Brüdern
aufgewachsen. „Bist du dann fertig damit, dich über
mich lustig zu machen?“, fragte er ungeduldig.

„Nein, warte.“ Sie hob die Hand und überlegte kurz,
schließlich seufzte sie jedoch. „Mir fällt nichts mehr
ein, ich bin wohl ein wenig eingerostet.“ Enttäuscht
zuckte sie mit den Achseln. „Egal. Dann bin ich jetzt
eben wieder erwachsen.“ Sie holte tief Luft und wandte
sich im nächsten Moment an ihren Sohn. „Thomas,
würdest du schon mal vorgehen? Ich möchte ein paar
ernste Worte mit deinem Onkel wechseln.“

Thomas sah unsicher zu James, so als sorge er sich um
seine Gesundheit, nickte dann jedoch und verschwand
durch die Tür der Wache auf den dunklen Parkplatz.

Serena holte Luft, verschränkte die Arme vor der
Brust und wandte sich mit ernstem Gesicht zu ihm um.
Doch bevor sie etwas sagen konnte, kam James ihr zu-
vor. „Ich habe Lana nicht betrogen, Rena.“

Verblüfft öffnete seine Schwester den Mund. „Was?“

„Ich habe sie nicht betrogen. Ich habe es mir ausge-
dacht, um sie zu schützen. Eigentlich wollte ich es dir

nicht erzählen, aber ich hatte in der Zelle ein wenig Zeit zum Nachdenken und ... ich will nicht länger wie ein Arschloch wirken, also dachte ich, ich erzähle es dir." Er räusperte sich, bevor er wiederholte: „Ich habe sie nicht betrogen."

Seine Schwester schluckte hörbar, sah auf ihre Füße und nickte schließlich. „Ich weiß."

„Du weißt es?", fragte er verblüfft.

„Ja. Lana hat es mir erzählt. Bei der Benefizveranstaltung am Wochenende."

„Oh. Okay. Gut."

Wieder nickte sie, bevor sie sich seufzend über den Nacken rieb. „Du bist ein Idiot, James", sagte sie nach einer Weile und wandte ihm erneut den Blick zu. „Aber ich war auch eine Idiotin, deswegen werde ich darüber hinwegsehen."

Seine Mundwinkel zuckten. „Großzügig von dir."

„Ja, ich weiß. Gewöhn dich nicht dran. Und auch, wenn ich mich jetzt bei dir entschuldigen werde, ändert es nichts daran, dass du ein Idiot bist, okay?"

„Alles klar."

„Gut", sagte sie knapp, wandte den Blick ab und murmelte aus dem Mundwinkel: „Entschuldigung. Ich war zu hart zu dir. Mein Leben ist eine Katastrophe und ich habe meine Wut an dir ausgelassen. Es tut mir leid."

Sein Lächeln wurde zu einem Grinsen. „Das ist die herzergreifendste Entschuldigung, die du mir jemals gegeben hast."

„Jaja", meinte sie und winkte ab. „Können wir dann wieder zum Wesentlichen kommen?"

„Was ist das Wesentliche?"

„Deine Idiotie natürlich."

„Ah. Okay. Leg los.“

Wieder holte Serena Luft, bevor sie die Augen verengte. „Callie also, ja?“

„Jap.“

„Du hast dich für sie geprügelt?“

„Jap.“

„Weiß sie von ihrem Glück?“

„Nope.“

„Wirst du es ihr erzählen?“

„Dass ich mich wie ein Neandertaler auf den Mann gestürzt habe, der ihr wehgetan hat, und im Knast gelandet bin? Ich glaube nicht.“

„Das meine ich nicht, du Dummkopf. Ob du ihr erzählen wirst, dass du sie liebst.“

„Habe ich schon.“

„Oh. Und?“

„Sie glaubt mir nicht.“

„Ups.“

„Ja.“

„Warum glaubt sie dir nicht? Jeder kann sehen, was für ein verliebter Trottel du in ihrer Gegenwart bist.“

„Ich weiß. Aber heute Mittag ist ein schrecklicher Artikel über sie erschienen und sie glaubt, dass ich schuld daran bin.“

„Und? Bist du?“

„Nein, verdammt!“

„Okay. Dann ist doch alles gut. Dann kannst du es noch retten.“

Er schluckte schwer und hob hilflos die Schultern. „Ich weiß nicht, ob das geht, Serena. Sie hat Angst.“

„Jeder hat Angst.“

„Ja, aber sie ist extrem. Sie hat nach Ausreden gesucht, um unsere Beziehung zu beenden, und sie mit dem Artikel endlich gefunden.“

„Aber du bedeutest ihr etwas, oder nicht?“

Erst bringst du die dumme Millionärserbin dazu, sich in dich zu verlieben, damit sie dir vertraut … „Ja, ich glaube schon.“

„Dann ist es nicht zu spät.“

Er schluckte schwer. „Es ist kaputt, Rena.“

„Dann mach es wieder heile.“

„Ich weiß nicht, wie.“

„Na, mit dem, was du am besten kannst, Jamie!“

„Ja? Und was ist das?“

„Du benutzt deine wunderschönen Worte.“

Er schüttelte den Kopf. „Callie hat mir sehr deutlich gemacht, dass meine Worte nichts wert sind.“

„Na, dann verleihst du ihnen lieber eine so große Bedeutung, dass sie sie nicht ignorieren kann, oder?“, sagte sie bestimmt und legte ihm eine Hand in den Rücken, um ihn aus der Tür zu schieben. Er kam jedoch nicht weit, denn seine Mutter erschien mit bleichem Gesicht im Türrahmen.

„Ist alles in Ordnung? Wieso braucht ihr denn so lange?“ Ihr Blick fiel auf James' Kiefer und ihre Augen wurden groß. „Hast du dich geprügelt?“

Nein, er wurde *ver*prügelt. „Ein wenig.“

Kopfschüttelnd nahm sie ihn in die Arme.

„Was machst du denn für Sachen, Jamie?“, meinte sie missbilligend und bettete seinen Kopf auf ihre Schulter. James war so groß, dass er sich fast vor ihr verbeugen musste, um das möglich zu machen, doch es kümmerte ihn nicht.

„Dumme Sachen“, erklärte er leise.

„Ja, das merke ich. Ich habe dich besser erzogen, als mit deinen Fäusten zu kommunizieren.“

Er seufzte schwer und hob den Kopf. „Das habe ich zeitweilig vergessen.“

Seine Mutter sah ihn ernst an. „Dann muss ich dich wohl daran erinnern, oder? Und ... es tut mir leid, dass ich das im letzten Jahr versäumt habe.“

Er lächelte müde, nickte jedoch. „Ihr musstet euch für eine Seite entscheiden.“

„Nein, mussten wir nicht“, sagte sie leise und tätschelte seine Schulter. „Aber darüber können wir zu Hause reden.“

„Zu Hause?“, fragte er perplex.

Er konnte Serena hinter sich lachen hören. „Na, junger Mann, du glaubst doch nicht, dass dein Verhalten ohne Konsequenzen bleibt“, sagte sie und schnalzte mit der Zunge.

„Hüte deine Zunge, Serena“, sagte ihre Mutter, bevor sie James aus der Tür geleitete.

Wieso hatte er auf einmal das Gefühl, dass ihm Hausarrest bevorstand?

„Hör auf zu lächeln, Jamie“, sagte Rena und knuffte ihm in die Seite. „Sonst könnten wir noch auf den Gedanken kommen, dass du keine Reue empfindest.“

Er grinste.

Die Beziehung zu seiner Familie war gar nicht so hoffnungslos wie gedacht.

Kapitel 23

Callie fühlte sich leer.

Sie saß in der sicheren Dunkelheit des Wohnzimmers und starrte auf den Fernseher, der nicht lief.

Sie hatte bei ihrem Bauunternehmer angerufen und gesagt, dass sie heute nicht mehr reinkommen, aber morgen früh zur Abnahme da sein würde. Das gab ihr einen ganzen Nachmittag und Abend, um sich ins Delirium zu trinken ... doch sie tat nichts dergleichen.

Sie fühlte sich nicht danach, zu trinken. Sie fühlte sich nicht danach, zu essen. Sie fühlte sich nicht einmal danach, zu weinen oder zu schreien.

Sie fühlte gar nichts, außer einer stummen Verzweiflung, die sie wie gelähmt auf der Couch sitzen und in die Dunkelheit starren ließ.

Alles war perfekt gewesen und jetzt war alles kaputt. Das Schlimme war, dass sie James nicht einmal hassen konnte. Sie versuchte es, versuchte sich in die Rage zu reden, die sie vor wenigen Stunden noch verspürt hatte, blieb jedoch erfolglos.

Wie hatte sie sich so in einem Menschen täuschen können? James war ... der perfekte Mann gewesen. Nicht für die Welt, nicht einmal für diese Stadt, aber für sie.

Er hatte sie zum Lachen, zum Nachdenken, zum Seufzen und Lieben gebracht. Er hatte so viele Emotionen in ihr wachgerufen, dass sie den Überblick verloren hatte. Und sie hatte angefangen zu glauben, dass er … dass er vielleicht …

Sie brach den Gedanken ab und schloss die Augen. Scheiße.

Die Tür ging auf und das Licht an, sodass sie überrascht die Augen öffnete.

Coop stand im Türrahmen und starrte sie an. „Wo zum Teufel warst du?", fragte er wütend. „Ich hab dich hundertmal angerufen! Wir haben uns Sorgen gemacht."

„Ich weiß", flüsterte sie.

„Ich war sogar bei Dad, weil ich dachte, dass du vielleicht ein Krisengespräch mit ihm führst, oder so … und fuck, ich hab ihn noch nie so wütend erlebt! Nicht einmal, als ich seine Krawatte dazu benutzt habe, Alkohol aufzuwischen."

Scheiße, ihr Vater. Den hatte sie ganz vergessen. Natürlich würde er wütend sein, sein Image würde unter diesem Artikel sicherlich am meisten leiden.

„War nur am Telefon mit irgendwelchen Anwälten und der Zeitung. Doch er hat den verantwortlichen Journalisten nicht erreicht, der war aus irgendeinem Grund im Krankenhaus. Kleiner beschissener Blutsauger …"

Callie setzte sich gerader hin. James war im Krankenhaus?

Doch bevor sie sich dafür hassen konnte, dass sie sich Sorgen machte, fiel ihr ein, dass Chesterfields Name unter dem Artikel stand. Ihr Vater würde nicht wissen, dass James die Information weitergegeben hatte.

Coop seufzte schwer, öffnete den Mund, sicherlich, um sich weiter aufzuregen, hielt jedoch inne, als sein Blick ihr Gesicht erreichte. „Was ist los?“, fragte er besorgt. „Nimmt dich der Artikel so sehr mit? Ich hatte gehofft, dass es dich nicht so trifft, weil doch größtenteils auf Dad herumgeritten wird.“

„Er trifft mich auch nicht“, sagte sie leise – und es war die Wahrheit. Es war ihr egal, was die Leute über sie sagten. Die Zeitungen regten sie nicht mehr so sehr auf, seitdem James’ Artikel erschienen waren. Erst als etwas Gutes über sie in der Zeitung gestanden hatte, war ihr klar geworden, dass ihr Selbstbild nicht von den Sätzen abhing, die draußen über sie verbreitet wurden, sondern von denen, die sie selbst glaubte.

Der Artikel hatte sie als Jugendliche so fertig gemacht, weil so viel Wahrheit in ihm gesteckt hatte. Weil er all die Unzulänglichkeiten ihres Charakters aufgewiesen hatte, die sie bereits an sich hasste. Doch jetzt, da sie mit sich im Reinen war, konnten hässliche Worte sie nicht mehr so leicht verunsichern. Sie kannte ihre Fehler – warum sollte sie sich für sie schämen?

„Was in dem Artikel steht, ist mir egal, wirklich“, beharrte sie, als Coop sie noch immer skeptisch ansah.

„Warum siehst du dann aus, als hätte dir jemand dein Lächeln gestohlen?“

„Weil mir nicht egal ist, dass er existiert“, wisperte sie, und natürlich entschieden sich ihre Augen dazu, genau jetzt, da sie nicht mehr allein war, sich mit Tränen zu füllen.

Coop runzelte die Stirn. „Ich verstehe nicht.“

Ein Kloß in der Größe eines Tennisballs bahnte sich ihren Hals hinauf. „Weil ich schuld bin. Weil ich den falschen Leuten vertraut habe. Du hattest recht. James ist noch immer ein Klatschreporter und ich die größte Story seines Lebens.“

„Was?“ Coop blinzelte. Er hatte offenbar noch immer Probleme, mitzukommen. „Also stimmt es. Du hast Dad mit einer anderen Frau erwischt und hattest daraufhin deinen Absturz?“

„Ja. Und ich war dumm genug, es James zu erzählen.“

„Scheiße.“ Coop ließ sich neben sie sinken und schüttelte den Kopf. „Und er hat dir ins Gesicht gesagt, dass er es war?“

Sie schluckte. „Nein. Natürlich nicht. Er hat abgestritten, dass er etwas damit zu tun hat. Er … er hat gemeint, dass er mich liebt und mich nie absichtlich verletzen würde.“

Das waren die Worte gewesen, die sie am meisten getroffen hatten. Diese Lüge wog so schwer wie fünfzehntausend schreckliche Artikel über sie.

Coop runzelte die Stirn. „Er hat gesagt, dass er dich *liebt*? Warum?“

Sie hatte keinen Schimmer. „Wahrscheinlich, um mich wieder irgendwie zu manipulieren.“

„Mhm. Vielleicht …“

„Was?“, wollte sie ungeduldig wissen.

Überrascht hob Coop die Augenbrauen. „Was, was?“

„Du hast dich angehört, als wolltest du mir widersprechen.“

Er seufzte schwer. „Na ja, auf die Gefahr hin, dass du mir wehtust … was hätte es ihm gebracht, dich anzulügen? Die Worte hätten sein Gewissen nicht erleichtert, wenn er wirklich schuld an dem Artikel ist.“

„Keine Ahnung, Coop!", sagte sie gereizt. „Vielleicht wollte er auch einfach noch mal mit mir schlafen und weitere Geheimnisse aus mir rauskitzeln."

Doch noch während sie die Worte aussprach, wusste sie, dass sie nicht wahr waren. James mochte manipulativ sein, aber er konnte schlafen, mit wem er wollte, und Callie war nicht arrogant genug, zu glauben, dass es mit ihr so viel besser war, dass er so drastische Maßnahmen ergreifen würde, wie das L-Wort zu benutzen.

„Mhm", machte Coop.

Genervt sah Callie ihn an. „*Was?*"

Unbehaglich hob Coop die Schultern. „Na ja, ich hatte schon ein wenig das Gefühl, dass er es ernst mit dir meint."

Ungläubig sah sie ihn an. „Du warst es, der mich vor ihm gewarnt hat!"

„Ja, weil dein Loverboy mich aufgeregt hat. Er war es, der meinte, dass wir uns bei dir dafür entschuldigen sollten, so wenig Vertrauen in dich gehabt zu haben. Er hat dich besser verstanden, als ich es getan habe – und das hat mich genervt. Mein Urteil war also vielleicht nicht ganz uneigennützig."

Sie schnaubte laut. „Unglaublich. Willst du mir jetzt erzählen, dass ich ihm verzeihen soll?"

„Nein, natürlich nicht. Wenn er wirklich für den Artikel verantwortlich ist ..."

„Ich habe es *niemand* anderem erzählt, Coop! Wer sonst sollte es gewesen sein?"

„Keinen Schimmer. Aber nur für den Fall, dass er die Wahrheit sagt, dass er nichts damit zu tun hat ... würdest du es dann bereuen, ihn aus deinem Leben zu kicken, oder wärst du erleichtert darüber?"

Verwirrt blinzelte Callie. „Worauf willst du hinaus?“

„Ich will nur sichergehen, dass du nicht einfach ... aufgibst.“

„Aufgibst?“, wiederholte sie fassungslos.

„Na ja ... wegläufst wäre wohl das bessere Wort, aber darauf reagierst du immer so sens–“

„Ich laufe nicht weg, du Arschloch“, rief sie zornig und schlug ihm fest gegen den Arm. „Ich habe allen Grund dazu, mich hintergangen zu fühlen! James hat mich benutzt, er hat –“

„Jaja, klar“, meinte Coop und winkte ab. „Aber wir gehen ja gerade von der hypothetischen Möglichkeit aus, dass er nicht gelogen hat. Wie würdest du eure ... Affäre dann enden lassen?“

Mit offenem Mund sah sie ihn an. „Ich ... nun ... ich würde nach L. A. zurückziehen und ... das war es dann.“

„Ah, okay.“ Coop nickte. „Und das würde dir leichtfallen?“

„Keine Ahnung.“

„Dann denk mal darüber nach.“

Sie verengte die Augen. „Sag mal, bist du auf seiner Seite?“

„Nein. Ich bin *immer* auf deiner Seite, Callie. Das weißt du. Ich möchte nur sichergehen, dass du deine Angst nicht gewinnen lässt. Ich bin mir nämlich ziemlich sicher, dass du verdammt verliebt in den Kerl bist. Du warst nämlich unerträglich glücklich in den letzten Wochen. Und ich verstehe dich. Er hat wirklich tolle Haare. Und wenn du Gefühle für ihn hast ... dann ist das etwas wert.“

Sie presste die Lippen aufeinander, ignorierte das Brennen in ihren Augen und hob die Schultern. „Und wenn schon? Leute verlieben sich andauernd.“

„Ja, Leute. Aber nicht die Panthers. Wir sind zu selbstzerstörerisch, um es wirklich zu versuchen.“ Coop legte den Arm um sie und drückte sie fest an seine Seite. „Und nur, weil ich nicht daran glaube, dass die Liebe mich irgendwann einholen wird, so wie Callum es mir die ganze Zeit voraussagt, heißt das nicht, dass ich es mir für dich nicht wünschen würde. Du bist weiter als ich. In jeglicher Hinsicht. Emotional, intellektuell … Ich bin jeden Tag ein bisschen beeindruckter von dir.“

„Das wundert mich nicht“, sagte sie und schniefte. „Ich bin nun einmal klüger als du.“

Coops Mundwinkel zuckten. „Ach ja?“

„Ja, weil ich dir im Uterus den Sauerstoff geklaut habe.“

Er nickte. „Daran erinnere ich mich sehr gut. Der Punkt ist: Du hast Angst, dich aus deiner sicheren Komfortzone zu begeben. Aber die besten Dinge passieren erst dann, wenn man etwas riskiert.“

„Woher hast du denn den Spruch?“

„Hab ihn auf einer Cornflakes-Packung gelesen.“

„Natürlich.“

„Und ich habe darauf auch gelesen, dass du dir ganz sicher sein solltest, dass James das Arschloch ist, für das du ihn gerade hältst, bevor du ihn aus deinem Leben verbannst.“

„Diese Cornflakes-Packungen werden immer aufdringlicher“, stellte sie unzufrieden fest und legte den Kopf auf Coops Schulter.

„Es ist der Zucker. Der macht sie aufmüpfig.“

Sie nickte, doch antwortete nicht mehr.

Hatte Coop recht? Hatte sie zu leicht aufgegeben? Hätte sie James aussprechen lassen sollen?

Es war nur ... ihre Gefühle für ihn machten ihr Angst. Denn obwohl sie davon überzeugt war, dass er den Klatsch über sie weitergegeben haben musste, schmerzte ihr Herz bei dem Gedanken, ihn nicht wiederzusehen. Denn Coop hatte recht. Die Panthers verliebten sich nicht leicht – und wenn sie es taten, dann richtig. Und sie fürchtete, dass ihr Herz sich nicht schnell genug in Sicherheit gebracht hatte, als James ihr erzählt hatte, dass sie die stärkste Frau war, die er kannte.

„Callie, kann ich dir eine Frage stellen?", flüsterte Coop nahe ihrem Ohr.

„Ja."

„Was willst du?"

„Was?"

„Was du willst. Wenn du jetzt alles haben könntest, was du möchtest ... was wäre das?"

Sie schloss die Augen, atmete tief ein und aus und dachte über diese Frage nach. Die Antwort war nicht schwer zu finden.

„Ich will nach Hause", wisperte sie und eine Träne verfing sich in ihren Augen. „Ich will einfach nur ... irgendwo hingehören. In Sicherheit sein."

„Du bist zu Hause", murmelte Coop. „Du bist längst angekommen."

Callie schlief nicht gut.

Die eine Hälfte der Nacht wälzte sie sich hin und her, die andere verbrachte sie damit, jede einzelne Unterhaltung, die sie jemals mit James geführt hatte, noch einmal zu durchleben.

Jedes Wort, das er gesagt hatte. Jeden intimen Blick, den sie ausgetauscht hatten. Und je länger sie darüber nachdachte, desto absurder erschien es ihr, dass er die Informationen wirklich verkauft hatte.

Das alles ist Schwachsinn. Du weißt, dass ich ihm die Informationen nicht verkauft habe! Du weißt es – denn du kennst mich.

Seine Worte flogen in ihrem Kopf umher und raubten ihr die Erholung, die sie so sehr gebraucht hätte.

Um halb sechs Uhr morgens gab sie es schließlich auf, zog sich an und fuhr zur Baustelle.

Doch die Baustelle verdiente ihren Namen nicht mehr. Der ehemalige graue Betonklotz war nun grün und wirkte im fahlen Dämmerlicht alt, aber nicht erschöpft. Im Gegenteil. Er strahlte Energie aus – soweit ein toter Gegenstand das eben konnte.

Vorsichtig öffnete Callie die Tür, wartete darauf, dass der gewohnte Geruch nach Staub, Putz und Farbe ihr entgegenschlug – doch er blieb aus.

Das Haus roch neu. Nach Holz und Sonne.

Mit offenem Mund wanderte Callie durch den Flur. Gestern früh war der Boden noch mit Werkzeug gepflastert gewesen, doch offensichtlich hatten die Arbeiter all ihre Sachen am Nachmittag zusammengepackt. Denn nichts lag mehr im Weg rum. Nichts war mehr … kaputt.

Die Wände waren verputzt, die Böden poliert, die Küche ausgerüstet und der Gruppenraum mit Stühlen bestückt worden. Das Büro hatte einen Schreibtisch, die Schlafräume Betten, und der Kickertisch stand an genau der Stelle, die sie vor einer Woche in dem großen Raumplan angegeben hatte.

Der Garten sah karg, aber ordentlich aus und würde im Frühling mit Blumen und Gemüse ausgestattet werden.

Callie sah sich alles an – alles bis auf den Wohnwagen, der ihr Herz schwer werden ließ.

Es war wunderschön. Genau so, wie sie es angeordnet hatte. Ihr Traum war zum Leben erweckt worden – denn das Jugendzentrum war fertig. Komplett fertig. Die Investoren würden Freitag eine letzte Tour bekommen, bevor sie ihre volle Unterstützung zusicherten, doch das war nur eine Formalie.

Sie hatte es geschafft.

Das hier war immer ihr Ziel gewesen. Darauf hatte sie all die Jahre hingearbeitet ...

Und jetzt bedeutete es ihr nichts mehr.

Callies Hals wurde eng und ihre Augen fingen an zu brennen, während sie sich an der Wand zu Boden sinken ließ und ihre Knie mit den Armen umschloss. Hinter der Glasfassade des Wohnzimmers ging die Sonne auf und tauchte sie in orange-gelbes Licht, doch die Enge in ihrer Brust blieb.

Sie hatte einer Horde Jugendlicher ein Zuhause geschaffen ... und sich nie verlorener gefühlt.

Alles tat weh. Das Atmen, das Reden, das Lächeln.

Sie vermisste James. Sie hatte ihn gestern noch gesehen und vermisste ihn dennoch, als wäre er die zwei Füße, die sie trugen.

Sie wollte die Schönheit des Hauses mit ihm teilen. Wollte, dass er anerkennend die Wände bestaunte und einen Witz darüber machte, dass sie doch sicher mit jedem einzelnen Arbeiter geschlafen haben musste, damit sie wirklich pünktlich fertig geworden waren. Sie wollte, dass der gestrige Tag nicht passiert war, dass alles so sein konnte wie davor. Als sie sich wohl ... und zu Hause gefühlt hatte.

Fahrig wischte sie sich die Tränen von der Wange und versuchte ihren hektischen Atem zu regulieren. In James' Gegenwart hatte sie sich nicht wie eine solch menschliche Katastrophe gefühlt – und offensichtlich war das etwas, was sie gebraucht hatte.

Sie legte die Hände auf das Gesicht ... als ein Klopfen durch den Gang hallte.

Überrascht hob sie das Kinn und sah zur Tür. Es klopfte erneut.

Mühsam kam sie auf die Beine und lief durch den Flur zum Eingang.

Sie erwartete fast, dass James davorstand, doch sie irrte sich. Es war ihr Vater.

„Dad", sagte sie überrascht.

„Calliope", erwiderte er ruhig und nickte ihr zu.

Er sah nicht wütend aus, aber sie war sich sicher, dass das noch kommen würde.

Es war besser, das Schlimmste direkt hinter sich zu bringen, deswegen drückte Callie die Schultern durch und zwang sich dazu, ihm in die Augen zu sehen. „Dann leg mal los, Dad. Ich habe es versaut. Ich habe den falschen Leuten vertraut, ich hatte unrecht damit, dass ich es allein schaffe und alles unter Kontrolle habe – und du musstest darunter leiden. Es tut mir leid."

Ihr Vater runzelte die Stirn. „Wovon redest du?"

„Von dem Artikel! Ich habe dein Geheimnis verraten, ich bin der Grund dafür, dass du mit so viel Mist konfrontiert wirst, ich –"

Er schüttelte den Kopf. „Könntest du mir bitte deinen Mantel geben?"

Verwirrt öffnete sie den Mund. „Was?"

„Deinen Mantel."

„Ich verstehe nicht", sagte sie langsam, schlüpfte jedoch aus ihrer Jacke und reichte sie ihm.

„Vielen Dank", sagte er steif, bevor er anfing, systematisch ihre Taschen zu durchsuchen.

Mit geöffneten Lippen sah Callie dabei zu, wie er erst die Außentaschen und schließlich die Innentaschen abklopfte, bevor er in der kleinen Tasche auf der Brust, die, die niemand je benutzte, fündig wurde. Er zog einen kleinen schwarzen, runden Gegenstand hervor, bevor er ihn zu Boden fallen ließ und mit dem Fuß drauftrat.

„Chesterfield hat dich abgehört, Calliope", sagte er und ein harter Zug erschien um seinen Mund, als er ihr den Mantel zurückgab. „Er hat dir beim Benefizspiel eine Wanze untergejubelt."

„Was?" Schockiert sah sie auf den Plastikmüll vor ihren Füßen.

„Ich habe den gestrigen Tag damit verbracht, Chesterfield zu durchleuchten und herauszufinden, wie er an die Information gekommen ist. Sobald er aus dem

Krankenhaus entlassen worden ist, habe ich ihm einen Besuch abgestattet. Es stellt sich heraus, dass ihm sehr leicht Angst einzujagen ist."

„Er war ... im Krankenhaus?" Richtig, das hatte Coop ihr bereits erzählt.

„Galway hat ihn offensichtlich in die Finger bekommen, bevor deine Brüder es konnten", stellte Clint Panther trocken fest.

Ihre Augen weiteten sich. „James hat ihn ins Krankenhaus geprügelt?"

„Es war nur eine gebrochene Nase, er wird es überleben. Die Anwälte, die ich engagiert habe, um ihm das Vermögen abzuknöpfen, das er so illegal verdient hat, werden ihm sehr viel mehr schaden."

„Du hast ... Anwälte auf ihn gehetzt?"

Ihr Vater stieß einen langen Seufzer aus. „Calliope, er hat deine Privatsphäre und vermutlich auch deine Gefühle verletzt – natürlich werde ich ihn nicht damit durchkommen lassen. Vielleicht wird ein öffentlicher Prozess gegen einen Journalisten den anderen genug Angst einjagen, um ..." Er wandte den Blick ab und räusperte sich. „Ich möchte nur verhindern, dass die Dinge sich wiederholen. Vor zwölf Jahren war ich zu kurzsichtig, um zu bemerken, was mit dir los war, aber ... ich will keinen Fehler zweimal begehen. Ich weiß, dass dein Zusammenbruch auf meine Kappe ging. Daran braucht mich niemand zu erinnern. Erst recht nicht die Zeitung. Und mir ist ebenso klar, dass du behaupten wirst, dass du nun stärker bist und niemand mehr auf dich aufpassen muss ... aber es ist für mich unmöglich, das umzusetzen. Ich werde nie wieder versäumen, auf dich achtzugeben, mit dem Gedanken wirst du dich anfreunden müssen. Meine Methoden mögen dir nicht immer gefallen, aber sie sind wirkungsvoll. Wir werden sicherlich noch öfter aneinandergeraten, weil du mir von euch Geschwistern am ähnlichsten bist, aber das macht nichts, solange wir mit jedem Schritt dazulernen und ... das ist es auch, auf was wir uns konzentrieren sollten ..."

Er fuhr fort. Redete und redete, während Callie nichts weiter tat, als ihn anzustarren. Sie hörte ihm dabei zu, wie er anfing, über Pflichten und Verantwortung zu faseln, und sich immer wieder in seinen eigenen Worten verhaspelte.

Sie hatte noch nie eine so lange, erbärmliche Rede aus dem Mund ihres Vaters gehört. Seine Worte ergaben keinen Sinn. Er sprang von einem Punkt zum nächsten, die Hände tief in den Taschen vergraben. Unbeholfen versuchte er ihr zu erklären, warum er gehandelt hatte, wie er gehandelt hatte. Er rechtfertigte sich sogar dafür, dass er James damit beauftragt hatte, für ihn zu spionieren.

Und je länger Callie zuhörte, desto klarer wurde ihr, dass ihr Vater sich gerade entschuldigte. Er benutzte zwar nicht die richtigen Worte, aber die Bedeutung blieb dieselbe: Er hatte eine Menge Fehler gemacht, würde auch noch weitere Fehler machen – und damit musste sie sich arrangieren. Weil er ihr Vater war und sie sehr liebte.

Er war nur so schlecht darin, zu kommunizieren, dass man zwischen den Zeilen lesen musste, um das zu verstehen.

Ihr Vater war und blieb ein schwieriger Mann, und sie würde wohl noch sehr häufig wütend auf ihn sein – aber jetzt gerade war sie es nicht.

„Dad, halt die Klappe", sagte sie schließlich, als ihr Vater anfing, die derzeitige wirtschaftliche Lage zu umreißen, sicherlich um ihr mitzuteilen, wie stolz er auf sie war.

„Wie bitte?" Überrascht hielt er inne.

„Du sollst still sein", bemerkte sie lächelnd. „Weißt du, ich habe dir eine sehr lange Zeit die Schuld für den Vorfall von vor zwölf Jahren gegeben, aber das tue ich nicht mehr. Mir stand das Wasser schon bis zum Hals, als ich in dein Schlafzimmer geplatzt bin. Ich wäre so oder so ertrunken. Du hast den Prozess nur beschleunigt."

Ihr Vater schüttelte stur den Kopf. „Es hätte nie passieren dürfen."

„Nein. Aber das ist es. Und auf eine verquere Art und Weise war es gut. Es war der Weckruf, den ich gebraucht habe. Du kannst also aufhören, dich deswegen schlecht zu fühlen."

Langsam nickte er, bevor er murmelte: „Du warst so wütend auf mich. Ich wusste nicht, was ich sagen sollte."

„Du hättest nichts sagen können – auch wenn ich mir gewünscht hätte, dass du es trotzdem versucht hättest. Und was die Wut angeht ..." Sie seufzte schwer. „Seien wir ehrlich. Du hattest nie die besten Karten, weil ich wütend auf dich bin, seit ich geboren wurde. Calliope? Wirklich, Dad? Dir ist kein besserer Name eingefallen?"

Verdutzt sah Clint Panther sie an. „Was stimmt nicht mit Calliope? Der Name ist wunderschön. Er ist etwas Besonderes. So wie du."

Callie musste lachen und vielleicht kamen ihr auch ein wenig die Tränen, während sie den Kopf schüttelte. Es würde ein hartes Stück Arbeit werden, mit ihm auf einen Nenner zu kommen. Wie gut, dass sie vorhatte, noch ein wenig länger zu bleiben.

Kapitel 24

James saß auf seinem Sofa, den Laptop auf dem Schoß, und starrte die ihm gegenüberliegende Wand an. Er war gestern Abend noch in einem Möbelhaus gewesen und hatte sich ein Bild gekauft. Er hatte sich dem Irrtum hingegeben, dass das ein eher einfacher Teil seines Vorhabens, sich selbst besser kennenzulernen, war.

Falsch gedacht.

Nach zwei Stunden, einem Schweißausbruch und einer netten Verkäuferin, die geglaubt hatte, dass er einen Schlaganfall erlitt, hatte er für knapp sechzig Dollar ein Gemälde gekauft, das ein wenig aussah wie ein fruchtiger Penis.

Hm. Er mochte Obst, war sich jedoch nicht sicher, ob er es an der Wand haben wollte. Doch im Laden hatte es so bunt und fröhlich ausgesehen – so wie er sich überhaupt nicht fühlte –, da hatte er gedacht, dass es vielleicht seine Stimmung hob. Bis jetzt blieb der positive Effekt jedoch aus. Alles, was das Bild bewirkt hatte, war, dass er seinen Verstand anzweifelte.

Dennoch: Er hatte es gekauft. Vor zwölf Stunden hatte er es auch noch gemocht. Das war ein Anfang, oder?

Unzufrieden zwang er seinen Blick zurück auf den Laptop, auf dessen Bildschirm bisher nur wenige Zeilen Platz gefunden hatten. Seit dem Morgengrauen saß er bereits hier und mühte sich ab, die richtigen Worte zu finden, um Callie zu beschreiben. Um das Porträt zu erschaffen, das seiner Liebe gerecht wurde.

Scheiße, das musste klappen.

Wenn Callie den Artikel nicht las ... wenn sie ihm nicht glaubte, dass er nichts mit Chesterfields Worten zu tun hatte ...

Es klingelte an seiner Tür und er zuckte zusammen. Stirnrunzelnd sah er auf seine Uhr. Es war nicht einmal acht. Wer zum Teufel war das?

Es klingelte erneut, gefolgt von einem lauten, drängenden Klopfen. Das hörte sich verdammt nach Clint Panther an und mit dem wollte James jetzt wirklich nicht sprechen. Dennoch legte er seinen Laptop weg und stand auf.

Es war nicht Clint Panther. Callie stand vor seiner Tür. In Jogginghose und übergroßem grauen T-Shirt, das unter ihrem offenen Mantel hervorlugte. Sie war ungeschminkt, ihre Augen und Haut gerötet und ihre Haare hingen ihr wirr um den Kopf herum. Sie war wunderschön.

Er öffnete den Mund, um etwas zu sagen – möglicherweise *„Ich liebe dich“* –, doch sie kam ihm zuvor.

„Du hast Chesterfield verprügelt?", fragte sie atemlos.

„Nun ... ja."

„Was für ein Neandertaler bist du?"

„Offenbar ein großer, wenn es um dich geht."

Sie nickte, zog seinen Kopf zu sich herunter und küsste ihn.

James war so überrascht, dass er ein paar Momente brauchte, um zu registrieren, was hier passierte. Doch bevor er aktiv an dem Kuss teilnehmen konnte, ließ sie sich schon wieder auf ihre Fersen sinken. Die Hand warm in seinem Nacken sah sie ihn an. „Es tut mir leid. Natürlich hast du die Infos nicht weitergegeben. Du bist kein Arschloch. Ich ... Gott, ich habe nur eine solche Angst. Es ist zu schnell zu ernst geworden und meine Gefühle für dich waren zu groß und zu einnehmend und ... ich habe ein wenig den Verstand verloren. Aber das ist jetzt vorbei! Wirklich. Ich will mutig sein, auch wenn du wahrscheinlich etwas Geduld mitbringen musst, aber das weißt du ja schon ..." Sie endete und sah ihn zögerlich an.

Wärme flutete seine Brust und erhitzte seine Zehen. Ein Kloß bildete sich in seinem Hals, doch er schluckte ihn herunter, bevor er räuspernd bemerkte: „Ich fürchte, damit bin ich nicht einverstanden."

Sie machte große Augen, und er konnte Panik in ihren Iriden erkennen. „Was? Womit nicht?"

„Nun, du darfst deinen Verstand noch nicht wiederfinden. Ich schreibe gerade das romantischste Porträt, das die Welt je gesehen hat. Wenn du jetzt zu Sinnen kommst, wäre die Arbeit, die ich schon investiert habe, umsonst."

Sie lachte erleichtert auf und hob die Schulter. „Ich sagte doch schon: Worte sind mir egal, James. Taten zählen."

Sie stellte sich auf die Zehen, um ihn erneut zu küssen, doch so einfach wollte er es ihr nicht machen. „Nur um das klarzustellen: Ich habe dich damit zurückgewonnen, jemanden verprügelt zu haben?"

„Nein", sagte sie kopfschüttelnd. „Das wäre viel zu primitiv. Ich habe herausgefunden, wie Chesterfield an

die Infos gekommen ist – er hat mir eine Wanze untergejubelt –, und … nun, ich …“ Sie holte tief Luft, so als
wären die nächsten Worte besonders schwer für sie.
„Ich habe bemerkt, dass ich dich liebe und sehr unglücklich ohne dich in meinem Leben wäre.“

James' Lächeln war so breit, dass seine Mundwinkel
wehtaten. „Ist das so? Du liebst mich?“

Sie nickte fest.

„Eine ganz schöne Erleuchtung, die du da hattest.“

Sie lächelte wacklig. „Ja. Gott sei Dank bin ich sehr intelligent.“

„Da kann ich dir nur zustimmen. Darf ich dir wenigstens die Rede halten, die ich für dich geschrieben
habe?“

Sie nickte.

„Gut.“ Er legte die Hände fest um ihr Gesicht, bevor er
flüsterte: „Callie, ich habe mein ganzes Leben lang *mehr*
gewollt. Ich wusste nicht ganz, was ich suche, aber ich
dachte immer, ich würde es verstehen, wenn ich es
finde. Und das tue ich. Du bist *mehr* für mich. Alles, was
ich brauche. Und –“

Sie küsste ihn. Wieder und wieder. Bis James seinen
Faden verloren hatte. „Mir gefällt der Satz *‚Du bist mehr
für mich‘*“, wisperte sie an seinen Lippen, „aber der Rest
ist viel zu kitschig, James. Du bist ein ernstzunehmen-
der Journalist, wo bleibt deine Selbstachtung? Außerdem ist die Rede viel zu lang.“

„Du hast nur vier Sätze gehört.“

„Eben!“

Er grinste, trat ein paar Schritte zurück und zog sie
mit sich, die Arme fest um ihren Rücken geschlungen,
während sie die Tür mit ihrem Fuß zutrat.

„Kannst du … kannst du noch mal sagen, dass du mich liebst?", flüsterte sie. „Ich wusste die Worte gestern noch nicht zu schätzen."

„Ich liebe dich, Callie."

Ihr Lächeln vereinnahmte ihr Gesicht und brachte es zum Leuchten. „Sehr gut. Sonst wäre ich mit meiner Liebe sehr allein gewesen."

„Apropos allein … ich habe gestern meinen Job gekündigt."

„Was hat das mit *allein* sein zu tun?", wollte sie verwirrt wissen.

„Nun, ich werde als Freelancer anfangen und nur noch das schreiben, was ich schreiben will … was bedeutet, dass ich nach L. A. ziehen könnte."

Sie hob ihr Kinn und sah ihm in die Augen, während ihre Hände seinen Rücken hinaufwanderten. „Das würdest du tun?"

Er hob eine Schulter. „Ich steh nicht so auf Fernbeziehungen."

„Danke", sagte sie leise. „Aber das musst du nicht. Ich bleibe in Philadelphia."

Überrascht hob er die Augenbrauen. „Du *bleibst*?"

„Fürs Erste. Ich habe noch ein paar … Familienangelegenheiten zu regeln und das könnte mich noch ein paar Jahre kosten. Aber dafür, dass ich herziehe, verlange ich eine Gegenleistung von dir."

„Was für eine?"

„Nun, ich bleibe … aber das neue Bild geht." Sie nickte zu dem Obst-Penis.

„Du meintest, ich solle etwas aufhängen, das mir gefällt", meinte er ungläubig.

„Ja, aber da dachte ich ja auch noch, du hättest Geschmack.“

Er schnaubte. „Es bleibt.“

„Wir brauchen nur einen Penis im Raum, James.“

Schwer seufzend schüttelte er den Kopf. „Du führst eine harte Verhandlung.“

„Ja, aber dafür darfst du wieder Kaugummi kauen und Muscle-Shirts tragen.“

„Na, dann habe ich ja alles, was ich brauche“, murmelte er lächelnd und küsste sie endlich.

Epilog

„Also, Loverboy", sagte Cole ernst und verschränkte die Arme vor der Brust. „Welche Absichten hast du mit unserer Schwester?"

Coop tat so, als müsse er gähnen, um sein Grinsen hinter der Hand zu verstecken. Niemand war so wenig subtil wie Cole, und der arme James, der mit aufgerissenen Augen und einem Hauch von Panik im Gesicht zwischen den drei Brüdern hin und her sah, war das Lustigste, was er in den letzten paar Monaten gesehen hatte.

„Na ja, sie sind ehrenwert", sagte James langsam und sah sich hilfesuchend in Coops Wohnzimmer um. Doch Callie war auf der Toilette und der lebensgroße Weihnachtsbaum aus Plastik, der neben Coops Couch stand, würde ihm nicht zur Seite stehen.

„Was bedeutet ehrenwert für dich?", fragte Coop skeptisch und wiegte den Kopf von der einen zur anderen Seite. Er würde es dem Journalisten sicherlich nicht leicht machen. „Hast du vor, sie zu heiraten, jetzt, wo du ihr die Jungfräulichkeit genommen hast?"

James öffnete perplex den Mund. „Ihre … was?"

Callum, der leider nur halb so sadistisch veranlagt war wie er, lachte leise. „Oh bitte, Coop. Callie ist in etwa so jungfräulich wie du."

Spielverderber. „Hey, ich bin in meiner sexuellen Experimentierphase“, meinte er mit erhobenen Händen.

„Ja, seit zehn Jahren“, murmelte Cole trocken.

Nun … ja. Sex bot nun einmal ein breites Feld an Möglichkeiten, und je mehr Experimente er durchführte, desto umfassender wurde seine Bildung in diesem Bereich. Er tat es für die Wissenschaft!

„Warum bin ich es denn jetzt, der unter Beschuss steht?“, fragte er verärgert. „Ich dachte, wir wollten James auseinandernehmen, weil er unsere Schwester befleckt.“

„Ach, richtig.“ Cole nickte, so als hätte er diesen Umstand kurzweilig vergessen, bevor er James erneut mit ernsten Augen fixierte. „Falls du wirklich vorhast, dich langfristig auf Callie einzulassen … wünsche ich dir viel Glück. Sie ist wirklich keine einfache Person. Hab am besten immer ein paar Smarties dabei, um sie zu besänftigen. So hat Coop das immer gemacht. Damals war sie zwar erst sechs, aber einen Versuch ist es wert.“

Coops Mundwinkel zuckten. Gute alte Zeiten.

„Was zum Teufel tut ihr Hampelmänner?“, erklang plötzlich Callies Stimme hinter ihnen. „Seid ihr einer Gang beigetreten oder warum steht ihr im Halbkreis um einen wehrlosen Journalisten herum?“

„Wir unterhalten uns nur mit ihm“, meinte Coop unschuldig. „Ich bedanke mich für … sein Geschenk.“ Widerwillig nickte er zu dem Gemälde, das an seiner Couch lehnte, bevor er pflichtbewusst sagte: „Danke, James. Du hättest mir wirklich nichts mitbringen müssen.“

James, dessen Schultern sich sichtlich entspannten, als Callie sich nun neben ihn stellte und den Arm um seine Mitte legte, nickte. „Oh, aber es war mir eine Freude. Es ist schließlich Weihnachten."

„Mhm. Genau", sagte Coop unzufrieden und blickte erneut zu dem Bild. Grundsätzlich mochte er Penisse. Seinen eigenen liebte er sogar sehr. Aber den aus Banane …?

„Ich finde das Bild toll", schaltete sich Callum ein und klopfte ihm auf den Rücken. „Es spiegelt deine Persönlichkeit wider, Coop. Als würde man mitten in deinen Kopf sehen."

Cole lachte laut. „Oh Gott, er hat recht! So habe ich das Ganze noch gar nicht betrachtet."

Coop zeigte ihnen beiden den Mittelfinger. „Geht ihr mal lieber in die Küche, um nach dem Essen zu sehen."

Callie lachte ebenfalls, während Cole und Cal seiner Anweisung folgten. „Ich finde es süß, dass du versuchst, höflich zu sein", bemerkte sie fast stolz.

Coop zog eine Grimasse. Höflichkeit war keine seiner Stärken, aber weil er sich das letzte Mal in James' Anwesenheit wie ein Arschloch verhalten hatte, war es einen Versuch wert.

„Jaja, ich bin ein Heiliger", meinte er knapp. „Aber ich hab gar kein Geschenk für dich, James. Ich kann deines also kaum annehmen."

„Oh, doch. Dein Geschenk ist, mich nicht zu verprügeln, obwohl ich mit deiner Schwester schlafe", sagte James scheinheilig.

Kein kluger Zug von Loverboy, ihn daran zu erinnern!

Coops Kiefer knackte, während er Callie mit verengten Augen dabei beobachtete, wie sie stöhnend das Gesicht an James Schulter vergrub, bevor sie amüsiert zu ihm hochsah.

Er freute sich ja wirklich darüber, dass seine Schwester so glücklich war ... aber konnte sie James bitte nur in ihrer Freizeit so verliebt angucken? Ihre offene Zuneigung fand er wirklich aufdringlich.

„Er meint es nicht so, Coop. Wir schlafen natürlich erst miteinander, wenn wir verheiratet sind", meinte Callie unschuldig.

Er schnaubte, musste jedoch lächeln. „Wie überaus christlich von euch."

Callie nickte fröhlich. „Und um unser Leben in Nicht-Sünde perfekt zu machen ... werde ich ausziehen."

Seine Augenbrauen flogen in die Höhe. „Was?"

„Ja, du kriegst deine moralisch-fragwürdige Sexhöhle zurück. Neujahr bin ich weg."

„Na, Gott sei Dank." Er lächelte ... auch wenn er sich nicht danach fühlte. Er hatte Callie gerne hier. Mit ihr war es weniger still. Weniger einsam. Er konnte besser schlafen, wenn er wusste, dass sie sich im Nebenzimmer befand. Er hatte weniger Albträume gehabt. Weniger Ablenkungen gesucht.

Aber das konnte er seiner Schwester kaum sagen. Denn dann würde sie bleiben, um ihn emotional zu unterstützen und für ihn da zu sein.

Doch das wollte er nicht. Er liebte sie an den meisten Tagen mehr als sich selbst und sie hatte alles Glück der Welt verdient – und das würde sie nicht bekommen, wenn sie sich von ihm runterziehen ließ.

„Freut mich für dich, Callie", sagte er und zog sie in eine Umarmung.

„Ist es wirklich okay?", flüsterte sie an seinem Ohr. „Ich könnte im Frühling für ein paar Wochen zurückziehen ..."

Im Frühling. Die Zeit, die er mehr hasste als das Obst-Penisbild. „Ich komm klar, Callie", murmelte er.

„Wirklich?"

Nein. Wahrscheinlich nicht. Aber er würde es versuchen. „Es ist alles gut, Callie!", sagte er mit fester Stimme und ließ sie los. „Und jetzt setzt euch hin, ich schaue mal, ob die Clowns das Essen schon verbrannt haben." Er brauchte dringend ein Bier und das würde er nur in der Küche finden.

Er ließ seine Schwester und ihren Loverboy zurück und durchquerte den Flur. Widerwillig musste er zugeben, dass James schon in Ordnung war. Er machte Callie glücklich und das war das Wichtigste ... was nicht hieß, dass Coop nicht ein Auge auf ihn haben würde. Nur für alle Fälle.

„Wo ist Cole?", fragte er verwirrt, als er in der Küche nur Callum vorfand.

„Hat irgendeinen wichtigen Anruf bekommen", sagte Cal abwesend und ließ den Blick suchend durch den Raum schweifen. „Der Truthahn ist übrigens gleich fertig und ... hast du gar kein Bier?"

„Natürlich habe ich Bier!", erwiderte er schnaubend. „Im Gegensatz zu dir gehe ich jede Woche einkaufen." Er schlenderte durch den Raum und öffnete den Kühlschrank.

„Dir ist klar, dass sie erwarten, dass wir die Nächsten sind, oder?", sagte Callum leise und nahm die Flasche entgegen, die Coop aus dem obersten Regal zog.

„Was?", fragte er verwirrt und griff nach einer zweiten.

„Na, erst findet Cole eine Langzeitfreundin, jetzt ist Callie verliebt ... die beiden werden uns predigen, wie toll monogame Beziehungen sind und dass wir uns doch selbst eine suchen sollten.“

Schnaubend drehte Coop sich um. „Blödsinn, die beiden sind viel zu sehr mit ihren eigenen Leben beschäftigt.“

Cal lachte trocken und schüttelte den Kopf. „Callie wird es als ihre Aufgabe ansehen, uns beiden das Glück zu verschaffen, das wir verdienen. Und ich hasse es, dir das zu sagen, aber du bist ihr Zwilling, also ...“ Vielsagend sah er ihn an.

„Beziehungen sind nichts für mich! Das weiß sie. Du hingegen bist ihr Lieblingsbruder.“

„Ja, weswegen sie dir zuerst auf den Sack gehen wird.“

Coop verdrehte die Augen und bückte sich vor den Ofen, um den schwitzenden Truthahn zu beäugen. Selbst wenn Callie ihn verkuppeln wollte ... Er würde ganz sicher nicht losrennen und sich eine Ehefrau suchen.

Er war nur an einem Ort dazu in der Lage, eine Frau glücklich zu machen – und das war in seinem Bett. Nicht in seinem Leben.